AtV

VIKTORIA PLATOWA ist ein neuer Star am Himmel der russischen Kriminalliteratur. Die Autorin hat das Filminstitut in Moskau absolviert und als Szenaristin für verschiedene Studios gearbeitet. Ihre Bücher erreichen Millionenauflagen in Rußland, ihre Serie um die rothaarige Eva läuft äußerst erfolgreich im russischen Fernsehen. Viktoria Platowa lebt in St. Petersburg.

Bisher im Aufbau Taschenbuch Verlag erschienen: »Die Frau mit dem Engelsgesicht« (2002) und »Ein Püppchen für das Ungeheuer« (2003).

Eva hat nach einem Autounfall ihr Gedächtnis zurückerlangt, doch der Preis dafür ist hoch: graue Haare, stumpfe Augen, und das mit knapp dreißig. Ihre Freunde sind fast alle tot.

Sie schöpft wieder Hoffnung, als ihr ein weltberühmter Regisseur anbietet, bei ihm als Casting-Assistentin zu arbeiten. Bei den Dreharbeiten zu seinem neuen Film wird die Hauptdarstellerin, ein früherer sowjetischer Kinostar, erstochen. Der Regisseur jedoch will die Arbeit auf keinen Fall abbrechen und vertuscht die Sache. Plötzlich scheint Eva zu begreifen, was vorgeht. Doch es könnte zu spät sein, um ihre eigene Haut zu retten.

»Die Liebhaber von Spannungsliteratur aus dem Neuen Rußland werden in diesem Roman alles wiederfinden, was sie schätzen.«

Salzburger Zeitung

Viktoria Platowa

Die Diva vom Gorki-Park

Kriminalroman

Aus dem Russischen
von Olga Kouvchinnikova
und Ingolf Hoppmann

Aufbau Taschenbuch Verlag

Die Originalausgabe unter dem Titel
»Эшафот эабвения«
erschien 2000 bei EKSMO-Press, Moskau.

ISBN 3-7466-1965-3

1. Auflage 2003

Umschlaggestaltung Torsten Lemme
unter Verwendung eines Fotos von John Lamb, Getty Images
Druck Clausen & Bosse, Leck
Printed in Germany

www.aufbau-taschenbuch.de

Erster Teil

Heute ist der 19. Januar.

Das einzige Datum, für dessen Richtigkeit ich mich verbürgen kann, seit ich hier an der Kette sitze, in diesem schrecklichen, toten Haus.

Auch ich bin schon lange tot.

Ich bin genauso tot wie die Herrin dieses Hauses. In den langen Stunden der Einsamkeit denke ich darüber nach, was man wohl mit ihrer Leiche gemacht hat, wie man sie beseitigt hat. Es gibt hier sicherlich eine ganze Menge versteckter Winkel, die als letzte Heimstatt dienen können. Der kleine verwahrloste Garten, der Keller, der erste Stock, die Holzvertäfelungen, das Kabuff unter der Treppe.

Wenn ich gewußt hätte, daß alles in stillem Wahnsinn enden würde, in stiller Erwartung des Todes! Wenn ich gewußt hätte, daß diese ganze Verkettung von Todesfällen mich zu einer weiteren Kette führen würde, einer echten allerdings, aus gelöteten Metallgliedern. Ich habe sie am zweiten Tag meines Aufenthaltes hier nachgezählt – es sind zweiundfünfzig, soviel wie das Jahr Wochen hat. An jedem dieser Glieder ließe sich die Chronologie meines letzten Lebensjahres ablesen. Sein erstes Drittel verbrachte ich unter einem ganz anderen Namen, und unter diesem Namen beging ich eine Reihe von Verbrechen. Dann, als mein Gedächtnis zurückgekehrt war, habe ich mich mit Grauen von ihm losgesagt, bin vor ihm geflohen, ich wollte keine Waffe in den Händen von Hauptmann Kostja Lapizki sein, meinem bigotten Mentor beim Geheimdienst. Ich kehrte zurück zu dem blinden, an den Rollstuhl gefesselten Maler Serga Kanigin, dem einzigen, der mich annehmen konnte, ohne überflüssige Fragen zu stellen. Dem einzigen, der mich überhaupt annehmen konnte. Und jeden Tag wartete ich auf die Vergeltung. Aber sie kam nicht.

In den folgenden Monaten arbeitete ich tagsüber in

einem Videoverleih, in den Nächten betäubte ich mich mit Schlafmitteln. Ich bin fast vollständig grau geworden, obwohl ich noch nicht dreißig bin. Mein Gesicht, das irgendwann einmal attraktiv war, habe ich vollkommen vernachlässigt, und jetzt, da ich jeden Tag auf mein Ende warte, verschwende ich keinen Gedanken mehr daran. Ich habe es vergessen. Aber ich kann nicht vergessen, wie dieser ganze Alptraum begann. Es war im Oktober, Mitte Oktober, das achtunddreißigste Glied der Stahlkette, an der ich sitze.

Damals öffnete ich die Tür, zwängte mich in unseren engen Flur und …

Ich öffnete die Tür und zwängte mich in unseren engen Flur. Wie immer stand ich dort einige Augenblicke lang, die Stirn an das Plakat »Sowjetische realistische Kunst der 30er bis 50er Jahre« gelehnt. Hallo, hallo, ihr »Künftigen Piloten«, jubelnde stramme Kinderärsche, gut geht's euch Ende der Dreißiger, euer Meer ist für immer blau, auch wenn Deinekas Plakat mitsamt den »Künftigen Piloten« längst vergilbt ist und sich an den Rändern nach oben biegt. Serga hatte dieses Plakat vor etlichen Jahren im Zentralen Haus der Bildenden Künstler gekauft. Er mochte diesen Photorealismus ja schon immer, er war das Spiegelbild seiner klaren Vorstellungen von der Welt. Auch ich war irgendwann zu einem Teil seiner Welt geworden, eine düstere barmherzige Schwester bei einem gelähmten blinden Maler. Das muß man Serga lassen: Er verlor niemals die Fassung – nicht einmal dann, wenn ich ihn rasierte (einmal die Woche, nicht öfter, sein spärliches Chinesenbärtchen wuchs einfach nicht schneller. Nicht einmal dann, wenn ich ihn wie ein Kind in der Badewanne badete (zweimal im Monat, am zweiten und am vierten Montag, nicht öfter – er haßte diese Tage). Er verlor nicht einmal die Fassung, als ich ihm alles erzählte, was mit mir geschehen war, hinter zwei Flaschen Wodka verschanzt wie hinter dem Gitter eines Beichtstuhls. Nur eines konnte ich ihm nicht gestehen – den Tod von Aljona Gontscharowa, der einzigen Frau, die er wirklich geliebt hatte: das wäre zu viel gewesen für seine blinden Augen und seinen lahmen Körper.

»Bist du's, Eva?« rief Serga aus der Küche. Wie immer klang Angst aus seiner Stimme – noch immer fürchtete er, ich würde eines Tages weggehen und niemals zurückkehren.

»Nein. Der Geist von Romy Schneider«, antwortete ich finster.

Das war unser allabendlicher »Schafskopf«, gespielt mit den schmierigen, abgegriffenen Karten berühmter Schauspieler. Jede Nuance meiner Laune hatte ihren eigenen Namen. Serga hatte die Regeln dieses simplen Spiels schnell begriffen, und er richtete sein Verhalten danach, welchen Namen ich ihm von der Tür aus zuwarf. Sein Liebling war »Anouk Aimée«: Das bedeutete, ich würde ihm mit einer stumpfen Schere halbwegs ordentlich die Haare im Nacken gerade schneiden und wäre sogar bereit, ihm zum Einschlafen ein Kapitel von Mickey Spillane vorzulesen. Seit Serga nicht mehr gehen konnte, schwärmte er für stumpfsinnige Action-Krimis, in denen die immer gleichen stumpfsinnigen Helden ihre Colts aus den Halftern rissen, und, bevor sie dem bejammernswerten Drogendealer eine Kugel in den Kopf jagten, erst noch einen Schwall von Plattitüden über den Teufel und die Zehn Gebote rausließen. Heute gibt es keinen Mickey Spillane, der »Geist von Romy Schneider« ließ Serga keine Chance auf einen aufregenden Leseabend. Der »Geist von Romy Schneider« ist das Symbol für den höchsten Grad meines Lebensüberdrusses. Am Abend zuvor hatte ich mir die zwei letzten Schlaftabletten eingeworfen, und jetzt standen mir einige schlaflose Alptraumnächte bevor, bis Serga die nächste Packung Schlaftabletten verschrieben bekam (ich benutzte skrupellos seine Rezepte, Serga zog ein Glas von seinem tscheremissischen Selbstgebrannten jedem anderen Beruhigungsmittel vor).

»Romy Schneider hat ein böses Ende genommen«, meldete Serga feige hinter der Küchentür hervor. »Im übrigen haben wir Besuch.«

Besuch hatten wir äußerst selten. In den letzten drei

Monaten insgesamt drei Personen, die Fürsorgerin eingerechnet, die Serga unermüdlich anzubaggern versuchte. Die ewig gleichen versoffenen Gesichter erfolgloser Malerkollegen – die meistens bei alten Leuten in einem kleinen Winkel hinter dem Schrank lebten –, immer derselbe Wodka und immer dieselben fahlgrauen Makkaroni mit Büchsenfleisch. Nach den Einfällen von Kanigins Malerfreunden war jedesmal irgend etwas verschwunden, ein paar Kleidungsstücke oder Geschirr – je nach den Vorlieben der Gäste und ihrer materiellen Lage. Nur einer stach aus dieser schäbigen Truppe heraus – der sanftmütige Dokumentarfilmer Goscha Poltorak: Er klaute nichts, er hinterließ nur ein bedrückendes Gefühl – als warte er auf den Tod.

»Ein typischer Neurasteniker«, resümierte Serga nach seinem leisen Verschwinden, das wie ein Erlöschen war. »Ich versuche seit letztem Ostern, ihn davon abzuhalten, sich umzubringen.«

Goscha ließ sich nie mehr bei uns blicken. Vermutlich hatte er sich am Vorabend irgendeines orthodoxen Feiertags das Leben genommen.

Den Typen, der jetzt in der Küche saß, sah ich zu ersten Mal.

»Darf ich bekannt machen, Eva, das ist Fjodor Bubjakin, ein Freund des verstorbenen Wolodja«, stellte Serga uns formvollendet vor.

Ein Freund des verstorbenen Wolodka Tumanow, der sich seinerzeit mit einer Gardinenschnur aufgehängt hatte, nicht ohne meine Beteiligung. Die Vergangenheit wollte mir also den Todesstoß geben. Ich sah Bubjakin mit unverhohlener Feindseligkeit an.

»Ein Kumpel. Nur ein Kumpel«, berichtigte Fjodor mit gekräuselten Lippen, ein lästerlich schöner junger Mann, der typische Charmeur mit einem Hang zum kleinlichen Despoten.

»Und das ist Eva. Ich habe dir von ihr erzählt. Eva ist mein Schutzengel.«

»So sieht sie auch aus«, quetschte Bubjakin zwischen den

Zähnen heraus. Die Abneigung beruhte sichtlich auf Gegenseitigkeit.

»Laß dir nicht einfallen, dich an sie ranzumachen«, warnte Serga direkt. »Ich dreh dir den Hals um.«

Bubjakin feixte. Niemand wäre auf die Idee gekommen, mich anzumachen – mit meinen grauen, schlechtfrisierten Haaren sah ich aus wie die typische Hausmama eines Heims für obdachlose Tiere. Solche Frauen haben keine Chance.

»Reg dich ab, Serga, ich gebe mir Mühe, an mich zu halten«, sagte er, und legte in diesen Satz die ganze Ironie, zu der er fähig war.

»Trink was mit uns«, bat Serga.

Ich kam der Aufforderung nach, fischte mir ein Glas aus dem Spülbecken, füllte es schweigend bis zum Rand und leerte es in einem Zug, ohne mit der Wimper zu zucken. Na, was sagst du dazu, Fjodor Bubjakin, Freund des verstorbenen Wolodja?

»Auf unsere Bekanntschaft«, sagte ich und wischte mir den Mund ab.

Bubjakin ächzte, als hätte nicht ich den Wodka getrunken, sondern er, und die Feindseligkeit in seinen Augen verwandelte sich in etwas, das von weitem fast wie Bewunderung aussah.

Während er noch nach Fassung rang, goß ich wieder Wodka ein – jetzt für drei – und stieß forsch mit den beiden an.

»Was verschafft uns die Ehre Ihres Besuches?« Die lange Liste schlichter Besitztümer, die uns abhanden gekommen waren, machte meine Haltung etwas verkrampft.

»Fjodor arbeitet bei Mosfilm, als Ausstattungsassistent. Er hat mich um ein paar alte Arbeiten von mir gebeten, sie brauchen sie für die Aufnahmen«, berichtete Serga gutgelaunt. »Als Leihgabe.«

»Welche denn?« fragte ich argwöhnisch.

»Na, du kennst sie.« Serga klang nervös. »›Shakespeare beim Reisigsammeln‹, ›Narren und Kardinäle‹ … Na, und noch ein paar andere.«

»Shakespeare beim Reisigsammeln«, sieh an, so weit kommt's noch! Dieser Shakespeare, in Kanigins flippiger Manier gemalt, mit einem kleinen Hündchen neben seinen schmerzenden Plattfüßen, hatte mich schon manches Mal vor dem Selbstmord gerettet. Und jetzt sollte ich ihn einfach so mir nichts dir nichts hergeben, nein, das konnte ich nicht.

»Mach was du willst, Serga, aber die Bilder gebe ich nicht raus. Kennst du diesen Typen gut?«

»Ich muß doch sehr bitten ...«

»Du hältst das Maul!« schnauzte ich Bubjakin an, wild entschlossen, meine egoistischen Interessen bis aufs Messer zu verteidigen. »Kennst du ihn gut, Serga?«

»Eva, was soll das?! Fjodor ist in Ordnung, wir haben schon mehr als einen Liter Selbstgebrannten zusammen niedergemacht«, log Serga emphatisch.

»Ah ja, also einer von den Typen, die dir deine Bilder für 'n Appel und 'n Ei abgeknöpft haben.« Der »Geist von Romy Schneider« hielt die Zügel meiner schlechten Laune fest in den Händen.

»Hör doch auf!« Serga tastete nach meiner Hand und drückte sie versöhnlich. »Du übertreibst – für 'n Appel und 'n Ei. Ich bin doch kein Südseeinsulaner, dem man ein paar Glasperlen angedreht hat. Mach mich nicht zum Vollidioten.«

»Und warum brauchst du ausgerechnet diese Bilder?« fragte ich Bubjakin. »Warum nimmst du nicht einfach ein paar Exerzisen von irgendwelchen Hochschuldiplomanden? Oder im Notfall Malewitschs ›Schwarzes Quadrat‹? Für die Kulisse reicht doch irgendein farbiger Fleck.«

»Ich sehe, dein Schutzengel ist nebenbei auch noch Doktor der Kunstwissenschaften. Es kommt nicht auf den Fleck an, sondern auf die Komposition, auf das malerische Detail, in dem sich die künstlerische Idee zeigt«, erläuterte Fjodor von oben herab.

»Du arbeitest nicht zufällig bei Greenaway?« erkundigte ich mich beiläufig, indem ich meine ganze halbvergessene Filmerfahrung mobilisierte.

»Ich erhöhe auf Doktor habil.« Fjodor kam endlich mit meinem frotzelnden Ton klar und gab den Schlag zurück. »Wenn das so ist, muß dir ja der Name Andrzej Bratny bekannt sein.«

»Wer ist das denn?« Das war ein Bluff, natürlich kannte ich diesen Namen.

Ein paar Wochen zuvor, als ich für Serga den Spillane kaufte, hatte ich mir die neueste Ausgabe der »Filmkunst« mitgenommen. Einfach so, weil mich das ausgezeichnete Layout beeindruckte, und vor allem – das Gesicht auf dem Titelblatt.

Das Gesicht Andrzej Bratnys.

»Der letzte Imperator Großen Stils«, protzte der Titel in goldgeprägten Lettern. Die Filmkritiker der Zeitschrift hatten damit den Nagel auf den Kopf getroffen. Andrzej Bratny hatte tatsächlich das rassige Gesicht des Mitglieds einer königlichen Familie: hagere, fast asketische Züge, eine mächtige Stirn, klar gezeichnete Wangenknochen und Augen, die fern aller Leidenschaften sind. Nur die Nasenflügel verrieten ihn – sie waren zu vollkommen, um keusch zu sein. Das Gesicht hatte eine Sogwirkung auf den Betrachter wie ein gutes Gemälde, und ich erinnerte mich, daß ich damals aus irgendeinem Grunde gedacht hatte, daß er ganz gut das Vorbild für das »Bildnis des Dorian Gray« hätte sein können.

Die ganze Ausgabe war seinem unerwarteten Triumph auf dem Festival in Cannes gewidmet. Bratny hatte dort seinen Debütfilm »Tanzende Schatten« vorgestellt, den er für ein paar Groschen bei Mosfilm, die sich gerade im Untergang befand, gedreht und geschnitten hatte. Die Filmsaga über das Rußland Ende der neunziger Jahre hob das Festival aus den Angeln. Für kurze Zeit vergaß man die gewohnten Intrigen und Zänkereien, und Bratny heimste jede Menge Preise ein, deren schäbigster noch die Goldene Palme war. Eines der größten Studios in Hollywood bot ihm einen Vertrag an (angeblich Columbia Pictures), eine unglaubliche Chance für einen Newcomer. Aber Bratny sagte überraschenderweise ab. »Ich pfeife auf euer Amerika«, verkündete er auf einer seiner Pressekonferenzen selbstbewußt (Augenzeugen versicherten, er habe ein wesentlich kräftigeres Verb verwendet, das der Dolmetscher aber vorsichtshalber etwas abmilderte). »Richtig arbeiten kann man nur in Rußland.«

Das war eine seltsame These, wenn man Bratnys Herkunft berücksichtigte.

Sein Großvater, ein Soldat der Armia Krajowa – der polnischen Heimatarmee-, der sich mit der polnischen Nachkriegsordnung nicht anfreunden konnte, hatte lange in Stalins Lagern geschmort, aber nach Polen kehrte er trotzdem nicht zurück. Im Lager lernte er ein russisches Mädchen kennen, und aus ihrer Ehe ging ein Sohn hervor, der Vater von Andrzej. Auch nach 1953 blieb die Familie aus unerfindlichen Gründen in Sibirien, und hier, in der kleinen Siedlung eines Bergbau-Kombinats, wurde Andrzej geboren. In Interviews präsentierte er sein knapp dreißigjähriges Leben als ausgesprochen farbenprächtigen Roman. Einen besonderen Platz nahm darin Kiew ein. Er hatte damals das Privileg, eine kurze Zeit an der Filmfakultät der Kiewer Theaterhochschule zu studieren, flog dann aber dort raus, angeblich wegen Unfähigkeit. Danach beehrte er keine der soliden Filmschulen mehr mit seiner Anwesenheit. »Film kann man nicht studieren, alles, was man darüber wissen muß, paßt in zwei Schnittsequenzen des frühen Godard«, äußerte sich Bratny auf den Seiten der Zeitschrift. Wie gern würde ich dir für diese Worte eins auf die Fresse geben, du übriggebliebener Polacke, du Emporkömmling und Absahner, dachte ich genüßlich, während ich in meinem Videoverleih die »Filmkunst« las, wie gern würde ich dir eins auf die Fresse geben, weil du meinem Iwan so ähnlich bist, mein Gott! Iwan hat auch von dieser Palme geträumt, er hat sie mir sogar versprochen. Und diese großschnäuzige halbe Portion hier zockt die Kohle ab und belehrt andere, wie man Filme machen soll! Als ich die Zeitschrift durchgelesen hatte, versenkte ich sie feierlich im Mülleimer, nicht ohne vorher das Gesicht des Glückskindes Bratny mit Ketchup bekleckert zu haben.

Und ich versuchte, ihn zu vergessen.

Und ich vergaß ihn.

»Das ist ein Wahnsinns-Regisseur«, kam mir Serga zu Hilfe. »Auf den letzten Festspielen in Cannes hat er die Goldene Palme abgegriffen.«

Was haben die bloß am laufenden Band mit dieser blöden Palme. Serga machte sich doch sonst nicht so viel aus dem großen Kino. Offenbar hatte ihn dieser Fjodor Bubjakin aufs beste bearbeitet.

»Eigentlich hätte sie ja diesmal ein Hongkong-Chinese kriegen müssen, das ist jetzt in Europa gerade angesagt. Aber gegen Talent ist kein Kraut gewachsen«, sagte Bubjakin mit solcher Emphase, als defiliere er selber über den Boulevard de la Croisette. »Jetzt drehen wir ein neues Meisterwerk.«

»Fjodor arbeitet gerade mit Bratny an einem Film«, quasselte Serga wieder dazwischen.

»Allerdings«, bestätigte Bubjakin; es klang wie: Da bist du platt, was! »Also, Mylady, erstarren Sie gefälligst in Ehrfurcht. Was ist jetzt, Serga, kann ich die Bilder mitnehmen?«

»Nein«, sagte ich entschieden, und dann fügte ich etwas hinzu, das ich von mir gar nicht erwartet hätte. »Ich bringe sie selber, gegen Empfangsbestätigung.«

»Na gut«, erklärte sich Bubjakin einverstanden. »Wie du willst, du Schutzengel. Wann bringst du sie vorbei?«

»Nächsten Montag.« Habe ich etwa tatsächlich so ein starkes Verlangen, dieses Wunderkind der Leinwand zu sehen? Iwan hätte mir das nicht verziehen, er war notorisch besitzergreifend.

»Also übermorgen. Wir treffen uns um acht Uhr früh an der Metrostation Kiewskaja. Sieh zu, daß du nicht verschläfst. Der Maître kann es nicht leiden, wenn man unpünktlich ist.«

»Was denkst du denn, Schätzchen. Bei einem Rendezvous mit Gott kommt man nicht zu spät«, parierte ich säuerlich. »Und jetzt erlauben Sie mir, die Versammlung aufzulösen.«

Bubjakin erhob sich ohne ein Wort, drückte Serga die Hand und wandte sich zur Tür. Ich folgte ihm in den Flur, um ihn hinauszubegleiten. Die Arme vor der Brust verschränkt, sah ich unverwandt zu, wie Bubjakin seine Schuhe zuband und seinen modischen Mantel bis zum Hals zuknöpfte. Hinter mir knarrten die Räder des Rollstuhls – Serga kam, unter dem Vorwand freundschaftlicher Verabschiedung, in den Flur gerollt. In Wirklichkeit wollte er nichts anderes als auf seine Supermodel-Haushälterin aufpassen. Man konnte ja nicht wissen, ob sie dem blinden Invaliden nicht davonlief.

»War nett, Sie kennenzulernen«, quetschte Fjodor mühsam hervor, obwohl sein Gesicht das krasse Gegenteil sagte.

»Ganz meinerseits.«

Ich schloß die Tür hinter Bubjakin und kehrte zu Serga zurück.

»Kennst du den schon länger?«

»Ich kenne ihn überhaupt nicht. Hab ihn ein paarmal bei Wolodka Tumanow gesehen.«

»Ist er Maler?«

»Aber nein ... Eigentlich ist er so ein Computerfreak, ein professioneller Hacker. Letztes Jahr hat er zum Beispiel das Sicherheitssystem irgendeiner großen Bank geknackt. Wäre um ein Haar in den Bau gegangen. Dieser Teufel hat das noch einmal hingedeichselt.«

»Was für ein Teufel?«

»Dieser Regisseur. Bei dem er jetzt arbeitet.«

»Wie hat er das denn gemacht?«

»Äh – äh ...« Serga sperrte den Mund auf und setzte zu einer Erklärung an, kam aber sofort ins Schleudern.

»Weiß ich auch nicht. Fjodor sagt, das ist kein Mensch, sondern ein Phänomen. Er könne jede Seele knacken, wie Fjodor die Buchhaltungsdateien der Sowchose ›Lichter Weg‹. Das macht er mit links. Los, gehen wir rüber, der Wodka wartet.«

Wir gingen zurück in die Küche.

»Aber damit du's gleich weißt, Eva, für dich ist da nichts zu holen«, sagte Serga schadenfroh, als wir uns das erste Glas genehmigt hatten. »Bei diesem Regisseur ist für dich nichts drin.«

»Wovon sprichst du?«

»Fjodor hat gesagt, das ist ein komischer Typ, dieser Pole. Er kann schöne Frauen nicht ausstehen, er kann sie nicht riechen, nicht einmal als Anhängsel an der Szenenklappe oder am Beleuchtungsgerät.«

Der arme Serga war immer noch dabei, die Voliere mit meiner Schönheit zu bewachen, von der schon längst nichts mehr übrig war. Ich fing an zu lachen. Ich lachte so sehr, wie ich während der ganzen letzten drei Monate nicht mehr gelacht hatte, ein triumphierendes, befreites Lachen. Das war für mich ein so neues, ein so starkes Gefühl, daß es mich total überwältigte. Ich fing an zu husten.

»Was ist los mit dir?« fragte Serga verdattert und klopfte mir auf den vom Lachen erschöpften Rücken.

»Nichts. Hab mich bloß verschluckt.«

Der »Geist von Romy Schneider« mit seiner ewig scheußlichen Laune war spurlos verschwunden. Jetzt hatte Anouk Aimée die Zügel übernommen, die sanftmütige Hausfee, die lustige Witwe aus »Ein Mann und eine Frau«.

»Soll ich dir was vorlesen?« fragte ich Serga.

»Aber nur mit Ausdruck«, sagte er geziert, er hatte schon mitgekriegt, daß meine Laune sich gedreht hatte.

»Aber selbstverständlich! Mit sämtlichen Satzzeichen und dem gehörigen Stöhnen bei erotischen Szenen.«

»Ohne erotische Szenen, bitte! Man soll einen hilflosen Behinderten nicht fruchtloser Onanie preisgeben.«

»Serga, sogar das hast du schon mitgekriegt? Du bist ja richtig erwachsen geworden!« Ich fiel ihm um den Hals und gab ihm einen Kuß aufs Ohr. »Sei mir nicht böse!«

»Ich bin nicht böse … Wirklich nicht.«

Ich wußte, daß er die Wahrheit sagte. Das war allerdings die merkwürdigste Wahrheit, die man sich vorstellen konnte. Allen Gesetzen des Daseins zum Trotz hatten Verstümmelung und Blindheit Serga weise und tolerant werden lassen, sie machten ihn unerwarteterweise sogar als Mann attraktiv: ein starker Mensch, der sein Kreuz trägt. Darüber hinaus versorgte er die Umgebung seines persönlichen Golgathas mit Witzen über die Unvollkommenheit der Konstruktion seines Rollstuhls. Das Unglück hatte ihm die sinnliche Ausstrahlung verliehen, die ihm früher vollkommen gefehlt und von der er immer geträumt hatte. Ich sprach meine ketzerischen Gedanken niemals laut aus, aber ich war fast sicher, daß früher oder später eine Frau in unserer runtergekommenen Wohnung auftauchen würde. Wer weiß, vielleicht sogar die Tochter unserer Fürsorgerin, die Serga mit Schlaftabletten versorgte. Verdammt, ich mußte ihm sagen, daß mir das Zeug ausgegangen war.

Jetzt war ich meinen nächtlichen Alpträumen wehrlos ausgeliefert.

Aber sogar das Gefühl der bevorstehenden Nacht konnte eine andere Vorahnung nicht verdrängen. Irgend etwas in meinem Leben, das wie stehendes Sumpfwasser war, würde sich verändern. Sollte dieses »Etwas« mit meinem bevorstehenden Ausflug zu Mosfilm zu tun haben? Oder war ich es einfach leid geworden, unentwegt über den Tod nachzudenken – über den Tod anderer und über meinen eigenen?

Ich war auf die Minute pünktlich, aber Bubjakin erwartete mich schon mit unzufriedener Miene am Ausgang der Metro. Er kam gar nicht auf den Gedanken, mir die schwere Mappe mit den Bildern abzunehmen. Das hast du dir selber zu verdanken, du Vollidiotin, warum wolltest du sie unbedingt hinbringen? Wir stiegen in einen Trolleybus, entwerteten jeder für sich unsere Fahrscheine und erreichten Mosfilm, ohne daß einer von uns ein Wort gesprochen hätte. Mir war dieses Schweigen nicht unangenehm, im Gegenteil, ich empfand sogar eine gewisse Zärtlichkeit für diesen Unglücksvogel von Hacker. Das Studio war einmal ein Teil meines Lebens gewesen, und jetzt mußte ich mich auf diese Begegnung vorbereiten.

Das Unternehmen Mosfilm meiner Erinnerung war vollkommen anders: ein riesiges Labyrinth voller Verführungen und Verlockungen, in dem die frischgebackene Drehbuch-Studentin mit Namen Maus und ihre heilige Kuh Iwan für immer und ewig verlorengingen. Dann kam mein zweijähriges Praktikum. Während dieser Zeit hatte die Mosfilm den lauteren Charme eines Musentempels verloren, es wurde zum verhaßten Arbeitsplatz, sonst nichts. In der Studio-Kantine holte ich mir immer nur Gemüsesalat und in der Studio-Apotheke Askorbinsäure. Mitte der Neunziger brach die gesamte Filmindustrie zusammen und Mosfilm mit ihr. Und nach allem, was in der darauffolgenden Zeit mit mir passierte, war ich davon überzeugt, daß ich seine heiligen Hallen niemals wieder betreten würde. Dieser Abschnitt meines Lebens war für immer abgeschlossen.

Und jetzt kehrte ich plötzlich zurück. Kehrte zurück als zufällige Besucherin, für die nicht einmal ein Passierschein vorbereit war. Dabei hatte ich noch die Zeit erlebt, als es schwieriger war, bei Mosfilm hineinzukommen als in eine Atomraketen-Basis.

»Bist du hier schon mal gewesen?« fragte mich Bubjakin. Das war sein erster Satz am heutigen Morgen.

»Nein«, antwortete ich kurz und schüttelte zur Bekräftigung den Kopf.

»Jetzt verstehe ich, warum du so scharf drauf warst, die Bilder selber abzuliefern. Du möchtest sozusagen den Altar des Kinos mit eigenen Augen sehen. Typisches Spießersyndrom. Dann kannst du später deinen vollgepißten Enkelkindern vor dem Einschlafen von diesem historischen Ereignis erzählen. Hast du Enkel?«

Bubjakin sah mich unschuldig an, und ich erwiderte ebenso unschuldig seinen Blick.

»Nein.«

»Dann wird's ja Zeit. Du bist doch auch nicht mehr die Jüngste.«

Er wollte mich ein bißchen piesacken, er mochte einfach meine grauen Haare nicht und mein herausfordernd ungepflegtes Gesicht. Ich kannte diesen Typ. Ein Weibchen hatte entweder schön zu sein, oder sie konnte sich gleich umbringen.

Ohne ein Wort zu sagen, blieb ich stehen und legte vorsichtig die Mappe mit den Bildern auf die Betonplatten des Weges, der zum Verwaltungsgebäude führte. Der arglose Bubjakin machte noch ein paar Schritte, als ihn meine leise, gebieterische Stimme anrief: »Dreh dich um, du Computerarsch!«

»Eh … was?«

Weiter kam er nicht. Bevor er überhaupt begriff, was vor sich ging, fand er sich schon mit verdrehtem Arm und blutendem Gesicht auf den Betonplatten wieder. Jetzt hielt ich mich nach Strich und Faden schadlos. Ich vermöbelte ihn mit professioneller kalter Wut, genau, wie es mir Hauptmann Lapitzkin beigebracht hatte. Ich hatte nichts, gar nichts vergessen.

»Na, noch nicht verreckt?« erkundigte ich mich schließlich freundlich.

»Du verdammtes Aas! Was soll das … Du Miststück … Na warte …«, krächzte Bubjakin undeutlich und spuckte Blut.

»Das ist für die Enkel«, parierte ich gelassen. »Sie haben ja sonst niemanden, der sie beschützt. Und im übrigen merk dir eins: Wenn du dir noch mal irgendwelche Frechheiten erlaubst, zerdrücke ich dich wie eine Kellerassel.«

Bubjakins linkes Auge schwoll schon an. Ich hatte wohl ein wenig übertrieben. Ich fischte ein Fünfrubelstück aus der Tasche und reichte es dem bedauernswerten Hacker.

»Leg das drauf.«

Er starrte mich mit ohnmächtigem Haß an, aber die Münze nahm er trotzdem. Ich drehte mich auf dem Absatz um, hob die Mappe auf und ging weiter, ohne mich noch einmal umzusehen.

Bubjakin erschien zehn Minuten später am Verwaltungsgebäude. Ich saß auf der Treppe, hatte mir die Leinwandmappe untergelegt und rauchte in aller Ruhe eine Zigarette. Die Sanftmut selbst, eine häßliche Frau, die einiges durchgemacht hat und die es gewohnt ist, vergeblich auf ihre Gelegenheitsliebhaber zu warten.

Er ließ sich neben mich hinplumpsen und schielte vorsichtig mit seinem ramponierten Auge zu mir herüber, so ganz konnte er immer noch nicht an die Szene glauben, die sich soeben abgespielt hatte.

»Zigarette?« schlug ich vor, als sei nichts geschehen.

»Leck mich«, knurrte Bubjakin wütend, aber die Zigarette nahm er. Eine Zeitlang rauchten wir schweigend.

»Das war ja ein ziemlicher Hammer«, sagte er dann versonnen und starrte blicklos vor sich hin. »Gehst du mit allen Männern so um oder gibt es da glückliche Ausnahmen?«

»Du gefällst mir nicht.«

»Du gefällst mir auch nicht, aber das ist noch lange kein Grund, so auszurasten. Schließlich hast du dich selber an mich gehängt, du verdammte Suffragette!« Bubjakin konnte einfach seine Klappe nicht halten, doch er rückte, durch bittere Erfahrung klug geworden, möglichst weit von mir ab.

Aber jetzt stellte ich schon keine Gefahr mehr dar. Der jähe Wutanfall war vorbei und hatte leichten Gewissensbissen Platz gemacht. Was konnte dieser harmlose Strizzi schließlich dafür, er hatte mich bloß aus reiner Gewohnheit provoziert und nicht aus böser Absicht. Es lag auf der Hand, daß ich ziemlich überreagiert hatte, wahrscheinlich sollte sich mal jemand mit meiner zerrütteten Psyche befassen. Ich atmete tief die Oktoberluft durch meine Nase, und erst jetzt begriff ich, daß ich sie fühlte. Zum ersten Mal während der letzten drei Monate – als sei ich nach langer Irrfahrt in den dunklen Labyrinthen meiner Untaten endlich ans Licht gekommen. Seltsam, daß das gerade in diesem Augenblick geschah. Emotionale Erschütterungen waren das letzte, was ich im Moment gebrauchen konnte. Beinahe dankbar sah ich Bubjakin an.

»Alles in Ordnung. Dem Veilchen bist du glücklich entkommen.« Ich untersuchte kritisch sein Gesicht und nickte zufrieden.

»Das ändert nichts an der Sache. Ich fordere Entschädigung.«

»Wie wär's mit einer Tasse Bouillon im Bahnhofsbüfett?«

»Sag mal, machst du dich eigentlich immer auf diese Art an ahnungslose Männer ran?«

»Meistens.« Allmählich bekam ich Spaß an der Sache. »Aber die Kohle mußt du mir zurückgeben, wenn du fertig bist. Die brauche ich noch.«

»Für analoge Fälle?«

»Genau.«

Plötzlich berührte ich Bubjakins Hand, ohne mir darüber im klaren zu sein, warum ich das tat. Und erst als meine Hand die lebendige, wunderbar elastische Haut spürte, begriff ich, daß ich diese Geste jetzt brauchte, ganz notwendig brauchte. Sie bedeutete für mich die Rückkehr ins Leben – nicht mehr und nicht weniger. Serga zählte nicht, seine Vergangenheit war auch meine Vergangenheit, sein Leben war auch mein Leben. Und dort gab es nichts außer Ruinen und Leichen. Bubjakin war für mich plötzlich der erste Mensch aus einer Welt, die ich schon für immer verloren geglaubt hatte; ohne es selbst auch nur zu ahnen, vollbrachte er das Unmögliche – er schlug eine Bresche in meine Erstarrung, in meine Weigerung zu leben. Mit jeder Sekunde riß diese Bresche weiter auf, die Welt füllte sich mit unbegreiflichen Geräuschen und seltsam bunten Farben, als ob ich aus einer Lethargie erwachte …

Nein, ich war noch nicht bereit zu sterben, nein, noch nicht. Ich reckte mich, daß meine Knochen knackten, und ich hörte dieses Knacken mit Vergnügen: Ich lebte!

»Wunderbarer Oktober dieses Jahr, findest du nicht, Fjodor?«

»Wie ich sehe, hat sich deine Laune abrupt gebessert.« Bubjakin sah mich zweifelnd an. »Du hast wohl lange nicht trainiert? Gehen wir, der Chef wartet sicher schon …«

Wie sich zeigte, waren Bubjakins Ängste maßlos übertrieben. Das wurde mir klar, als wir im dritten Stock ankamen, in dem kleinen Teambüro des Films mit dem prätentiösen Titel »Vergiß Montserrat«. Ich rümpfte unwillkürlich die Nase angesichts einer so offenkundigen Geschmacksverirrung. Ein Preisträger von Cannes hätte sich doch etwas Subtileres einfallen lassen können.

»Warte hier«, flüsterte Fjodor mit solcher Wichtigkeit, als ließe er mich im Vorzimmer des Fegefeuers warten unter dem Türschildchen »Gottvater – Sprechstunden in persönlichen Angelegenheiten 16–18 Uhr«.

Ich blieb im Gang zurück. Hier hatte sich in den letzten paar Jahren absolut nichts verändert. Ich schloß die Augen und rekonstruierte in Gedanken den Plan des Stockwerks: Ein kleines Stück weiter, an der Treppe, befand sich die Raucherecke mit den leeren Filmdosen, die als Aschenbecher dienten. Wenn man die Treppe nach unten ging, kam man ins Hauptgebäude, in dem sich die Studios und die winzigen Verschläge der Technik zusammendrängten. Wenn man nach oben stieg, hatte man beste Aussichten, einem der Meister zu begegnen, die die Mannschaften für das große Kino trainieren. Sie würden mich nicht erkennen. Sie würden mich nicht einmal erkennen, wenn ich mein Gesicht nicht verändert hätte. Ich war die unscheinbarste Pflanze im ganzen Jahrgang gewesen, ein Anhängsel des glänzenden Drehbuchschreibers Iwan.

»Na, lebst du noch?« Die Tür war aufgegangen und hatte mich fast erschlagen, Bubjakins Kopf schaute dahinter hervor. »Komm rein!«

Einen Moment lang zögerte ich und versuchte krampfhaft, das Beben, das plötzlich meine Wirbelsäule erfaßt hatte, zu beherrschen. Dann folgte ich Bubjakin.

Ich betrat das ganz normale Hauptquartier eines Filmteams. Aber gleichzeitig spürte ich sofort etwas Besonderes in der Atmosphäre dieses Raums, etwas, das ungreifbar in der Luft lag. Ich konnte mir nicht erklären, woher dieses Gefühl kam – jedenfalls bestimmt nicht von den Plakaten an den Wänden, nicht von dem dichten Pulk von Filmpreisen, die friedlich hinter dem Glas der Büroschränke dösten. Es gab hier noch etwas anderes. In diesem ganz gewöhnlichen Zimmer verwandelte sich die Wirklichkeit auf wundersame Weise, es roch hier nach großem Abenteuer, nach universalem Bluff.

Es lag an den Gerüchen: teures Parfüm, teures Leder, der schwere Flor teurer Teppiche, ein dezenter Nimbus starker Drogen, das kaum merkliche graublaue Dunstwölkchen eines Joints ... Wo, zum Teufel, war ich hier bloß gelandet?!

In dem Zimmer war niemand, außer einer jungen Frau, die in einem Ledersessel saß. Das junge, trotzige, unschöne Gesicht einer hartgesottenen Kifferin und Gruppensex-Adeptin. Ihre nackten Füße lagen lässig auf dem Tisch, und ich hatte reichlich Gelegenheit, ihre Fersen zu bewundern. Ich staunte ein wenig über solche Lässigkeit, aber Bubjakin fand die Situation vollkommen korrekt.

»Wo ist er?« fragte Bubjakin.

»Im zweiten Studio. Macht mit alten Schachteln rum«, sagte sie träge und sah mich bedeutungsvoll an. Mit meinen grauen Haaren zählte ich für sie fraglos zum Friedhofsgemüse.

»Hat er mich gesucht?«

»Er ist auf Hundertachtzig«, sagte das Mädchen mit sichtlichem Vergnügen.

»Mist, das wußte ich doch«, stellte Bubjakin genervt fest und raste aus dem Zimmer, mich immer im Schlepptau. Ich folgte ihm äußerst widerwillig. Seltsam, ich hatte plötzlich große Lust, in dieser wundersamen Höhle zu bleiben, die mir wie eine unmögliche Mischung aus Opiumspelunke und Nobelhotelzimmer vorkam. Bubjakin rannte in sicherem Abstand vor mir her durch den langen Flur. Er drehte sich zu mir um und keifte hysterisch: »Und alles deinetwegen ...« Er wollte wohl noch irgend etwas Nettes hinzufügen, ließ es aber bleiben. »Ich hab doch gesagt, er haßt es, wenn man zu spät kommt! Beweg dich!«

Zehn Minuten später erreichten wir das Gelände der Mosfilm-Studios. Ich erinnerte mich an diese Hangars noch von meinem Praktikum her. Damals standen fast alle leer. Mitte der neunziger Jahre, als das große Kino endgültig den Bach runterging, drehten die wenigen selbstmörderischen Einzelgänger des Autorenfilms lieber an authentischen Drehorten, vorzugsweise in möglichst winzigen Wohnungen, prallgefüllt mit den kleinen Leidenschaften kleiner Leute; Low-Budget-Kino mit einem Hang zu fadem Moralisieren und zu billiger Pathetik – das war damals modern. Allem Anschein nach hatten sich die Zeiten inzwischen geändert: In den Studios brummte das Leben. Während ich Bubjakin folgte, konnte ich eine Reihe ziemlich bunt zusammengewürfelter Filmteams beobachten.

»Hier ist ja richtig was los«, sagte ich beifällig zu Bubjakin.

»So ist das eben«, antwortete er zerstreut. »Wir sind gleich da. Nimm dich in acht, der Regisseur ist ein echter Tyrann, Fremde am Set machen ihn aggressiv, also zieh den Schwanz ein und halt schön die Klappe. Wir bringen das jetzt irgendwie über die Bühne, und dann sehe ich dich hoffentlich nie wieder. Kapiert?«

»Was gibt es da zu kapieren? Ein Tyrann und aggressiv. Alles klar.«

Ich merkte, daß wir endlich am Ziel waren, noch ehe Bubjakin vor einem der Studios stehenblieb. In der Luft lag wieder dieser Geruch von Bluff und unbeschwertem Abenteuer. Er schielte zu mir herüber und tippte schell ein paar Zahlen in ein Codeschloß. Was ich dann zu sehen bekam, ließ sich nur mit viel gutem Willen als Filmstudio bezeichnen. Eher sah das aus wie ein Pfandleihhaus oder ein Trödelladen. Die Fläche zwischen den Soffitten und den Kulissen war komplett zugebaut mit einem Haufen von entzückenden, vom Alter stumpf und glanzlos gewordenen Gegenständen. Jeder einzelne von ihnen hätte dem Schaufenster eines durchschnittlichen Antiquitätenladens zur Zierde gereicht. Gemälde in schweren Rahmen, Aquarellskizzen und unvollendete Studien, gewichtige Gardinenleisten, haufenweise hochzerbrechliche Nippsachen, die ihre Besitzer regelmäßig überleben. Silbergefaßte Ikonen, chinesische Bodenvasen, Lampen, auf deren Porzellansockeln sich Szenen aus griechischen Tragödien und französischen Schäferstücken abspielten.

»Ich wußte gar nicht, daß ihr hier eine Nebenabteilung der Requisite habt«, sagte ich bezaubert und zupfte Bubjakin am Ärmel.

»Regel Nummer eins: nichts angrapschen. Regel Nummer zwei: niemals das Wort ›Requisit‹ in Gegenwart des Tyrannen aussprechen.«

»Warum nicht?«

»Weil er Requisiten haßt. Und unechten Tinnef oder Attrappen. Alle Gegenstände sind authentisch, jeder hat seine Geschichte. Künstlerische Wahrhaftigkeit, verstehst du? Siehst du dieses hübsche Pastell da?« flüsterte Bubjakin und zeigte auf eine kleine Studie, die unter mehreren anderen Bildern fast begraben war. »Das ist ein echter Toulouse-Lautrec. Aus dem Magazin des Puschkin-Museums.«

»Wie seid ihr da rangekommen?«

»Das haben die uns selber angeschleppt, haben sich lange und tief verbeugt und gesagt ›Beehren Sie uns wieder‹, und haben uns gleich noch ihre komplette Sammlung von Postimpressionisten versprochen, wenn wir sie brauchen sollten. Na gut, jetzt steige ich auf den Richtblock, und du reihst dich da bei den Bittstellern ein. Ich rufe dich dann.«

Bubjakin seufzte schwer und begab sich in die einzige beleuchtete Ecke des Studios, wo sich mehrere Personen aufhielten. Die Ecke war genauso gediegen eingerichtet wie das Büro des Filmteames von »Vergiß Montserrat«. Lange Tische, auf denen sich Antiquitäten türmten, Halogenlampen, tiefe Bürosessel. Der kleine Trupp von Besuchern bestand hauptsächlich aus ärmlich gekleideten alten Frauen, die Rücken adlig gerade, die Hände proletarisch rauh. Jede von ihnen hielt eine Tasche fest an sich gedrückt und schielte mißmutig auf ihre Nachbarin. Ich hatte den starken Verdacht, daß der ganze Antiquitätenkram aus den abgewetzten Henkeltaschen und Beuteln der Alten stammte. Der Tyrann, der »letzte Imperator Großen Stils« Andrzej Bratny, agierte mit einer Verve, deren ganzes Ausmaß ich ein wenig später am eigenen Leib zu spüren bekam.

Um mich inzwischen irgendwie zu beschäftigen, stand ich leise auf und schlenderte unter den mißbilligenden Blicken der Alten durch das Studio. In die Nähe des Trödelmarkts traute ich mich nicht. Den bewachten zwei junge Männer mit dem Stempel der Bedeutsamkeit auf ihren verschlagenen Leibwächtervisagen. Stechende Blicke, kantiges Kinn, die Stetschkin locker unter den verschwitzten Achseln. Solche Typen hatte ich im Laufe des letzten Jahres im Überfluß gesehen. Aber ich hätte nie erwartet, sie hier bei Mosfilm anzutreffen.

Einer der Wächter fletschte fröhlich die Zähne und winkte mir zu: Setzen Sie sich hin, wo sie gesessen haben, Muttchen, und laufen Sie nicht unnötig durch die Gegend. Ich nickte und verzog mich aus dem Blickfeld der Wächter ins Hinterland des Studios.

Und stieß im nächsten Augenblick auf Andrzej Bratny.

Ich erkannte ihn sofort – das Photo aus der »Filmkunst« hatte sich mir fest ins Gedächtnis eingeprägt. Bloß eines hätte ich nicht erwartet: Bratnys Gesicht war noch attraktiver als auf der Aufnahme. Nein, attraktiv war die denkbar unglücklichste Bezeichnung. Kann man eine Naturkatastrophe attraktiv nennen, oder die Detonation einer Bombe, die Messerklinge, die über dem Opfer schwebt?

Er hockte vor einem Haufen Requisiten und unterhielt sich leise mit irgendeinem Schnösel, einem gepflegt aussehenden Deutschen. Der Schnösel hieß Lutz, wie ich den kurzen Sätzen entnahm, welche die beiden in simplifiziertem Russisch und scheußlichem Englisch austauschten. Der Triumphator von Cannes war gerade dabei, dem Deutschen ohne jeden Skrupel eine Sammlung schäbiger Ostereier anzudrehen.

»Fabergé«, erklärte Bratny und schnipste mit seinen schlanken Fingern.

»Ja, ja ... Understand, Fabergé.« Der Deutsche nickte mit seinem rasierten runden Kopf und besah sich zweifelnd die Eier.

»Wir arbeiten doch nicht zum ersten Mal zusammen ... Die Dinger sind alle echt, keine Fälschungen, der goldene Fundus der russischen Kultur ... Understand?«

»Ja, ja.« Der ungläubige Lutz sträubte sich lasch.

»Look at me, Herr Lutz.« Andrzej nahm ein Osterei in die Hand, ein glanzloses, nicht sehr eindrucksvolles Ding. Und da geschah etwas Verblüffendes: Das Ei verwandelte sich auf seiner Handfläche, es strahlte plötzlich in leuchtend bunten Farben, und tief in seinem Inneren schimmerte ein warmes und gleichmäßiges Licht.

Einige Sekunden lang konnte ich mich nicht von diesem wunderbaren Anblick losreißen. Aber mit dem Deutschen ging eine noch größere Verwandlung vor sich. Sein Gesicht wurde rotfleckig, ein Zeichen höchster Erregung. Er hob die Hand, um sie nach diesem zauberhaften kleinen Gegenstand auszustrecken, aber das Ei war urplötzlich verschwunden.

»Also was ist? Nehmen Sie sie?« fragte der Regisseur. Er hörte sich an wie die Schlange im Paradies.

»Ja, ja!« Das rote Gesicht des Deutschen wurde noch röter, einen Moment lang dachte ich, ihn würde der Schlag treffen. »How much?«

Bratny öffnete die Hand – das Ei war verschwunden. Ich gluckste vor Vergnügen und hätte beinahe laut applaudiert. Bratny spreizte die Hand und zeigte dem Deutschen gewissenhaft alle fünf Finger.

»Fünf Lappen für jedes. Five thousand for each. Fast umsonst. Understand?«

»Ja, ja«, sagte der Deutsche immer wieder.

Bratny zog ein vierfach gefaltetes Blatt hervor und hielt es dem Deutschen unter die Nase.

»Dann können wir auch gleich unseren Vertrag unterschreiben.«

Vollkommen paralysiert, zog Herr Lutz gehorsam einen prächtigen Parker aus der Brusttasche, kritzelte irgendwas auf das Blatt und steckte den Füller wieder an seinen Platz. Der Regisseur folgte dem Parker mit dem nachdenklichen Blick eines professionellen Taschendiebs und klopfte dem Deutschen väterlich auf die Schulter.

»Ganz ausgezeichnet, Herr Lutz, very good. Die ganzen Formalitäten erledigen wir dann später, jetzt entschuldigen Sie mich ... Excuse me, Arbeit. Über unsere bemalten Schafe reden wir heute abend. Today in the evening. Okay?«

»Ja, ja.«

Während sie an mir vorbeigingen, einander auf die Schultern klopfend und sich wechselseitig ihre höchste Zuneigung bekundend, wußte ich schon, daß der Parker sich nicht mehr in der Brusttasche des Deutschen befand. Der raffinierte Regisseur hatte ihn natürlich geklaut. Mit dem unschuldigsten Gesicht. Wenn er seine Filme genauso drehte, wie er klaute, wenn alles, was er berührte, genauso in innerem Licht erglühte (das hatte ich ja selber gesehen), dann hatte die Filmbranche tatsächlich eine unerhörte Persönlichkeit gewonnen.

Ich kehrte zu den alten Weiblein und zu meinem »Shakespeare« zurück, den ich auf dem Stuhl liegengelassen hatte. Ich wußte jetzt etwas über Bratny, was nicht in den seriösen Zeitschriften stand. Kurz darauf erschien er selbst in Begleitung eines kleinen kahlköpfigen Mannes mit Ärmelschonern aus Baumwolle. Sofort kam das ganze Studio in Bewegung, alles drehte sich um Bratny. Die alten Weiblein wurden nervös und reckten die Hälse.

»Da ist er. Endlich ist er da, Gott sei Dank. Jetzt geht es voran«, hörte man sie murmeln.

Bratny machte sich in seinem Sessel breit und setzte einen gelangweilten Gesichtsausdruck auf. Sein Begleiter ließ sich bescheiden an seiner Seite nieder und legte winzige, funkelnde Juwelierwerkzeuge vor sich hin. Hinter Bratny erschien sofort eine welke Infantin mit ungewöhnlich hoher Stirn, die der Kifferin in seinem Büro verblüffend ähnlich sah. Die Frauen in Bratnys Filmteam zeichneten sich nicht gerade durch Vielfalt aus. Die Infantin hielt einen mächtigen Folianten im Arm und verschlang die Rückseite des Regisseurs geradezu mit den Augen. Im Hintergrund drückte sich auch Fjodor herum.

»Her mit den Omas«, befahl Bratny. »Und bitte Tempo, ich hab heute noch ein Casting.«

Die Schlange kam in Bewegung, die alten Weiblein traten eine nach der anderen an Bratnys Tisch. Der kahle Juwelier verstand sein Geschäft. Er besah sich die Schmuckstücke, die man ihm hinlegte, durch eine Lupe, beriet sich flüsternd mit Bratny und verkündete dann mit leiser Stimme sein Urteil. Ich konnte nicht hören, was er zu den Omas sagte, aber offensichtlich handelte es sich um wenig schmeichelhafte Bemerkungen über die Qualität der Ware. Die meisten der alten Weiblein büßten jedenfalls schlagartig ihre majestätische Haltung ein und krochen, von der Infantin geleitet, zum Nachbartisch, an dem zwischen Stapeln von Papieren und Bargeld ein jugendlicher Ganove im gut gebügelten Anzug eines Bankangestellten thronte. Dem Typen hätte ich nicht einmal den letzten zerknitterten Zehner aus meinem Portemonnaie anvertraut. Mit zuckersüßem Lächeln überreichte er den Omas Bargeld, sie setzten ihre Unterschrift unter irgendwelche Papiere, bekamen eine Quittung und verzogen sich still und leise aus dem Studio.

Der ganze Vorgang interessierte mich kolossal. Ich hatte gesehen, wie einfach Bratny mit dem Deutschen fertiggeworden war. Die hilflosen alten Omas waren für ihn eine noch viel leichtere Beute.

»Haben Sie auch etwas für die Filmaufnahmen mitgebracht?« fragte ich meine Nachbarin vorsichtig.

Die Alte zeigte sich gesprächig.

»Na ja, ich habe doch die Anzeige gelesen«, erklärte sie mir flüsternd. »Man suche echten Schmuck ... leihweise, für gutes Geld. Und wir haben schließlich so schwere Zeiten, Sie wissen schon. Ich bin ganz allein, und so wenig

Rente. Außerdem wird sie immer zu spät ausgezahlt. Der Regisseur soll ja sehr bekannt sein. Und ich habe von meiner Urgroßmutter noch einen Ring, einen echten Saphir. Ich habe ihn sogar heil durch den Krieg gebracht. Aber jetzt ... Schauen Sie mal.«

Sie zog ein Schächtelchen aus der Tasche und öffnete es. Der Ring, der dort auf abgeschabtem Samt lag, setzte mich in Erstaunen: es war tatsächlich ein Saphir von seltener Schönheit, in einer Fassung aus stilisierten goldenen Weinranken.

»Sehr schön.« Ich stieß die angehaltene Luft aus. »Ein prächtiges Stück.«

»Ja«, bestätigte die Oma traurig. »Dreißig Jahre habe ich ihn getragen. Jetzt kann ich es nicht mehr, meine Fingergelenke sind geschwollen, die Arthritis, wissen Sie.«

Die hochstirnige Infantin winkte meine Nachbarin zu sich heran, und diese trippelte gehorsam zum Tisch.

»Ich gehe mit«, flüsterte ich der Alten zu, nichts Gutes ahnend.

»Wie Sie wollen«, antwortete sie gleichgültig, sie interessierte jetzt nur noch die Frage, wieviel sie für die Ausleihe ihres Familienschmucks bekommen würde.

Einen Moment später hatte der kahlköpfige Juwelier den Ring schon unter der Lupe. Ich wandte kein Auge von Bratny. Über seine halbgeschlossenen Lider lief ein Schatten, er rieb sich das Kinn und brummte skeptisch – ein bißchen lauter als notwendig.

»Gute Arbeit«, sagte der Juwelier zögernd, immer noch über den Stein gebeugt. »Recht gutes Gold. Natürlich nicht hochkarätig. Haben Sie den schon mal schätzen lassen?«

»Nein.« Die Oma sah den Juwelier verständnislos an. »Sollte ich das?«

»Was den Stein angeht, muß ich Sie leider enttäuschen.« Der kahle Teufel mit den Ärmelschonern richtete sich auf.

»Was ist denn damit?«

»Der Stein ist unecht«, verkündete er mit dramatischer

Geste und erging sich in wortreichen Erklärungen. »Eine sehr gute Imitation, aber kein Saphir. Sieht eher wie ein Saphirin aus, eine Unterart des Chalzedon, aber dies ist ein Industrie-Stein, er ist praktisch nichts wert. Die Fassung ist allerdings sehr schön gearbeitet. Also, wir könnten Ihnen den Ring abkaufen, einen wirklichen Wert besitzt er zwar nicht, aber für das Gold machen wir Ihnen einen anständigen Preis.«

Der Juwelier warf einen schnellen Blick auf Bratny. Der trommelte mit den Fingerspitzen auf die Armlehne.

»Sagen wir, siebenhundert Rubel. Soviel kriegen Sie sonst nirgends, wenn Sie überhaupt etwas kriegen. Und siebenhundert Rubel sind viel Geld heutzutage.«

Es tat einem weh, die Oma anzuschauen. Ihre Lippen bebten wie bei einem kleinen Mädchen, und zwei einsame Tränen traten ihr aus den Augen.

»Wie ist das möglich?« fragte sie mit ersterbender Stimme. »Das ist doch unser Familienstein, er wurde von Generation zu Generation weitervererbt. Meine Urgroßmutter …«

»Tja.« Der Juwelier zuckte mit den Achseln. »Es hat zu allen Zeiten mehr als genug Fälschungen gegeben.«

Die arme Oma war am Boden zerstört und streckte zaghaft die Hand nach dem Ring aus.

»Das kann doch nicht sein. Das ist ein echter Saphir«, sagte sie vollkommen niedergeschmettert.

»Ich arbeite seit dreißig Jahren als Juwelier, hier bin ich nur als Berater tätig. Aber jeder Spezialist, sogar ein Schätzer aus dem Pfandleihhaus, wird Ihnen dasselbe sagen. Schlagen Sie ein, Mütterchen, das ist ein gutes Geschäft.«

»Nein, nein … Ich …«

Der Juwelier machte keine Anstalten, den Ring herauszurücken. Es war Zeit, sich einzumischen.

»Fälschungen hat es schon immer gegeben, das stimmt«, sagte ich mit honigsüßer Stimme. »Aber Gauner gibt es heutzutage erheblich mehr als früher.«

Der Juwelier zuckte zusammen und ließ die Lupe aus dem Auge fallen.

»Wer sind Sie denn ...«, setzte er an, aber eine Handbewegung Bratnys brachte ihn sofort zum Schweigen; er geruhte, endlich die Lider zu öffnen, und faßte mich scharf ins Auge.

»Und Ihnen würde ich raten«, wandte ich mich forsch an den Regisseur, »sich einen anderen Experten zu suchen.«

»Ich verstehe nicht«, plusterte sich der Juwelier auf. »Wollen Sie mir irgend etwas unterstellen? Wer sind Sie überhaupt? Gehören Sie zu der alten Dame? Großmutter, gehört diese Dame zu Ihnen?«

»Nein, nein, sie gehört nicht zu mir.« Die Oma schielte zu dem Angestellten mit dem Bargeld. Von mir wollte sie nichts mehr wissen. Die Versuchung, einfach das Geld zu nehmen, war viel zu groß.

»Der Saphir ist echt«, wandte ich mich an sie. »Man will Sie reinlegen. Es ist das beste, Sie nehmen den Ring und bringen ihn in Sicherheit.«

»Was haben Sie überhaupt hier zu suchen? Wie sind Sie hier reingekommen?« Bratnys Blick ruhte nun auf mir. In seinen kalten Augen sah ich keine Angst, nur leichten Ärger.

»Wie alle, durch den Eingang. Apropos, was Ihre dreißigjährige Erfahrung angeht. Haben Sie Papiere?« schnauzte ich den Juwelier an, der jetzt ganz still geworden war.

Das Leben im Studio erstarrte. Alle hatte es an den Ort der unerwarteten Auseinandersetzung gezogen, in den hinteren Reihen entdeckte ich sogar den total verschreckten Bubjakin.

»Interessante Vorstellung«, sagte Bratny, ohne sich an jemand Bestimmten zu wenden.

»Nicht doch! Ihre ist weitaus interessanter.«

Jetzt wurde er langsam munter. Er geruhte sogar, seine Haltung zu verändern.

»Kennen Sie sich mit Juwelen aus?«

»Jedenfalls kann ich mit Sicherheit einen echten Stein von einem falschen unterscheiden.«

»Wenn man mir nicht glaubt ... Wenn man mir etwas unterstellen will«, fing der Juwelier wieder an zu zetern, aber Bratny schnitt ihm brüsk das Wort ab.

»Halt die Klappe!«

Die Oma guckte verwirrt zwischen Bratny und mir hin und her und konnte überhaupt nicht begreifen, was hier vor sich ging. Endlich traute sie sich, das Wort zu ergreifen.

»Und der Ring, was ist mit dem Ring?«

»Ja, wirklich, was ist mit dem Ring«, unterstützte ich sie, unverhohlenen Spott in der Stimme.

Die Situation paßte ihm gar nicht, das war nicht zu übersehen. Ich hatte Bratnys Absicht innerhalb von wenigen Minuten durchschaut – die Klunkern zu vertauschen oder einfach ihren Wert so weit wie möglich zu drücken. Solche Praktiken waren im Milieu von Langfingerjuwelieren durchaus üblich. Aber daß diese Halsabschneider ihre verbrecherischen Aktivitäten jetzt schon bei Mosfilm entfalteten, ging doch zu weit!

»Wenn Sie uns nicht vertrauen«, sagte Bratny betont.

»Doch, doch, ich vertraue Ihnen«, wisperte die Alte.

»Sie können gern einen unabhängigen Experten hinzuziehen.«

Die Wörter »unabhängiger Experte« ließen sie zur Salzsäule erstarren.

»Ich bin einverstanden«, sagte sie schließlich. »Aber ich bekomme doch das Geld?«

Bratny sah mich triumphierend an. Ich hatte verloren.

»Natürlich, natürlich. Musa, begleite die Dame.«

Die Infantin schnappte sich meinen Schützling, und die beiden defilierten an mir vorbei.

Da bist du platt, du Schlampe, sagte Bratnys Blick, ein wenig umflort von dem unerwartet leichten Sieg.

Hornochse, erwiderte mein Blick, ein wenig umflort von der unerwartet schnellen Niederlage.

»Ich will Sie nicht weiter aufhalten.«

»Schade. Ich wollte Ihnen auch ein paar Schätze anbieten.« So konnte ich einfach nicht gehen.

Niemand kann von dir einfach so weggehen, Andrzej Bratny, und du weißt das, du Mistkerl! Ich mußte plötzlich feststellen, daß mein ganzer gerechter Zorn vollkommen verraucht war. Man konnte Bratny nicht böse sein. Seine blassen polnischen Wangenknochen hatten so gar nichts von einem Zigeuner, trotzdem konnte er jeden Beliebigen hypnotisieren, wenn er wollte, davon war ich überzeugt.

»Vermutlich das Rubin-Collier der Kaiserin Alexandra Fjodorowna?«

»Nicht ganz. Bloß ein paar Bilder.«

»Rubens? Lewitan? Thomas Gainsborough?«

»Nein, ein zeitgenössischer Künstler.«

Bratny legte die Hand hinter den Kopf.

»Uhu ... Fjodor!« Bratny rief nach Bubjakin, der offenbar für moderne Kunst zuständig war. »Hast du die angeschleppt?«

»Wen?« fragte Fjodor feige.

»Diese Person hier.«

»Die sehe ich zum ersten Mal.« Fjodors Augen rundeten sich flehend. »Wie kommen Sie hierher, Schätzchen?«

»Ich habe die Anzeige in der Zeitung gelesen.« Mir fiel ein, was die Alte erzählt hatte, und Fjodor tat mir leid.

»Na gut, dann zeigen Sie mal Ihre Gemälde her«, ließ sich Bratny schließlich herab. »Aber fix, und dann machen wir für heute Schluß.«

»Das paßt mir gut«, antwortete ich beschwingt. »Also bin ich für heute die letzte, die Sie versuchen, übers Ohr zu hauen.«

»Schön, daß wir uns verstehen. Aber gehen wir ein bißchen zur Seite, damit wir das Team nicht bei den Vorbereitungen stören.«

Bratny und ich begaben uns in jenen lauschigen Winkel, wo er vorhin den Deutschen abgezogen hatte. Ich bemühte mich, die Pseudo-Fabergé-Ostereier nicht zu beachten, die friedlich zwischen anderen »Antiquitäten« vor sich hin dösten, öffnete die Mappe und zog meinen »Shakespeare« hervor.

»Das Licht ist hier nicht besonders gut«, bemerkte ich entschuldigend.

»Macht nichts, ich sehe schon, worauf es ankommt.«

Eine Weile betrachtete Bratny nachdenklich Kanigins Bild.

»Wer ist der Maler?«

»Ein junger Mann. Er arbeitet leider nicht mehr.«

»Schade. Ich nehme das Bild. Haben Sie noch mehr?«

Ich zog »Narren und Kardinäle« hervor. Bratny warf einen flüchtigen Blick darauf, mehr höflich als interessiert. Genauso hätte ich es an seiner Stelle auch gemacht. »Narren und Kardinäle« gefiel mir nicht, zuviel schwülstiger Purpur.

»Das paßt nicht rein. Wie heißt das erste Teil?«

»›Shakespeare beim Reisigsammeln‹«.

»Das dachte ich mir. Wieviel wollen Sie dafür?«

»Das Bild ist nicht verkäuflich.«

Bratny sah mich an und grinste.

»Was denn, das gute Stück hat Sie wohl schon ein paarmal vor dem Selbstmord gerettet?«

Mir wurde es schwarz vor den Augen – wie konnte er das wissen?

»Wie kommen Sie darauf?«

»Mich hätte es gerettet ... Wie heißen Sie?«

»Was spielt das für eine Rolle? Eva.« Ich hatte schon lange nicht mehr meinen Namen laut ausgesprochen, meine Lippen formten ihn nur widerwillig.

»Also Eva. Ich schätze mal, Sie sind Bibliotheksleiterin in einer Schule für geistig behinderte Kinder und schwärmen für Al Bano und Romina Power und für muffigen Italo-Pop vom Ende der achtziger Jahre.«

»So ähnlich. Ich arbeite in einem Videoverleih.«

»Na ja, fast richtig getippt. Ich nehme Ihr Bild.«

Ich sagte nichts.

»Wir zahlen. Nicht sehr viel, aber ...«

»Aber heutzutage ...«, führte ich Bratnys Satz weiter.

»Ich schreibe Ihnen eine Empfangsbescheinigung aus. Sie können beruhigt sein – Ihrem Bild passiert nichts.«

»Ihre Praktiken sagen eher das Gegenteil, aber ich will Ihnen mal glauben.« Es machte mir Spaß, ihn zu provozieren.

Bratny zog einen ganzen Wust von Papier hervor, suchte ein Blatt heraus und faltete es auseinander. Ein Fax mit dem Logo des Festivals von Venedig in der rechten oberen Ecke. Auf die Journalisten irgendwelcher Boulevardblättchen mußte das wohl unwiderstehlich wirken. Jetzt hab' ich dich, Herzchen! Der deutsche Parker ruhte schon seit einigen Minuten in einem zerfransten Ärmel meiner alten Jacke. Ein simpler Trick, fast genau derselbe, den Bratny mit Herrn Lutz abgezogen hatte. Nur war ich ein wenig eleganter vorgegangen, ich war nur ein einziges Mal in Andrzejs Nähe gekommen, als er diese kränkende Bemerkung über Al Bano und Romina Power machte. Ich mochte sie nämlich tatsächlich.

Bratny klopfte seine Taschen ab, aber ließ sich nichts anmerken.

»Haben Sie vielleicht einen Stift?« fragte er schließlich.

»Natürlich.« Immer noch freundlich lächelnd reichte ich ihm den Parker.

Er nahm den Füller, und kein einziger Muskel zuckte in seinem Gesicht. Einen Moment dachte er nach, dann schrieb er schnell etwas auf das Blatt und reichte es mir. Erst danach heftete er seinen Blick auf die Trophäe von Lutz.

»Teure Schreibutensilien haben Sie. So ein Teil kostet dich doch locker zweihundert Dollar.«

»Ich hab's umsonst gekriegt«, bemerkte ich sachlich.

»Ich auch.« Mit einem breiten Grinsen gab er mir den Parker und entblöste dabei eine Reihe entzückend ungerader weißer Zähne. »Gehen Sie damit zu Musa, die setzt Ihnen ein Stempelchen drunter.«

»Wer ist Musa?«

»Das arme Schäfchen da mit dem dicken Wälzer.« Er zeigte mit dem Kinn auf die hochstirnige Infantin. »Und jetzt will ich Sie nicht länger aufhalten. Alles Gute.«

Alles Gute. Die Galavorstellung der Diebe war zu Ende. Ich war plötzlich traurig. Jetzt gehe ich weg und sehe ihn nie wieder. Wie schade. Ein amüsanter Typ, die Haare grauslich geschnitten, schlecht rasiert, nicht besonders gut gekleidet, aber er kann jedem den Kopf verdrehen. Es war mir unvorstellbar, was er am Set mit der Kamera und mit den Menschen anstellte. Mit solchen Copperfield-Fähigkeiten, mit solchen weißen Zähnen, mit solcher Fingerfertigkeit, mit solchen Augen, in denen nicht die Spur einer Leidenschaft zu sehen ist, mit den jungenhaften Allüren eines Gottes.

»Alles Gute«, preßte ich hervor und ging zu Musa, die schon lange unsere Unterhaltung mit eifersüchtigen Augen verfolgte.

Als ich zu dem Tisch kam, drückte Musa routiniert den Stempel auf mein Papier, ohne auch nur einen Blick darauf zu werfen, und atmete erleichtert auf. Ich suchte mit den Augen den Glückspilz Bubjakin, der sich auf wer weiß welchen Wegen in Bratnys Filmteam gemogelt hatte, aber er war wie vom Erdboden verschluckt. Es war Zeit zu gehen, hier gab es für mich nichts mehr zu tun. In ein paar Minuten wird Andrzej Bratny nur noch eine blasse Erinnerung sein, höchste Zeit, in der Studiokantine einen Gemüsesalat zu tanken, wie es damals die Drehbuchautorin Maus gelegentlich zu tun pflegte. Sie hatte sich vor überbordenden Emotionen (wer hätte gedacht, daß die Emotionen immer noch über mir zusammenschlagen könnten!) stets gerettet, indem sie intensiv in den kleinen Rote-Bete- und Salzgurkenwürfelchen herumwühlte.

Die Preise in der Kantine waren inzwischen explodiert. Mein Geld reichte gerade mal für eine Tasse Tee und einen Honigkuchen. Ich ließ mich damit an einem Tisch nieder und zog das Papierchen hervor, das Bratny mir gegeben hatte. Es war nicht ausgeschlossen, daß die Empfangsbestätigung sich als Ulk herausstellte. Es war tatsächlich ein Fax vom Festival in Venedig, man hatte Bratny zum Jurymitglied auserkoren, gar nicht schlecht für einen Regisseur aus dem hintersten Winkel der Zivilisation. Ich lächelte. Wem würde er wohl als erstem die Taschen ausräumen – Michelangelo Antonioni oder Robert de Niro? So geschickt wie der ist, kann er sogar Cathérine Deneuve ungestraft in der Tasche rumfingern, wenn sie mal nicht aufpaßt. Ich war noch nie in Venedig, wie schade.

Ich drehte das Fax um und vertiefte mich in das Studium der Empfangsbestätigung. Ich brauchte einige Zeit, um die grauenhafte Handschrift zu entziffern – die Zeilen waren krumm und schief, es gab keinerlei Interpunktion, ein orthographischer Fehler nach dem anderen, genau wie es sich für ein Anfängergenie gehörte. Aber das, was ich da las, verblüffte mich doch.

Dort stand: WAS DER FILM ANGEHT DENKE ICH KÖNEN SIE NICHT ABLENEN MIT DEN GROSSEN REGISEUR IN DER STUDIOKANTINE TREFFEN IN ZWANSIG MINNUTEN KEINE KERZEN BESTELLEN SIE FÜR MIR DASSELBE WIE FÜR IHNEN. Ein jämmerlicher Schnörkel statt der Unterschrift bezeugte die Ernsthaftigkeit des Vorhabens. So eine Bitte konnte man natürlich nicht abschlagen. Bratny gefiel mir mehr und mehr. Ich schloß vor Entzücken die Augen.

Als er endlich zwischen den Tischen auftauchte, wartete ich schon auf ihn, bewaffnet mit einer zusätzlichen Tasse Tee und einem weiteren Honigkuchen. Er setzte sich mir gegenüber, als wäre nichts geschehen und lehnte sich zurück. Eine Weile sagten wir nichts. Ich musterte ihn und er mich.

»Nicht gerade üppig.« Sein Blick schweifte über den Tisch.

Ich zuckte die Achseln.

»Trinken Sie Ihren Tee, er wird kalt«, riet ich.

»Wollen Sie bei mir arbeiten?« fragte er plötzlich.

»Bei Ihnen?« Ich hatte alles erwartet, nur das nicht. »Das soll wohl ein Scherz sein?«

»Im Gegenteil, ich meine es vollkommen ernst.«

»Und womit habe ich dieses überraschende Angebot verdient?«

»Sie gefallen mir.« Er war ganz aufrichtig, er redete nicht um den Brei herum.

»Suchen Sie Ihr Personal immer so aus?«

»Immer. Ein Filmteam ist eine Sekte, nichts anderes. Seit ich das begriffen habe, läuft alles wie am Schnürchen. Ich brauche Adepten. Ich heuere sie an, wie dieser Bursche, der sich Christus nannte, seine Apostel angeheuert hat. Sie haben keinen Schimmer, worum es eigentlich geht, aber Sie bringen Pepp in die Sache. Von diesem Gesichtspunkt aus passen Sie zu mir.«

»Und was ist mit der Professionalität? Ich hab noch nie etwas mit Film zu tun gehabt«, log ich.

»Das kommt schon. Casting-Assistentin, einverstanden?«

»Was habe ich da zu tun?«

»Für den Anfang zeigen Sie mir erst mal den Trick mit dem Parker.« Er grinste breit. »Sie waren überhaupt nicht in meiner Nähe. Wie kommt er also in Ihre Tasche?«

»Und wie ist er in Ihre Tasche gekommen?«

»Schon gut – schon gut. Ich habe ihn einem Teutonen gemopst, der gerade vorbeikam. Das steckt so in mir drin. Also, sind wir uns einig? Sie sind eingestellt.«

Noch nie hatte jemand so kurzerhand über mein Schicksal entschieden, in grade mal dreißig Sekunden.

»Aber ich habe schon einen Job ...«

»Dieser Videoverleih, oder was?« Er wußte noch, was ich gesagt hatte, sehr nett von ihm. »Schmeißen Sie den Job, das ist doch nichts Ernsthaftes. Ich biete Ihnen an, beim *Film* zu arbeiten. Das hat noch niemals jemand abgelehnt. Jede Frau würde für so ein Angebot alles geben.«

»Ich habe nichts zu geben. Wann soll ich anfangen?«

»Sobald Sie das mit Ihrem Videoverleih geregelt haben.«

»Gehen Sie davon aus, daß es geregelt ist.«

Ich trenne mich ohne Bedauern davon, das kannst du mir

glauben, Andrzej Bratny, mit Vergnügen schicke ich alle meine Kunden zum Teufel. Und du denkst dir für mich schon mal was Lustiges für den Abspann aus, irgendein hübsches Pseudonym, mit dem ich still und leise ins Jenseits abtrete, wenn alles vorbei ist.

»Ausgezeichnet. Sie sind mit dem heutigen Tag im Team aufgenommen, Ihre Aufgaben und Pflichten erkläre ich Ihnen später. Man wird Ihnen einen Passierschein ausfertigen.«

»Sonst keine Formalitäten?«

»Keine. Wenn Sie jetzt gleich Zeit haben, stelle ich Sie dem Filmteam vor.«

»Ich habe jetzt gleich Zeit. Und nehmen Sie Ihren Füller zurück.« Ich hielt ihm den Parker hin, aber er nahm ihn nicht.

»Behalten Sie ihn. Als kleines Geschenk von mir.«

»Sehr großzügig.«

»Ich bin überhaupt ein sehr großzügiger Mensch. Sie werden Gelegenheit haben, sich davon zu überzeugen.«

Wie es aussah, hatte er mich schon um den Finger gewickelt. Einer so seltsamen Art der Vereinnahmung begegnete ich zum ersten Mal. Er vereinnahmte mich, weil er überhaupt alles und jeden vereinnahmte: einen Parker für zweihundert Dollar, Skizzen von Toulouse-Lautrec, die Omas mit ihren letzten Familienbrillanten, die Wächter mit ihren stumpfen Jagdhund-Visagen, die Fabergé-Eier, die Jury des Festivals von Cannes, den »Kodak«-Film, die arme Musa mit dem Hauptbuch unter dem Arm, die Beleuchtungsgeräte. Das Vereinnahmen war sein natürlicher Zustand. Ich hatte in meinem Leben Gelegenheit gehabt, die unterschiedlichsten Menschen kennenzulernen, aber so einer lief mir zum ersten Mal über den Weg.

»Was drehen Sie gerade?« fragte ich.

»›Male weepie‹«, sagte er in unvergleichlich schlechtem Englisch.

»Bitte?«

»Eine Männerschmonzette. Aber überlassen wir diese

öden Fragen doch lieber den Journalisten. Jedenfalls ein klasse Film, soviel ist schon mal sicher. Und Sie dürfen dabei mitmachen. Sich im Abspann verewigen.«

»Ich bin nicht ehrgeizig.«

»Ich auch nicht«, log er, ohne mit der Wimper zu zucken, und ging sofort zum Du über. »Trink dieses Gebräu aus, wir müssen los. Ich habe heute Casting, und deine Anwesenheit als Casting-Assistentin ist dabei unabdinglich.«

Seinen Tee hatte er überhaupt nicht angerührt.

Ich kehrte als ein vollkommen anderer Mensch ins Studio zurück, innerhalb einer halben Stunde hatte ich eine Traumkarriere gemacht: von der bescheidenen Angestellten eines Videoverleihs zur Assistentin eines berüchtigten Skandalregisseurs. Eine Menge arbeitsloser Profis, die den Studios auf der Suche nach einem Gelegenheitsjob die Türen einrennen, hätte mich in der Luft zerfetzt.

Das ganze Team war versammelt. Das Casting ist eine ausgesprochen haarige Angelegenheit, so ähnlich wie das große kollektive Besäufnis am Ende der Drehzeit. Sogar Bratnys Drehbuchautorin, Xenia Nowotozkaja, war zugegen, ein dickes, schmuddeliges Stück Weib mit dem einfältigen Charme einer Landpomeranze. In der Ausgabe der Filmzeitschrift, die Bratnys Wettschwimmen in Cannes gewidmet war, durfte sie die Krümel vom Regisseurstisch aufsammeln. Bratny hatte sie in irgendeinem vermieften Verlag aufgegabelt, wo sie die letzten zehn Jahre als Korrektorin vor sich hin gemodert hatte. Vom Film hatte sie nicht die geringste Ahnung. Das gab sie den Journalisten gegenüber auch offen und ehrlich zu. Nichtsdestotrotz erhielt »Tanzende Schatten« den Preis für das beste Drehbuch. »Ich weiß selbst nicht, wie das passiert ist«, erklärte sie der verdutzten Presse. »Er zwingt einen dazu, Dinge zu tun, die man von sich selber gar nicht erwarten würde. Ohne ihn hätte ich keine einzige Zeile geschrieben. Er hat mir keine andere Wahl gelassen, als daran zu glauben, daß ich es kann. Er hat mir die Angst vor dem Leben genommen, und das ist das einzige, was die Kunst daran hindert, Kunst zu sein.«

»Er« – damit war Bratny gemeint. Ich war mir fast sicher, daß er seine Wahl rein zufällig getroffen hatte. Er hätte jeden Beliebigen dazu gebracht, ein Drehbuch zu schreiben, mit ganz genau demselben Resultat.

Kaum erschien Bratny im Studio, richteten sich alle Blicke auf ihn. Ich konnte in den Augen der anwesenden Filmeleven keinerlei überflüssige Vergötterung entdecken, nur ausgelassene Vorfreude auf das große Spiel. Andrzej klatschte in die Hände, und das ganze Filmteam erstarrte in ungeduldiger Erwartung.

»Ich möchte euch meine neue Casting-Assistentin vorstellen«, verkündete er feierlich. »Sie heißt Eva.«

Alle sahen mich neugierig an. Aber in diese Neugier mischte sich noch etwas anderes, das mir vorkam wie Eifersucht. Ihr Grund wurde mir im nächsten Moment klar. Ich fing den Blick des verdutzten Fjodor auf und zwinkerte ihm zu.

»Ihr werdet sie später noch näher kennenlernen. Jetzt bitte ich alle um Konzentration. Wo ist dieser blöde Sack von Kameramann?«

»Er müßte gleich kommen«, sagte ein flachsblonder junger Mann, der ein Sammelsurium von Lichtfiltern trug.

»Wollen wir's hoffen.«

Andrzej vertiefte sich in ein Gespräch mit seiner dicken Drehbuchautorin und hatte mich augenblicklich vergessen. Das Casting war für elf Uhr angesetzt, und die zwanzig Minuten bis dahin verbrachte ich in Fjodors Gesellschaft. Er zog mich verschwörerisch in eine schummerige Ecke des Studios, die bestens geeignet war für heimliche Geständnisse. Seit Bratny mich öffentlich zur Assistentin ernannt hatte, war mein Wert ins Unermeßliche gestiegen. Fjodor schob mir galant einen antiken Stuhl aus der umfangreichen Kollektion der Requisiten zu und ließ sich selbst mir gegenüber nieder. Eine Weile sah er mich bloß an – so, als sähe er mich zum ersten Mal.

»Gratuliere«, gab er schließlich von sich.

»Danke.«

»Also los, erzähl. Was hast du auf dem Kerbholz?«

»Gar nichts! Bei mir ist alles vollkommen normal, das kann ich dir versichern.«

»Na, komm ... vollkommen normal. Ich kenne doch unser Genie.«

»Ich verstehe nicht, wovon du redest.«

»Das wirst du sehr bald verstehen«, versprach Fjodor nebulös. »Ich habe dich unterschätzt, Alte, offen gestanden. Ich schlage vor, wir beide trinken heute abend ein Gläschen auf das Wohl des russischen Kinos. Was hältst du davon?«

»Ich hab schon was vor.« Zum ersten Mal an diesem Morgen dachte ich an Serga. Ich mußte ihm diese ganzen Neuigkeiten noch schonend beibringen.

»Na, wie du willst. Jedenfalls, wenn was anliegt – ich stehe immer zu deinen Diensten.«

»Ich werd's mir merken.«

Fjodor konnte mir tatsächlich sehr nützlich sein. Auf jeden Fall ließ sich von ihm einiges über Bratny und das Filmteam erfahren. Für mich stand außer Zweifel, daß dieses Team mit anderen in keiner Weise zu vergleichen war.

Während wir uns nett unterhielten, erschien der Kameramann. Es war Sergej Woloschko, ich kannte ihn noch von der Filmhochschule. Das letzte Mal hatte ich ihn vor anderthalb Jahren in der Unterführung der Metrostation Kiewskaja gesehen; damals trug ich noch einen anderen Namen und war eine harmlose Drehbuchschreiberin a.D., und ich zog eine Schleppe von Todesfällen hinter mir her. Sergej hatte sich überhaupt nicht verändert, nur seine Haare waren viel grauer geworden. In dieser Hinsicht konnten wir miteinander konkurrieren. Er trug noch immer seinen ukrainischen Schnurrbart und knallenge Jeans. Diese Jeans waren Sergejs stärkste Waffe im Kampf um die Gunst des weiblichen Geschlechts, er brauchte nicht einmal Geld für Blumen auszugeben, für mexikanische Restaurants oder Perlonstrümpfe. In den Phasen zwischen seinen zahlreichen Romanzen drehte Woloschko recht passable Filme, er war ein echter Profi. Gott sei Dank, wenigstens einer in Bratnys Filmteam war vom Fach.

Punkt elf begann das Casting – der Hallodri von Regisseur erwies sich als ausgesprochen pünktlicher Mensch. Ich war zu meiner Zeit beim Casting für verschiedene Filme dabeigewesen, aber das, was jetzt hier im Studio ablief, hatte wenig Ähnlichkeit mit diesem eigentlich immer gleichen Ritual. Alle Rollen-Anwärter, ob Star oder nicht, wurden behandelt wie jämmerliche Statisten. Als erster fiel der Schönling Kim Sartakow durch, der Mega-Star des russischen Kinos, der Traum aller Hausfrauen und Immobilienmaklerinnen. Man konnte Sartakow keinesfalls Talent absprechen, aber neben Bratny verblaßte er schlagartig und büßte seine ganze Attraktivität bis auf magere Reste ein. Sogar sein gepflegter Dreitagebart wirkte jetzt abstoßend, seine aufwendig gestylte Haarpracht stumpf und glanzlos, und sein schönes Charakterkinn bloß aufgeblasen und dumm. Wahrscheinlich hatte Bratny die Texte für das Casting selber geschrieben, weil er die Schauspieler aufs Kreuz legen und ihnen genau das entlocken wollte, was er selbst niemals zu zeigen beabsichtigte. Ich konnte Kim Sartakow nicht ausstehen, aber jetzt tat er mir leid. Er begriff, daß hier etwas Seltsames vor sich ging, was seine Aura gnadenlos zerstörte. Er begriff das, aber er konnte nichts dagegen tun.

Mit der Hauptrolle bei dem jungen Kultregisseur war es für Sartakow Essig, das war allen klar, und am meisten Kim selbst. Er war schneller aus dem Studio wieder draußen, als er reingekommen war, der heldenhafte Liebhaber, und als er ging, glomm in seinen Augen verstohlener Haß.

Drei Stunden später hatten sämtliche Bewerber das gleiche Schicksal erlitten wie Sartakow: gefeierte Sexsymbole, eingefleischte Intellektuelle, versierte Salonlöwen, anerkannte Klugschwätzer, sturmerprobte Tragöden und Komiker. Das Filmteam – dieser kleine, aber fest zusammengeschweißte Kreis von Verschwörern – stand wie ein Mann hinter seinem Vater und Lehrer. Einer nach dem anderen verschwanden sie hinter den Pappmachésäulen, um erst mal abzulachen.

»Ich wußte nicht, daß ihr hier eine Komödie dreht«, sagte ich zu Fjodor.

»Wieso Komödie, du spinnst wohl!« antwortete er verunsichert. »Das ist ein existentialistisches Drama mit historischem Hintergrund. Fast wie bei Jean-Paul Sartre.«

»Ah-ja ... Und warum macht er dann so einen Zirkus?«

»Er findet eben nicht den Richtigen.«

Er war als letzter an der Reihe, dieser Junge. Er hatte absolut nichts Besonderes an sich, er wirkte eigentlich mehr wie ein Laienschauspieler. Aber irgend etwas in der Luft des Studios veränderte sich. Ich wußte, daß Bratny seinen Schauspieler gefunden hatte. Es war eine fast unanständige, provokative Liebe auf den ersten Blick. Der erste Kameramann Sergej Woloschko, der wie ein treuer Hund ständig die kleinsten Veränderungen an Bratny verfolgte, richtete sich gespannt auf. Die Beleuchter fummelten unruhig an den Soffitten herum; und die häßliche Vogelscheuche Musa wühlte auf einmal hektisch in dem losen Blätterhaufen des Drehbuchs.

Der Junge hieß Wolodja Tschernyschow, er war aus Petersburg angereist, ohne große Hoffnung, auch nur eine Nebenrolle zu ergattern. Für einen Moment war ich von Andrzej fast enttäuscht: Hatte er wirklich all die Prachtkerle abgelehnt, um so ein nichtssagendes Jüngelchen zu nehmen? Aber die Enttäuschung hielt nicht lange an. Sobald Bratny, unter dem starren Blick der Kamera, Tschernyschow in ein Wortgefecht verwickelte, war es damit vorbei.

Bratnys Entschluß stand fest, das sah ich: Die Hauptrolle wirst du spielen – Wolodja Tschernyschow, du und kein anderer. Der Höhepunkt deiner bisherigen Karriere war vielleicht der Nikolaus bei einer Kindervorstellung in der Sporthalle »Sarja«, doch jetzt ist deine große Chance gekommen! Ich habe dich ausgewählt, laß mich nicht hängen, Kleiner! In solchen Fällen zog Bratny sämtliche Register.

Er war plötzlich wie verwandelt. Er trat ganz in den Hintergrund, zwang den Schauspieler, von dem bisher noch nie jemand gehört hatte, zu spielen. Und zwar so zu spielen, daß alle, die sich am Set befanden, den Atem anhielten. Mit Tschernyschow geschah das, was mit jedem Ding passierte, das Bratnys Hand berührte: Er wurde von einem inneren Licht erleuchtet. Für einen Moment wurde Wolodja teuflisch schön, seine Augen wurden dunkler, und in ihnen lag der ganze Zorn und aller Liebreiz der Welt.

»Scheiße, wie kriegt der das bloß hin!« Fjodor stieß hinter mir bewundernd die Luft aus. »Der macht einen wirklich irre.«

Die Rolle war vergeben. Der Petersburger Glückspilz saß auf seiner Stuhlkante, konnte sein Glück gar nicht fassen und himmelte Bratny an. Der hatte allerdings offenbar schon jegliches Interesse an Tschernyschow verloren. Jetzt beschäftigte sich die allgegenwärtige Musa mit ihm: Vertrag, Gage, Unterbringung im Hotel von Mosfilm und der ganze Kleinkram.

Bratny, der an alles dachte und alles im Blick hatte, kam zu mir und schob mir einen prallen Aktendeckel in die Hand.

»Das ist das Drehbuch. Guck's dir mal an, damit du eine Vorstellung davon bekommst, was ich machen will. Natürlich wird am Ende sowieso alles ganz anders, als es da drinsteht.« Er sagte das ohne jede Koketterie.

»Und was ist mit der Hauptdarstellerin?«

»Die Hauptdarstellerin steht schon fest. Als Assistentin hast du nur mit den niederen Chargen zu tun. Die Arbeit beginnt um neun. Bitte sei pünktlich.«

»Ich bin immer pünktlich.«

»Geh zu Musa, sie stellt dir einen Passierschein aus. Und was den Lohn angeht, darüber sprechen wir morgen mit dem Geschäftsführer des Teams. Du wirst schon auf deine Kosten kommen.«

Bratny verließ das Studio, und die anderen folgten ihm langsam. Ich hätte beinahe der Versuchung nachgegeben, mich an Sergej Woloschko zu hängen, der zu meiner Freude so unverhofft aus unserer Filmhochschulvergangenheit aufgetaucht war, aber ich ließ es lieber. Ich hatte nicht das Recht, in die Vergangenheit zurückzukehren, egal wie verlockend mir das erschien. Es war besser, sich an Fjodor zu halten, zumal der sich in den letzten paar Stunden sehr zugänglich gezeigt hatte. Die Tatsache, daß ich plötzlich zum Filmteam gehörte, hatte mich für ihn interessant gemacht. So interessant, daß die morgendliche Schlachtszene vergessen war.

Eine halbe Stunde später saßen wir zusammen im Café und plauderten nett miteinander. Den Cognac, zu dem Fjodor mich galant einlud, lehnte ich ab. Der heutige Tag war so reich an Ereignissen gewesen, daß ich kein Doping mehr brauchte. Fjodor trank für zwei und führte mich in die Welt des Films ein, wobei sein Blick immer wieder auf den Aktendeckel mit dem Drehbuch fiel.

»Ihr seid eine ulkige Truppe«, sagte ich anerkennend, und umgehend erging sich Fjodor in ausschweifenden Erörterungen.

»Du hast vielleicht ein Schwein, Alte«, flüsterte er zärtlich, während er einen Cognac nach dem anderen wegkippte. »So viel Kohle wie wir hat sonst keiner in ganz Rußland. Keine staatlichen Zuschüsse, nur Sponsoren. Bei uns stehen die Mäzene Schlange.«

»Das kann man kaum glauben.«

»Du wirst es selbst sehen. Andrzej ist der reinste Geldstaubsauger. Er kriegt jeden rum.«

»Davon konnte ich mich schon überzeugen.«

»Wie hat dir das Casting gefallen?«

»Es war ausgesprochen vergnüglich. Ist er mit den Schauspielerinnen auch so umgesprungen?«

»Nein, das sind doch alte Damen, da ist es ganz gesittet zugegangen. Die Hauptdarstellerin ist fünfundsiebzig.«

»Echt?«

»Erinnerst du dich noch an Tatjana Alexandrowa?«

Ich zuckte zusammen und schloß für einen Moment bestürzt die Augen. Ich kannte ein abgefeimtes Luder mit dem Familiennamen Alexandrowa. Aber ihr Vorname war Anna. Das war für eine lange Zeit mein eigener Deckname gewesen. Die Vergangenheit ließ mich nicht los, sogar hier holte sie mich ein. Aus jeder Ecke grinste sie mir entgegen.

»Was ist mit dir los?« fragte Fjodor teilnahmsvoll. »Ist dir schlecht?«

»Nein, nein, alles in Ordnung. Was ist mit dieser Schauspielerin?« Bloß nicht den Namen aussprechen, sie wird mir noch früh genug über den Weg laufen, ich brauche etwas Zeit, um mich darauf einzustellen.

»Wo er die bloß wieder aufgegabelt hat. Vor Urzeiten war sie mal ein Star, die hatte das ganze Politbüro fest an der Angel, sie besaß richtig Einfluß. Aber heute weiß das kein Mensch mehr. So ist das eben. Was hast du? Möchtest du nicht doch einen Cognac? Der erweitert die Gefäße.«

»Nein, danke.«

»Komisch, daß du sie nicht kennst ... Entschuldige die Taktlosigkeit, wie alt bist du eigentlich?«

»Sehr alt«, sagte ich müde.

»Vierzig? Fünfundvierzig?« Höher traute er sich nicht.

»So ungefähr.«

Ich hatte wohl in der letzten Zeit wirklich sehr abgebaut, und meine grauen Haare taten ein übriges.

»Als du jung warst, hattest du bestimmt einen Haufen Verehrer.« Fjodor wagte tatsächlich ein Kompliment.

»Die sind alle längst unter der Erde.« Diesmal sagte ich die Wahrheit.

»Na ja, macht nichts, mit fünfundvierzig blüht eine Frau noch mal auf. Wir werden unter den Statisten schon was Passendes für dich finden.«

»Fjodor!« Ich hob warnend einen Finger. »Bleib auf dem Teppich.«

»Ich halte schon die Klappe. Trinken wir lieber auf das Wohl des russischen Kinos!«

»Eva, bist du's?« rief mir Serga wie immer entgegen, als ich die Tür öffnete.

»Ja, ich bin's.« Ab heute keine Pseudonamen mehr, unser tagtägliches Spiel endete genauso plötzlich wie mein Dasein als Angestellte eines Videoverleihs.

»Warum kommst du so spät?«

»Ich muß dir etwas sagen, Serga.« Ich mußte ihn behutsam auf die Veränderungen in meinem Leben vorbereiten.

»Was ist los?« Serga war alarmiert, ich verwöhnte ihn nicht oft mit dramatischen Eröffnungen.

»Laß uns erst essen, nachher erzähle ich dir alles.«

Während ich das Essen zubereitete, drehte Serga in seinem Rollstuhl mit finsterer Miene Kreise um mich, vollführte vor Aufregung die unglaublichsten Kurven. Das Essen rührte er überhaupt nicht an, und ständig ließ er den Löffel fallen, aus Rache. Jedesmal hob ich ihn schweigend auf, wusch ihn sorgfältig ab und schob ihn wieder in seine Hand. Nach dem vierten Mal war es mit meiner Sanftmut vorbei.

»Wenn du keinen Hunger hast, dann sag es.«

»Ich habe keinen Hunger. Dieser Arsch Bubjakin will dir an die Wäsche, das wußte ich doch. Es mußte ja so kommen. Wer hat schon Lust, sich mit einem Krüppel abzugeben.«

»Red keinen Blödsinn. Ich bleibe bei dir. Ich hab einen Job als Casting-Assistentin, bei Andrzej Bratny.«

»Was? Beim Film? Spinnst du?«

»Es ist gut bezahlt.«

»Ich kenne diese ganze Filmbagage, das ist nichts als Porno«, nörgelte Serga.

»Wir brauchen das Geld. Ich tue es unseretwegen.« Das war fast die Wahrheit, mal abgesehen von meinem ganz persönlichen Interesse an Bratny. »Wir können ein wenig Geld zur Seite legen ... Wir wollten doch diesen Sommer zu dir nach Hause fahren.« »Im Sommer nach Hause« war ein schlagkräftiges Argument, das die wacklige Abwehrlinie Sergas sofort zusammenbrechen ließ.

Sergas zahlreiche Verwandtschaft, die er lange Zeit komplett am Hals gehabt hatte, hatte in Null Komma nichts den Ernährer verloren und fristete nun ein elendes Dasein tief in den tscheremissischen Wäldern. Die Armut seiner Verwandten brachte Serga zur Verzweiflung, aber in seinem jetzigen Zustand konnte er ihnen nicht mehr helfen. Im Gegenteil, seine Behinderung schien auf mysteriöse Art und Weise das ganze Geschlecht der Kanigins zu unterminieren. Seine Schwester, glücklich verheiratet mit einem abstinenten Agronomen, wurde langsam von Leukämie dahingerafft, ein Onkel hatte im Sowchos-Sägewerk seine rechte Hand verloren, und der Cousin Borscha war wegen einer kleinen Randaliererei im Gefängnis gelandet.

»Na ja, wenn wir schon mal so schön beim Feiern sind, dann kann ich dir ja auch gleich was erzählen. Goscha Poltorak hat einen Job für mich gefunden.«

Ich war überrascht, daß der sensible Dokumentarfilmregisseur noch am Leben war, und freute mich aufrichtig für ihn.

»Ich werde dir nicht mehr als nutzloser Ballast auf dem Buckel sitzen.«

»Serga!«

»Ich bin schon still. Weißt du, woran er das letzte halbe Jahr gearbeitet hat? An einem Film über ein Krisentelephon für Selbstmörder.«

Jetzt war mir halbwegs klar, woher die Leidenschaft des Schwarzsehers Poltorak für den Selbstmord kam.

»Ich dachte, einem Selbstmörder kann man nicht mehr helfen.«

»Schon gut, du Witzbold! Stell dir vor, irgend so ein armes Schwein will aus dem Fenster springen, aber er ist sich nicht sicher, ob er es allein oder lieber vor zahlreich versammeltem Publikum tun soll. Also nimmt er den Hörer und wählt diese Nummer. Und da werden ihm seine schwarzen Gedanken ganz professionell ausgeredet, indem man ihm ins Ohr flüstert: ›Die Weltrevolution braucht dich noch.‹«

»Und das funktioniert?«

»Mal so, mal so. Eigentlich handelt es ich um ein ganzes Krisenzentrum, da sitzen zwei, drei betagte Muttis mit Hochschulabschluß in Psychologie, stricken ihren Enkelkindern Socken und quatschen nebenbei mit den Leuten über die Launen des Schicksals oder empfehlen ihnen an Stelle des Stricks einen preiswerten Urlaub in Ägypten.«

»Und was hast du damit zu tun?«

»Goscha hat denen erzählt, daß es da so einen wunderbaren blinden Invaliden gibt, der voller unbefriedigtem Lebenshunger und unverwüstlichem Optimismus steckt.«

Ich konnte nicht an mich halten und küßte Serga auf den Scheitel.

»Bleib mir bloß vom Leibe ... Er hat sogar noch eins draufgesetzt und behauptet, ich hätte einen heilsamen Einfluß auf Menschen und sei überhaupt ein großer Juxbeutel.«

»Wo hast du bloß solche Wörter her, Serga?«

»Ich höre Radio ... Jedenfalls, sie waren interessiert und wollen mich einstellen. Nach entsprechender Ausbildung, natürlich. Ich werde mir also demnächst ein bißchen Psychologie reinziehen, die notwendige Literatur studieren und so weiter, und dann werde ich Menschen retten. Das ist erheblich besser, als hier in der Wohnung in stolzer Einsamkeit Kilometer zu schinden. Wie gefällt dir diese Idee?«

»Das ist die Idee des Tages, mein Freund.«

Den Rest des Tages saßen wir zusammen, und ich erzählte Serga von dem Casting, das Bratny abgehalten hatte, von dem Studio und den Schauspielern. Ich beschrieb ihm alles in den lebhaftesten Farben, mit Ausnahme von Bratnys kleptomanischen Allüren. Das hätte Sergas zarte Phantasie erschüttern können. Serga Kanigin war ein hoffnungslos ehrlicher Mensch.

»Meiner Meinung nach hast du dich in ihn verknallt«, resümierte er, als ich mit meiner Saga vom ersten Tag bei Mosfilm zu Ende war. »Wahrscheinlich muß ich ihn erwürgen ...«

»Das ist überflüssig. Lassen wir ihn lieber von der internationalen Filmszene zerreißen. Soll ich dir was vorlesen?«

»Ab heute keine Krimis mehr.« Sergas Geschmack machte offenbar eine spürbare Entwicklung durch. »Erst mal nur Dale Carnegie und Erik Burn. Die hat mir Goscha heute vorbeigebracht, damit ich nicht abschlaffe.«

Nach zwei Seiten des grauenhaft langweiligen Carnegie klappte Serga glücklich weg. Er zog den gesunden Schlaf immer noch allen psychologischen Abhandlungen vor.

Über mir schwebte wieder das Gespenst einer schlaflosen Nacht, aber jetzt hatte ich keine Angst mehr davor. Zu stark waren die Eindrücke des vergangenen Tages, zu sehr veränderte sich mein Leben. Und außerdem hatte ich zu tun. Der Ordner mit dem Drehbuch »Vergiß Montserrat« lag neben meinem Bett. Für die morgigen Proben mußte ich gewappnet sein. Siebzig Seiten Text, Standardumfang – wenn man will, in einer Stunde zu lesen.

Statt einer Stunde saß ich die ganze Nacht über dem Drehbuch.

Man kann nicht sagen, daß es mich besonders beeindruckte, es erzeugte in mir eher eine gewisse Unruhe und einen vagen Neid. Es ging um die seltsame Geschichte der Beziehung zwischen einer sehr alten Frau und einem sehr jungen Mann. Und um einige sehr alte Dinge, die die Frau umgaben, sehr alte und sehr wertvolle Dinge. (Ich sah die Berge von Antiquitäten vor mir, die Bratny den armen Moskauer Omas abgeknöpft hatte. Allen voran natürlich den Toulouse-Lautrec.) Der junge Mann, der sich sehr phantasievoll in das Vertrauen der Alten eingeschlichen hatte, befreite sie nach und nach von ihren Wertsachen – auf primitivste und gewissenloseste Art. Und als die Alte ihre Besitztümer verloren hatte, hatte sie auch ihre Vergangenheit verloren. Jetzt gab es nichts mehr, wofür sie leben konnte. Nachdem die Protagonistin still verschieden war, gingen die Antiquitäten plötzlich daran, ihre Herrin zu rächen. Jede von ihnen setzt eine Kette von Ereignissen in Gang, die das luxuriöse Leben des jungen Mannes in eine wahre Hölle verwandeln. An dieser Stelle begann der Thriller. Temporeich, dynamisch, wunderschön blutig und nicht ohne philosophische Hintergründigkeit. Der Text wäre eine brauchbare Grundlage für einen Kassenschlager gewesen, wenn nicht ... wenn ich nicht die Fähigkeiten Andrzej Bratnys gekannt hätte. Nur er allein konnte daraus ein echtes Meisterwerk machen. Nur er war in der Lage, in so einer Kriminalschmonzette Antworten auf globale Fragen des menschlichen Daseins zu geben.

Den Titel hatte das Drehbuch deshalb, weil die Alte eine Platte von Montserrat Caballé hörte, bevor sie starb.

»Und, hast du's dir angesehen?« fragte Bratny am nächsten Morgen, als ich ihm das Drehbuch zurückgab.

»Ja.«

»Na prima.« Ihm fiel gar nicht ein, mich zu fragen, was ich davon hielt. Gott behüte, wo käme er hin, wenn er bei irgendwelchem subalternen Kroppzeug Bestätigung für seine Genialität suchen wollte. »Also machen wir uns an die Arbeit. Auf uns warten große Aufgaben.«

Das tat ich dann auch. Obwohl man ein Projekt Bratnys nur sehr bedingt als Arbeit bezeichnen konnte. Es war eher wie ein großes Abenteuer, ein Film im Film. Jeder einzelne aus dem Drehteam war ein schillernder, einzigartiger Darsteller. Ich wahrte zu allen eine gewisse Distanz, außer zu Fjodor. Wir waren die letzten Patronen im Gürtel, die Assistenten der Assistenten, und damit quasi per definitionem gezwungen zusammenhalten. Fjodor erzählte mir eine Menge Interessantes über jeden der Typen aus dem Team, aber das waren immer seine eigenen Sichtweisen und Einschätzungen, die ich mir selber erst bestätigen mußte.

Das Team von »Vergiß Montserrat« war das merkwürdigste, das mir jemals bei Mosfilm untergekommen war. Mich wollte das Gefühl nicht loslassen, daß die scheinbar zufällige Wahl von Nicht-Profis gar nicht so zufällig war, daß hier, neben der Arbeit am Film, noch etwas anderes vor sich ging, für die Augen von Nichteingeweihten unsichtbar.

Mein von langem Nichtstun und Apathie müdes Hirn machte sich enthusiastisch daran, alles, was ich über jede einzelne Person erfuhr, aufzusaugen und zu verarbeiten – mein kleiner, völlig belangloser Posten ließ mir genug Zeit dazu. Am harmlosesten schienen die eigentlichen Filmleute – der erste Kameramann Sergej Woloschko und der Chefausstatter Wolodja Trapesnikow, den man schlicht Wowan nannte. Der fünfzigjährige Wowan war eine schillernde Persönlichkeit. Er hatte die Kunstakademie absolviert und ursprünglich avantgardistische Bilder gemalt, bis ihn das Christentum packte. Als Ikonenmaler brachte er es bis zum persönlichen Segen des Metropoliten. Aber die orthodoxe Episode fand ein jähes Ende, als Wowan in einem Kloster ein paar Ikonen aus dem siebzehnten Jahrhundert mitgehen ließ. Die Ikonen verschwanden wohlbehalten über die Grenze, Wowan indes wurde mit dem Kirchenbann belegt und floh nach Samarkand. Dort beschäftigte er sich mit der Restauration des Registan-Platzes und des Mausoleums von Guru Emir. Da er der Meinung war, ohne Religion nicht mehr leben zu können, trat er in Samarkand zum Islam über. Die geflissentliche Einhaltung aller islamischen Gebote, einschließlich des fünfmaligen täglichen Gebetes, hinderte ihn jedoch nicht daran, auch hier seine außergewöhnlichen Fähigkeiten unter Beweis zu stellen. Er zog einen diskreten Handel mit speziell präparierten Tierknochen auf, die er als Gebeine Tamerlans ausgab. Vertrauensselige ausländische Touristen rissen ihm die Reliquien förmlich aus den Händen und zahlten sagenhafte Preise dafür, und in kürzester Zeit hatte Wowan ein ansehnliches Vermögen angehäuft. Dabei vergaß er niemals, die »Zakât« zu entrichten, die Einkommens- und Vermögenssteuer für die moslemische Gemeinschaft. Es war Wowans innigster Wunsch, Allah gütig zu stimmen. Aber wieder hatte er Pech – die Sache mit den Reliquien flog auf, und Wowan entkam nur um Haaresbreite mit heiler Haut aus Usbekistan. Seine nächste Etappe war der Buddhismus (Wowan sprang in die Weltreligionen wie andere in die Betten der Frauen). Er folgte dem Pfad des großen Siddhartha

Gautama durch Indien und Nepal, widmete mehrere Jahre der Selbstvervollkommnung und erreichte schließlich die zweite Stufe der Lehren Buddhas. Aber kurz bevor er zur dritten Stufe aufstieg, erschien eine hübsche kleine Tänzerin aus dem Volk der Kota am Horizont des buddhistischen Malers, mit der er fortan ein wildes Lotterleben führte. Während sie auf den Basars in Dehli auftrat, sammelte er in der Menschenmenge Brieftaschen ein. In Indien packte Wowan die Leidenschaft zum Opium, ein übles Fieber und ein ganzes Sammelsurium exotischer Krankheiten. Fünf Jahre später kehrte er als alter, gebrochener Mann in die Heimat zurück. Den Hang zum Religiösen war er allerdings immer noch nicht los – jetzt wurde die Opiumpfeife zu seiner Religion. Er experimentierte mit verschiedenen pflanzlichen Drogen und erreichte die verblüffendsten psychedelischen Effekte. Er befand sich eigentlich ununterbrochen in irgendeiner Art Rauschzustand, seine Storybords produzierte er grundsätzlich unter Drogen. Bratny fuhr total auf seine verrückten Arbeiten ab, er hielt Trapesnikow für einen wirklichen Künstler.

Der erste Kameramann Sergej Woloschko wurde von den typischen Lastern aller Kameraleute geplagt: Saufen und chaotische Sexualbeziehungen. Jedwede Art von Flüssigkeit, auf die sein scharfer Blick fiel, schien sich sofort in vierzigprozentigen Alkohol zu verwandeln. Seine Kollegen schlossen Wetten darauf ab: Sie sperrten ihn in einem vollständig leeren Drehraum ein, und innerhalb von knapp vierzig Minuten war er sternhagelvoll. Dabei war weder vor noch nach dem Experiment irgendwo das geringste bißchen Wodka zu entdecken.

Komponist des Teams war der naturalisierte Bulgare Bohomil Stojanow. Bratny hatte mit Stojanow bei seinem erstem Film zusammengearbeitet, und so war er beim zweiten automatisch dabei. Die Kassetten mit seiner Musik gingen von Hand zu Hand, eine höllische Mischung aus Punkrock und den geistlichen Chorälen der Südslawen.

Im Pantheon der Film-Götter gab es nur eine Frau – die

Kostümbildnerin Lenotschka Gankjewitsch. Sie war bis vor kurzem eine sehr erfolgreiche Modemacherin gewesen, hatte an allen großen Veranstaltungen der Haute Couture teilgenommen und ein höchst angesehenes Modeatelier betrieben. Lagerfeld höchstpersönlich hatte der jungen Russin mit den bezaubernden avantgardistischen Ideen seine Zusammenarbeit angeboten. Aber kaum lief sie dem verrückten Andrzej Bratny über den Weg, hing Lenotschka ihre Karriere an den Nagel. Über diese Begegnung wurden im Team die wüstesten Geschichten erzählt. Bratny habe einmal zusammen mit Trapesnikow, der bis obenhin mit Opium zugeknallt war, eine Präsentation ihrer Sommerkollektion besucht. Nachdem er den ganzen Abend gelangweilt in der Nase gebohrt und zwischendurch lauthals ein paar Models angepöbelt hatte, verzog er sich aus dem Saal. In dem engen Gang, der an den Laufsteg angrenzte, schnappten sich Wowan und Bratny eines der Mannequins. Und während Trapesnikow das arme Mädchen festhielt, schrieb Bratny ihr mit Kugelschreiber auf den nackten Rücken eine Botschaft an die Modemacherin, und zwar sein Standardangebot: WAS DER FILM ANGEHT, mit demselben unwiderstehlichen Reichtum an orthographischen Fehlern. Bratny schlug Lenotschka Gankjewitsch vor, auf das »verfaulte, marode Modebusineß, diese letzte Zuckung des Kapitalismus«, zu pfeifen und statt dessen für die Ewigkeit zu schaffen. In der Rolle der Ewigkeit trat der GROSSE REGISEUR persönlich auf. Es folgte der gewichtige Schlußsatz: BESTELLEN SIE FÜR MIR DASSELBE WIE FÜR IHNEN. Das Erstaunlichste war, daß die selbstbewußte Modemacherin auf diesen billigen Trick anbiß. Nach der Präsentation aßen sie im »Metropol« zu Abend (auf Lenotschkas Rechung, versteht sich), und am nächsten Tag arbeitete sie schon als bescheidene Kostümbildnerin für den Film »Vergiß Montserrat«.

Als Bratny mit der Modemacherin, wie immer ganz nebenbei, den Arbeitsvertrag unterschrieb, ahnte er nicht, daß er nicht einfach eine weitere fanatische Anhängerin seiner Ideen an den Set gebracht hatte, sondern eine bis zum Wahnsinn verliebte Frau. Alle bedauerten sie, sogar Musa, die ja ähnliche Gefühle für Andrzej hegte. Die zynische Kifferin Swetik, die den ganzen Laden verwaltete, hielt Lenotschka sowieso für eine Vollidiotin, weil sie für ein offenkundig aussichtsloses Spiel ihre Karriere den Bach runtergeschickt hatte. Aber in Wirklichkeit hatte Lenotschka keine Rivalinnen, Bratny war mit allen zusammen und gleichzeitig mit keiner. Er liebte alle und niemanden. Er nahm seine gesamte Umwelt nur als Material für seine Filme, sonst nichts. Sein Privatleben interessierte mich genau deswegen so sehr, weil er kein Privatleben hatte, weder eine Frau noch eine Geliebte, weder Hund noch Hamster; keinerlei spezielle Neigungen in punkto Essen, Trinken oder Zigaretten, keine Lieblingssprüche für alle Lebenslagen, keine liebenswerten Schwächen. Dieser Mangel an Schwächen war besonders bemerkenswert. Die harte Schule des Seelenfängers Lapizki hatte mich gelehrt, daß es einen Menschen ohne Schwächen nicht gibt.

Bratny besaß nicht eine einzige Leidenschaft. Es war eigentlich unglaublich, daß er solche starken, solche tiefen Filme drehte. Ich hatte seinen ersten Film gesehen, er hatte mich geradezu erdrückt mit seiner Kraft. Bratny war sein eigener Produzent, das heißt, er trieb das Geld für seine Filme selber auf – und zwar anscheinend mühelos jede beliebige Summe. Die Sponsoren wurden lammfromm bei ihm, er konnte ihnen in aller Ruhe in die Tasche greifen und die Brieftasche herausziehen. Er luchste einer vertrauensseligen Alten ihre echte Perlenkette ab, nur um sie in der nächsten Sekunde einer Cutterin oder einem Beleuchter, wer immer ihm gerade vor die Füße lief, zu schenken – eine seiner großzügigen Gesten – »eine kleine Aufmerksamkeit zum Tag der Raketentruppen und der Artillerie«, oder irgendwas in der Art.

Bratny war gewissermaßen ein Konzentrat seiner ganzen schrägen Mannschaft zusammengenommen. Keiner im Team hatte eine Ahnung, wo er wohnte, mit Ausnahme wahrscheinlich seines Geschäftsführers, Viktor Krawtschuk. Krawtschuk war in jeder Hinsicht das krasse Gegenteil von Bratnys ausgeflippter Meute: keine Pullover, keine Jeans, kein Portwein nach der Arbeit. Er trug einen sehr teuren, erstklassig geschnittenen Anzug, hatte den langgezogenen Kopf und die hohe Stirn eines Wolfshundes, den soliden Kurzhaarschnitt eines Geheimdienstlers und tiefsitzende Augen, die wußten, was sie wollten. Das höchst zivile Outfit konnte allerdings seine Vergangenheit nicht verbergen. Bis zum Anfang der neunziger Jahre hatte Krawtschuk in einer der Hauptabteilungen des KGB gearbeitet. Dann begann die Umstrukturierung der Organe und Krawtschuk trat in die Reserve. Mit Hilfe der alten Beziehungen aus seiner Zeit beim KGB machte er nun Geschäfte, nicht immer ganz legale. In den letzten Jahren hatte er sich von diesen Geschäften zurückgezogen und betrieb jetzt in aller Stille eine Kette von kleinen Gaststätten. Die bekannteste davon war das »Flauberts Papagei«.

Wie Krawtschuk an Bratny geraten war und sein Filmgeschäftsführer wurde, wußte niemand. Krawtschuk hatte auch seine Leibwächter in das Filmteam eingeschleust. Sie machten sich auf allen möglichen und unmöglichen kleinen Assistentenstellen breit, als Helfer beim Ton und als Produktionsfahrer, zum Beispiel. Was sie genau taten, blieb für mich ein Rätsel, allerdings kein besonders spannendes. Bratny selbst und die Menschen um ihn herum interessierten mich erheblich mehr. Fast jeder hier führte eine Art Doppelleben, hatte irgendein sorgsam gewahrtes Geheimnis, ein verborgenes Laster.

Gleich am ersten Drehtag bekam ich Tatjana Alexandrowa zu Gesicht, einen längst gesunkenen Stern am sowjetischen Kino-Himmel. Sie war eine hochgewachsene Frau, die das Alter sehr häßlich gemacht hatte. Man ahnte weder von ihrem ehemaligen Ruhm noch von ihren verflossenen Generalsgatten auch nur das geringste. Sie fristete ihr Dasein in einer schäbigen kleinen Wohnung am Rande Moskaus, einsam und vergessen. Ihre schauderhaft mit Henna gefärbten Haare ließen die pergamentartige Kopfhaut durchschimmern, ihr Mund war schlaff und formlos, auf ihren vorstehenden Schlüsselbeinen baumelte eine alte Perlenkette – jämmerliche Imitationen von Flußperlen.

Ihr Erscheinen machte auf die lebenslustigen jungen Leute aus Bratnys Team einen beklemmenden Eindruck. So beklemmend, daß die blutjunge, hypersensible Schauspielerin Dascha Kostromejewa (sie hatte die Rolle der Freundin des Hauptdarstellers) einen Weinkrampf bekam und umgehend hundert Gramm Cognac verlangte, um wieder ins Gleis zu kommen. Eine Frau hat nicht das Recht, so lange zu leben, dachte ich niedergeschlagen, während ich Dascha mit einer ordentlichen Dosis Cognac wieder auf die Beine brachte. Es gehörte auch zu meinen Pflichten, auf das Wohlergehen der Schauspieler zu achten, das hatte Bratny mir gleich als erstes klargemacht.

»Ich habe Angst vor ihr. Sie ist eine alte Hexe«, jammerte Dascha und ihre Zähne schlugen gegen den Rand des Glases.

»Halb so schlimm«, beruhigte sie der melancholische Spaßvogel Fjodor, der schon lange davon träumte, die schöne Statistin ins Bett zu kriegen. »In ein paar Jahrzehnten siehst du im Spiegel genau dasselbe.«

»Du bist wieder mal sehr liebenswürdig, Fjodor.« Dascha verzog das Gesicht. »Du weißt wirklich, wie man eine Frau trösten kann.«

»Wenn du mit mir schläfst, verpflichte ich mich, dich bis zum Ende deiner Tage zu trösten.«

Ich überließ die sich neckenden jungen Leute sich selber und konzentrierte mich auf den ehemaligen Filmstar. Eigentlich war sie noch gar nicht so alt, auf ihrer Karteikarte im Schauspielerarchiv, die wie durch ein Wunder erhalten gebliebenen war, stand ihr Geburtsjahr: 1925. In ihrem Alter konnte man noch ganz gut aussehen, vor allem wenn man einen starken Charakter besaß. Und ich hatte keinen Zweifel daran, daß die Alexandrowa zu ihrer Zeit eine herausragende Persönlichkeit gewesen war. Sie hatte vier Ehemänner überlebt (allesamt im Rang zwischen Generalmajor und Armeegeneral), war die Geliebte einiger Abteilungsleiter des ZK gewesen (die mittlerweile alle längst das Zeitliche gesegnet hatten), zweier amerikanischer Diplomaten und eines britischen Kulturattachés. Die Beziehungen zu Ausländern ließ man ihr immer durchgehen, wie vieles andere auch. In ihrer Jugend, Ende der vierziger Jahre, war sie ein verdammt rassiges und verdammt talentiertes Frauenzimmer gewesen. Sie brillierte in zahllosen Musik- und Revuefilmen. Aber dann verlor sie plötzlich ihre Stimme, und mit ihrer Karriere war es vorbei. Der jähe und blendende Aufstieg endete in genauso jähem Fall. Das hatte sie nie verwunden.

Und trotzdem konnte ich mich nicht von dem Gesicht der Alten losreißen. Diese Selbstverachtung, diese zornige Weigerung, ihrem fast schändlichen Niedergang wenigstens ein würdiges Antlitz zu verleihen, hatte etwas Faszinierendes.

»Gefällt sie dir?« fragte Bratny, der unbemerkt hinter mich getreten war. Ich zuckte vor Schreck zusammen.

»Wer?«

»Die Alte.«

»Ich weiß nicht.«

»Tu nicht so. Ich beobachte dich schon eine ganze Weile. Du kannst den Blick nicht von ihr losreißen.«

»Du hättest jemanden aussuchen können, die nicht so abstoßend ist.« Zum ersten Mal seit einem Monat war ich gereizt: Vor dir kann man nichts verbergen, Andrzej Bratny.

»*Niemand erinnert sich an Schönheit.* Das weißt du doch selbst, Eva, du bist eine kluge Frau. Schönheit ist Massenware, ohne jede Bedeutung, aber Häßlichkeit ist einzigartig, sie ist Gotteswerk. Sie unterwirft sich keiner Norm. Schönheit kann sich nicht vervollkommnen, ihr Los ist es zu welken. Aber Häßlichkeit entwickelt sich mit den Jahren, sie kann mit dem Alter nur stärker werden, wie ein guter Wein. Und manchmal erreicht sie Vollkommenheit. Weißt du übrigens, wie ihr Debütfilm hieß? ›Die Schönheit aus der Vorstadt‹.«

Andrzej trat einen Schritt zurück, um die Alte zu bewundern, und stolperte fast über ein Kabel, das einer der Beleuchter gerade hinter ihm entlangzog, ein freundlicher junger Mann, der unentwegt Erdnüsse kaute. Er hieß, glaube ich, Valera, aber er ließ sich lieber Kelly nennen.

»›Die Schöne aus der Vorstadt‹«, sagte Kelly leise, ohne sich an jemand Bestimmtes zu wenden.

»Was?« Andrzej sah ihn fragend an.

»Die Schöne, nicht die Schönheit. Der Film hieß ›Die Schöne aus der Vorstadt‹«, wiederholte der Beleuchter und bewegte sich langsam mit seinem Kabel weiter. Bratny vergaß ihn sofort. Nicht schlecht, dein Team, Andrzej Bratny, wenn sogar deine Beleuchter Dinge wissen, die nicht einmal ein diplomierter Kritiker so mir nichts dir nichts aus dem Ärmel schüttelt. Vielleicht habe ich deinen Haufen ja unterschätzt.

»Hast du nicht Lust, dir anzusehen, wie aus unserer ägyptischen Mumie ein Filmstar gemacht wird, der mindestens für den Oscar nominiert wird?« zwinkerte mir Bratny zu.

»Sie ist doch schon ein Filmstar«, bemerkte ich nüchtern. Ich hatte plötzlich das Bedürfnis, die Alte zu schützen. »Und sie war schon einer, als deine Mama dich noch nicht mal ausgebrütet hatte.«

»Komm schon, das wird dir großen Spaß machen«, sagte Bratny. Es war ein verlockender Vorschlag. Normalerweise hütete er seine Berufsgeheimnisse strengstens. Aber zwischen Bratny und mir hatte sich ein eigenartiges Verhältnis herausgebildet, vollkommen überraschend für alle Eifersüchtigen aus dem Filmteam. Ich wußte nicht, welchem Umstand ich das zu verdanken hatte. Vielleicht meinem Trick mit dem Parker, vielleicht hatte aber auch der geschwätzige Fjodor von meinen Erfolgen in den fernöstlichen Kampftechniken geplaudert. Es gab jedoch noch eine dritte Möglichkeit: Andrzej hatte mich zu seiner Vertrauten erkoren, weil er für seine plötzlichen Seelenergüsse nun einmal jemanden brauchte, der zuhört. Ich war dafür hervorragend geeignet: zu neutral, um ihm wirklich auf die Nerven zu gehen oder ihm zu gefallen.

»Ich finde deine Haare rührend«, hatte er vorhin zu mir gesagt, offen auf meine Grauhaarigkeit anspielend. »Keinerlei Verhaltensschemata, keine eigene Weltanschauung.«

Das überrumpelte mich völlig, wie mich überhaupt alle Aussprüche von ihm überrumpelten.

»Meiner Meinung nach täuschst du dich in mir.«

»Kein bißchen. Eine Blondine hat eine ganz bestimmte Art, die Welt wahrzunehmen. Eine Brünette übrigens auch. Sie unterscheiden sich grundlegend voneinander. Und du unterscheidest dich wiederum grundlegend von diesen beiden. Wenigstens empfinde ich das so.« Er versuchte nicht, mich zu analysieren, so etwas tat er nie. Er verpaßte den Menschen Etiketten, und fertig. Manchmal waren sie ziemlich exzentrisch, aber sie trafen meistens den Kern.

»Ich war nicht immer grau«, parierte ich sinnig.

»Doch. Du hast es einfach bloß nicht gemerkt.«

Und zum soundsovielten Mal dachte ich, daß er recht hatte.

Kurz darauf waren wir in der Künstlergarderobe. Andrzej stellte mich in die hinterste Ecke und legte den Finger auf den Mund. Die Alexandrowa saß schon vor dem Spiegel – den Rücken unnatürlich gerade und den Mund zu einem Strich zusammengepreßt. Ihre Augen waren geschlossen. Ich versuchte, mir vorzustellen, woran sie wohl dachte, aber es gelang mir nicht.

Außer uns befanden sich noch zwei weitere Personen im Raum: die Kostümbildnerin Lenotschka Gankjewitsch, die offensichtlich ihre Stellung mißbrauchte, um möglichst häufig in Bratnys Gesichtsfeld zu gelangen, und die Maskenbildnerin Irene mit ihren großen runden Schlafzimmeraugen. Irene war stolze Besitzerin einer imposanten Oberweite und eines sanften und schreckhaften Gemüts. Sie war viele Jahre lang mit dem bekannten Studio-Alkoholiker und Episodendarsteller Gena Perewjortin verheiratet gewesen.

Die Ehe scheiterte allerdings an ihrer schwärmerischen Verehrung für Woody Allen. Danach hatte sie ein paarmal Heiratsannoncen aufgegeben, in denen sie ihren Wunschkandidaten präzise beschrieb: »Ein Verehrer des Werkes von Woody Allen«. Aber nur ein einziger Freier meldete sich – aus einem Straflager in der Brjansker Region.

Aber schließlich war ihr das Schicksal doch noch gnädig gesonnen: Sie heiratete Jascha Klauser, einen Schuhmacher aus der Schuhwerkstatt von Mosfilm.

Nichtsdestotrotz verstand Irene ihr Handwerk vortrefflich. Sie hatte schon für viele berühmte Regisseure gearbeitet, und die älteren Filmdiven vergötterten sie. Sie war ihre wichtigste Verbündete, sie allein konnte ihre verräterischen Falten und Tränensäcke wirksam kaschieren.

Jetzt aber lief offensichtlich genau der entgegengesetzte Prozeß ab. Irene, von Bratny feinfühlig angeleitet, zauberte schon seit vierzig Minuten an dem Gesicht der Alten herum. Mit angehaltenem Atem beobachtete ich, wie es sich veränderte, wie es älter und älter wurde, bis es sich schließlich in eine Totenmaske verwandelte. Ein kalter Schauer lief mir über den Rücken, ich hatte Angst, es würde für immer so bleiben. Doch Andrzej und Irene durchschritten diesen Tiefpunkt souverän und erweckten die Alte wieder zum Leben. Nun aber war ihr Gesicht vollkommen verwandelt, es war das Gesicht eines Menschen, der *auf der anderen Seite* gewesen ist und zurückkehrte. Stille trat ein in der Garderobe, sogar Irene war erschüttert von ihrem eigenen Werk. Ich sah, wie ihre Hände zitterten.

»Danke, Irene.« Andrzej umarmte sie vorsichtig und küßte sie aufs Ohr. »Danke. Genauso muß es sein. Niemand hätte das besser gekonnt.«

Ich hörte, wie die sensible Lenotschka aufschluchzte. Oder war das nur das Echo des unterdrückten Schluchzens, das sich meiner eigenen Brust entringen wollte?

Andrzej beugte sich zu der Alexandrowa, die gelassen und leidenschaftslos in die trübe Oberfläche des Spiegels schaute.

»Gefällt es Ihnen, Tatjana Petrowna?«

Einen Moment lang schwieg die Alte, dann sagte sie mit farbloser Stimme und zusammengepreßten Lippen:

»Ja. Das ist alles, was ich über das Alter und den Tod wissen wollte.«

»Dann gehen wir. Man wartet schon auf uns.«

Er half ihr aufzustehen, die beiden verließen die Garderobe, und wir übrigen blieben benommen und verzaubert zurück.

Fast wären wir zu spät zum feierlichen Augenblick des Drehbeginns gekommen. In die andächtige Stille hinein zerschlug die Drehbuchautorin Xenia Nowotozkaja nach alter Kinotradition eine Untertasse an der Kamera. Es handelte sich bei dem Stück um echtes chinesisches Porzellan aus der Tang-Dynastie, das man für ein erkleckliches Sümmchen einem Wärter des Orient-Museums abgekauft hatte. Andrzej blieb seiner Neigung zu großen Gesten treu.

Ich bekam eine kleine Scherbe ab; sie war dünn und durchsichtig wie ein Blatt Papier.

Am ersten Drehtag arbeitete Bratny nur mit der Alten und ihren Antiquitäten. Beim Drehen war er der reinste Despot. Er hatte ganz präzise Vorstellungen und setzte sie gnadenlos durch. Gegen Abend waren wir alle vollkommen ausgelaugt. Alle, mit Ausnahme des Regisseurs und der alten Schauspielerin. Mit ihr hatte Bratny tatsächlich etwas Einzigartiges in die Hände bekommen. Die Alexandrowa vollbrachte vor der Kamera wahre Wunder. Aber dann begriff ich, daß es gar kein Wunder war, was dort geschah – sie spielte nur sich selbst, ihren stillen Edelmut, ihr dezentes Welken, ein letztes Bekenntnis vor dem Ende. Der erste Eindruck, den ich von der Alexandrowa gehabt hatte, verflog wie Rauch. Die hennagefärbten Haare und schlaffen Lippen waren verschwunden. Bratny gab ihr ihre Würde zurück, die sie irgendwann vor vielen Jahren verloren hatte. Sie wirkte jetzt sogar in gewisser Weise schön. In den kurzen Kaffee- und Zigarettenpausen zogen sich der Regisseur und die Schauspielerin zurück und besprachen sich leise miteinander. Ich sah, wie Andrzej ein paarmal mit der Hand über die welke Wange der Alexandrowa strich, es war die Geste eines verliebten Menschen. Übrigens war ich nicht die einzige, die ihn beobachtete. Mehrere Male begegnete mir der von Eifersucht verdunkelte Blick Lenotschka Gankjewitschs.

»Guck dir mal an, was er mit diesem alten Luder macht«, flüsterte Lenotschka mir mit bebenden Lippen zu.

»Er arbeitet!« versuchte ich sie zu beruhigen.

»Das ist pervers! Er ist pervers, das hab ich doch gleich gewußt.«

»Ein Regisseur muß in seine Schauspieler verliebt sein, sonst dreht er keine guten Filme.«

»Red keinen Blödsinn ... Wenn er nur einmal zu mir so wäre. O Gott, warum hab ich mich nur darauf eingelassen, in diesem Scheißladen zu arbeiten!« sagte Lenotschka wütend und fügte leise hinzu: »Aber ich kann nichts dagegen tun, nichts ...«

»Alles wird gut.«

»Mit ihm wird nichts gut. *Er zerstört, er frißt deine Seele auf*, hast du das immer noch nicht begriffen? *Er stiehlt dir deine Seele* ...«

Nachdem die Dreharbeiten zu Ende waren, wurde unverzüglich mit dem Saufen begonnen. Bratny und Krawtschuk verzogen sich nach dem ersten Glas Sekt, sie mußten noch die Alexandrowa nach Hause bringen. Das Trio verschwand unauffällig aus dem Studio. Bratny führte die Alte sanft am Ellbogen. Lenotschka, die wie immer versuchte, sich in der Nähe des Objekts ihrer Begierde aufzuhalten, folgte ihnen mit einem Blick, der nichts Gutes verhieß.

Das Team zerfiel ohne seinen Regisseur sofort in diverse lautstarke Grüppchen. Der konzeptualistische Komponist Bohomil Stojanow pfiff auf sein experimentelles Schaffen, legte Eros Ramazotti auf und drehte die Lautstärke voll auf. Fjodor frönte seiner Hoffnung, die zauberhafte Landpomeranze Dascha Kostromejewa zu verführen, die von der beachtlichen Menge Cognac, die sie intus hatte, noch zauberhafter geworden war. Wowan Trapesnikow zeigte der keuschen Maskenbildnerin Irene, wie man Haschisch raucht und mit Wodka feucht hält. Sergej Woloschko war als erster sternhagelvoll und längst friedlich eingeschlafen, den Kopf auf einen Gerätekoffer gelegt. Ich schlenderte langsam mit meinem halbvollen Glas Cognac durch das Studio, inmitten von all der Drehtechnik, und dachte darüber nach, wie schnell dieses erstaunlichste aller Filmteams, seines Regisseurs beraubt, sich in einen Haufen banaler Säufer verwandelt hatte.

Die Jungs von Krawtschuk entdeckte ich ganz zufällig, in der hintersten Ecke des Studios, in der Nähe einer abschüssigen Rampe. Hier befand sich hinter einem Eisentor eine Ausfahrt zur Straße. Jetzt war das Tor halb geöffnet, und die schneidende Kälte der Novembernacht drang herein. Direkt an der Ausfahrt stand ein kleiner Transporter mit der Aufschrift »Filmaufnahmen«. Die Jungs luden konzentriert irgendwelche Kisten in den Transporter. Diese Kisten hatte ich schon vorher im Studio gesehen. In ihnen lag, liebevoll in Wachspapier gewickelt, der ganze antike Firlefanz, den Bratny der vertrauensseligen Bevölkerung aus dem Kreuz geleiert hatte. Da haben wir die Kehrseite der Medaille, dachte ich traurig. Wie soll man jetzt noch daran glauben, daß Genie und Verbrechen unvereinbar wären?

Bis auf die Knochen durchgefroren, ging ich zum Team zurück und nippte an meinem Cognac.

Ich war noch nicht bei den Jupiterlampen angekommen, die die lautstarke Festgesellschaft beleuchteten, als ich hinter einem chinesischen Wandschirm (Lotosblüten, Lackmalerei auf schwarzem Holz, Qing-Dynastie, 18. Jahrhundert) Gepolter und Gekeuche hörte. Kurz darauf kamen drei Personen hinter dem Schirm hervor: der technische Assistent Sadikow, der Fahrer Tjoma und Lenotschka Gankjewitsch. Die Jungs machten sich im Gehen die Jeans zu, Lenotschka rückte ihre halboffene Bluse zurecht (ein schickes Teil, sie hatte so gehofft, Bratny darin zu gefallen). Lenotschka starrte mich an, ihr Blick irre von Alk und groben Zärtlichkeiten. Sie nahm mir das Glas aus der Hand und leerte es in einem Zug.

Die Jungs drucksten verlegen und machten sich schleunigst aus dem Staub.

»Sehr zu empfehlen, die beiden.« Lenotschka sah ihnen gleichgültig nach. »Bumsen wirklich gut, die reißen dich auf bis zum Hirn. Sex zu dritt hat einen gewissen Reiz.«

»Glaubst du vielleicht, wenn du sämtliche Männer bumst, die bei Mosfilm rumlaufen, wird Bratny dir mehr Aufmerksamkeit widmen?«

»Ich glaube gar nichts ... Doch, ich glaube, daß er impotent ist, gerontophil, ein Päderast und ein Frauenhasser.«

»Du bist betrunken.«

»Verpiß dich doch!« Lenotschka stieß mit dem Fuß wütend nach einer der Jupiterlampen, und sie stürzte mit furchtbarem Getöse um. »Was verstehst du schon davon? Ich liebe ihn, diesen bescheuerten Polen.«

»Sehr seltsam, wie du das zum Ausdruck bringst.« Ich konnte mir diese Stichelei nicht verkneifen.

»Das geht dich überhaupt nichts an ... Ich hatte eine irre Karriere vor mir, wenn du's wissen willst, Lagerfeld höchstpersönlich wollte mich haben, was glaubst du wohl, was für Männer alles hinter mir her waren.«

»Geh zurück zu Lagerfeld.«

»Nein ... Ich kann nicht. Ich hab es dir doch gesagt. Ich will bei *ihm* sein. Sonst brauche ich nichts.«

»Beruhige dich. Willst du noch Cognac?«

»Ich will *ihn*. Diesen Mistkerl, dieses Gesocks ... Du hast überhaupt keine Ahnung. So hat noch nie eine Frau einen Mann gewollt.«

Darüber ließ sich streiten. Ich hatte Frauen gekannt, die von Männern besessen waren. Vor gar nicht langer Zeit war ich selbst eine von ihnen gewesen. In der Regel führte das zu nichts Gutem. Bei mir hatte es ja auch zu nichts Gutem geführt ...

»Man muß abwarten, vielleicht kommt alles in Ordnung.« Ich nahm Lenotschka vorsichtig am Ärmel.

»Nichts kommt in Ordnung. Er kommt nicht los von dieser Alten, er ist bis über beide Ohren in sie verliebt. Ich hasse sie. Warum ist sie nicht schon vor zehn Jahren gestorben? Wenn ich sehe, wie er diese Froschhaut, diesen Schädel berührt, will ich sie am liebsten umbringen, und ihn dazu. Du kannst dir gar nicht vorstellen, wie sehr ich das will. In so einem Moment erschrecke ich vor mir selber.«

Lenotschka vermied es ängstlich, den Namen Andrzej Bratny auszusprechen, als würde die Erwähnung seines Namens sie an Händen und Füßen fesseln und ihr jeden Willen rauben.

»Wenn das so weitergeht, drehe ich durch«, sagte sie mit Weltuntergangsstimme. »Ich bin jetzt schon nicht mehr normal im Kopf, ich bin einfach verrückt vor Eifersucht.«

»Meiner Meinung nach bist du wirklich verrückt. Was soll diese Eifersucht, die Alte ist vierundsiebzig.«

»Du kapierst überhaupt nichts! Das hat damit gar nichts zu tun. Es geht nicht um alt oder jung, häßlich oder schön. Er denkt in vollkommen anderen Begriffen, er kann alles lieben ... Er kann einen Gegenstand genauso lieben wie einen Menschen, auf die ehrlichste, wahrste, natürlichste Art und Weise.«

Ihr aufgewühltes, hoffnungslos verliebtes Herz kam Bratnys Geheimnis wohl am allernächsten. Natürlich, *er liebte*. Er war in alles verliebt – und sei es nur für eine Sekunde, für einen Augenblick –, aber es war echte Liebe. Genau diese Liebe verlieh allem, was Bratny tat, dieses zauberhafte innere Licht. Das Licht, von dem seine Filme und auch seine Beziehungen zu den Menschen durchdrungen waren. Und sogar seine Diebereien, die kleinen wie die großen. Sogar seine Treulosigkeit, sein Verrat ...

»He, Mädels!« Fjodor erschien wie immer unvermutet. »Warum sondert ihr euch hier ab vom Kollektiv? Wir trinken euch den ganzen Wein weg!«

Ich bemerkte, daß in Fjodors Augen ein böses Feuer

leuchtete. Offensichtlich war der Versuch, Dascha Kostromejewa auf die Matte zu legen, in die Hosen gegangen.

»Und wo ist Dascha?«

»Sie ist mit Tschernyschow in die Requisite abgehauen. Sie arbeiten an seiner Rolle.«

»Noch so ein Schicksal, das sich zum Guten gewendet hat«, sagte Lenotschka boshaft. Nicht nur sie hatte mit ihren Erwartungen ein Fiasko erlitten.

»Über unser Schicksal kann man das nicht gerade sagen, meine Süße.« Bubjakin stellte sich mit Vergnügen auf Lenotschka um. »Dein Held amüsiert sich gerade mit der Oma. Wie's aussieht, bist du ihm mit deiner Anmache ziemlich auf den Wecker gefallen. Eine Frau darf nicht so direkt sein, das nervt.«

»Verpiß dich!« Der Wortschatz der betrunkenen Lenotschka zeichnete sich nicht durch besondere Vielfalt aus. »Wer bist du denn? Eine Null!«

Als älteste, nüchternste und vernünftigste Frau in der Runde packte ich sie unter der Achsel und schleppte sie zurück zu der Party, die allmählich ihrem Ende zuging. Unterwegs klinkte sich Fjodor aus unserem malerischen Reigen aus und legte sich auf ein paar zusammengeschobenen Gerätekisten aufs Ohr. Ich ließ Lenotschka neben den leblosen Fleischberg Sergej Woloschko gleiten und unterzog das Schlachtfeld einer kritischen Betrachtung. Klebrige Likörflecken auf den kostbaren Spieltischen, Cognacpfützen auf dem Fußboden, Sardinendosen voller Zigarettenkippen. Was für ein Idiot trinkt eigentlich Likör und ißt dazu Sardinen? Ein ordinärer Puff ist das. Sobald Bratny nicht dabei ist, fällt hier alles wie ein Kartenhaus zusammen.

Warum haben sich alle bloß so scheußlich vollaufen lassen?

Aber nicht alle waren besoffen. Ich spürte einen unverwandten, nüchternen Blick auf mir. Auf dem Fußboden, auf einem eingerollten Kabel, saß mit verschränkten Armen und Beinen der Beleuchter Kelly. Er war doch nicht so jung, wie er auf den ersten Blick schien, er war mindestens dreiunddreißig oder sogar fünfunddreißig. In Kellys Gesicht, das normalerweise blaß und ausdruckslos war, stand jetzt höchstes Vergnügen.: Er hatte sich die Kopfhörer eines Walkmans fest über die Ohren gestülpt und lauschte.

»Was hören Sie?« fragte ich, nur um etwas zu fragen.

Kelly nahm die Kopfhörer ab und lächelte verträumt.

»Frank Sinatra. ›Strangers in the Night‹. Mögen Sie Frank Sinatra?«

»Ja.« Ich kannte allerdings nur einen einzigen Titel von Sinatra – »New York, New York«, und den hatte ich in der Version von Liza Minelli gehört. Aber ich wollte den sanften, gutmütigen Beleuchter nicht betrüben …

»Möchten Sie Erdnüsse?«

Ohne meine Antwort abzuwarten, zog er eine Tüte mit Erdnüssen aus der Tasche seines Overalls und reichte sie mir.

»Sie sehen nüchtern aus«, sagte ich.

»Sie auch. Ich trinke nicht. Ich habe Magengeschwüre.«

»Wir beide sind offenbar die einzigen in diesem Saustall, die noch einen klaren Kopf haben«, resümierte ich. »Hier muß aufgeräumt werden. Helfen Sie mir?«

»Ja, natürlich.«

Kelly stand auf, nahm die Kassette aus dem Walkman und ging damit zu dem Kassettenrecorder des Komponisten Bohomil Stojanow, der mit Musa verschwunden war. Sofort füllte sich der ganze Raum mit der sonoren Stimme von Frank Sinatra.

»Sie haben doch nichts dagegen?« fragte Kelly verspätet, während er die leeren Flaschen von den Tischen räumte.

»Nein, natürlich nicht.«

»Viele mögen Sinatra nicht, sie halten ihn für altmodisch, sie möchten sich lieber an nichts erinnern.« In Kellys Stimme hörte man plötzlich eine versteckte Drohung.

»Ich verstehe nicht, wie das jemandem nicht gefallen kann«, sagte ich und war fast aufrichtig.

Zu zweit hatten wir das Studio in einer halben Stunde aufgeräumt.

»Arbeiten Sie schon lange bei Mosfilm?« fragte ich, weil man irgend etwas sagen mußte.

»Noch nicht so lange«, antwortete er einsilbig.

»Mögen Sie das Kino?« O Gott, was rede ich für einen Blödsinn!

»Wie's aussieht, ist es der Sinn meines Lebens«, sagte Kelly gleichmütig.

»Warum haben Sie einen so seltsamen Namen – Kelly?«

»Das ist eine alte Geschichte. So alt, daß ich sie schon vergessen habe.«

Sein Spitzname erinnerte mich an etwas, aber an was, das wollte mir partout nicht einfallen.

Der zweite Kameramann, der flachsblonde Antoscha Kusmin, erschien plötzlich auf der Bildfläche.

»Ich fahr nach Hause, wenn ihr wollt, nehme ich euch mit.«

»Danke für das Angebot«, sagte Kelly, genauso gleichmütig wie vorher. »Aber ich wohne zu weit draußen. Ich bleibe hier. Jemand muß ja auf die Leute aufpassen, bis sie ausgeschlafen haben.«

»Und du, Eva?«

»Warte einen Moment, ich komme gleich.«

Den ganzen Weg über jammerte Antoscha, wie teuer die Ersatzteile für sein Auto seien und wie gemein die Bullen, wie dreist diese Hohlköpfe von Neuen Russen in ihren dicken BMWs und aufgemotzten Jeeps. Nebenher sammelten wir eine ganze Meute von Schlafmützen auf, die die letzte Metro verpaßt hatten. »Bißchen was dazuverdienen, da kommt ein mittelloser Autofahrer wie ich nicht drum herum, du hast doch hoffentlich nichts dagegen, Schätzchen?«

Ich hatte nichts dagegen, und deshalb war ich erst um drei Uhr nachts zu Hause. So spät war ich noch nie nach Hause gekommen. Vor der Tür zögerte ich einen Moment, denn ich rechnete damit, daß es Krach geben würde. Serga würde mir wahrscheinlich alle nur denkbaren Vorwürfe an den Kopf knallen: Prostitution, Nymphomanie, Rücksichtslosigkeit und sonstige Todsünden. Und keine Entschuldigung von wegen erster Drehtag würde ziehen. Ich holte tief Luft und stieß die Tür auf.

Zunächst wunderte ich mich nur darüber, daß mich niemand empfing. Aber das, was ich dann in dem kleinen Zimmerchen zu sehen bekam, warf mich beinahe um. Seit ich es heute morgen verlassen hatte, hatte es sich auf wundersame Weise verwandelt. Es sah jetzt aus wie die Mini-Ausgabe eines Radiosenders. Mehrere schwere Tonbandgeräte und -spulen, diverse Aufnahmegeräte von etwas kleinerem Kaliber und zentnerschwere Handbücher, die sich in einem großen Haufen auf dem schäbigen Teppich türmten.

Serga zwitscherte fröhlich ins Telephon. Das Telephon war auch neu, ein schwarzes Panasonic – von so etwas hätte Serga früher nicht mal zu träumen gewagt.

»Serga!«

Ohne den Hörer beiseite zu legen, bedeutete mir Serga: Ruhig, stör nicht, du siehst doch, ich bin beschäftigt ... Ich nahm erst einmal ein Bad. Als ich damit fertig war, telephonierte er immer noch. Endlich legte er den Hörer auf.

»Steck mir eine Zigarette an«, sagte er und holte tief Luft.

»Ich dachte, du hast aufgehört zu rauchen ...«

»Du weißt doch, man hört nie richtig auf zu rauchen.«

Ich klopfte zwei Zigaretten aus der Packung, und wir rauchten.

»Was ist hier eigentlich los? Was sind das für Apparate?«

»Die sind heute alle installiert worden ... Ich hab dir doch erzählt, daß Goscha mir eine Stelle besorgt hat.«

»Entschuldige. Das war mir völlig entfallen.«

»Ich wußte ja, daß ich dir scheißegal bin.« Serga stimmte wieder die alte Leier an.

»Und wie läuft's? Hast du schon Kunden?«

»Und wie! Die erzählen vielleicht Geschichten! Das Blut gefriert dir in den Adern.«

»Was du nicht sagst!«

»Gerade hab ich mich mit einer ziemlich durchgeknallten Type unterhalten. Stell dir vor, die hat ihr Leben lang einen einzigen Mann geliebt, und dann stellt sich raus, daß er schwul ist. Sie hat sich gleich scheiden lassen und lag dann erst mal drei Monate in der Nervenklinik ...«

»Ein schwieriges Problem.«

»Das ist erst der Anfang. Sie hat schließlich einen anderen gefunden, im Fitneßstudio, Meister im Freistilringen, Bizeps, Waschbrettbauch, paar dicke Eier in den Hosen und was noch so dazugehört.«

»Und weiter?«

»Dreimal darfst du raten.«

»Er hatte vermutlich dieselbe Veranlagung?«

»Du sagst es! Diesmal war sie nur anderthalb Monate in der Klinik. Sie hatte schon Übung.«

»Und was jetzt? Hat sie den Glauben an die Menschheit verloren?«

»Das nicht, aber sie hat sich geschworen, nie mehr was mit Männern anzufangen. Sie hat sich statt dessen einen Hund angeschafft, einen Pudel ... Und was glaubst du, der Mistköter ist auch verkehrt herum. Sie schleppt ihn zum Decken, und er läuft vor den Weibchen weg und rümpft die Nase. Dafür schnuppert er den Rüden unterm Schwanz.«

Ich lachte.

»Ich hoffe, du hast sie getröstet.«

»Anderthalb Stunden habe ich mich mit ihr abgerackert, ich bin richtig ins Schwitzen gekommen. Mir sind doch kaum vernünftige Argumente eingefallen.«

»Und was hast du ihr erzählt?«

»Ich habe gesagt, ich bin auch homosexuell. Du hättest mal hören sollen, wie sie gelacht hat!«

»Ich bin stolz auf dich. Aber, sag mal, ist das nicht etwas zynisch?«

»Überhaupt nicht. In meiner Lage kann man doch gar nicht zynisch sein. Im Gegenteil, die Menschheit verabschiedet sich lachend von ihrer Vergangenheit. Und die potentiellen Selbstmörder sind ihr Vortrupp, ein Aufklärungstrupp im Jenseits. Die Hauptsache ist, die Leute zu verblüffen, ihnen einen Klaps auf den Hinterkopf zu geben. Ich rede sie platt, du kennst mich doch. Ich werde sie zwingen, das Leben zu lieben.«

»Ich frage mich, was deine Chefs von solchen radikaltherapeutischen Methoden halten? Kontrollieren die dich eigentlich?«

»Und ob die mich kontrollieren, hol sie der Teufel, die haben mich eingekreist wie einen jungen Wolf. Siehst du dieses Gerät?« Serga legte seine Hand auf eine elektronische Anlage von bedrohlichen Ausmaßen. »Wenn ich einen Anruf entgegennehme, wird das Gespräch aufgezeichnet, und dieses Gerät sendet die Aufnahme umgehend an die Zentrale. Die hören quasi mit. So was hat Himmler im Dritten Reich schon gemacht. Also ist alles unter Kontrolle.«

»Und diese Bücher?«

»Die sind natürlich sinnlos. Die vergessen immer, daß ich, verdammt noch mal, nichts sehe. Sie sind so ein lebensfroher Mensch, sagen sie, man kann sich gar nicht vorstellen, daß Sie in so einer Lage sind.«

»Und was antwortest du ihnen?«

»Ich habe gesagt, das ist noch lange kein Grund ... Und überhaupt, ich habe die Absicht, uralt zu werden.«

»Ich mag dich, Serga.« Mein Herz krampfte sich vor Zärtlichkeit zusammen.

»Schon gut.« Serga wurde verlegen. »Wie läuft es bei dir mit den Dreharbeiten?«

Mit den Dreharbeiten lief es nicht so besonders. Wir arbeiteten nun schon einen Monat an dem Film, doch es funktionierte nicht. Bratny quälte die Schauspieler und das Filmteam bis aufs Blut, ließ jede Einstellung unzählige Male drehen, und sein Zeitplan brach vollkommen zusammen. Er kam nicht einmal dazu, sich zu rasieren.

Im Grunde hatte er wahrscheinlich nur Angst, daß dieser Film schlechter würde als der vorhergehende. Bratny war einfach zu sehr mit Vorschußlorbeeren überschüttet worden, es war schwer, nach dem gewaltigen Triumph des ersten Films normal weiterzumachen. Nach einer Weile begriff er das selbst, und seine freche Unerschrockenheit kehrte zurück. Es geschah im Vorführsaal, als wir uns die ersten abgedrehten Szenen anschauten. Ein einziger flüchtiger Blick auf die Leinwand genügte, um zu begreifen, daß das wirklich großartiges Kino war. Das Material war tadellos, die Großaufnahmen von der Alten und dem Jungen waren hinreißend. Sogar die Freundin des Hauptdarstellers kam hervorragend zur Geltung. Bratny hatte aus der lieben, netten Dascha Kostromejewa ein durchtriebenes Luder gemacht, die Verkörperung des Bösen. Ich ahnte schon, wie das ausgehen würde: Tschernyschow und Kostromejewa, beide blutige Anfänger, würden in die Top-five der besten Schauspieler Rußlands aufsteigen und die bejahrte Tatjana Alexandrowa auf ihre alten Jahre einen Oscar abgreifen ...

Am Ende der Vorführung kam es zu einem kleinen Zwischenfall. Eine der Szenen war verpatzt worden, weil irgendeine unbekannte Frau durch das Bild gelaufen war. Sie war im Hintergrund vorbeigehuscht und einen Moment dort stehengeblieben, nur wenige Sekunden, der Kameramann hatte schnell reagiert und war auf Großaufnahme gegangen – auf das Gesicht der Hauptdarstellerin. Die Szene war nur eine Zwischenszene, aber Bratny war wütend. Er haßte es, wenn etwas außer Kontrolle geriet.

»Wieso rennen hier fremde Leute durchs Bild?«

»Woher soll ich das wissen?« rechtfertigte sich Woloschko flau. »Ich stehe hinter der Kamera und laufe nicht am Set rum.«

»Wenn das so ist ...« Nachdem Bratny bei Woloschko kein Glück gehabt hatte, nahm er mich aufs Korn. »Eva, wenn ich das richtig sehe, bist du doch für die Schauspieler verantwortlich. Wenn ich so was noch mal erlebe, fliegst du raus, und zwar achtkantig ...«

Die Dreharbeiten zermürbten mich. Mich zermürbten die unzähligen kleinen Aufträge, mit denen mich Bratny überhäufte. Er lud die Verantwortung für die Betreuung der Schauspieler voll auf meinen Schultern ab. Und doch war das gleichzeitig meine Rettung. Ich hörte auf, an die Vergangenheit zu denken, die Schatten der Toten bedrängten mich nicht mehr. Ich wußte, daß das nur für kurze Zeit so sein würde, ein unbezahlter Urlaub, aber ich war Bratny unendlich dankbar dafür.

Zum ersten Mal seit vielen Monaten schlief ich ohne Schlaftabletten ein. Sobald mein Kopf das Kissen berührte, fiel ich in einen tiefen Schlaf, den nur Sergas Telephongespräche säumten. Er arbeitete sich mit Eifer in seine schwierigen Aufgaben ein, die eigene Behinderung schützte seine Psyche dabei vor jeglicher Erschütterung. Serga erwies sich als hervorragender Psychologe, er hatte eine ganz eigene Art, mit extremen Situationen umzugehen. Eigentlich war er viel zu fröhlich, zu unbekümmert, um sich mit Selbstmördern zu unterhalten, aber oft war es gerade dies, was sie vor dem letzten Schritt rettete. Am meisten verblüffte mich, daß Serga bald zahlreiche Verehrerinnen unter den verhinderten Todeskandidatinnen besaß: verlassene Ehefrauen, abgewiesene Liebhaberinnen, Grundschullehrerinnen, die ohne Lohn dasaßen, heimliche Opfer von Vergewaltigungen, Aids-Infizierte und Transvestiten …

Als ich mit meinem kalt gewordenen Karokaffee in der Küche saß und zerstreut Sergas Gequassel zuhörte, wußte ich noch nicht, daß ich einige Tage später mit einem ganz und gar ungewöhnlichen Todesfall zu tun haben würde. Ein Todesfall, der der Anfang einer Kette der verrücktesten und sinnlosesten Verbrechen in meinem Leben sein würde …

An diesem Tag drehten wir die Schlüsselszenen mit der alten Schauspielerin. Bratny drängte zur Eile, aber die Alexandrowa stand das irrsinnige Tempo der Dreharbeiten kaum durch. Bratny verkürzte die Pausen auf das absoltute Minimum, aus Angst, die Atmosphäre der Einstellungen könnte verlorengehen, doch gerade jetzt kam es vor, daß die Alte immer wieder für längere Zeit verschwand. Manchmal suchten wir sie stundenlang und fanden sie dann an den unmöglichsten Orten in halb bewußtlosem Zustand wieder. Es war ihr anzusehen, daß sie todmüde war. Wowan machte den Vorschlag, ihr ein paar leichte Drogen zu verabreichen, um sie wieder auf die Beine zu bringen. »Das wird ihr guttun, Freunde«, redete er munter auf uns ein. »Erstens festigt es das erschlaffende Fleisch. Und zweitens soll die Alte ruhig mal die Welt in etwas bunteren Bildern sehen.« Ich haßte ihn für diese Sprüche. Aber das Schlimmste war, daß Bratny langsam selbst zu dieser Form von Doping neigte. Ich ließ mich deshalb sogar zu einem offenen Streit mit ihm hinreißen, zum ersten Mal, seit ich bei ihm arbeitete.

»Fang nicht an zu spinnen, Andrzej. Du bringst sie damit um ... Sie ist ein alter Mensch, sie steht das nicht durch.«

»Wer spricht hier von Menschen?« Ich hatte Andrzej noch nie so rasend gesehen. »Hier gibt es keine Menschen. Hier gibt es nur Elemente meines Films ... Was ich der Welt zu sagen habe, ist hundertmal wichtiger als die Welt selbst. Kapierst du das nicht?«

Für einen Augenblick hatte ich das Gefühl, einen Wahnsinnigen vor mir zu haben.

Alle hier waren wahnsinnig, ich sah, wie jeder einzelne aus dem Team zu einer Marionette des Regisseurs wurde. Jetzt am Ende des ersten Drehmonats waren sie soweit, daß sie Bratnys Phantasie und die reale Welt nicht mehr auseinanderhalten konnten. Aber auch ich selbst war allmählich ziemlich von der Rolle; manchmal ertappte ich mich bei dem Wunsch, *für immer* in der Welt dieses Films, den wir drehten, zu bleiben.

Erst abends zu Hause kam ich wieder zu mir.

Auch an den folgenden Tagen verschwand die Alte immer wieder. Von der ungeheuren Anstrengung der Dreharbeiten wie benommen, waren die Assistenten nicht in der Lage, auf sie aufzupassen.

Einmal fand ich sie in einer der zahlreichen Garderoben. Sie saß dort zwischen Sommeruniformen des Zweiten Weltkriegs und mottenzerfressenen Kürassieruniformen der Armee Napoleons – Überbleibsel der Verfilmung von »Krieg und Frieden«.

Ihr Gesicht, von verwischtem Make-up entstellt, war totenblaß, die von dünner Haut überzogenen Wangenknochen wirkten spitz. Für einen Moment dachte ich, sie sei tot. Jetzt erst bemerkte ich, wie rasch sie während der Dreharbeiten gealtert war; als wäre nicht erst ein jämmerlicher Monat vergangen, sondern Jahre, Jahrzehnte ... Eine dumpfe Angst erfaßte mich. Aber in diesem Moment öffnete die Alexandrowa die Augen und sah mich an.

»Ich habe vergessen, wie Sie heißen«, flüsterte sie.

»Eva.«

»Ach ja, Eva ...«

»Kommen Sie, Tatjana Petrowna. Alle suchen Sie.«

»Alle suchen mich, tatsächlich ... Zum ersten Mal seit vierzig Jahren braucht mich jemand. Das sollte mir angenehm sein. Aber ... Sagen Sie Ihrem Regisseur, daß ich nicht mehr spielen werde. Ich kann nicht mehr.«

»Ich verstehe, Sie sind müde.«

»Sie verstehen mich nicht. *Ich habe Angst* ... Ich spüre einfach, daß etwas auf mich zukommt. Ich spüre, daß etwas passieren wird. Warum zwingt er mich zu sterben? Wirklich zu sterben? Warum will er so sehr, daß ich sterbe?«

Mit Mühe unterdrückte ich meinen plötzlich aufwallenden Ärger.

»Das ist die Arbeit, Tatjana Petrowna, das ist ganz normal. Sie haben einfach lange nichts mehr mit dem Film zu tun gehabt. Und das Alter, ich verstehe schon.«

»Ja.« Sie griff meinen letzten Gedanken freudig auf. »Sie werden eine jüngere finden. Nehmen Sie dieses Ekel Faina, ich hab sie vor kurzem erst gesehen. Sie hat mich schon immer gehaßt. Sie war zu allen Gemeinheiten fähig, vor allem, als ich die Rolle in ›Schlüssel von Königsberg‹ bekam ... Kennen Sie diesen Film? Den Mann habe ich ihr trotzdem weggeschnappt. Er war so schön, Generalmajor Bergman, ein Wolgadeutscher. Oh, war das ein Drama, fast wie bei

Shakespeare ... Sie heißt immer noch Bergman, und ich Dummkopf dachte, die wäre schon längst in irgendeinem Heim verreckt ... Plötzlich taucht sie auf ... Sie wollte diese Rolle auch haben.«

Die Alte redete offensichtlich wirres Zeug, ich mußte Andrzej bitten, daß er den Druck etwas milderte. Noch ein paar Drehtage von solcher Intensität würde sie vielleicht nicht überstehen.

Es gelang mir, sie an den Set zurückzubringen. Ich vergaß unser Gespräch bald, und Bratny ließ sie nach wie vor bis zum Umfallen schuften. Mit fanatischer Beharrlichkeit zwang er die Alte, ihr Dahinsiechen, die Vorahnung ihres nahen Endes zu spielen.

Heute sollte dieses Ende abgedreht werden. Niemand durfte das Studio verlassen, bevor die wichtigste Szene der ersten Hälfte des Films – der Tod der alten Frau – im Kasten sein würde. Bratny wollte absolute Authentizität. Er hätte sie ohne Zögern auch gezwungen, tatsächlich zu sterben, nur um den notwendigen Effekt zu erzielen ...

Um zwei Uhr Nachts waren alle, vom Beleuchter bis zum Kameramann, total am Ende. Alle, außer Bratny: als hätte er eine geheime Quelle, aus der er immer wieder neue Kraft schöpfte. Nie hatte ich ihn so schön gesehen. Unter dem penetranten Summen der Kamera war die Alexandrowa während der Aufnahmen schon mehrere Male bewußtlos zusammengebrochen – aber Bratny erlaubte niemandem, sich ihr zu nähern.

Sergej Woloschko, dem der Schreck in die Glieder gefahren war, wollte schon die Kamera abschalten – da versetzte ihm Bratny einen Schlag gegen die Schulter.

»Dreh weiter, du Scheißkerl!«

»Aber die kratzt uns gleich ab, siehst du das nicht? Da spiel ich nicht mit!« Der Schreck machte Sergej kühn.

»Das laß mal meine Sorge sein. Ich trage die Verantwortung dafür. Du bist doch ein Profi, also tu, was du zu tun hast.«

»Man hat mich vor dir gewarnt und vor deinen Eskapaden. Ich hab's nicht geglaubt, aber das hätte ich besser tun sollen … Das ist kein Kino, das ist Mord …«

»*Das ist das einzig echte Kino*. Hast du mich verstanden? Also dreh weiter! Und laß dir ja nicht einfallen, mir die letzten Einstellungen zu versauen!«

Woloschko, in Schweiß gebadet, gab nach. Aber eine halbe Stunde später mußten wir wieder unterbrechen. Der Alten ging es ernsthaft schlecht. Man brachte sie in ihre Garderobe und legte sie auf ein altes durchgesessenes Sofa. Andrzej, Lenotschka Gankjewitsch und ich blieben bei ihr, ich als Casting-Assistentin und Lenotschka aus einem Gefühl fast animalischen, verzehrenden Hasses heraus.

Die Alexandrowa atmete kaum.

Bratny ließ sich am Kopfende des Sofas auf die Knie nieder, nahm ihre runzlige Hand und preßte sie an sein Gesicht.

»Ich bitte Sie, Tatjana Petrowna, meine Liebe … Sie sind die Beste. Niemand, niemand macht es so großartig wie Sie, niemand spielt würdiger … Sie sind die Schauspielerin, von der ich mein Leben lang geträumt habe … Sie sind mehr als eine Schauspielerin. Sie sind das Beste an meinem ganzen Film. Ohne sie ist er tot, ohne Sie hat er nicht den geringsten Wert. Ich bitte Sie, nehmen Sie sich zusammen. Es müssen nur noch ein paar Szenen gedreht werden. Sie müssen, Sie müssen sich zusammennehmen. Sonst verliert mein Leben seinen Sinn. Und der Film verliert seinen Sinn … Ich bitte Sie. Bitte …«

»Können Sie eine so leidenschaftliche Bitte abschlagen?« Lenotschka hielt es nicht mehr aus. In ihrer Stimme lagen Flehen und Drohung zugleich. So also sah Eifersucht aus.

Und diese animalische, irrationale Eifersucht ließ Lenotschka vollkommen die Beherrschung verlieren.

»Du altes Miststück!« fauchte sie plötzlich heiser und haßerfüllt.

Es wurde still im Raum.

»Sie soll rausgehen … Diese Frau soll hinausgehen«,

sagte die Alexandrowa leise, aber merkwürdigerweise nicht böse.

Andrzej nickte und stand auf.

»Verschwinde!« flüsterte er und faßte Lenotschka entschlossen an der Schulter.

»Untersteh dich, mich anzuschreien! Ich pfeife auf deine paar lausigen Kopeken. Und auf dich auch!«

»Hau bloß ab, du blöde Gans! Und laß dich hier nicht mehr blicken, bevor ich dich anrufe.«

Bratny war drauf und dran, die Kostümbildnerin zu schlagen.

»Ich gehe, aber du wirst es noch bereuen.«

»Mach, daß du wegkommst. Deine Kündigung kannst du dir bei Krawtschuk abholen.«

»Das wird dir noch leid tun, Andrzej.« Lenotschka rührte sich nicht vom Fleck und setzte ihre hilflosen Drohungen fort. »Dir werde ich es schon noch zeigen.«

»Sie soll gehen«, bat die Alexandrowa wieder.

Andrzej gab Lenotschka einen Stoß, der sie beinahe umwarf. Er schloß die Tür hinter der Kostümbildnerin und wandte sich wieder der Alexandrowa zu.

»Alles in Ordnung, Tatjana Petrowna. Sie wird Sie nicht mehr belästigen.«

»Gut. In zwanzig Minuten werde ich fertig sein.« In ihrer Stimme schwang ein gebieterischer Unterton mit. Jetzt diktierte sie Bratny die Bedingungen. Aus Angst, die Dreharbeiten abbrechen zu müssen, war er lammfromm geworden. »Und nun, wenn Sie erlauben, möchte ich allein sein.«

»Ja, natürlich. Eva wird Sie dann abholen.«

»Das ist nicht nötig«, antwortete die Alte scharf. »Ich habe schon gesagt, ich komme selbst. In zwanzig Minuten.«

Wir gingen raus und zogen vorsichtig die Tür hinter uns zu.

»Wie's aussieht, hat da jemand gelernt, wie man dich in die Schranken weist.« Diese Bemerkung konnte ich mir nicht verkneifen.

»Ich rate dir, dein Wissen nicht zu mißbrauchen und darüber zu quatschen«, sagte Bratny, der aussah wie Napoleon nach Waterloo.

»Ja, ich bin im Bilde, die Kündigung kann man sich bei Krawtschuk abholen.«

»Kluges Köpfchen.«

Während unserer Abwesenheit hatte sich das Team in alle Richtungen zerstreut, wie eine Kuhherde, die den Hirten verloren hat. Der Hauptdarsteller Wolodja Tschernyschow drückte sich neben der Kamera herum. Er wurde überhaupt nicht gebraucht, aber so lange Bratny im Studio war, war Tschernyschow nicht von hier wegzubringen. Er litt an der typischen Krankheit aller Anfänger beim Film – er war leidenschaftlich verliebt in den Regisseur, der ihm seine Rolle gegeben hatte. Diese Leidenschaft war von ganz anderer Art als jene, die Lenotschka Gankjewitsch für Bratny empfand, aber genauso heftig. Bratny hätte von Tschernyschow alles verlangen können – sich vor laufender Kamera die Pulsadern aufzuschneiden, sich aus dem Fenster zu stürzen, die Heldin und alle ihre Freundinnen zu vergewaltigen –, Tschernyschow hätte es getan. »Leidenschaft ist immer unmoralisch, sonst ist es keine Leidenschaft«, witzelte Bratny diesbezüglich gern. Die laxe Arbeitseinstellung des Teams ließ Bratny gleich wieder in die Luft gehen.

»Was sind das für Pfeifen, verdammt noch mal, auf niemanden kann man sich verlassen!« Er scheuchte den zweiten Kameramann Antoscha Kusmin mit einem Fußtritt aus dem Regisseursessel, in dem er eingeschlafen war.

»Sei ein bißchen nachsichtig mit deinen Leuten, Andrzej. Wir haben wirklich viel gearbeitet … Alle sind müde.« Ich half dem zerknirschten Antoscha aufzustehen.

Der rieb sich den schmerzenden Hintern, auf eine offene Konfrontation mit dem Meister wollte er es aber nicht ankommen lassen.

»Ist mir scheißegal, ob ihr alle müde seid. Es geht hier um meinen Film. Wenn in zehn Minuten nicht jeder an seinem Platz ist …«

»Sie werden schon an ihren Plätzen sein, sie sehen doch, daß du da bist.«

»Das glaubst du! Ich gehe diese Trottel einsammeln.«

Andrzej verschwand, während die anderen langsam wieder eintrudelten. Mit einem Ausdruck von weltumfassender Trauer im Gesicht setzte sich Irene zu mir.

»Weißt du, wer in der Garderobe ist?«

»Die Alte. Sie ruht sich aus. Warum?«

»Ich habe da drin eine Videokassette liegenlassen. Auf dem Tisch. ›The Purple Rose of Cairo‹, ich hab sie endlich gekriegt ... Hast du den Film gesehen?«

»Nein, das war mir noch nicht vergönnt.« Jetzt ging das schon wieder los.

»Das ist nicht dein Ernst!« Irene sprang mir fast an die Gurgel. »Mia Farrow, die Arme, hat sich in einen Filmhelden verliebt, so eine stille, verzehrende Leidenschaft ... Still und verzehrend, das Blut gefriert einem in den Adern. Und er erwacht zum Leben und steigt von der Leinwand zu ihr herunter.«

»Kolossal«, sagte ich gedehnt, einfach, um sie loszuwerden.

»Und stell dir vor, ich blödes Huhn habe das Video in der Garderobe vergessen. Eben wollte ich es holen, aber die Tür war von innen verschlossen ... Ich dachte schon, verflixt, jetzt hat sich diese Nymphomanin mit irgend jemandem da drin verbarrikadiert ...« Unter »diese Nymphomanin« verstand Irene wie immer unsere Kostümbildnerin.

»Ach nein, da ist nur die Alte drin ...«

»Seltsam, ich habe Stimmen gehört.«

Du solltest einfach nicht soviel Woody Allen gucken, dachte ich träge.

»Die Kassette wird bestimmt geklaut«, jammerte Irene. »Vielleicht gehe ich besser gleich noch mal hin?«

»Die Alte will nicht gestört werden, du siehst doch, was mit ihr los ist. Man darf sie nicht quälen, sonst wird sie noch launischer ... Mach das lieber später, während der Dreharbeiten, sonst reißt uns Andrzej den Kopf ab.«

Andrzej erschien als letzter.

Jetzt warteten alle auf die Alexandrowa.

Aber sie kam nicht – nicht nach zwanzig Minuten und nicht nach einer halben Stunde.

»Die Alte hat sich offenbar entschlossen, Charakter zu zeigen«, bemerkte Andrzej melancholisch. »Du mußt sie wohl holen, Eva«.

Ich ging zur Garderobe. Vor der Tür blieb ich einen Augenblick stehen und klopfte dann vorsichtig.

Keine Antwort.

Ich stieß die Tür auf und betrat das Zimmer. Die Deckenlampe war aus, nur der Tisch vor dem Spiegel war grell beleuchtet. Sieh an, sie hat sich ganz dicht vor den Spiegel gesetzt, die alte Kokotte ... Die hohe Lehne des Sessels verbarg den Körper der Alten vor mir, ich sah nur das Spinngewebe der dünnen Haare auf ihrem Schädel.

»Tatjana Petrowna«, sagte ich so freundlich, wie ich nur konnte. »Man wartet auf Sie, Tatjana Petrowna ...«

Sie schwieg immer noch.

Ich trat langsam näher zu ihr heran und legte die Hand vorsichtig auf die Sessellehne. Im grellen Licht der Schminklampen stach das Gesicht der Alten im dreiflügligen Spiegel aus dem Halbdunkel hervor. Zwei gleiche erstarrte Profile (O Gott, warum habe ich nie bemerkt, was für ein hochmütiges, fast männliches Kinn sie hat! Andrzej hat Geschmack!), die ganze Gestalt eine Pose des Erstaunens: die Augen weit geöffnet, die Mundwinkel nach oben gezogen, die Hände so starr wie die Falten des Kleides, das mich jetzt an ein Leichentuch denken ließ. Viel zu viele Falten, und alles nur, um den alternden Körper zu verbergen. Über den Schultern ein Umschlagtuch. Eine bessere Aufmachung für die letzte Einstellung konnte man sich kaum vorstellen.

Die Alexandrowa war tot.

Die Dreharbeiten hatten sie zu Tode gehetzt, der Film war zu Ende, bevor er begonnen hatte. Bratny dreht durch, wenn er das erfährt.

Ich betrachtete ihr Gesicht aus nächster Nähe – nein, sie

war nicht bewußtlos. Immer wenn sie in Ohnmacht fiel, wurde ihr Gesicht grau und spitz, ich erinnerte mich gut daran. Jetzt war es vollkommen entspannt. Solche Ruhe gibt es nur im Tod. Von der Alten, von ihrem Umschlagtuch ging ein leichter, kaum merklicher Parfümduft aus, zu leicht, zu raffiniert, um zu einer alten Frau zu gehören. Woher kommt der? O Gott, warum dachte ich jetzt an so etwas?

Ich mußte Andrzej Bescheid sagen. Ich mußte sofort zu ihm gehen und ihm alles sagen.

Ich zog die Garderobentür fest hinter mir zu und lief wie benommen zurück zum Set.

»Was ist denn jetzt schon wieder?« fiel Bratny über mich her. »Warum kommst du allein?«

»Kann ich dich einen Augenblick sprechen?« Aus irgendeinem Grund wollte ich nicht, daß man uns zuhörte. Ich zerrte ihn fast gewaltsam zur Seite.

»Wo ist die Alte?«

»Leise, bitte ... Ich fürchte, wir haben große Unannehmlichkeiten.«

»Laß dir ja nicht einfallen zu sagen, daß ihr etwas passiert ist.«

»Es ist etwas passiert«, flüsterte ich. »Komm, sieh es dir selbst an.«

»Ich will's gar nicht wissen.« Das Gesicht des Regisseurs verzerrte sich zu einer Grimasse. »Du bist verantwortlich für die Schauspieler, du haftest mir mit deinem Kopf für sie.«

»Dafür hafte ich nicht. Los, komm.«

Zu zweit kehrten wir zur Garderobe zurück. Andrzej riß die Tür weit auf. Am liebsten wäre mir gewesen, all das, was ich vor wenigen Minuten gesehen hatte, wäre nur eine Sinnestäuschung, ein Alptraum gewesen.

Aber nichts hatte sich verändert: weder die kleinen Lampen, die die Alte anstrahlten, noch die erstarrten Profile in den Seitenspiegeln, noch das ruhige, reglose Gesicht zwischen ihnen.

»Was hat das zu bedeuten?« fragte Andrzej hilflos.

»Sie ist tot.« Ich mußte mich zwingen, diese Worte auszusprechen. Obwohl niemand in der Garderobe war, flüsterten wir.

»Was heißt tot?« Verständnislos blickte er von der Schauspielerin zu mir.

»Das heißt, sie ist tot.« Ich dachte plötzlich, daß man der Alexandrowa die Augen schließen sollte, so weit geöffnet schienen sie Bratny zu verhöhnen: Na, mein Kleiner, da hast du's, ich hab dich ja gewarnt.

»Das kann nicht sein, so was würde sie mir nicht antun … Tatjana Petrowna, hören Sie mich? Stehen Sie auf! Steh auf, du altes Miststück!«

Ich hielt mir die Ohren zu, um nicht die ganze Flut der Beschimpfungen, die Andrzej über die tote Schauspielerin ergoß, anhören zu müssen: Schlampe, Miststück, alte Hure, sie hat mich belogen, hat mich zum Wahnsinn getrieben, ihr seid alle gegen mich, die ganze Welt ist gegen mich, verdammte Scheiße, der Film, der Film, was wird aus meinem Film …

Ich war davon überzeugt, daß er sie gleich schlagen würde, und sie konnte sich doch nicht wehren. Tote können sich nie wehren.

»Hör auf!« schrie ich, »hör auf, es reicht, du bist ja hysterisch!«

Aber er sprach schon lange nicht mehr, ich hatte es nur nicht bemerkt.

»Eva«, sagte Bratny. Seine Stimme war ein wenig heiser, aber vollkommen ruhig. »Eva, komm mal her.«

»Du bist total wahnsinnig«, plapperte ich weiter, einfach nach dem Gesetz der Trägheit.

»Komm her, Eva. Sie ist nicht gestorben. Sie wurde ermordet.«

»Was?!«

Andrzej stand neben dem Sessel, in dem die tote Schauspielerin saß. Wahrscheinlich hatte er sie wirklich schlagen wollen, sie zwingen zu leben.

»Siehst du das?«

Er gab dem Sessel einen leichten Stoß, und der schwang quietschend herum. Die Enden des Umschlagtuches, die vorhin die Brust und die Schultern der Schauspielerin verdeckt hatten, waren jetzt zurückgeschlagen.

Unter der kleinen zusammengeschrumpften Brust glänzte matt ein Griff.

Ein professioneller Stich ins Herz. Professionell und präzise, so weit ich das beurteilen konnte. Also wieder ein Mord, und ich hatte so gehofft, ich hätte mich für immer davon befreit ... Aber die Morde verfolgen mich wie ein Rudel Wölfe einen erfrierenden Wanderer.

Andrzejs Stimme löste mich aus der Erstarrung. Er hatte sich offenbar mit dem Geschehenen abgefunden und betrachtete jetzt nachdenklich die Leiche. Dann reckte er sich zu den Lampen über dem Tisch und drehte sie in einen anderen Winkel.

»Ein großartiges Bild«, sagte er langsam. »Ein großartiges Bild.«

Jetzt war der Griff des Messers in der Brust der Schauspielerin hell beleuchtet. Nein, das hatte wenig Ähnlichkeit mit einem Messer. Ein Messer hat einen anderen Griff ... Und es war fast überhaupt kein Blut zu sehen.

Eine Ahle, das könnte eine Ahle sein.

»Ein großartiges Bild«, wiederholte Bratny. »Die perfekte Schlußszene.«

Seine verträumte Stimme versetzte mich in größere Furcht als die Leiche der Schauspielerin.

»Was sagst du?«

»Man braucht nur das richtige Licht ... Schade, daß ich das nicht filmen kann ...«

Ich gab ihm eine Ohrfeige.

»He! Komm zu dir! Sie wurde ermordet, wir müssen was tun. Wir müssen die Miliz anrufen, verdammt noch mal!«

»Die Bullen haben uns hier gerade noch gefehlt! Als hätten wir nicht schon genug Probleme ...«

»Je schneller sie kommen, desto besser ist es für uns alle. Wir müssen aufpassen, daß niemand das Studio verläßt.«

Ich ging um den Sessel herum und wollte nach dem Telephon greifen, das auf dem Tisch stand, aber Bratny fing meine Hand energisch ab.

»Halt! Rühr das Telephon nicht an. Es könnten Fingerabdrücke drauf sein. Wir wollen doch keine Spuren verwischen, oder?«

»Gut. Aber trotzdem müssen wir es melden ...«

»Warte noch.«

»Worauf denn warten?«

»Ihr kann sowieso niemand mehr helfen, richtig? Wir müssen das alles erstmal in Ruhe besprechen. Ungeschehen machen können wir es ohnehin nicht.«

»Ich ...«

»Du siehst aus wie jemand, der durchaus in der Lage ist, sich in der Gewalt zu haben«, fuhr Andrzej fort und betrachtete seine Fingernägel. »Wenn es an dieser Situation etwas Erfreuliches gibt, dann nur die Tatsache, daß du sie gefunden hast und nicht jemand anderes.«

»Was quasselst du da?«

Ich starrte Andrzej mit großen Augen an. Vor gerade mal einer Stunde hatte dieser Mann vor der alten Schauspielerin auf den Knien gelegen. Vor gerade mal einer Stunde war seine Anbetung genauso aufrichtig gewesen wie jetzt seine Gleichgültigkeit. Obwohl, er war ganz und gar nicht gleichgültig. Die tote Schauspielerin ärgerte ihn wie ein unerwartetes Hindernis, wie ein lästiger Furunkel am Hals.

Drüber hinaus zeigte er keine Gefühle, weder Schreck noch Bestürzung oder sonst etwas, wie es in dieser Situation vollkommen natürlich gewesen wäre.

»Du bist wirklich ein Teufel ...«

»Du siehst auch nicht gerade aus wie der Erzengel Michael oder Maria Magdalena beim Beichten. Ich spüre, du verbirgst einen Teil von dir, und mein Gespür hat mich noch nie getrogen. Ich frage mich, worauf man stoßen würde, wenn man bei dir gründlich genug suchte?«

»Jetzt ist wohl nicht der richtige Zeitpunkt, das zu tun«, entgegnete ich leise.

»Wieso nicht? Genau der richtige Zeitpunkt, um herauszufinden, auf welcher Seite du stehst.«

Bratny ließ endlich seine Fingernägel in Ruhe. Jetzt blickte er mir tief in die Augen. Mit diesem Blick zwang er jeden Menschen, die unglaublichsten Dinge zu tun. Aber noch nie hatte er mich so angesehen. Eine Mischung aus Drohung und Verehrung lag in diesem Blick – du machst sowieso, was ich will.

»Auf deiner Seite.« O Gott, war es möglich, daß ich – ich! – das gesagt hatte?

»Das wußte ich doch. Wenn's drauf ankommt, stehen alle auf meiner Seite.« Er schaute traurig auf den Sessel. »Wenn man mal von solchen betrüblichen Vorfällen absieht ... Du gehst jetzt zu den anderen, so als ob nichts passiert wäre. Mach ihnen klar, daß alle unbedingt im Studio bleiben müssen. Denk dir irgendeinen Grund aus. Ich telephoniere inzwischen.«

»Ist das alles?«

»Das ist alles. Kein Wort darüber, was passiert ist.«

Erst draußen auf dem Gang kam ich wieder zu mir. Er hat wahrscheinlich recht, versuchte ich mir auf dem Weg ins Studio einzureden. Er tut, was jeder vernünftige Mensch an seiner Stelle getan hätte. Man muß versuchen, das Filmteam im Zaum zu halten, um unnötige Probleme zu vermeiden. Wenn man diese aufgekratzte Meute verhört, dann ...

Was dann?

Sie werden alle haargenau durchchecken. Und ich besaß keinerlei Papiere außer diesem fragwürdigen Passierschein fürs Studio, auf dem nicht einmal ein Photo war. Als ich in jener Nacht Hauptmann Lapizki mit dem Entschluß verließ, nie mehr ein fremdes Leben als mein eigenes auszugeben, hatte ich damit nicht nur meine Existenz als Anna Alexandrowa beendet, sondern die als Eva ebenfalls. Doch auch Eva hatte ich ja nur erfunden. Was immer man von Bratny halten mochte, er lag nicht weit daneben: Ich verbarg einen Teil von mir, oder sogar zwei.

Damals hatte ich nicht damit gerechnet, noch lange zu leben, und eine Tote braucht keine Papiere. Aber das Ende der Welt wurde überraschenderweise verschoben, Hauptmann Lapizki hatte mich auch diesmal reingelegt. Wollte ich denn wirklich so gern leben, daß ich nicht einmal mehr über den Tod eines anderen nachdenken konnte?

Im Studio war alles unverändert. Woloschko und Kusmin hantierten mit den Lichtfiltern herum, die Maskenbildnerin Irene malträtierte Fjodor mit ihrem fröhlichen Geplapper über Woody Allens »Manhattan Murder Mystery«.

Alle waren da – die Assistenten, die Requisiteure, die Beleuchter. Nur eine vermißte ich: Lenotschka Gankjewitsch, die mit Schimpf und Schande aus Bratnys Kinoparadies vertrieben worden war.

»Was macht ihr da eigentlich so lange?« brummelte Sergej Woloschko mürrisch. »Die Zeit läuft uns weg, wir schaffen das alles heute nicht mehr ...«

»Es gibt ein Problem mit der Schauspielerin.« Das war nicht gelogen, wenn auch nicht die volle Wahrheit. »Sie fühlt sich nicht gut.« Immer noch spürte ich Bratnys hypnotischen Blick im Nacken.

»Sie fühlt sich nicht gut – dann ab auf den Schlachthof mit ihr. Hat ihre Tage – ab auf den Schlachthof. Blinddarmentzündung – ab auf den Schlachthof. Mit euch Weibern kann man nicht anders umspringen ...«

»Und wer bleibt dir dann noch übrig?« Es fiel mir schwer, auf Sergejs frotzelnden Ton einzugehen.

»Ich kaufe Wowan seine ›Ideale Frau‹ ab, dann habe ich meinen Spaß für die langen Winterabende.«

»Die ideale Frau« oder »Die Frau des einundzwanzigsten Jahrhunderts« war das letzte »Meisterwerk« von Wowan Trapesnikow, ausgeführt in dem für ihn typischen naiven, opiuminspirierten holzschnittartigen Stil. Das großformatige Bild, anderthalb mal zwei Meter, zeigte anschaulich Trapesnikows Traum von der idealen Lebensgefährtin: Im Zentrum sah man eine kleine dicke Frau mit einem quadratischen Kopf, die an einem prallen Männerbauch lehnte. In dem Mann erkannte man unschwer Wowan selbst. Auf dem quadratischen Kopf der Dame stand ein Krug mit Bier, und der gemalte Trapesnikow lümmelte daneben wie an einem Kneipentresen, während ihm »Die ideale Frau« einen blies. Das Machwerk hatte bei den Männern großen Erfolg, während es die weibliche Hälfte des Teams naturgemäß in Rage brachte.

Die ideale Frau, das ideale Verbrechen ... Konnte man den Mord an der Alexandrowa ideal nennen? Und wer könnte ein Interesse daran gehabt haben, die alte Schauspielerin umzubringen? Ein sinnloser Mord, etwas Sinnloseres konnte man sich gar nicht vorstellen. So gesehen, war dieser Mord ideal. Schon deshalb, weil er keinen Zweck verfolgte. Sinnlosigkeit ist immer ideal.

Ich war so in Gedanken versunken, daß ich das Erscheinen des Regisseurs zuerst nicht bemerkte. Er trat noch großartiger auf, war noch mehr er selbst als sonst, er übertrieb seine Rolle – die Rolle des großen Andrzej Bratny, dem unvorhergesehene Ereignisse einen Stein in den Weg legten.

»Für heute ist Feierabend. Unsere Prima fühlt sich nicht wohl«, verkündete er. »Morgen arbeiten wir im normalen Rhythmus weiter, um zwei fangen wir an.«

»Soll ich ihr helfen?« erbot sich die barmherzige Irene sofort, und Andrzej warf ihr einen bösen Blick zu.

»Brauchst du nicht. Es ist nicht weiter schlimm. Sie ist einfach etwas überanstrengt.«

»Sauladen«, sagte Sergej Woloschko und schaute sich um. »Und die Metro fährt auch nicht mehr. Wie sollen wir jetzt hier wegkommen, mitten in der Nacht?«

»Tjoma bringt dich in die Heia. Und alle anderen ebenfalls.«

Tjoma, der einzige Chauffeur, der nicht zu dem düsteren Clan des Geschäftsführers Krawtschuk gehörte, war eigens für solche Zwecke angestellt: das Filmteam nach einer Nachtschicht nach Hause zu fahren.

»Warum schickst du alle weg?« fragte ich flüsternd.

»Das muß sein. Sie sollen hier verschwinden, so schnell wie möglich.«

»Du bist verrückt! Es ist jemand ermordet worden!«

»Wenn du das noch einmal laut sagst ... Nichts ist passiert, hörst du, gar nichts. Bis jetzt jedenfalls nicht.«

»Willst du es etwa vertuschen?«

»Nein«, sagte Bratny nach einem kurzen Zögern.

»Hast du ... Hast du es gemeldet?«

»Ja, in gewisser Weise.«

»Was heißt ›in gewisser Weise‹?«

»Sieh zu, daß alle von hier verschwinden. Anschließend kommst du in die Garderobe.«

»Ich will damit nichts zu tun haben!«

»Du hast schon damit zu tun.«

Er hatte recht, wie immer: Ich hatte schon damit zu tun, verflucht noch mal.

»Die Kassette«, flüsterte ich tonlos.

»Was für eine Kassette, wovon redest du?«

»Irene hat eine Videokassette in der Garderobe vergessen. ›The Purple Rose of Cairo‹.«

«Verdammt!« schimpfte Bratny. »Wenn sie jetzt da rein geht ... Los, lauf! Tu, was ich dir gesagt habe, Eva, ich flehe dich an!«

Eine halbe Stunde später war niemand mehr im Studio außer dem Beleuchter Kelly. Er war immer noch mit den Kabeln zugange.

»Warum fahren Sie nicht nach Hause?« fragte er freundlich. »Wir haben doch jetzt frei.«

»Mir ist es zu riskant, mich in Tjomas Klapperkiste zu setzen.«

»Soll ich Sie nach Hause bringen?«

Das fehlte mir gerade noch! Dieser Einfaltspinsel machte uns noch einen Strich durch die Rechnung.

»Nein, nein, danke. Ich komme schon irgendwie allein zurecht.«

»Ich hoffe, es ist nichts Ernstes mit der Alexandrowa passiert?« Der Beleuchter setzte sich neben mich und machte sich über seine ewigen Erdnüsse her.

»Nein, es ist nichts Ernstes. Sie fühlt sich nur nicht wohl. Das Alter, wissen Sie …«

»Ja, das Alter, ich weiß, was das heißt. Man kann sich nichts Scheußlicheres vorstellen. Soll ich Sie nicht doch nach Hause bringen?« Ich hätte diesen supernetten Trottel von Beleuchter am liebsten erwürgt, aber ich ließ es bei einem säuerlichen Lächeln.

»Ich lasse mich nicht gern nach Hause bringen.«

»Ihr seid eine seltsame Truppe; und ein seltsamer Film … Ich habe schon für einige Teams gearbeitet, aber so was ist mir noch nicht begegnet. Aber diese Art von Film gefällt mir nicht, solche modernen Filme, meine ich. Wahrscheinlich muß der Zuschauer sich auf ein paar Überraschungen gefaßt machen.«

Allerdings, wie wahr. Höchste Zeit, das nächtliche Studiogeflüster zu beenden.

»Alles Gute, Kelly, danke für Ihre Gesellschaft. Gute Nacht.«

Die Garderobe war verschlossen. Ich sah mich um, kratzte leise an der Tür und hörte von drinnen Andrzejs gedämpfte Stimme.

»Wer ist da?«

»Ich bin's, Eva.«

Einen Moment später war ich schon in der Garderobe. Bratny schob die Tür hinter mir zu und legte den Riegel vor. Außer ihm und mir und der Leiche der alten Schauspielerin befand sich noch ein Mann in dem kleinen Zimmer – der Geschäftsführer Krawtschuk. Erst jetzt erinnerte ich mich daran, daß er bis vor kurzem noch beim KGB gearbeitet hatte. Zweifellos ein naheliegender Gedanke: Ein Profi wie Krawtschuk war genau das, was Bratny jetzt brauchte. Krawtschuk war offenbar gerade erst eingetroffen, die Spuren seiner Schuhe auf dem Fußboden waren noch feucht. Wahrscheinlich hatte Bratny ihn aus dem Bett geholt. Aber trotz der späten Nachtstunde sah Krawtschuk wie immer tadellos aus: korrekter Anzug, frisches Hemd und eine phantastische Krawatte, zweifellos speziell für die Jubiläumsvorstellung der »Zauberflöte« entworfen.

»Hier war keine Videokassette«, empfing mich Andrzej mit vorwurfsvoller Stimme. »Unsere Maskenbildnerin hat wieder was durcheinandergebracht. Bestimmt hat sie sie irgendwo anders liegenlassen ...«

»Hat sie die Leiche gefunden?« Krawtschuk meinte mich.

»Ja«, antwortete Bratny an meiner Stelle.

»Eine üble Situation«, sagte Krawtschuk nachdenklich. »Ich fürchte, wir müssen die Miliz rufen.«

»Nein«, entgegnete Bratny bestimmt. »Nein, ich möchte nicht, daß die Sache an die große Glocke gehängt wird. Verstehst du, was das bedeuten würde? Wenn diese Blödmänner hier mit ihren bescheuerten Verhören anfangen, werden sie mir mein ganzes Filmteam auseinandernehmen. Die Hälfte von denen kriegen sie doch gleich beim Wickel. Allein Wowan ist schon was wert ... Würde mich nicht wundern, wenn der auf seiner Haschischwolke irgendeinen Bullen mit dem Propheten Mohammed verwechselt.«

»Was meinst du für Blödmänner?« fragte Krawtschuk träge.

»Na, deine ehemaligen Kollegen. Aber darum geht es jetzt nicht. Du weißt doch selbst, daß die Typen von der Auswahlkommission aus Cannes hier waren. Ich habe ihnen einen Teil des Arbeitsmaterials gezeigt, und jetzt wartet man dort schon auf den Film. Wenn diese Geschichte hier«, er nickte in die Richtung der Leiche, »ans Tageslicht kommt, ist es Essig damit.«

»Ein bißchen zusätzliche Werbung kann dir nicht schaden.« Krawtschuk vertiefte sich melancholisch in die Untersuchung der Leiche. »Die Leute schwärmen für blutige Geschichten, vor allem, wenn sie nicht ihnen selbst passieren.«

»Und was wird mit dem Team? Ich brauche diese Leute, Viktor, genau diese.«

»Du findest andere. Es gibt viel zu viele Verrückte bei uns, das ganze Land ist nichts weiter als ein riesiges Irrenhaus.«

»Du kennst die Filmleute nicht, niemand ist abergläubischer als sie. Wenn das hier« – er deutete mit dem Kinn in Richtung des Sessels mit der Schauspielerin –, »wenn das hier an dem Film haftet, will niemand mehr mit mir arbeiten. Das ist ein schlechtes Omen. Ich werde für den nächsten Film niemanden finden ...«

»Schon gut, hör auf zu jammern, wir werden uns schon was einfallen lassen. Eigentlich eine ausgezeichnete Arbeit.«

»Was meinst du?« Bratny horchte auf.

»Sie wurde wirklich sauber um die Ecke gebracht, das meine ich. Da kennt sich jemand gut aus in Anatomie. Jetzt erzähl mal alles der Reihe nach.«

»Was soll ich erzählen? Die Alte hat uns zu verstehen gegeben, daß sie allein sein wollte. Sie würde in zwanzig Minuten kommen, und wir sollten alle verschwinden.«

»Was heißt ›alle‹?« fragte Krawtschuk.

»Sie« - Andrzej nickte in meine Richtung -, »und ich. Außerdem war noch die Kostümbildnerin da.«

»Nette Gesellschaft.« Krawschuk ging in die Hocke und betrachtete aufmerksam das Teil, das in der Brust der Schauspielerin steckte. »Eine sehr ungewöhnliche Tatwaffe.«

»Sieht aus wie eine Ahle«, sagte ich und biß mir sofort auf die Zunge.

Krawtschuk sah mich von der Seite an. In seinen kalten Augen glomm ein Funken von Interesse auf. Während der Dreharbeiten hatten wir nichts miteinander zu tun gehabt, jetzt aber, als ich neben ihm stand, begriff ich, daß dieser Mann gefährlich war.

»Richtig. Das ist eine Ahle, und zwar, wie es aussieht, eine sehr lange und speziell zugeschliffene. Unser Anatom oder unsere Anatomin« – wieder ein schneller Blick auf mich – »muß eine reichlich extravagante Person sein.«

»Es dürfte sich dabei wohl kaum um eine Frau handeln«, sagte ich, meine Worte vorsichtig wählend.

»Wie war doch gleich Ihr Name, er ist mir entfallen ...«

»Eva«, antwortete Bratny wieder für mich.

»Glaubst du, daß das ihr richtiger Name ist?« fragte

Krawtschuk spöttisch, und ich zuckte zusammen. »Der klingt ja wie eine Provokation für die gesamte menschliche Gattung. Na gut, dann eben Eva. Also, warum sollte es keine Frau gewesen sein können, Eva?«

»Frauen sind zu traditionell, zu konservativ. Eine Frau würde niemals eine Ahle benutzen, um zu töten, es sei denn aus Notwehr, wenn sie nichts anderes zur Hand hat. Denke ich ...«

»Und wenn sie die Tochter eines Schuhmachers ist?« witzelte Krawtschuk.

»Eure Dialoge kann man echt aufschreiben und in einem Drehbuch verwenden«, knurrte Bratny.

»Nächstes Mal.« Krawtschuk wurde wieder ernst. »Also du willst tatsächlich auf die Hilfe unserer heldenhaften Organe verzichten?«

»Mir bleibt nichts anderes übrig. Und dir auch nicht.« Andrzej lächelte entwaffnend. »Du kannst es genausowenig gebrauchen wie ich, daß die Sache an die große Glocke kommt.«

Dieser schlichte, unschuldige Satz hatte eine überraschende Wirkung auf Krawtschuks Gelassenheit. In den schwarzen Eislöchern seiner Pupillen flackerte Furcht auf. Oder kam es mir nur so vor?

»Hast du keine Angst?« fragte er nach einer langen Pause; es war eine Frage und eine Drohung zugleich.

»Ich habe schon lange vor nichts mehr Angst, das ist das einzige, was mir angst macht.« Bratny grinste nach wie vor.

»Schon gut.« Krawtschuk gab nach. »Aber da ist noch ein kleines Problem.«

»Was denn für eins?«

»Deine Assistentin.«

»Die wird den Mund halten.« Andrzej sah nicht einmal zu mir hin. Sie sprachen wieder in der dritten Person von mir.

»Bist du dir sicher?«

»Ich bin bei allen meinen Leute sicher. Vor allem bei denen, die dir jeden x-beliebigen Gegenstand aus der Tasche ziehen können, ohne überhaupt in deine Nähe zu kommen.« Bratny hatte also meine virtuose Taschendieberei nicht vergessen.

Krawtschuk verlor sofort jedes Interesse an mir und schaute sich aufmerksam in der Garderobe um. Ein schäbiges Sofa, ein paar Stühle, ein Kleiderständer, der Tisch mit den Spiegeln, diverse Kinoplakate an den Wänden. Plötzlich klopfte jemand hartnäckig an die Tür, und die Türklinke bewegte sich wie verrückt auf und ab.

»Ich bin es, Irene! Macht auf.«

Krawtschuk legte den Finger auf die Lippen. Wir rührten uns nicht.

»Ich möchte nur die Kassette holen.« Irene gab nicht auf. »Laßt mich rein.«

»Die geht nicht so schnell weg«, flüsterte mir Bratny ins Ohr.

Er setzte sich auf das Sofa und begann sich darauf auf und ab zu bewegen; das Sofa ächzte asthmatisch und ließ die Federn quietschen. Um das Bild abzurunden, formte Bratny die Hände zum Trichter und stöhnte brünstig.

Wenn Irene jetzt mit dem Ohr an der Tür lauschte, würde sie einen unmißverständlichen Eindruck bekommen. Unwillkürlich mußte ich grinsen.

»Zum Teufel mit euch, ihr geilen Säue«, fluchte sie wütend hinter der Tür, und gleich darauf hörten wir, wie sich ihre Schritte entfernten.

»Hier gibt es keine Kassette«, sagte Krawtschuk langsam. »War sie mit Sicherheit hier?«

»Wenn sie jetzt nicht hier ist, dann war sie's auch nicht ...« Bratny hatte der Zwischenfall ziemlich gereizt gemacht. »Erstens kann man sich schwerlich vorstellen, daß jemand eine Leiche entdeckt, sich die lausige Videokassette schnappt und einfach abhaut. Das ist doch idiotisch, oder? Zweitens, Irene verlegt ständig irgendwas und findet es nie dort, wo sie es angeblich hingetan hat.«

Das war die Wahrheit. Angefangen bei ihren Schlüsseln, führte Irene einen unerklärten Krieg mit allen Gegenständen.

»Schon gut. Ist das die Tasche der Alexandrowa?« fragte Krawtschuk.

»Ja. Wessen sonst?«

Auf einem der Stühle stand eine Handtasche, so alt wie die Schauspielerin selbst: rissiges Leder, ein kleiner glänzender Verschluß in Form einer Tulpe. Krawtschuk nahm die Tasche, setzte sich aufs Sofa und schüttete sorgfältig den Inhalt heraus: ein paar Tablettenschachteln, ein Bündel persönlicher Dokumente, die von einem gewöhnlichen schwarzen Gummi zusammengehalten wurden, ein Notizbuch, ein Schlüsselbund, ein alter Lippenstift, ein Stoß Rezepte, ein Haufen alter Zettel, ein Taschentuch – das ganze Sammelsurium ergab ein Bild dezenten Elends.

»Viel ist das nicht«, brummte Krawtschuk und vertiefte sich in das Studium der Dokumente. »Also, da haben wir den Paß, Alexandrowa, Tatjana Petrowna, Nationalität russisch, geboren 1925. Einen Gewerkschaftsausweis, solche Dinger gibt es schon seit dreißig Jahren nicht mehr ... Den Passierschein für das Studio ... Hier, das ist schon interessanter – ein paar Briefchen von ihren Verehrern. Der letzte ist von 1958. Unsere Alte war ziemlich sentimental, das muß man ihr lassen.«

Andrzej ging zum Sofa und ließ sich neben Krawtschuk nieder. Er verschränkte die Hände hinterm Kopf und sah seinen Geschäftsführer von der Seite an.

»Vielleicht hat das hier einer von ihren alten Verehrern vollbracht?«

»Das bezweifle ich. Die sind mittlerweile alle uralte Mümmelgreise. Die haben gar nicht mehr die Kraft, um so einen präzisen Stoß zu führen. Aber so ganz abwegig ist der Gedanke nicht. Die Alte kannte zweifellos die Person, die sie ermordet hat. Sie hat keinen Versuch gemacht, sich zu wehren.«

»Und wenn sie geschlafen hat?« Wieder war ich mit meinen Mutmaßungen dazwischengeplatzt. Ich verfluchte mich sofort für meine Vorwitzigkeit. »Oder wenn sie einfach auf dem Sofa eingedöst war? Man hat sie erstochen und dann die Leiche rübergetragen und in den Sessel gesetzt.«

»Ich glaube nicht, daß sie geschlafen hat.« Krawtschuk kramte in dem Haufen auf dem Sofa und nahm ein paar von den Tablettenschachteln und den Stoß Rezepte heraus. »Seht ihr diese Tabletten hier? Das ist ein ziemlich starkes Schlafmittel. Und die hier genauso. Allem Anschein nach litt eure Diva an der im Alter üblichen Schlaflosigkeit ...«

»*Unsere* Diva ...«, unterbrach ihn Andrzej.

»Wieso ›unsere‹?«

»Diese Leiche ist unser gemeinsames Problem, mein Lieber. Was gedenkst du zu tun?«

»Und was gedenkst du zu tun?«

»Mir eine neue Schauspielerin suchen.«

Ich sah Bratny an, als wäre er endgültig durchgedreht. Anscheinend dachte Krawtschuk ähnlich.

»Spinnst du? Was für eine neue Schauspielerin? Der Film ist doch fast abgedreht! Willst du noch mal von vorn anfangen? Von mir kriegst du kein Geld ...«

»Noch bist du nicht mein Produzent. Ich werde tun, was ich für richtig halte«, fauchte Bratny.

»Du kannst doch irgendeine andere Schauspielerin von hinten filmen und die Sache ist erledigt.«

»Mach, was du willst, aber vom Filmen laß bitte die Finger. Der Tod der Alten ist das wichtigste Ereignis in dem Film, darum dreht sich alles ... Das muß ich irgendwie auf Zelluloid kriegen, koste es, was es wolle.«

»Dann tu das, um Gottes willen. Da hast du ihn, vor deiner Nase, den Tod der Alten«, witzelte Krawtschuk düster. »Nimm die Kamera und los!«

»Du weißt ganz genau, was ich meine.«

»Ich will darüber überhaupt nicht mit dir reden.« Krawtschuk stand auf, kramte in den Taschen seines Mantels, der neben dem abgewetzten Pelzmantel und dem Tuch der Alten an dem Kleiderständer hing, und zog ein Walkie-talkie heraus, ein wenig größer als ein gewöhnliches Handy.

»Senja, schieb deinen Hintern hierher. Aber komm noch nicht rein. Halt dich nur in der Nähe auf.«

Senja war Krawtschuks persönlicher Leibwächter.

Krawtschuk steckte das Walkie-talkie wieder in die Tasche und ging zu dem Sessel mit der Leiche.

»Wer hat dich bloß um die Ecke gebracht, Oma? Und weswegen? Ein Langfinger war es jedenfalls nicht. Sieh mal, er hat nicht einmal den Ring mitgehen lassen.«

Ungeniert hob er die Hand der Alexandrowa hoch. An ihrem dürren Ringfinger schlotterte ein Ring.

»Ein Ring, sagst du?« Bratny wurde sofort lebendig. »Ich kann mich nicht daran erinnern, bei der Alten jemals einen Ring gesehen zu haben ...«

In dieser Hinsicht konnte man sich hundertprozentig auf Andrzej verlassen: Steine waren seine schwache Seite – seine einzige schwache Seite.

Mir wurde plötzlich auch klar, daß die Alte niemals einen Ring getragen hatte. Sie hatte sich sogar gesträubt, für die Filmaufnahmen Schmuck anzulegen, obwohl Bratny darauf bestanden hatte. »Tatjana Petrowna, die Rolle erfordert es, daß sie einen winzigen Brillanten tragen, das sieht bestimmt nicht schlecht aus ...« Bratnys Interesse erlosch sofort, als er sich den Ring näher ansah.

»Lausiger tschechischer Modeschmuck. Und bei den Aufnahmen hat sie sich geweigert, einen Alexsandrit zu tragen, die hat mir den letzten Nerv geraubt, die blöde Gans.«

Zum ersten Mal, seit ich ihn kannte, wurde er mir richtig unangenehm – ich war fast davon überzeugt: Wäre der Ring wertvoll gewesen, hätte er ihn der alten Frau vom Finger gerissen, ohne mit der Wimper zu zucken.

Krawtschuk untersuchte inzwischen die offenen Döschen mit der langsam trocknenden Schminke, die zerknitterten Servietten, ein paar schmuddelige Gläser mit Lippenstift an den Rändern und resümierte dann:

»Tja ... Die Maskenbildnerin sollte man zum Teufel jagen. Das ist der reinste Saustahl hier ...«

Das war ungerecht Irene gegenüber – sie war durchaus

keine Schlampe. Nichts in diesem Zimmer deutete auf ihre Anwesenheit hin: Es gab keinerlei persönliche Gegenstände, keine Nippsachen; alles, was sie für ihre Arbeit brauchte, schleppte sie in einer riesigen Tasche mit sich herum, von der sie sich niemals trennte. Die einzige persönliche Note in diesem Raum war ein winziges Foto von Woody Allen, aus einer alten Ausgabe der Zeitschrift »Sowjetische Leinwand« ausgeschnitten, das hinter einem der Spiegel steckte. Krawtschuk schnippte gegen die Abbildung des bebrillten Regisseurs und machte sich an die Untersuchung der Gläser. Er roch daran und rümpfte verächtlich die Nase.

»Champagner und Lippenstift. Sieht ganz nach einem Polterabend aus ... Da ist sogar noch Kohlensäure drin ...« Er tastete unter dem Tisch herum und holte eine fast volle Flasche Champagner hervor, die mit einem Korken verschlossen war. »Guck mal, Bratny, deine Leute trinken während der Arbeit ...«

»Och, gelegentlich fixen sie auch oder schnuppern ein bißchen Koks«, sagte Bratny bescheiden. »Ich unterstütze das ... Künstlerische Spitzenleistungen brauchen ein wenig Doping ...«

»Das weiß ich ja ... Sieh mal an, das ist sehr teurer Champagner, ganz exquisit. Wer aus deinem Team schmeißt denn so das Geld zum Fenster raus, hm, Bratny? Wart mal ... Hier sind doch sicher noch irgendwo ein paar Gläser ...«

Krawtschuk öffnete den Schminktisch, kramte darin herum und holte drei Gläser heraus. Er wischte sie mit einem blendend weißen Taschentuch aus und goß geschickt Champagner ein.

»Bitte sehr. So was Gutes soll man nicht umkommen lassen.«

Bratny und Krawtschuk leerten ihre Gläser auf einen Zug. Ich rührte meins nicht einmal an.

»Das gehört sich aber nicht, Eva«, tadelte mich Krawtschuk sanft und goß die Gläser wieder voll. »Auf Verstorbene muß man trinken.«

»Quäl die Arme nicht, Viktor.« Bratny versuchte, ihn etwas zu besänftigen.

»Wie ihr wollt. Jedenfalls ein ausgezeichnetes Tröpfchen! Was für ein Bukett! Also, niemand außer deiner Assistentin und mir hat die Leiche gesehen?«

»Wenn man den Täter nicht mitrechnet natürlich.« Das Wort »Mörder« vermied Andrzej geflissentlich.

»Warum haben Sie eigentlich niemandem ein Wort gesagt, Eva? Solche Kaltblütigkeit ist für eine unschuldige Frau doch ziemlich ungewöhnlich.«

»Ich dachte zuerst, sie wäre einfach gestorben, die Dreharbeiten hätten sie zu Tode gehetzt. Dieses Umschlagtuch ... Sie war mit dem Umschlagtuch zugedeckt. Ich habe den Griff nicht gesehen ... Und da war kein Blut ...«

»Natürlich, kein Blut – kein Verbrechen. Kein Motiv – kein Verbrechen ...«

»Und dabei bleiben wir«, fiel ihm Bratny ins Wort. *»Es gibt kein Verbrechen.«*

»Darüber reden wir noch. Du bleibst jetzt hier, schließ dich ein und rühr dich nicht vom Fleck. Ich bringe Eva inzwischen nach draußen. Kommen Sie, meine Liebe.« Er faßte mich galant unter dem Arm.

»Mach's gut, Andrzej«, nuschelte ich mühsam; die weiche Hand Krawtschuks war in Wirklichkeit eisern wie das Maul eines Bullterriers.

»Morgen um zwei. Sei pünktlich«, sagte Bratny, als wäre nichts passiert.

Wir traten aus der Garderobe, und sofort löste sich die Gestalt von Krawtschuks Leibwächter Senja aus dem Schatten der Wand. Tausendmal hatte ich diesen runden Kopf gesehen, diese abfallenden Schultern eines Freistilringers, die zerdrückten Ohren. Ich hatte Senja eigentlich immer ganz amüsant gefunden, aber jetzt nahm ich seine Anwesenheit als schlechtes Omen.

»Los, komm, Senja, wir bringen die Dame nach Hause. Aber erst gehen wir noch kurz beim Büro vorbei.«

Auf dem langen Weg von den Studios bis zum Hauptgebäude, wurde ich das Gefühl nicht los, abgeführt zu werden.

Endlich erreichten wir das Teambüro. Krawtschuk kramte in den bodenlosen Taschen seines stilvollen Mantels und holte ein Schlüsselbund hervor. Er schloß die Tür auf und ließ mir den Vortritt: Die Mausefalle schnappte zu. Der treue Senja blieb zurück, um sie zu bewachen.

Krawtschuk schob mir einen Stuhl zu und setzte sich mir gegenüber.

»Und jetzt reden wir mal ganz offen miteinander«, sagte er mit tonloser Stimme. »Du hast also die Leiche entdeckt und dich entschlossen, niemandem etwas davon zu sagen ... Warum?«

»Ich habe es Andrzej gesagt.«

»Andrzej zählt nicht. Er gehört nicht zum Kreis ehrbarer Bürger. Er ist ein prinzipienloser Scheißkerl, der für seinen Film jedem an die Gurgel gehen würde, wenn die beschissene Großaufnahme am Schluß es verlangt. Diese unmoralische Laus hat eigene Gründe, den Mord nicht an die große Glocke zu hängen. Mich interessiert etwas ganz anderes, nämlich *was du für Gründe dafür hast*. Und ich sage dir, wenn du unsere Verbündete sein willst, mußt du dich sehr anstrengen. Also los, laß mal hören!«

Ich schwieg. Dieser ungehobelte Grobian erinnerte mich zu sehr an Kostja Lapizki.

Krawtschuk schien mein Schweigen nicht weiter zu stören.

»Als erstes zeig mir mal deine Papiere!«

»Ich habe keine Papiere.«

»Du hast sie nicht bei dir, verstehe.«

»Ich besitze *überhaupt keine Papiere*.«

Auch das schien Krawtschuk nicht weiter zu überraschen.

»Ach so? Du stehst wohl in den Fahndungslisten?«

»So was in der Art.« Es hatte keinen Sinn zu versuchen, ihn an der Nase herumzuführen. Dieses Verhör gefiel mir überhaupt nicht. »Genau das ist der Grund. Ich möchte nicht in irgendeine krumme Sache verwickelt werden.«

»So was Ähnliches hab ich mir schon gedacht. Dieses Genie nimmt grundsätzlich keinen anständigen Menschen in sein Team auf. In dieser Hinsicht kann man Andrzej vertrauen. Aber dir glaube ich trotzdem nicht.«

»Das können Sie aber«, sagte ich ruhig. »Ich habe nicht die geringste Lust, es mit den Behörden zu tun zu kriegen. Sie können sich also auf mich verlassen.«

»Das kann ich nicht. Du mußt schon entschuldigen. Du hast zwar eiserne Nerven, das bestreite ich nicht, aber wie ein ausgemachtes Miststück siehst du wiederum nicht aus.«

»Schauen Sie genauer hin.«

»Ich werde noch genug Zeit haben, besser hinzuschauen, das verspreche ich dir.« In seiner Stimme lag eine leichte Drohung. »Also, wenn du den Schnabel hältst, wird dir nichts weiter passieren. Vielleicht gehen wir ja mal zusammen essen, was hältst du davon?«

»Gern. Ich mag georgische Küche.«

»Na, großartig. Also abgemacht?«

»Abgemacht!«

»Dann können wir jetzt los. Ich habe bis morgen noch einiges zu tun.«

Eine Viertelstunde später verließen wir die Mosfilm-Studios, Krawtschuk, Senja und ich. Nicht weit entfernt von der Pförtnerloge erwartete uns einer von Krawtschuks Wagen, ein gewöhnlicher Lada. Am Steuer döste ein anderer von den Jungs des Geschäftsführers, seinen Namen hatte ich vergessen.

»Setz dich nach vorn«, sagte Krawtschuk im Befehlston zu mir und wandte sich an den Fahrer. »Komm mal her, Mitjaj!«

Ich setzte mich gehorsam in den Wagen und wartete. Krawtschuk sprach lange mit dem Fahrer, der nickte immer wieder und warf kurze Blicke zu mir herüber. Ich lehnte mich in den Sitz zurück und schloß die Augen. Das kaltschnäuzige Luder, das ich bis vor kurzem gewesen war, lebte immer noch in mir. Wie sonst war diese eiskalte Ruhe zu erklären, mit der ich dem Gespräch zwischen Krawtschuk und Bratny zugehört hatte? Es war ein Mord geschehen, und Krawtschuk tat alles, um ihn zu vertuschen, daran zweifelte ich nicht. Aber warum spielte ich dabei mit? Weil ich nicht den Rest meiner Tage hinter Gittern verbringen wollte? So hältst du deine Versprechen, Kostja Lapizki! Komm her und leg mich um, siehst du denn nicht, daß all diese Verbrechen nur geschehen, weil ich schon viel zu lange auf der Welt bin? Ich selbst kriege das nicht fertig ...

»Mit wem reden Sie?« fragte Mitjaj und ließ sich auf den Sitz neben mir plumpsen.

»Was?« Hatte ich wirklich Selbstgespräche geführt? »Mit niemandem ...«

»Aha ...« Mitjaj drehte den Zündschlüssel, und der Wagen sprang an. »Fahren wir?«

»Ja. In die Prashskaja, bitte.«

Mitjaj grunzte und fuhr an.

»Daraus wird nichts.«

»Warum?« fragte ich dumm.

»Weil wir in die Jakimanka fahren. Dort werden Sie die Nacht verbringen. Warum, weiß ich auch nicht, aber der Chef hat es gesagt. Und das Wort des Chefs ist Gesetz. Also entschuldigen Sie.«

»Wissen Sie ... Sie heißen Mitjaj?«

»Ja.«

»Wissen Sie, Mitjaj, ich kann sehr gut allein nach Hause fahren. Ich weiß die Bemühungen Ihres Chefs natürlich zu schätzen, aber ... Sie brauchen sich nicht so um mich zu sorgen.«

»Niemand macht sich Sorgen. Sie kommen jetzt mit mir.«

»Ich verstehe nicht ...«

»Ich weiß auch nicht, worum es geht, aber besser, Sie machen keinen Streß, Sie bringen sich sonst nur in Schwierigkeiten.« Ich hörte in Mitjajs Worten eine versteckte Drohung und zog es vor, den Mund zu halten.

Mitjaj fuhr durch das nächtliche Moskau, ich betrachtete sein scharf gezeichnetes, ein wenig freches Profil und gab mich unerfreulichen Überlegungen hin. Anscheinend hatte Krawtschuk die feste Absicht, mich nicht aus seinen Händen zu lassen.

»Und was ist dort, in der Jakimanka?« fragte ich mit der unschuldigen Stimme einer frischgebackenen Novizin.

»Meine Wohnung.«

Mitjajs Wohnung konnte man nur unter Vorbehalt als Wohnung bezeichnen. Sie sah eher aus wie ein kleines Kraftsport-Studio. Schon im Flur empfing mich ein ganzes Sortiment von Trainingsgeräten mit freundlichem Zähnefletschen. Ein Bukett von markanten Gerüchen rundete den sportiven Eindruck ab: Männerschweiß, der aggressive Duft irgendeines herben Rasierwassers, ein sanfter Hauch von gutem Leder. Letzterer stammte entweder von den unzähligen Jacken am Garderobenständer oder von der Ballpyramide, die als sportives Monument in einer Ecke aufragte.

»Sie schlafen im großen Zimmer.« Der gastfreundliche Mitjaj packte den Stier gleich bei den Hörnern. »Das Bett ist frisch bezogen, niemand wird Sie stören.«

»Trinken wir noch ein Täßchen Kaffee vor dem Schlafengehen?«

»Meinetwegen, aber ich habe bloß koffeinfreien.«

Natürlich, mein Junge, koffeinfreien Kaffee, Soja-Fleischersatz, Vollkornbrot, Proteinzusätze, keine Ausschweifungen. Ich bekam sofort riesige Lust auf koffeinfreien Kaffee.

»Ich möchte Sie übrigens bitten, in der Wohnung nicht zu rauchen. Das Bad ist rechts vom Flur, daneben die Toilette«, erläuterte Mitjaj akribisch. »Ein Handtuch gebe ich Ihnen gleich.«

»Ich bin gerührt.«

Mitjaj verrammelte sachlich die Wohnungstür und verwahrte die Schlüssel in der hinteren Tasche seiner Jeans.

»Unnötige Vorsichtsmaßnahme«, frotzelte ich. »Ich habe nicht vor wegzulaufen. Ich habe auch nicht die Absicht, am

Bettlaken aus dem fünften Stock zu klettern. Wir sind doch hier im fünften Stock?«

Mein Scharfsinn machte auf den jungen Mann nicht den geringsten Eindruck.

»Ich tue nur, was mir gesagt wurde«, erklärte er ruhig.

»Tun Sie immer, was man Ihnen sagt?«

»Ja.«

»Kennen Sie die Empfehlung von Winston Churchill? Morgens eine Zigarre, Cognac zu jeder Tageszeit und vor allem: keinen Sport – das ist die einzige Gewähr, steinalt zu werden.«

»Und wer ist dieser Churchill?« fragte Mitjaj unschuldig. Bravo, mein Junge, eins zu null für dich.

»Schon gut, geben Sie mir das Handtuch«, seufzte ich. »Ich gehe mir die Sünden des Tages abspülen.«

Mitjaj führte mich in sein pieksauberes Bad. Mich überkam sofort unbändige Lust, den Spiegel mit Zahnpasta zu beschmieren und die Gummimatte, die akkurat auf dem Kachelfußboden lag, in die Ecke zu pfeffern.

»Bitte diesen Bademantel nicht anziehen.« Mitjaj deutete mit dem Kinn auf einen dicken Frotteebademantel in zartem Kaffeebraun.

»Das Teil gehört wohl Ihrer Flamme?«

»Das Teil gehört mir. Aber ich mag es nicht, wenn jemand meine Sachen trägt.«

»Stört es Sie nicht, daß ich in Ihrer Wohnung atme?«

»Damit werde ich schon klarkommen.«

Als ich geduscht hatte, verpaßte ich der Matte einen genüßlichen Tritt und sie flog unter die Wanne.

Und kaum hatte ich die Tür des großen Zimmers hinter mir zugemacht, steckte ich mir eine Zigarette an.

Zweiter Teil

Mitjaj fuhr mich zum Studio, schweigend wie ein Grab.

Am Morgen hatten wir bereits Gelegenheit gehabt, uns diskret und höchst förmlich zu zanken. Die Nacht über hatte ich, ungeachtet seiner Ermahnung, in seinem sterilen Zimmer ununterbrochen gequalmt. Ich verabscheute dieses Zimmer, kaum daß ich es betreten hatte: die Sprossenwand, die nette Großfamilie von Hometrainern, ordentlich in die Ecken verteilt, der an der Wand verschraubte Basketballkorb, die Sammlung von Pokalen im Regal. Als Lesestoff gab es ein Sammelsurium von Lehrbüchern – für Nahkampf, Karate, Judo, Wasserball, Polo, Squash und Tennis, Volleyball und Trampolinspringen plus »Das Schach-ABC für Anfänger«. Ein weites Spektrum an Interessen, das muß man schon sagen …

In dem Zimmer befand sich nur ein einziger Gegenstand, der den Eindruck einer Fußballerumkleidekabine störte – die ausgezeichnete Kopie eines Stichs von Albrecht Dürer, eine Szene aus der »Apokalypse«. Wie kam die hierher?

Ich wälzte mich bis sechs Uhr morgens im Bett herum und verteilte meine Zigarettenkippen gewissenhaft in den Sportpokalen. Dann hörte ich, wie die Wohnungstür klappte. Offenbar begab sich der disziplinierte Mitjaj auf Joggingtour.

Der Gedanke an die ermordete Alexandrowa ließ mir keine Ruhe. Warum war sie umgebracht worden? Sie war vollkommen einsam gewesen (warum sind Frauen, die ihre Karriere so glänzend beginnen, in der Regel im Alter einsam?), sie hatte nichts zu vererben und niemanden, der sie hätte beerben können, die kleine Einzimmerwohnung am Stadtrand zählte nicht. Alle ihre alten Verehrer waren entweder längst tot oder verbrachten ihre letzten Tage im Altersheim. Krawtschuk hatte recht – *dieser Mord hatte keinen Sinn*. Warum wurde sie im Studio ermordet, in einer

Künstlergarderobe, in die jeden Moment jemand hereinkommen konnte? Warum hatte der Mörder so ein seltsames Mordwerkzeug benutzt? Am meisten bedrückte mich, daß ich selbst in diese schmutzige und zynische Geschichte verwickelt war. Wenn sich Krawtschuk tatsächlich auf Bratnys Seite schlug und half, den Mord zu vertuschen, würde niemand jemals die Wahrheit erfahren. Niemand würde auch nur danach forschen. Wen interessierte eine Schauspielerin, die schon seit vierzig Jahren aus dem Geschäft war?

Von dieser ganzen Grübelei bekam ich Kopfschmerzen. Wie lange sollte ich hier festgehalten werden, ich war doch noch viel verwundbarer als die Alte. Die hatte wenigstens eine Vergangenheit, bezeugt und belegt von allen möglichen offiziellen Bescheinigungen. Ich hatte nichts – weder Vergangenheit noch Zukunft, nur eine zweifelhafte Gegenwart. Sogar für Serga war ich nicht mehr als ein Phantom; nicht mehr als eine Stimme in der Finsternis, mit der er sich unterhielt …

Serga.

Jetzt erst dachte ich an ihn. Ich war nicht zum Schlafen nach Hause gekommen, ich war überhaupt nicht gekommen – zum ersten Mal während der drei Monate, die ich bei ihm wohnte. Ich mußte wenigstens anrufen.

Ich versuchte, die Tür zum Flur zu öffnen (gestern nacht hatte ich im Flur ein Telephon gesehen), aber daraus wurde nichts: Mitjaj hatte mich offensichtlich eingesperrt, bevor er sich auf seinen morgendlichen Joggingtrip begab. Wie es aussah, hatte er tatsächlich strikte Anweisungen in bezug auf meine Person erhalten.

Die Wohnungstür klappte, Mitjaj kam zurück. Die Gewohnheiten all dieser Sport- und Gesundheitsfanatiker sind sich mehr oder weniger gleich. Jetzt nimmt er erst mal eine Wechseldusche, gießt sich eine halbe Flasche Eau de Cologne über den Leib und macht es sich dann in der Küche mit einer Schale Müsli und einer Tasse koffeinfreiem Kaffee bequem.

Die Zigaretten waren alle, wie immer zur unpassenden

Zeit. Ich knüllte die leere Packung zusammen, zielte und warf damit nach dem Basketballkorb. Ich traf daneben. Im selben Augenblick öffnete sich die Tür und auf der Schwelle stand Mitjaj, in voller Schönheit, barfuß und in Unterhosen, ein Handtuch um den Hals. In seinen nassen dunklen Haaren hingen Wassertropfen. Sein unpersönlich schönes Gesicht verzog sich zu einer Grimasse des Ärgers. Dieses Trampeltier (ich) hatte, ungeachtet seiner Bitte, das ganze Zimmer verqualmt und obendrein die Frechheit besessen, die Kippen in seinen Pokalen auszudrücken.

»Ich habe Sie doch ausdrücklich darum gebeten, nicht zu rauchen!« sagte Mitjaj.

»Ach ja? Ist mir irgendwie entfallen. Sie haben eine gute Figur. Sie arbeiten nicht zufälligerweise als Model für eine Schwulenzeitschrift?«

»Was sind Schwule?« fragte Mitjaj unschuldig. Bravo, mein Junge, zwei zu null für dich.

»Schwer zu erklären.« Mir fiel keine passende Antwort ein. »Was für Pläne haben wir für heute?«

»Um zwei fahre ich Sie ins Studio.«

»Und sonst keine Instruktionen meinetwegen?«

»Nein.«

»Ist die Unterkunft hier inklusive Frühstück?«

»Ja, natürlich.«

»Schön, dann stellen wir gleich mal klar: Ich brauche morgens echte Naturkost, Rühreier mit Wurst wären mir recht. Und starker Kaffee. Meinetwegen Arabica, noch besser wäre Mocca.

Mitjaj ließ die Schultern hängen.

»Darf ich rausgehen, Zigaretten kaufen?« fragte ich, um dem Muster-Sportler den Todesstoß zu geben.

»Nein.«

»Dann kaufen Sie mir zwei Packungen Gitanes.

»Sonst noch was?«

»Darf ich telephonieren?«

»Nein.«

»Und Sie sagen, Sie hätten keine weiteren Instruktionen

in bezug auf meine Person erhalten. Übrigens, sogar Untersuchungshäftlinge haben das Recht auf einen Anruf.«

»Wir sind hier nicht in den USA.«

»Ach nein? Und ich dachte, ich wäre im Chicago der dreißiger Jahre gelandet. Da konnte man nach Herzenslust kidnappen.«

»Sie sind nicht auf dem laufenden – man kann heute überall nach Herzenslust kidnappen.« Endlich ließ Mitjaj auch mal einen Hang zu philosophischer Abstraktion erkennen. »Also, ich schließe Sie solange ein und gehe Zigaretten holen. Geben Sie mir Geld.«

Sonst noch was?

»Ich habe kein Geld. Das zahlt Ihre hochgeschätzte Firma. Und ziehen Sie sich bitte was an, in diesem Aufzug geht man nicht auf die Straße. Wir haben Dezember!«

Mitjaj genierte sich etwas verspätet und verhängte seine Vorderansicht ungeschickt mit dem Handtuch.

»Darf ich wenigstens duschen?« fragte ich.

»Dann muß ich Sie im Bad einschließen.«

»Zum Teufel mit Ihnen, machen Sie, was Sie wollen.«

In Mitjajs Begleitung begab ich mich ins Bad, und er verschloß die Tür von außen.

»Hören Sie, Mitjaj«, sagte ich durch die Tür. »Darf ich Sie etwas fragen?«

»Schießen Sie los.« Er hielt es nicht für nötig, die Tür noch einmal zu öffnen.

»Wo haben Sie den Dürer her?«

»Was?«

»Diesen Stich aus der ›Apokalypse‹!«

»Von meinem Vater. Er war Hobbygraphiker. Er hatte sogar eine kleine Druckwerkstatt. Sonst noch Fragen?«

»Nein. Vergessen Sie nicht: Gitanes blondes.«

Als ich allein war, betrachtete ich mich in dem kleinen Spiegel. Schon richtig, anders konnte ein junger, attraktiver Mann auf so eine abgewrackte graue Schindmähre nicht reagieren. Mein Gesicht, seinem Schicksal überlassen, hatte sich mit rasender Geschwindigkeit in eine Totenmaske verwandelt. Es bereitete sich viel sorgfältiger auf das Finale vor als ich selbst.

Ich stand unter dem Wasserstrahl und ertappte mich dabei, daß ich nicht an den Mord dachte, der in dieser Nacht passiert war, sondern an den selbstzufriedenen Mitjaj. Die gut abgerichtete Agentin für Sondereinsätze Anna Alexandrowa war immer noch in mir lebendig. Ihre Rechte auf mich waren wesentlich größer als die der lange verschollenen Drehbuchautorin Maus. Mit einer gewissen Portion an Erfindergeist sollte es doch möglich sein, Mitjaj wenigstens zu neutralisieren, wenn ich ihn schon nicht auf meine Seite ziehen konnte. Vorausgesetzt, ich folgte nicht in allernächster Zeit der alten Schauspielerin nach. Krawtschuk war alles zuzutrauen.

Es wird mir nicht gelingen, ihm meine Loyalität zu beweisen, so sehr ich mich auch bemühe, ich werde für ihn immer eine unerwünschte Zeugin sein. *Man kann mich nicht überprüfen, weil ich eigentlich gar nicht existiere*. Man kann über mich keine Informationen zusammentragen, es gibt nichts, womit man mich erpressen kann. Man kann nur meinem Wort glauben, aber mein Wort hat keinen Wert.

Und mein Leben hat keinen Wert. Genausowenig wie das Leben der alten Schauspielerin. Wozu mußte man sie also dann noch umbringen?

Mitjaj erwies sich als maßlos fürsorglicher Bursche. Er verwechselte die Zigaretten (statt der weißen brachte er blaue Gitanes), dafür legte er ein kleines Präsent dazu, offensichtlich direkt aus der nächsten Apotheke: ein Anti-Nikotin-Mundstück.

»Bitte, extra für Sie.« Er überreichte mir das Mundstück beim Frühstück. »Eine großartige Sache, hält Teer ab und stärkt die Gesundheit im allgemeinen.«

»Ich pfeife auf die Gesundheit«, konterte ich. »Ich rauche viel und ständig. Wenn Sie mich länger hier festhalten wollen, sollten Sie sich eine Lüftungsanlage anschaffen.«

Ich mutete Mitjajs eisernen Nerven allerhand zu und rauchte tatsächlich ununterbrochen. Dazu futterte ich

Rühreier, arme Ritter, schön scharf gebraten, und trank wunderbar starken Kaffee.

Das Kaffeearoma verdrängte den Geruch steriler Sauberkeit aus Mitjajs Küche, und der gute Junge wurde merklich nervös. Du armer Kerl, sogar einfacher Kaffee ist für dich wie die Versuchung des heiligen Hieronymus in der Wüste. Als das Frühstück beendet war, waren wir schon erbitterte Feinde.

Anschließend fuhr mich Mitjaj zum Studio. Ich hatte nicht die geringste Ahnung, was mich dort erwartete.

Wir kamen kurz vor zwei im Studio an. Fast das gesamte Team war schon dort versammelt. Es herrschte keinerlei besondere Aufregung, nur die normale Betriebsamkeit vor Beginn der Dreharbeiten. Als erster empfing uns Fjodor. Er brauchte einen Moment, um unsere Mesalliance zu taxieren (gemäß den mir unbekannten Instruktionen Krawtschuks rückte mir Mitjaj nicht von der Pelle, wie ein eifersüchtiger Liebhaber).

»Hallo, Alte! Hast du dir einen Typen angelacht?«

Ich antwortete mit undeutlichem Genuschel und der einsilbigen Frage: »Na und?«

»Ich meine ja nur. Der unvergeßliche Fjodorow hat sich nicht zufällig von euch beiden zu seinem unvergeßlichen Gemälde ›Ungleiche Ehe‹ inspirieren lassen?«

Ich überhörte diese Stichelei.

»Und was gibt es hier Neues?« fragte ich. Meine Stimme klang unnatürlich.

»Was soll es schon Neues geben in diesem Bestattungsinstitut …«

Mir wurde schwarz vor Augen, aber gleichzeitig verspürte ich Erleichterung. Bratny und Krawtschuk hatten ihre verrückte Idee, das Verbrechen zu vertuschen, offenbar fallenlassen. Aber Fjodor verpaßte mir sofort einen Dämpfer.

»… in diesem Bestattungsinstitut der hohen Kunst«, schloß er.

»Und wo ist Bratny?« erkundigte ich mich vorsichtig.

»Na, überall. Seit einer halben Stunde spuckt er Gift und Galle.«

»Was ist denn los?«

»Die alte Schabracke ist noch nicht da. Sie nimmt das Telephon nicht ab. Die spinnt allmählich, die Oma, sie hätte schon vor einer Stunde hier sein müssen, das Auto sollte sie abholen. Heute hat sie ihren letzten Drehtag, schwierige Maske. Krawtschuk hat sich inzwischen selbst zu ihr aufgemacht.«

Also wußte niemand etwas. Mir wurde übel allein bei dem Gedanken an die Farce, die ich Fjodor vorspielen mußte, und vermutlich nicht nur ihm. Obwohl, bei diesem exotischen Haufen war alles möglich. Vielleicht belog mich ja Fjodor genauso eifrig wie ich ihn?

»Ich gehe Bratny suchen«, sagte ich matt.

»Mach mal, er hat schon nach dir gefragt. Und Krawtschuk hat sich auch nach dir erkundigt. Wie ich sehe, hast du neuerdings großen Erfolg bei den Männern.« Fjodor warf einen vielsagenden Blick auf Mitjaj.

Doch ich brauchte Bratny nicht zu suchen. Ich stieß in der Tür des Studios mit ihm zusammen, als er gerade mit dem üblichen Gefolge im Schlepptau angerauscht kam. Den ganzen Morgen hatte ich versucht, mir vorzustellen, wie wir miteinander umgehen würden: zwei Komplizen, die ein schreckliches Geheimnis verbindet. Was würde ich in seinen Augen sehen – die Angst, daß jeden Augenblick alles auffliegen kann? Verspätete Reue, weil es nicht aufgeflogen ist? Aber Andrzej präsentierte eines seiner üblichen Rollenspiele. Es hieß: »Diese Scheißkerle von Schauspielern haben mich im Stich gelassen«.

»Hallo, Eva«, warf er hin, ohne mich anzusehen. »Wo hast du dich rumgetrieben? Es gibt ein Problem mit der Alexandrowa.«

Es gibt ein großes Problem mit der Alexandrowa. Ich würde sogar sagen, ein unlösbares Problem. Andrzejs Augen verlangten von mir die einzig richtige Reaktion auf sein Stichwort, und ich sagte genau das, was er von mir hören wollte: »Was ist los?«

»Die Alte ist nicht zum Drehtermin erschienen. Dafür bist du übrigens verantwortlich. Das ist dein Job.«

Bratny wirkte in seiner Wut vollkommen überzeugend, so überzeugend, daß ich mir heimlich in den Arm kniff: Hatte ich alles etwa nur geträumt? Aber Mitjajs ruhiger Atem dicht neben meinem Ohr bewies mir das Gegenteil.

Ich sagte nichts. Ich wartete, daß Bratny mich zur Seite nehmen und versuchen würde, mir alles zu erklären. Aber er tat nichts dergleichen. Eine ganze Stunde tobte er rum und fluchte höchst lebensnah über alles und jeden.

Dann erschien Krawtschuk mit schlechten Nachrichten. Nach seiner Darstellung hatte sich etwa folgendes zugetragen: Gestern früh gegen fünf Uhr, nach unserer erfolglosen Nachtschicht, hatte Krawtschuk die Alte persönlich nach Hause gefahren. Sie hatte sich nicht wohl gefühlt. Heute morgen war sie nicht ans Telephon gegangen und auch nicht an die Tür. Deshalb hatte Krawtschuk den Schlosser der Hausverwaltung kommen lassen und man hatte die Tür aufgebrochen. Die Alexandrowa war nicht in der Wohnung, und die Hauswartsfrau, die wenig später hinzukam, sagte, daß sie gesehen habe, wie die Alexandrowa gegen elf Uhr vormittags mit einer Einkaufstasche das Haus verließ.

Krawtschuk erklärte, ohne sich von dem tobenden Bratny, der wunderbar glaubwürdig die Alexandrowa, das Filmteam und den Geschäftsführer zur Hölle wünschte, aus der Ruhe bringen zu lassen, er werde jetzt gehen, um die Krankenhäuser anzurufen. Die Alexandrowa sei eine Schauspielerin alter Schule, sie komme niemals zu spät und nehme die Pflichten ihres Berufs sehr ernst. Sie wäre sogar halbtot zu den Dreharbeiten erschienen. Nur ganz außergewöhnliche Umstände hätten sie davon abhalten können.

Eine halbe Stunde später erschien Krawtschuk erneut, aber nur, um weitere unerfreuliche Nachrichten zu bringen. In keinem Krankenhaus und in keinem Leichenschauhaus war die Alexandrowa eingeliefert worden. Er bat das Team, das Gelände von Mosfilm nicht zu verlassen und sich nicht zu besaufen. Wowan Trapesnikow feixte angesichts dieser Aufforderung ironisch, und Serga Woloschkos Nase rötete sich vor Verlegenheit.

Der Drehtermin war im Eimer, und das zum Nichtstun verurteilte Team veranstaltete zum Ausklang eine grandiose Sauferei. Ich hatte keine Lust, daran teilzunehmen, und machte mich in Begleitung Mitjajs auf die Suche nach Bratny. Er saß im Büro und bearbeitete schon wieder einen Teutonen. Aus unerklärlichen Gründen wirkte Bratny unwiderstehlich auf die gutbürgerlichen, allem Laster abholden Chefs großer deutscher Firmen, die seinen Film finanzierten. Wie es aussah, lief die Sache glatt. Auf Bratnys Gesicht lag ein strahlendes Lächeln.

»Kleinen Moment, Eva, ich bin gleich fertig.«

Nachdem Bratny den Deutschen abgefertigt hatte, rief er mich ins Zimmer. Er schien bestens aufgelegt.

»Wie ich sehe, hast du gute Laune«, sagte ich düster.

»Ich habe den braven Teutonen ein bißchen gemolken, für mein Filmchen«, sagte Bratny und löschte das Lächeln. »Aber eigentlich hast du recht, es gibt nichts zu lachen. Die Schauspielerin ist verschwunden, das ist ein ziemlicher Scheißdreck. Wir müssen uns eine andere suchen. Ein ganzer Monat Arbeit ist für die Katz.«

Ich sah Andrzej an, als sähe ich ihn zum ersten Mal. Wir waren allein im Zimmer (Mitjaj war vor der Tür geblieben) –, wozu also Theater spielen?

»Bist du verrückt geworden, Andrzej. Was redest du da? Wir waren doch letzte Nacht zusammen. Was ist mit der Alexandrowa?«

»Weißt du das denn nicht? Die Alte ist verschwunden.«

»*Was habt ihr mit der Leiche gemacht?*«

Andrzejs Augenbrauen hoben sich erstaunt.

»Mit welcher Leiche?«

»Du weißt ganz genau, welche Leiche. Die Alexandrowa wurde ermordet.«

»Ermordet? Wer hat dir denn so was erzählt?«

Sein Zynismus verschlug mir den Atem.

»Willst du mich auf den Arm nehmen?

»Ich will darüber nicht weiter reden. Meine Drehperiode ist im Eimer, das ist das einzige, was ich weiß. Ich leide mehr als alle anderen darunter ...«

»Du glaubst doch nicht, daß du heil da rauskommst?« fragte ich mit kraftloser Stimme.

»Zweifelst du etwa daran? Ich bin doch praktisch nationales Kulturgut, Triumphator von Cannes, ein verrücktes Genie ...«

»Das stimmt. Du bist verrückt.«

»Heute morgen um fünf Uhr habe ich persönlich – *hörst du, persönlich*! – die Alte ins Auto gesetzt und sie wurde nach Hause gefahren. Mehrere Personen haben sie gesehen: irgendein Frühaufsteher mit Hund und die Hauswartsfrau. Und Hauswartsfrauen sind immer glaubwürdig.« Bratny kicherte. »Um elf Uhr vormittags, als sie das Haus verließ, um ihre Einkäufe zu erledigen, haben sie noch dreimal soviel Leute gesehen. So ist das. Noch Fragen?«

»Was habt ihr mit der Leiche gemacht?«

»Es gab keine Leiche. Quälen wir uns nicht gegenseitig mit längst gelösten Problemen. Es gibt viel zu tun. Wir müssen vor allem eine neue Schauspielerin finden. Ich habe den Verdacht, daß wir die Alte nicht mehr wiedersehen.«

»Du wirst in der Hölle schmoren, Andrzej Bratny.«

»Und du wirst mir Gesellschaft leisten. Ich denke, wir werden da eine ganz gute Zeit miteinander haben.« Er machte sich offen über mich lustig. »Und jetzt entschuldige mich, ich habe noch ein paar Sachen zu regeln. Ein paar vertrauliche Anrufe erledigen und so weiter.«

Ich erhob mich mühsam, vor meinen Augen schwamm ein grauer Schleier. Ich hatte Bratny alles zugetraut, aber das nicht. Als ich bereits die Türklinke in der Hand hielt, rief er plötzlich: »Eva!«

Jetzt nimmt er Vernunft an, jetzt drehe ich mich um und sehe in seinen Augen ganz normale jungenhafte Angst und ganz gewöhnliche jungenhafte Reue.

»Krawtschuk sucht dich.«

Ich schoß auf den Korridor hinaus, die Luft im Zimmer war mir schlagartig zu knapp geworden – und lief Krawtschuk direkt in die Arme.

»Ich suche Sie, Eva«, begrüßte er mich herzlich. »Wir müssen noch ein paar Fragen miteinander klären. Ich lade Sie zum Mittagessen ein. Sind Sie einverstanden?«

Wir saßen schon seit zwei Stunden in Krawtschuks respektabelstem Etablissement, dem »Flauberts Papagei«. Offensichtlich hatte Krawtschuk extra für mich ein Programm entworfen. Der erste Punkt darin war ein gemeinsames Essen, bestehend aus verschiedenen Gerichten der georgischen Küche, zur Entspannung. Diskrete, gut geschulte Kellner, einer wie der andere mit dem Gesichtsausdruck eines James Bond im Einsatz, überschlugen sich förmlich beim Wechseln der Teller. Ich hörte Krawtschuk zu und dachte zerstreut, daß so ein Menü meinen toten Iwan, der doch zu einem Viertel Georgier gewesen war, in helles Entzücken versetzt hätte – Iwan, der einzige Mensch, den ich wirklich geliebt hatte: Huhn in Weinsauce, Saziwi, Schaschlik, grusinischer Spinat … Wenn er damals am Leben geblieben wäre, vor so schrecklich langer Zeit, wäre ich jetzt nicht so verwirrt und einsam. Ich zwang mich mit aller Gewalt, nicht an Iwan zu denken, und begann Krawtschuks Hände zu beobachten: Mit schnellen Bewegungen faltete er aus den Papierservietten Tierfiguren. Krawtschuks Hände bezauberten genauso wie Bratnys Augen. Vor dem Geschäftsführer war schon ein ganzes Bataillon von Papiertigern, Giraffen, Robben und dergleichen in Reih und Glied angetreten.

»Noch Wein, Eva? Das ist übrigens echter Zinandali, den kriegt man nirgendwo in Moskau. Ich beziehe ihn aus Georgien. Wissen Sie, daß alle georgischen Weine numeriert sind?«

»Ich hatte keine Ahnung.«

»Zinandali zum Beispiel hat die Nummer zweiundzwanzig. Fällt Ihnen bei dieser Zahl nichts ein?« Das war eine provokative Frage. An der Tür der Garderobe, in der die Alexandrowa ermordet wurde, stand genau diese Zahl – die Zweiundzwanzig.

»Nein«, antwortete ich ruhig.

»Das ist gut. Ich hoffe, Sie haben diese Zahl für immer aus Ihrem Gedächtnis gestrichen.«

»Aus grenzenlosem Respekt vor Ihnen streiche ich heute noch den Zweiundzwanzigsten jeden Monats aus meinem Kalender. Obwohl ich überhaupt nicht verstehe, wovon Sie reden.«

»Sie verstehen schon, Sie verstehen sehr gut ... Wissen Sie, Eva, wie man Tkemali zubereitet?« Nach der blitzschnellen Kommandoaktion in die Abgründe meiner Ängste war Krawtschuk wieder die Liebenswürdigkeit selbst.

»Klären Sie mich auf.«

»Man kocht wilde Pflaumen, püriert sie, gibt Basilikum dazu, Kinsa, Knoblauch und roten gemahlenen Pfeffer. Ist Ihnen Mitjaj sehr lästig?«

»Ehrlich gesagt, ja.« Wir hatten Mitjaj draußen im Auto gelassen, in Gesellschaft seines Handtrainers. Krawtschuk kam gar nicht auf den Gedanken, seinem Hund einen Knochen hinzuwerfen, obwohl Mitjaj seit dem frühen Morgen nichts gegessen hatte.

»Haben Sie ein wenig Geduld.«

»Wissen Sie schon, was Sie mit mir machen wollen?«

»Ehrlich gesagt, ich weiß noch nicht ... was ich für ein Gericht aus Ihnen machen soll.« Krawtschuk lachte gutmütig. »Es muß natürlich irgend etwas Exotisches sein.«

Er log nicht. Er wußte tatsächlich nicht, wie er mit mir verfahren sollte. Alles, was er über mich herausgefunden haben konnte, war, daß ich bei dem blinden tscheremissischen Maler Serga Kanigin wohnte.

»Was denn, konnten Sie etwa nichts über mich in Erfahrung bringen?« Der Zinandali war tatsächlich großartig, ich wurde allmählich lockerer.

Krawtschuk sah mich aufmerksam an. Dann sagte er,

seine Worte sorgfältig wählend: »Ach, ein klein wenig schon ...«

»Dieses ›klein wenig‹ hätte ich Ihnen auch selbst erzählen können.«

»Ich glaube grundsätzlich nicht, was die Leute über sich selbst erzählen. Sie geben zwangsläufig ihre Wunschvorstellungen für die Wirklichkeit aus – in allerbester Absicht. Oder aus natürlichem Hang zur Lüge. Das ist das einzige, was den Menschen vom Tier unterscheidet.«

»Ja, das haben Sie heute im Studio anschaulich demonstriert.« Der verdammte Wein spielte mir einen bösen Streich: Ich ließ mich gehen.

Ich hatte meine Grenzen überschritten, und ich begriff das sofort. Der Geschäftsführer wählte drei Figuren aus seiner Menagerie – eine Seerobbe, einen Tiger und einen Affen – und baute sie auf einem sauberen Teller vor mir auf. Das wurde ein psychologischer Angriff, logisch.

»Wissen Sie, wie das heißt?« Er schnipste dem Tiger mit dem Finger leicht gegen den Papierhals und sah mich prüfend an.

»Origami, denke ich, oder?«

»Sie haben recht. Papier ist ein vollkommenes Material. Leider sehr schwach. Welches Tier möchten Sie?«

»Tja ... Der Tiger steht mir nicht zu. Der Tiger, das sind Sie.« Ich machte in demselben Stil weiter, in dem ich begonnen hatte: jeder kleinen Gemeinheit ließ ich eine kleine Schmeichelei folgen.

»Stimmt. Für Andrzej lassen wir den Affen, er ist unser berühmter Imitator und ein Mensch der Kunst. Also bleibt für Sie nur die Seerobbe.«

»Sieht ganz so aus.«

»Aber die Seerobbe ist ein sehr schutzloses Wesen. Sehen Sie?« Krawtschuk hob die Seerobbe am Schwanz in die Höhe und zerdrückte sie in seiner Faust.

»Sehr überzeugend. Und jetzt fährt die Kamera ran, Großaufnahme und Schnitt.« Etwas anderes fiel mir nicht ein. »Aber eines vergessen Sie. Wir sind nicht nur zu dritt, nicht einmal zu viert, wenn man die Frau mitrechnet, die gestern ermordet wurde. Es gibt noch jemanden. *Den Mörder.*«

Ich nahm die verbliebenen Tierfiguren und stellte sie im Kreis um den Teller herum auf.

»Ist es Ihnen wirklich gleichgültig, wer das getan hat und warum? Indem Sie das Verbrechen vertuschen, geben Sie dem Mörder die Chance, seiner Strafe zu entgehen. Und das erträgt man nicht und verzeiht man sich nicht.«

»Woher haben Sie derartige psychologische Kenntnisse?« fragte Krawtschuk neugierig.

»Ich habe meine Erfahrungen.«

»Das glaube ich. *Vielleicht haben Sie es ja getan?*« Er grinste breit. »Sie haben die Leiche als erste entdeckt, niemand weiß genau, wie lange Sie sich in der Garderobe aufgehalten haben. Die Alte kannte Sie, sie hatte keine Angst vor Ihnen. Ich glaube, man sollte sich mal näher mit Ihnen beschäftigen. Bei den Organen arbeiten ein paar sehr handfeste Burschen, das können Sie mir glauben. Diese gewisse ... sagen wir mal ...mh ... eingeschränkte Freiheit, die Sie jetzt besitzen, steht in keinem Verhältnis zum Aufenthalt in einer Untersuchungszelle. Es gibt aber auch noch eine andere Möglichkeit, eine, die erheblich weniger massiv ist. Ihre Aussagen, egal an welcher Stelle Sie sie machen, sind vollkommen bedeutungslos, weil die Alte nach ihrem angeblichen Tod ja von mehreren Personen gesehen wurde. Im günstigsten Fall wird man Ihnen empfehlen, sich wegen Ihrer Zwangsvorstellungen in psychiatrische Behandlung zu begeben ...«

»Und warum haben Sie bis jetzt noch keine der beiden Möglichkeiten genutzt?«

»Erstens haben Sie sich von Anfang an sehr klug verhalten, indem Sie keine Szene gemacht haben. Ob aus Angst, aus irgendwelchen Befürchtungen für sich selbst, weil Sie in den Regisseur verliebt sind oder aus einer raffinierten Art von Zynismus heraus – darüber maße ich mir kein Urteil an. Zweitens kann so ein Mord der Reputation des Films ernsthaft schaden. Jedenfalls, was die großen Festivals angeht. Bratny ist für den Film jetzt schon eine Kultfigur internationalen Maßstabs – das werden Sie nicht bestreiten. Man kann seine Person nicht mit einer längst vergessenen Schauspielerin, die niemand haben will, auf eine Ebene stellen. Aber ich muß ja gar nicht versuchen, Ihnen das klarzumachen, Sie wissen es selbst ganz genau. Wenn ich ehrlich bin, es wäre mir ein Vergnügen, Sie näher kennenzulernen.«

»Das kann ich von mir nicht behaupten.«

»Es läßt sich leider nicht vermeiden. Also bringen wir die Sache mal auf den Punkt. Ich kann Ihnen nicht vertrauen, und Sie können mir nicht vertrauen. Aber ich kann Sie erpressen, genauso wie Sie mich erpressen können. Die große Frage ist, wer von uns am längsten den Mund hält. Doch wir werden genug Zeit haben, darüber zu plaudern. Jetzt entschuldigen Sie, ich habe noch einiges zu erledigen. Und Mitjaj wartet sicher auch schon ungeduldig …«

»Dann eine letzte Frage: Was haben Sie mit der Leiche gemacht?«

»Zerbrechen Sie sich darüber nicht den Kopf. Ich würde mich freuen, Sie bald wieder in meinem Restaurant begrüßen zu dürfen.«

»Also bin ich immer noch nicht frei?«

»Eine vorübergehende Maßnahme. Nehmen Sie es nicht krumm. Ich denke, Sie werden diesen netten jungen Mann, der Sie überallhin begleitet, demnächst etwas näher kennenlernen, und er wird Ihnen gefallen, da bin ich ganz sicher«, erlaubte sich Krawtschuk anzüglich zu bemerken. »Er steht Ihnen voll und ganz zur Verfügung.«

»Ich werd's mir überlegen. Eigentlich bin ich nicht anspruchsvoll, den größten Teil meines Geldes gebe ich für Zigaretten aus. Und die sind jetzt ziemlich teuer …«

»Ich erhöhe Ihren Lohn. Als Zeichen besonderer Sympathie. Wieviel bekommen Sie zur Zeit als Assistentin?«

»Sie werden staunen – nicht viel mehr als in dem Videoverleih. Sie und Ihr genialer Regisseur drehen zwar großartige Filme, aber die erfolgreichste Finanzpolitik machen Sie nicht gerade.«

Das war die Wahrheit. Wenn es um seine Filme ging, gab Bratny das Geld mit vollen Händen aus, aber einen halbwegs anständigen Lohn bekam man bei ihm nicht. Er zahlte nicht einmal ein Zehntel von dem, was er versprach. Das Erstaunlichste war, daß ihm die Leute nicht davonliefen, sie verfielen entweder seinen Filmen oder seinem Charme, oder gleich beidem zusammen …

»Das kann schon sein. Aber nicht ich mache im Team die Politik – es liegt in der freien Entscheidung eines Jeden, ob er bleibt oder nicht.«

Ich schnaubte – freie Entscheidung, na prima, vor allem in meiner jetzigen Lage.

»Also gut, lassen wir das mal so stehen. Mal was anderes: Ich wohne …«

»Ich bin im Bilde. Sie wohnen bei einem blinden Maler.«

»Er ist nicht nur blind, er ist auch vollkommen hilflos. Seine Wirbelsäule ist gebrochen, und er ist an den Rollstuhl gefesselt.«

»Ich fürchte, er ist nicht ganz so hilflos, wie Sie glauben, Eva«, schnurrte Krawtschuk zweideutig.

»Habt ihr ihm etwa auch die Bude aufgeknackt?« fragte ich haßerfüllt.

»Warum so grob? Wir haben bloß einem vom Schicksal schwer geprüften Menschen einen Besuch abgestattet und ihm bei der Gelegenheit ein paar Bilder für sehr gutes Geld abgekauft. Übrigens haben meine Jungs dort ein hübsches kleines Mäuschen angetroffen. Kaum sind Sie mal eine Nacht nicht zu Hause, schon, bitte sehr …«

Ich mußte an mich halten, um ihm nicht meine Faust in die Fresse zu hauen.

»Ich muß ihm wenigstens Bescheid sagen … Ich muß zu Hause vorbeifahren …«

»Ich verstehe. Wenn Sie wollen, fahren Sie gleich jetzt bei ihm vorbei. Sagen Sie ihm, Sie müßten für einige Zeit verreisen, zum Casting. Sagen wir, für zirka zwei Wochen.«

»Glauben Sie, daß Sie in zwei Wochen alle Probleme gelöst haben?«

»Schauen wir mal«, sagte Krawtschuk unbestimmt.

»Ich nehme mir ein paar von den Origamis ... Zum Andenken an dieses Mittagessen. Sie haben doch nichts dagegen?«

»Nehmen Sie alle.« Krawtschuk war großzügig.

Der Oberkellner kam an den Tisch, und Krawtschuk flüsterte ihm etwas ins Ohr. Der Kellner nickte kurz und verschwand sofort wieder. Ich schickte ihm einen ironischen Blick hinterher.

»Sagen Sie, sieht eigentlich Ihr gesamtes Servicepersonal aus wie die Chefs des sowjetischen Geheimdienstes in der dritten Welt?«

»Ausnahmslos«, lächelte Krawtschuk. »Das sind schließlich alles Ehemalige, hochkarätige Profis, die der Staat auf den Müllhaufen geworfen hat wie räudige Katzen. Sehr unüberlegt, übrigens ...«

»Vermutlich.«

In der Garderobe des Restaurants wartete schon Mitjaj auf uns. Er spielte immer noch mit seinem Handtrainer herum. Während mir der Garderobier half, mit meinem armseligen Mantel zurechtzukommen, den ich vor zwei Monaten im Ausverkauf erstanden hatte, sprach Krawtschuk flüsternd mit Mitjaj. Auf dem Gesicht des jungen Mannes gefror eine Mischung aus Erstaunen, Ekel und Schicksalsergebenheit. Armer Junge, er versucht dich zu überreden, der abgetakelten Tante, die man dir da angehängt hat, jeden Wunsch zu erfüllen, was denn sonst. Ziemlich trostlose Perspektive, muß ich sagen.

»Bis morgen, Eva!« Krawtschuk war die Liebenswürdigkeit selbst. »Hoffen wir, daß die Dreharbeiten durch den Ausfall der Hauptdarstellerin nicht abgebrochen werden müssen.«

»Grüßen Sie Andrzej«, sagte ich noch liebenswürdiger.

»Hat es Ihnen im ›Flauberts Papagei‹ gefallen?«

»Ich bin entzückt. Ganz exzellente Küche.«

»Kommen Sie, wann immer Sie wollen, natürlich nur, wenn Sie nichts Besseres vorhaben.«

Krawtschuk küßte mir tatsächlich zum Abschied die Hand, das hatte ich geahnt. In meinen Vermutungen bezüglich Mitjajs hatte ich mich auch nicht getäuscht. Während wir zum Auto gingen, wurde sein Schweigen mehr als feindselig. Warum nimmt man bloß immer an, daß Frauen, die bei Männern keine Chance haben, ausnahmslos rasende Nymphomaninnen sind? Oh, ich wußte alles darüber, ich hätte zu diesem Thema ohne weiteres ein ganzes Seminar abhalten können. Niemand hatte auf diesem Gebiet ein so objektives, so unparteiisches Urteil wie ich. Ich war schon alles gewesen: das Mauerblümchen, das die Männer zum Gähnen bringt und die sinnliche Schönheit, die sie zu hellem Entzücken hinreißt. Jetzt befand ich mich irgendwo in der neutralen Mitte zwischen diesen beiden Extremen, gleichmaßen weit entfernt von überwältigender Schönheit wie von erdrückender Häßlichkeit. Man konnte diesen Zustand auch mit den Worten »Ihr könnt mich alle mal« umschreiben. Dafür gab es eine ganz einfache Erklärung: Ich hatte mich so lange auf den Tod vorbereitet, daß mich das Leben in all seinen Erscheinungsformen nicht mehr tangierte. Auch Männer tangierten mich nicht mehr, höchstens die, die ich verraten hatte – willentlich oder unwillentlich.

Wir brauchten mehr als eine Stunde bis zur Prashskaja – daran waren diese verdammten Staus schuld. Ich rauchte eine Zigarette nach der anderen, Mitjaj kurbelte demonstrativ das Fenster runter und hüstelte, aber mir war vollkommen schnuppe, was er von mir dachte: Halt den Mund und schluck Rauch, Kleiner, wenn du nicht genug Verstand hast, dein eigener Herr zu sein. Natürlich bist du verdammt schön, aber im Moment ist dein pfiffiger Chef um einiges interessanter für mich. Bei Bratny sah ich absolut klar, genauer, seine Motive, den Mord an der Alexandrowa zu vertuschen, waren mir absolut klar: Für ihn war das alles nur ein lästiges Hindernis auf dem Weg zu seinem nächsten Triumph, sonst nichts. Sein Film war seine Religion. Aber was brachte Krawtschuk dazu, dabei mitzuspielen und das offenkundige Risiko auf sich zu nehmen? Ich schloß die Augen und versuchte mich an die Sätze zu erinnern, die Krawtschuk und Bratny in der Garderobe miteinander gewechselt hatten – irgend etwas war mir da aufgefallen. Aber was? Ich glaube, Bratny hatte gesagt: Du kannst es genausowenig gebrauchen wie ich, daß die Sache an die große Glocke kommt. Und ich erinnerte mich, wie sich Krawtschuks Gesicht bei diesen Worten verändert hatte. Ich versuchte, alles, was ich im Laufe dieses einen Monats, den ich jetzt bei dem Team war, über Bratny und Krawtschuk herausgefunden hatte, in einen vernünftigen Zusammenhang zu bringen. Möglicherweise handelten sie illegal mit Antiquitäten, ich hatte selber gesehen, wie elegant Bratny sie der vertrauensseligen Bevölkerung abknöpfte: Ikonen, Juwelen, Gemälde. Und Milizionäre, die überall rumschnüffeln, Indizien sammeln und Zeugen vernehmen, gehörten auch nicht gerade zu ihrem bevorzugten Umgang ... Ob Mitjaj wohl in die Geschäfte seines Chefs eingeweiht war?

Ich sah den jungen Mann von der Seite an.

»Was ist?« fragte Mitjaj, ohne den Kopf zu wenden.

»Ich bewundere die Klarheit deines Profils. Hat dir schon mal jemand gesagt, daß du verdammt schön bist?«

»Du bist die erste.«

Das herablassende Du klang aus seinem Mund vernichtend: Ich rede mit dir, aber nur, weil man es mir befohlen hat. Im Prinzip war mir das ziemlich gleichgültig, aber irgendwo ganz in der Tiefe meiner erkalteten, von einer harten Kruste aus geronnenem Blut bedeckten Seele war plötzlich ein winziger Keim von Interesse erstanden für diesen schönen Jungen, und der kaum merkliche Wunsch, meine Kräfte mit ihm zu messen und zu versuchen, ihn zu zähmen. Für einen Augenblick erschrak ich. Die skrupellose Anna Alexandrowa, die gewohnt war, alles, was sie wollte, zu bekommen, lebte immer noch in mir.

»Kommst du mit?« fragte ich Mitjaj, als er das Auto am Hauseingang zum Stehen brachte.

»Was hast du denn gedacht?«

»Ich dachte gerade, wenn ich mich das nächste Mal auf die Kloschüssel hocke, muß ich wohl darauf gefaßt sein, daß du hinter mir sitzt.«

»Da hast du richtig gedacht.«

Ich öffnete die Tür zu Sergas Wohnung mit dem undeutlichen, mir wenig bekannten Gefühl, nach einer langen Reise zurückzukehren. Serga und ich hatten uns kaum vierundzwanzig Stunden nicht gesehen, aber während dieser Zeit war ein Mord geschehen, und ich hatte es wieder mal geschafft, in eine üble Geschichte hineinzuschlittern. Jetzt mußte ich Serga lang und breit erklären, warum ich wegfuhr, ausgerechnet vor dem zweiten Montag, einem Badetag. Ich konnte nicht einmal vernünftig mit ihm sprechen, Mitjajs Schatten würde unsichtbar über mir hängen, wie der Schatten von Hamlets Vater. Es war wie ein Treuebruch, wie Feigheit vor dem Feind, und Serga würde ganz bestimmt die Unaufrichtigkeit in meiner Stimme bemerken. Blinde bemerken immer, was sonst niemand spürt.

Aber schon auf der Türschwelle schlug mir der durchdringende Geruch eines fremden Parfüms entgegen – das war etwas Neues. War das etwa dieses gewisse Mäuschen, von dem mir Krawtschuk berichtet hatte? Vielleicht hatte er Serga ja auch selber dieses Mäuschen ins Haus gesetzt? Mitjaj quetschte sich hinter mir in die Wohnung, und ich legte die Finger auf die Lippen. Er sollte keinen Lärm machen, der mißtrauische Serga brauchte nicht zu erfahren, daß ich einen Mann mitgebracht hatte.

Ich ging dem Parfümgeruch nach in Richtung Zimmer und klopfte vorsorglich an die geschlossene Tür. Dahinter spielte leise Musik – »Dublin in my Tears«, Davey Arthur, ein Anzeichen dafür, daß sich irgend etwas Wichtiges ereignet hatte. Serga legte diese Musik nur in außergewöhnlichen Situationen auf, es war seine Lieblings-CD. Aljona Gontscharowa, sein noch immer unvergessener Schwarm aus der Studienzeit, hatte ihn gelehrt, irische Folk-Music zu lieben.

»Was ist, Eva, bist du verrückt geworden, oder was?« hörte ich Sergas Stimme, so vertraut und gleichzeitig so weit entfernt, daß mir die Tränen in die Augen traten. »Was kratzt du da an der Tür rum, komm rein, ich möchte dir jemanden vorstellen.«

»Bleib hier«, flüsterte ich Mitjaj zu und schob mich ins Zimmer.

Serga thronte wie ein Adler in seinem Sessel, mit einem Gesichtsausdruck, der mich nach Luft schnappen ließ. Der Glanz aller siegreich balzenden Männchen auf der Erde leuchtete darin. Auf einem Stuhl neben ihm, umgeben von seinen Bildern, saß ein Mädchen. In der kurzen Zeit, die ich weggewesen war, hatten gewisse Veränderungen stattgefunden: Auf dem Tisch standen eine Flasche Sekt (armer Serga, wie's aussieht, kannst du deinen tscheremissischen Selbstgebrannten erst mal vergessen), die Reste eines fast hochzeitlichen Mahls und ein Blumenstrauß aus proletarischen roten Nelken.

Das Mädchen riß sich mit Mühe von Serga los und sah mich eifersüchtig an.

»Darf ich vorstellen, Eva, das ist Jolik.«

»Eigentlich ist mein voller Name Elvira, aber für Freunde bin ich Jolik«, erklärte das Mädchen und starrte mich immer noch an.

In Sergas näherem Bekanntenkreis gab es keine Joliks, soweit ich wußte.

»Ach ja? Kennen Sie Serga schon lange?« fragte ich.

»Ja, schon ewig«, antwortete Serga für das Mädchen. »Was ist denn, wirklich, Eva! Mußt du immer solche hochnotpeinlichen Befragungen veranstalten, du verschreckst alle Leute. Jolik, das ist die Eva, von der ich dir erzählt habe.«

»Du hast vergessen, dazuzusagen, daß ich dein Schutzengel bin«, flötete ich boshaft und verspürte unerklärlicherweise einen leichten Stich von Eifersucht.

Serga tat so, als hätte er mir nicht zugehört, mein kleiner blinder Freund, dem ich zum Einschlafen Mickey Spillane vorlas, dem ich das spärliche chinesische Bärtchen rasierte und den ich an jedem zweiten und vierten Montag eines jeden Monats badete. Serga, der einzige, der mich mit der Vergangenheit verband, der mir meine Gegenwart erträglicher machte und keine Hoffnung auf die Zukunft ließ. Serga, der stumme Friedhofswärter meiner Seele, mein unerschütterliches Argument für das Leben. Ich spürte fast körperlich, wie rasch er sich von mir entfernte – genauso rasch und erbarmungslos, wie alle Männer sich entfernen; ich hörte jetzt sogar, wie die Räder seines Rollstuhls leise quietschten ...

»Ich habe heute ein paar Bilder verkauft«, berichtete Serga fröhlich. Vor wenigen Tagen, noch vor vierundzwanzig Stunden hätte er gesagt »wir«.

»Mach keine Witze!«

»Ja«, bestätigte Jolik. »Für fünfhundert Dollar.«

»Du hast wieder zu billig verkauft, Serga. Ich habe doch gesagt, mach nichts ohne mich.«

»Serga ist der Maler, er versteht davon mehr als Sie«, sagte Jolik streitlustig.

»Macht doch, was ihr wollt ...«

»Was soll das denn, wirklich, Eva!« Serga versuchte, uns zu versöhnen.

»Ach, nichts. Ich denke ...«

»Jolik, was machen deine Piroggen? Sind sie noch nicht fertig?«

Jolik begriff endlich, daß wir miteinander zu reden hatten, und verließ das Zimmer.

»Wer ist das?«

»Das ist Jolik.« Serga senkte die Stimme. Ganz bestimmt dachte er jetzt dasselbe wie ich: Jolik saß mit großen Ohren hinter der wackligen Tür in Stellung und lauschte, was ihr tapferer Invalide und seine liederliche Freundin da so redeten. »Ich habe dir doch von ihr erzählt.«

»Ich kann mich nicht daran erinnern.«

»Bist du sauer?«

»Nein. Ich kann mich tatsächlich nicht erinnern.«

»Der Pudel!« Serga senkte die Stimme noch mehr. »An den Pudel mußt du dich doch erinnern. An den Pudel und die beiden Schwulen …«

Ach so! Ich prustete los. Ich lachte so lange und so selbstvergessen, daß es hinter meinen Schläfen zu pochen begann.

»Aber … Aber du hast ihr doch gesagt, daß du auch schwul bist.«

»Das mußte ich zurücknehmen. Ich hab einen ganzen Tag dafür gebraucht.«

»Serga! Hast du sie etwa gepoppt?« Das konnte ich mir nicht verkneifen.

Sergas Gesicht bekam rote Flecken.

»Eva! Du bist meine Freundin … Und ich bitte dich, nicht solche Ausdrücke zu gebrauchen.« Das war neu, vor gar nicht langer Zeit war das Wort poppen einer der Eckpfeiler von Sergas erotischem Wortschatz gewesen.

»Verzeih, verzeih mir … Wenn das stimmt, freue ich mich sehr für dich. Das müssen wir gleich begießen!«

Jolik schwebte ins Zimmer herein und sah uns mißtrauisch an: mit jeder Faser eine treue Ehefrau in Erfüllung ihrer Pflichten.

»Die Piroggen sind fertig«, sagte sie.

»Piroggen? Womit?«

»Mit Pilzen.«

»Mensch, ich flippe aus!« rief ich ganz ehrlich. »Möchten Sie uns nicht Sekt besorgen, Jolik? Gleich nebenan, im nächsten Supermarkt.«

»Ja, natürlich. Da, im Flur … Da ist ein junger Mann. Ich habe ihn eingeladen, aber er will nicht reinkommen …«

»Das ist mein Arbeitskollege. Wir fahren heute zum Casting, Serga. Ich werde ungefähr zwei Wochen weg sein, du mußt irgendwie …«

»Machen Sie sich keine Sorgen, ich werde auf ihn achtgeben.« Jolik hatte endlich begriffen, daß ich keine Gefahr für sie darstellte, und sah mich zum ersten Mal mit Sympathie und Dankbarkeit an.

»Ich wäre Ihnen sehr verbunden.«

»Das mache ich doch gern!«

Ja, sie tat es gern, sie war bis über beide Ohren verliebt, das sah man. Ich hatte schon oft die stille, verzehrende Leidenschaft unattraktiver Frauen gesehen, sie ist wie Kohle, die unsichtbar unter einer gleichmäßigen Schicht von Asche und Ruß glimmt: Bläst jemand diese trügerische Schicht unvorsichtigerweise fort – schon lodern die Flammen auf. Aljona Gontscharowa, Sergas wunderschöner Dämon, der leuchtende Stern seines trübsinnigen Lebens, würde von Stund an vergessen sein, daran zweifelte ich keine Sekunde.

»Ich gebe Ihnen Geld …«

Jolik brauste auf.

»Aber nein! Das ist nicht nötig. Ich bin gleich wieder da.« Sie ging zu Serga und drückte vorsichtig seine Hand. Ich bin bald zurück, Liebster, ich sehne mich nach dir, sollte das wohl heißen.

Mitjaj lungerte immer noch im Flur herum. Ich nahm Sergas Kopf in den Arm und dachte unwillkürlich: Gut, daß Jolik uns nicht zuschaut, sonst hätte sie mit Sicherheit eine Eifersuchtsszene gemacht.

»Da siehst du's«, sagte Serga versöhnlich.

»Ja, allerdings, ich seh's. Allem Anschein nach wird sie hier wohnen.«

»Du fährst ja weg. Und jemand muß sich um mich kümmern, das hast du selbst gesagt. Erzähl mir, wie ist sie? Eigentlich weiß ich es selbst, aber trotzdem …«

Die Frage kam völlig überraschend für mich. Ich hatte wie immer vergessen, daß Serga blind war. Was konnte ich über Jolik sagen? Sie war ein devotes häßliches Entlein …

»Ist sie hübsch?« fragte Serga hoffnungsvoll. Da war sie wieder, diese beschissene männliche Vorstellung von der Welt, in der Unglücksvögel mit krummen Beinen und Doppelkinn keinen Platz haben.

»Sehr«, sagte ich leise.

»Wie du?« Serga berührte meine Hand. »Wie Aljona?«

»Ach was!« Ich war vollkommen aufrichtig. »Sie ist besser.«

»Wie sieht sie aus?«

Ich begann Jolik zu beschreiben – die Lippen, das Kinn, die Haut, die Form der Augen, die Haarfarbe –, und plötzlich merkte ich mit Schrecken, daß ich Aljona Gontscharowa beschrieb, das Gespenst, das so lange Kanigins Herz gepeinigt hatte. Serga hörte mit angehaltenem Atem zu.

»Sie hat gesagt, daß sie mit mir zusammensein will.« Endlich atmete er aus.

»Na dann, herzlichen Glückwunsch.«

»Ich … Ich bin doch blind … Ich werde niemals sehen können. Und ich werde niemals gehen können. Ich verdiene sie nicht.«

»Gerade du hast sie verdient.« Ich glaubte schon selber an die mythische Gestalt der Jolik, die meine Phantasie erschaffen hatte. »Du bist der Beste.«

»Ich wünsche mir, daß ihr euch mögt.«

Na ja, Serga, wenn du das so sehr willst, sollte man das wohl hinkriegen.

»Das wünsche ich mir auch.«

»Du bist doch meine beste Freundin, Eva. Niemand steht mir näher. Und so soll es auch bleiben.«

Wie es aussah, mußte ich also meinen Platz in Sergas Wohnung räumen, ich durfte seinem Glück nicht im Wege stehen. Ich war ein wenig traurig, aber ich freute mich für Serga. Vielleicht hatte er ja genau die Frau gefunden, nach der er so lange gesucht hatte.

»Jolik hat gesagt, daß irgendein Typ im Flur auf dich wartet.« In Sergas Stimme, die das unverhoffte Liebesabenteuer sanft und weich gemacht hatte, schwang die Hoffnung mit, daß vielleicht auch mein Privatleben glücklich geregelt sei.

»Ja. Ich hätte es dir schon längst sagen sollen. Er heißt Mitjaj. Weißt du, Serga, ich ziehe wahrscheinlich aus. Ich ziehe zu ihm.«

»Ich verstehe.« Serga zeigte darüber keinerlei Bedauern, und das verletzte mich erneut: Wir hatten schließlich so lange zusammen hier gewohnt – nur er und ich. Und wir hingen wirklich aneinander.

»Ruf ihn rein, ich möchte ihn kennenlernen. Und dann sitzen wir ein bißchen zu viert zusammen und feiern.«

Ich ging in den Flur hinaus. Mitjaj stand dort, an das Telephontischchen gelehnt, und knautschte mißmutig seinen Handtrainer.

»Langweilst du dich?« fragte ich im Tonfall einer professionellen Entertainerin. »Weißt du, mein Bekannter hat ein Paar Hanteln. Soll ich sie dir rausbringen, damit du mal ein bißchen Abwechslung hast?«

»Hanteln wirken nicht auf die Muskelpartien, mit denen ich heute arbeite«, sagte Mitjaj schulmeisterlich.

»Entschuldigung. Komm, Kleiner, laß uns mal reingehen. Der Hausherr lädt dich ein.«

Mitjaj löste sich vom Telephontischchen und folgte mir seufzend. Als er Serga in seinem Rollstuhl erblickte, straffte er sich. Zum ersten Mal seit wir uns kannten, sah ich in seinem Gesicht einen schwachen Widerschein von menschlichem Gefühl: entweder Mitleid oder Reue oder Verlegenheit wegen seiner hundertprozentigen Gesundheit.

Serga setzte seine Räder in Bewegung und kam flott auf uns zugefahren.

»Na los, Jungs, sagt euch guten Tag.« Ich schubste Mitjaj auf Serga zu und flüsterte ihm dabei ins Ohr: »Er ist blind, er sieht nichts.«

»Genau. Blind wie eine Fledermaus, wie Homer und Ludwig van Beethoven zusammengenommen«, sagte Serga, der aus irgendeinem Grund plötzlich gute Laune hatte, und streckte seine Hand vor sich hin in den Raum.

Mitjaj drückte sie vorsichtig, und ich bemerkte altklug: »Ludwig van Beethoven war taub, nur zu deiner Information, Serga.«

»Taub auch noch!« erschrak Serga. »Arme Sau. Also, Eva, jetzt erzähl mal, was ist das für ein Typ, wie sieht er aus? Und überhaupt, hat er ernste Absichten?«

»Die allerernstesten Absichten«, begann ich munter, und

Mitjaj schüttelte es. »Ich kann nicht gerade behaupten, er wäre schön wie Apollo. Er ist ein bißchen pummelig …«

»Ein bißchen?«

»Na gut, ich geb's zu. Er ist dick. Aber gutmütig. Als Kind hat er Pocken gehabt, sein Gesicht ist in keinem guten Zustand. Außerdem schwitzt er, aber einem Mann steht das ja. Ein Mann muß einen starken Eigengeruch haben, damit man ihn jederzeit finden kann, wenn er mal hinters Bett gefallen ist.«

»Ich rieche aber gar nichts«, überführte mich Serga.

»Er befindet sich jetzt gerade im Zustand relativer Ruhe.«

»Ah, ja …«

»Weißt du, Serga, Mitjaj hat nur einen Nachteil.«

»Eine behaarte Brust«, vermutete Serga neidvoll.

»Er weiß nicht, was Cunnilingus ist.«

»Und du hast ihn noch nicht aufgeklärt?«

»Er sträubt sich. Er steht auf konventionellen Sex, das Dummerchen.«

Mitjaj hörte unserem Gequassel mit leichtem Unbehagen zu, das allmählich in Verwirrung überging. Serga und ich wendeten diesen Ton Fremden gegenüber schon seit langem an und hatten ihn zur Vollkommenheit entwickelt. Das war ureigenster Filmhochschulstil. Der Stil des toten Iwan, der Stil des toten Nimotsi, der Stil der toten Aljona. Damals hatte er keine besondere Bedeutung gehabt, es gab ihn einfach, und das war's. Jetzt half er Serga, mit seiner Behinderung fertigzuwerden. Serga praktizierte diesen Stil ziemlich oft in seinem heimischen Krisenzentrum der Selbstmörderhilfe – und das Erstaunlichste war, daß er einwandfrei funktionierte. Seit Serga am »Telephon des Vertrauens« saß, hatte es nur wenige Fälle gegeben, in denen er diesen Gesprächsstil nicht anwandte. Diese Fälle nannte er »Prioritäten«, und er nahm sie sehr ernst. Der jüngste dieser Fälle war eine Telephonromanze mit einer älteren Frau gewesen, deren Namen Serga nicht herausbekommen hatte. Er hatte sich standhaft geweigert, mir Genaueres über die Frau zu erzählen, aber sie mußte eine außergewöhnliche Geschichte gehabt haben, eine, die ihm wirklich nahe ging. »Ich verstehe das nicht. Warum lassen die Leute zu, daß man so mit ihnen umspringt?« hatte er immer wieder gesagt. »Warum lassen sie sich in so ein bescheuertes Theater ein ...›Geh nicht in ein altes Haus, du kannst dich drin verirren‹. Sie hat eine gute Stimme, gar nicht alt ..., ›Geh nicht in ein altes Haus‹ ... Hast du dieses Lied schon mal gehört, Eva?«

Mehr konnte ich nicht aus ihm herauskriegen, obwohl er es eigentlich liebte, mir seine Telephongeschichten zu erzählen. »Ich habe ihr mein Wort gegeben, daß niemand etwas davon erfährt.« Die Telephonate mit dieser Frau zogen sich über einen ziemlich langen Zeitraum hin, sie rief Serga zu ganz bestimmten Zeiten an, die sie selber festlegte. Dann hörten die Anrufe ganz plötzlich auf. Serga nahm es sich furchtbar zu Herzen, daß er weder ihre Adresse noch ihre Telephonnummer wußte, daß er ihr einfach nicht helfen konnte. Aber dann gab es andere »Prioritäten«, und Serga vergaß sie. Und ich vergaß sie auch.

Die Wohnungstür klappte, und einen Augenblick später kam Jolik herein mit einer Flasche billigstem Sekt.

Unter Mitjajs verächtlichen Blicken (zwei Schreckschrauben und ein Invalide lassen sich mit halbvergorenem Prickelwasser vollaufen, schlimmer geht's nicht) löste Serga den Korken, und er flog mit einem Knall an die Decke. Jolik reichte mir ein Glas mit Sekt, und ich nahm es zerstreut. Mitjaj lehnte angewidert ab, indem er ein »Ich muß noch fahren« vor sich hin brummelte. Serga, Jolik und ich stießen an, und ich sagte:

»Also auf euch, Kinder. Seid fruchtbar und mehret euch.«

»Wir werden uns deinen Rat zu Herzen nehmen«, erwiderte Serga ernst.

Mitjaj konnte sich nicht beherrschen und schnaubte geringschätzig. Jolik schlürfte ihr Glas in einem Zug leer und stellte es auf den Zeitungstisch; am Rand des Glases blieben Spuren ihres Lippenstifts zurück. Vor kurzem hatte ich schon einmal Lippenstiftspuren an einem Glas gesehen ...

In der Garderobe, in der ich die Leiche der Alexandrowa gefunden hatte.

Auch dort hatte es Sekt gegeben, und vielleicht ja noch eine Menge anderer Kleinigkeiten, die stumme Zeugen des Mordes geworden waren. Heute im Studio hatte ich nicht die Zeit gehabt, in die Garderobe zu gehen. Aber was hätte ich dort auch finden sollen? Krawtschuk war ein Profi, der Tatort war sicher gründlich desinfiziert. Er hatte mir ja auch nicht gesagt, was sie mit der Leiche der Schauspielerin gemacht hatten. Ich sah Serga und die sonnig lächelnde Jolik an und gab mir selber das Versprechen, mir die Garderobe morgen sorgfältig anzuschauen. Der Gedanke, daß niemand jemals von dem brutalen und sinnlosen Mord an der Alten erfahren sollte, machte mich wahnsinnig.

»Wir müssen los, Serga«, sagte ich. »Ich packe schnell meine Sachen.«

Ich begab mich in meine Ecke zu meinem durchgelegenen Klappbett, der Gedenkstätte meiner von Schlaftabletten vollgepumpten Alpträume. Ich hatte nicht viele Sachen. Von Lapizki war ich in Jeans und Hemd weggelaufen, und seitdem hatte sich meine Garderobe nicht wesentlich vergrößert. Ein Pullover mit losen Maschen, den mir Serga großzügig überlassen hatte, eine Bluse, zwei T-Shirts, ein Paar warme Socken, die mir Sergas Schwester gestrickt hatte, scheußliche Unterwäsche, die ich auf dem Markt bei moldawischen Zigeunern gekauft hatte, als ich noch der festen Meinung war, den nächsten Winteranfang nicht mehr zu erleben. Weder Notizbücher noch alte Briefe, keine Kosmetik, kein Nagellackentferner, nicht einmal ein paar billige Ringe – ich war ein völliges Nichts ohne auch nur die Spur einer Vergangenheit. Ich packte das kümmerliche Sammelsurium meiner persönlichen Habe in eine Plastiktüte und spürte dabei Mitjajs geringschätzigen Blick im Rücken.

Zehn Minuten später saßen wir schon wieder im Auto. Ich war in Mitjajs Augen unverkennbar auf den Tiefpunkt gesunken, er hielt es nicht einmal für nötig, das zu verbergen.

»Ihr lebt ja nicht gerade luxuriös. Um nicht zu sagen armselig.«

»So ist das eben. ›Bettleroper‹, was soll man machen.«

»Ich werde aus dir nicht schlau; ich verstehe nicht, warum der Chef so ein Aufhebens um dich macht.«

»Das wirst du schon noch verstehen«, versprach ich ihm vollmundig.

Bratny hatte im Handumdrehen eine neue Schauspielerin gefunden. Schon am nächsten Tag wurde Faina Franzewna Bergman aus dem Altersheim der Theater- und Filmschaffenden geholt. Wie sich herausstellte, handelte es sich seltsamerweise um eben jenes »Ekel Faina«, von dem mir Tatjana Petrowna einmal erzählt hatte. Wenn das die Alexandrowa gewußt hätte, wäre sie zum zweiten Mal gestorben.

Die Bergman war eine getreue, ein wenig kleinere Kopie der Alexandrowa, sie waren sogar ebenso unschön gealtert: der gleiche Gesichtstyp, die gleichen von Pergamenthaut überzogenen Wangenknochen, der gleiche eingefallene Mund. Ich hatte dieses Gesicht schon irgendwo gesehen, ihr jetziges, altes Gesicht, aber wo, daran konnte ich mich nicht erinnern.

Bratny machte Druck, die Schauspielerin wurde ohne Vorsprechen engagiert. Darüber gab es einiges Gerede im Team. Durch das Engagement der Bergman ließ Bratny der verschwundenen Alexandrowa keine Chance. Sie konnte schließlich jeden Moment wieder auftauchen – das glaubten jedenfalls die meisten. Es waren ja erst zwei Tage seit ihrem Verschwinden vergangen, doch der Regisseur wollte nicht warten. Ein Monat harter Dreharbeit, ein Monat Schinderei umsonst, aber der Regisseur pfiff anscheinend darauf.

Die Alexandrowa existierte für ihn nicht mehr.

Das machte sogar Fjodor stutzig, der normalerweise für moralische Probleme völlig unempfindlich war.

»Irgendwie verstehe ich unser Genie nicht mehr«, sagte er in der Studiokantine, wo wir zu dritt saßen: Bubjakin,

Mitjaj und ich. »Unsere Mumie wird halt ein bißchen spazierengegangen sein, vielleicht ist sie losgezogen, gefrorenen Fisch kaufen, und zack, plötzlich ist das Gedächtnis weg. Sie kommt zu sich, schleppt sich ins Studio, und da, hoppla, sagt man ihr: Sie arbeiten leider nicht mehr bei uns ...«

»Du weißt doch, für Bratny existiert nur sein Film«, log ich tapfer, »alles andere ist für ihn ohne Bedeutung, einschließlich der Menschen.«

»Das verstehe ich ja. Aber er verhält sich so, als ob er genau wüßte, daß die Alte über den Jordan ist. Hör mal, trennst du dich eigentlich nie von dem?« erkundigte sich Fjodor und zeigte auf Mitjaj.

»Nein, nie.«

»Geht ihr auch zusammen aufs Klo?«

»Je nach Lust und Laune ...«

Als wir ins Studio zurückkamen, turtelte die Bergman bereits nach Kräften mit dem Regisseur.

»Ich habe es Ihnen doch gleich gesagt, Andrzej Valentinowitsch.« Sieh mal an, »Valentinowitsch«, wer hätte das gedacht. »Ich habe Ihnen gesagt, daß Sie sowieso zu mir kommen werden. Sie haben nur Ihre Zeit verschwendet. Die Alexandrowa war von Anfang an vollkommen ungeeignet für die Rolle. Wollen Sie das immer noch nicht zugeben?«

»Wieso denn, ich gebe es zu, ich gebe alles zu.« Andrzej lächelte das satte Lächeln eines Nilkrokodils. »Sie hatten recht.«

»Ich habe doch das Drehbuch gelesen.« Die Bergman ließ ihre Prothese funkeln.

»Wie sind Sie denn da rangekommen?« fragte Bratny.

»Oh, das ist eine lange Geschichte ... Ich werde sie Ihnen irgendwann einmal erzählen. Also, ich habe das Drehbuch gelesen. Ich sage noch mehr – ich kenne es auswendig. Ich wußte sofort: Das ist meine Rolle, nur meine ... Ich kann nicht sterben, ohne diese Rolle gespielt zu haben ... Erinnern Sie sich, ich bin noch vor den Proben zu Ihnen gekommen. Ich habe damals geweint, dabei darf ich mich nicht aufregen, ich habe drei vernarbte Magengeschwüre. Ich habe gesagt, geben Sie mir diese Rolle.«

»Ja, ich erinnere mich.«

»Und Sie? Sie haben dieses alte Wrack genommen. Die konnte doch noch nie spielen. Bei ihr hat es immer nur dazu gereicht, die Beine hochzuwerfen. Und ihre Beine waren schon damals nicht besonders, und ihre Stimme war auch ganz furchtbar ... Aber ich bin eine ernste dramatische Schauspielerin. Ich habe sogar Auszüge aus ›Nora‹ von Ibsen gespielt. Ein rasender Erfolg, rasend!«

Ich sah die Bergman mit großen Augen an und konnte einfach nicht begreifen, warum sich Bratny ausgerechnet für sie entschieden hatte. Sie hatte weder den stillen Edelmut der Alexandrowa noch ihre aufrechte Haltung oder ihre Unabhängigkeit von allem Materiellen, sie war eher das genaue Gegenteil: Faina Bergman gierte hemmungslos nach allem, was das Alter ihr an Genüssen noch bieten konnte. Sie würde sich bestimmt nicht sträuben, Brillantringe zu tragen, und Andrzej würde es nicht leicht haben, die Alte dazu zu bringen, den grellen, backfischhaften Nagellack von ihren Fingern zu entfernen.

»Nora, das ist natürlich eine ernste Rolle«, bemerkte Bratny. »Wollen wir hoffen, daß es Ihnen auch in unserem Film gelingen wird, solche Glaubwürdigkeit und psychologische Tiefe zu erreichen.«

»Psychologie ist mein Hobby. Aber die verstorbene Alexandrowa, die hatte überhaupt keinen Sinn für wirkliche Kunst.«

Ich sah, wie Andrzej blaß wurde, und im nächsten Moment begriff ich. Die Bergman hatte gesagt »die verstorbene Alexandrowa«.

»Warum haben Sie gesagt ›verstorbene‹?« fragte Bratny.

»Habe ich ›verstorbene‹ gesagt?« fragte die Alte nach einem kurzen Zögern.

»Ja, genau das haben Sie gesagt.«

»Und was ist daran so seltsam? Als schöpferische Persönlichkeit ist sie doch schon vor vielen Jahren gestorben. Und als Schauspielerin ist sie überhaupt nie geboren worden. Für mich ist sie schon lange tot. Sie ist ein Nichts! Die konnte doch nur Intrigen schmieden, anderen die Rollen stehlen und die Männer ausspannen!« In ihrer Stimme lag frischer, jugendlicher, ungewöhnlich heftiger Haß. Dieser Haß war im Unterschied zu den drei Magengeschwüren keineswegs mit der Zeit vernarbt. Sie hatte bis heute eine Rechung mit der Alexandrowa zu begleichen gehabt, wer hätte das gedacht!

»So kategorisch würde ich das vielleicht nicht ausdrükken, aber möglicherweise haben Sie recht. Ich kannte sie nicht so gut wie Sie.« Bratny schmierte ihr bedenkenlos Honig um den Mund.

»Sie sind ein sehr talentierter junger Mann. Das sagen alle ... Ich sag's Ihnen ganz im Vertrauen, viele halten Sie sogar für ein Genie.« Faina Bergman legte emphatisch die Hände an die Brust. »Es war mein Traum, mit Ihnen zu drehen.«

»Danke, Sie schmeicheln mir. Morgen ist Ihr erster Arbeitstag, die Aufnahmen werden ziemlich anstrengend, sie kosten viel Kraft«, unterbrach Andrzej die Bergman. »Ich nehme an, es wird Ihnen unbequem sein, jedesmal den weiten Weg aus dem äh ...« Es war ihm sichtlich unangenehm, das harmlose Wörtchen »Altersheim« auszusprechen, er fürchtete, die sich verzweifelt an das Leben klammernde alte Kokotte zu verletzen. Aber die Bergman kam ihm selbst zu Hilfe.

»Das ist nicht sehr bequem, da haben Sie recht.«

»Unser Geschäftsführer hat für Sie eine Wohnung in der Nähe der Mosfilm-Studios gemietet, mit allem Komfort. Er wird Sie jetzt gleich dorthin bringen ...«

Seltsam, daß er die Alte Krawtschuk aufhalste, der auch ohne dies sehr viel zu tun hatte. Normalerweise kümmerte ich mich um die Schauspieler, aber jetzt hatten Bratny und Krawtschuk beschlossen, mich vor näherem Kontakt mit wem auch immer zu bewahren. Wie weit würde ihre Geduld wohl reichen? Und meine Geduld?

»Na, wie geht's dir, Eva?« fragte mich Bratny, kaum daß die Alte sich entfernt hatte.

»Könnte besser sein. Ich wünschte nur ...«

Andrzej hob warnend das Kinn: Fang jetzt bloß kein Gespräch über ein Thema an, das mir nicht paßt.

»Was hältst du von der neuen Schauspielerin?«

»Meiner Meinung nach keine besonders glückliche Wahl.«

»Du verstehst das nicht, es ist die *glücklichste* Wahl, die ich treffen konnte. Du weißt, daß sie einander gehaßt haben wie die Pest? Sie waren ihr ganzes Leben lang erbitterte Rivalinnen, es war ein Krieg auf Leben und Tod.«

»Aber sie ... sie ist doch vollkommen anders.«

»Du meinst den Haß? Es gibt Haß, der reinigt wie die Liebe, das kannst du schon bei den Klassikern lesen.«

»Das paßt nicht besonders gut mit deiner Konzeption zusammen.«

»Ich sehe den Film jetzt etwas anders. Dieses ›Etwas‹ ist unsere neue Schauspielerin. Wirklich ein faszinierender Typ, psychologisch betrachtet. Geradezu eine Verkörperung niederer Instinkte, wie aus dem Lehrbuch, eine Enzyklopädie kleiner Gemeinheiten. Die Geschichte wird jetzt einfach anders herum laufen, Hauptdarsteller und Hauptdarstellerin tauschen die Plätze, und das Opfer wird selbst zum Henker. Die Protagonistin siecht nicht in Demut dahin, sie tritt erst ab, nachdem alle Fallstricke gelegt sind, nachdem sie dem trotteligen Protagonisten den Weg direkt in die Hölle gewiesen hat. Und kein Gericht wird sie verurteilen. Der Tod ist das beste Alibi, stimmt's, Eva?«

Seine zusammenhanglosen Sätze betörten mich, verführten mich zu wirren und lasterhaften Gedanken. Ich spürte, wie mir die Knie schwach wurden – Bratnys gewohnter Fanatismus, gleich hatte er mich beim Kragen.

»Genau, verdammt noch mal!« Bratny schüttelte seine zerzausten Haare. »Genau das ist es. Warum habe ich das nicht schon früher gesehen, ich Vollidiot. Ich hätte daran vorbeigehen können, ohne irgend etwas zu begreifen, ohne auch nur etwas zu bemerken. Wenn die Alexandrowa nicht …«

»Was – wenn die Alexandrowa nicht?« Mit Mühe riß ich mich aus seinem Bann.

»Wenn das nicht passiert wäre … Man hätte sie sowieso umbesetzen müssen. Vielleicht ist es so für alle am besten.«

»Begreifst du eigentlich, was du redest?«

Bratny brach ab und sah mich wütend an.

»Ich finde, du erlaubst dir entschieden zu viel, Eva. Vergiß nicht, daß ich es war, der dich eingestellt hat. Also mach gefälligst deine Arbeit, alles andere geht dich nichts an.«

»So einfach ist das nicht. Nicht nach dem, was passiert ist.«

»Du willst mich doch nicht etwa erpressen?«

»Ich will es nur wissen …«

»Ich weiß selber nichts. Ich habe eine Schauspielerin, die von ihrer Rolle überfordert war, durch eine andere ersetzt, weiter nichts. Und ich bitte dich, dieses Thema nicht mehr anzusprechen, kümmere dich lieber um das Casting für die Massenszene im Nachtclub.«

Es war zwecklos, mit ihm zu reden. Tatjana Alexandrowa existierte für ihn nicht mehr.

»Gut, Andrzej, ich kümmere mich darum.«

Auf dem Flur fing uns Musa ab, die bei Bratny die Rolle der Sekretärin spielte. Mitjaj ließ mich, Krawtschuks Instruktionen folgend, niemals allein, es sei denn mit Bratny oder Krawtschuk selber.

»Eva, morgen veranstalten wir ein grandioses Besäufnis, zur Feier des ersten Drehtags. Wir sammeln dafür.«

»Wir hatten doch schon ein Besäufnis zum ersten Drehtag«, bemerkte ich trocken.

»Jetzt fangen wir aber wieder von vorn an. Mit einer anderen Schauspielerin. Es bringt Unglück, wenn wir das nicht begießen.«

Ich sah Mitjaj vielsagend an, und er griff seufzend nach seiner Brieftasche.

»Wieviel?« fragte er.

»Soviel du kannst. Für zwei. Die Boyfriends unserer bezaubernden Damen sind auch eingeladen.«

Mitjaj zog hundert Rubel heraus.

»Sei nicht so geizig, mein Lieber, das steht dir nicht«, stichelte ich.

Mitjaj legte noch hundert dazu.

»Braver Junge.« Mit Mühe unterdrückte ich den Wunsch, ihm den Hinterkopf zu tätscheln.

»Guter Junge«, assistierte Musa und kicherte frech. »Stell dir vor, Eva, Irene, diese Idiotin, hat mich beschuldigt, ich hätte ihr irgendeine Videokassette gestohlen. Die hat mir die ganze Laune verdorben, die dumme Gans!«

»Dich hat sie beschuldigt?« Ich fröstelte.

»Nicht nur mich. Sie nervt alle mit diesem Mist. Aber wozu brauchen wir Woody Allen, wenn wir Andrzej Bratny haben? Na gut, ihr beiden Turteltäubchen, ich muß weiter ...«

»Du hättest ja wenigstens mal konspirativ den Arm um mich legen können«, sagte ich zu Mitjaj und folgte der davonflatternden Musa mit den Augen. »Sonst siehst du nämlich aus wie ein banaler Leibwächter, dabei wissen alle, daß ich mir so was gar nicht leisten kann. Und einen Gigolo auch nicht. Das ist verdächtig. Hat man dir diesbezüglich keine Instruktionen erteilt?«

»Nein.«

»Schade. Man muß doch vorausschauen. Einer Frau überallhin hinterherlatschen und nicht einmal so tun, als sei man verliebt – das ist pervers.«

»Pervers ist es, dich zu küssen«, sagte Mitjaj genüßlich. Endlich einmal ließ er seinem Haß auf mich freien Lauf. Na gut, ich hatte bis jetzt den Waffenstillstand eingehalten. Nun griff er mich als erster an, also konnte ich mit gutem Gewissen die Kampfhandlungen aufnehmen.

»Man sollte nicht so kategorisch über etwas urteilen, wovon man nichts versteht.«

»Ach, geh zum Teufel!«

»Wunderbar, das laß ich mir nicht zweimal sagen.«

Ich trabte rasch den Flur entlang, und der arme Mitjaj war wohl oder übel gezwungen, mir zu folgen.

Als ich an der Garderobe ankam, betete ich nur um das eine: daß niemand dort war. Die Garderobe wurde niemals abgeschlossen. Irene war bekannt dafür, daß sie ständig die Schlüssel verlor. Obwohl, verlor war nicht das richtige Wort: Die Schlüssel verschwanden einfach – aus Irenes geschlossenen Handtaschen, aus offenen Tüten, aus dem berühmten Schminkkoffer, aus Mantel- und Hosentaschen, in denen nicht das kleinste Löchlein war. Irene schrieb das irgendwelchen Gespenstern zu, und der Studio-Tischler hatte irgendwann schließlich die Nase voll davon, ständig Türen aufzubrechen und neue Schlösser einzusetzen. Die Garderobe wurde einfach nicht mehr abgeschlossen, und die Tür ließ sich nur noch von innen verriegeln.

Unmittelbar vor der Tür verließ mich plötzlich der Mut – ich sah wieder leibhaftig vor mir, was vor wenigen Tagen hier passiert war. Aber ich mußte dort hineingehen. Ich mußte.

Ich schaltete das Licht an und sah mich um. Krawtschuk hatte sogar mehr getan, als ich vermutet hatte. Er hatte alles so gelassen, wie es gewesen war. Nur der Sessel war jetzt leer, er hatte die Leiche weggeschafft.

Auf dem Tisch vor dem Spiegel standen noch die Gläser, genau dieselben wie in der Nacht des Mordes, mit den Lippenstiftspuren an einem davon. Die Gläser, aus denen in der Mordnacht Krawtschuk und Bratny Sekt getrunken hatten, hatte man vorsorglich weggeräumt, aber die leere Flasche Champagner stand noch immer unterm Tisch.

Ich wollte mich schon umdrehen und die Garderobe verlassen, doch etwas hielt mich zurück.

Irgend etwas war anders. Anders als in der Mordnacht.

Als ich mich wieder dem Tisch vor dem Spiegel zuwandte, entdeckte ich die erste Veränderung. Auf dem Tisch lag, unter benutzten Schminktüchern versteckt, Irenes Videokassette. »The Purple Rose of Cairo«.

Sie lag schon seit der Mordnacht hier, versuchte ich mir einzureden, wir hatten sie einfach unter den Schminktüchern nicht bemerkt. Reiß dich zusammen.

Aber kaum hatte ich mich wieder gefaßt, entdeckte ich Veränderung Nummer zwei: Zu dem Porträt von Woody Allen, aus einer Filmzeitschrift ausgeschnitten, hatte sich ein zweites Photo gesellt. Es war eine gewöhnliche Postkarte, abgegriffen und mit eingerissenen Rändern, eine sehr alte Postkarte. Doch das Mädchen, das auf ihr abgebildet war, war herausfordernd jung: Die Augenbrauen – nach der Mode Anfang der fünfziger Jahre sorgfältig zu schmalen Linien gezupft – wölbten sich über runden, entzückend naiven Augen, Augen, die den schrecklichen Krieg überlebt hatten, ein Herzmund, unordentliche Locken, die unter einem Männerhut mit weicher Krempe hervorquollen …

Ich drehte die Postkarte um und las, was darauf stand.

»Die Schlüssel von Königsberg«, in der Rolle der Schurotschka – T. Alexandrowa.

Ich erinnerte mich genau, daß diese Photographie in der Mordnacht nicht hier gewesen war. Auch in der Handtasche der Alexandrowa hatten sich keine Photos befunden. Wer also hatte sie hier gelassen und warum? Wer hob so ein altes, längst vergessenes Bild auf, das niemanden interessierte?

»Wie lange wollen wir hier noch rumhängen?« Mitjajs Stimme brachte mich in die Wirklichkeit zurück.

»Wir gehen schon«, flüsterte ich heiser.

Das Photo brannte mir in den Händen, es hatte mir einen solchen Schreck eingejagt, daß ich mich nicht traute, es mitzunehmen.

Ich steckte es wieder hinter den Schminkspiegel und rannte fast aus der Garderobe. Mein Herz klopfte wild, es schlug einen Rhythmus, den nur ich allein kannte: Das nimmt kein gutes Ende, das nimmt kein gutes Ende, dasnimmtkeingutesende …

Faina Bergman erwies sich als ein echter Teufel – sie brachte das ganze Team an den Rand der Erschöpfung. In Andrzejs Worten hatte mehr Wahrheit gelegen, als ich gedacht hatte – die Konzeption des Films veränderte sich radikal. Die Alte spielte mit wahrer Wonne raffinierte Heimtücke und perfide Berechnung; in ihrer scheinbaren Schwäche lagen soviel Kraft und Hinterhältigkeit, daß Wolodja Tschernyschow einem nur leid tun konnte.

Nie zuvor hatte das Team mit solchem Elan gearbeitet. Man hat nicht oft Gelegenheit, das Böse in so konzentrierter Form zu filmen. An die Alexandrowa dachte niemand mehr. Bratny wechselte zweimal pro Drehtag sein schweißdurchnäßtes Hemd. So hatte ich ihn noch nie gesehen.

In einer kurzen Pause erschien Krawtschuk mit einem jungen schüchternen Brillenträger, der wie eine typische Büroratte aussah. Diese Büroratte war, wie sich herausstellte, ein Mitarbeiter der Miliz aus dem Meldebezirk der Alexandrowa, wo Krawtschuk das Verschwinden der Schauspielerin umgehend angezeigt hatte. Verwandte gab es nicht.

Er erkundigte sich hauptsächlich nach dem Gesundheitszustand der Vermißten, und alle erklärten unisono und mit gebührender Anteilnahme, die Alexandrowa sei in den letzten Tagen sehr erschöpft gewesen, man habe die Dreharbeiten unterbrechen müssen, die Alte sei im Auto des Geschäftsführers nach Hause gebracht worden. Die Büroratte hatte offenbar schon mit der Pförtnerin gesprochen, die in jener Nacht Dienst hatte, und sie hatte ausgesagt, die Alexandrowa sei in Begleitung Krawtschuks und seines Fahrers gegen fünf Uhr morgens an der Pförtnerloge vorbeigegangen, um nach Hause zu fahren. Sie habe sehr schlecht ausgesehen, habe jedoch ein paar Worte mit ihr gewechselt. Krawtschuk hatte sich tatsächlich ausgezeichnet abgesichert. Ich war schon fast selber bereit, daran zu glauben, daß sich alles ganz genau so zugetragen hatte, wie Krawtschuk und Bratny es darstellten, und daß es gar keinen Mord gab – wenn sogar die Pförtnerin das sagte ... Aber wie, zum Teufel, hatte er das hingekriegt?

Damit waren die letzten Formalitäten bezüglich der Alexandrowa geregelt, und ihr Schicksal bewegte jetzt niemanden mehr außer der empfindsamen Irene. Die Alexandrowa war abgehakt und vergessen – der Film hatte einen neuen Star.

Und zu Ehren dieses neuen Stars wurde am Ende des Drehtags ein grandioses Besäufnis veranstaltet.

Nur drei Personen tranken keinen Tropfen: Bratny, Krawtschuk und Mitjaj. Sogar Faina Bergman genehmigte sich ein paar Gläschen, nachdem sie zuvor geziert einen Toast auf das Wohl der Filmkunst im allgemeinen und auf den genialen Regisseur Andrzej Bratny im besonderen ausgebracht hatte. Man ließ ihr die grobe Schmeichelei großmütig durchgehen und bedachte sie mit Händeklatschen und ausgelassenem Pfeifkonzert.

Irene setzte sich zu mir. Sie war äußerst zufrieden.

»Du wirst es mir nicht glauben, Eva, das ist einfach surreal. Ich habe überall gesucht und alle Leute verrückt gemacht, und dann finde ich die Kassette genau da, wo ich sie hingelegt habe – in der Garderobe ... Das war ein Gespenst, ich sag's dir, zuerst die Schlüssel, und jetzt das ...«

»Herzlichen Glückwunsch.« Diese verdammte Videokassette war mir die ganze Zeit nicht aus dem Kopf gegangen.

Eine Stunde später brachte man die widerstrebende Bergman endlich dazu, sich nach Hause fahren zu lassen. »Sie müssen sich ausruhen, Faina Franzewna, die Dreharbeiten fangen morgen in aller Herrgottsfrühe wieder an.« Danach kam das Besäufnis in die gewohnten Bahnen. Zum ersten Mal, seit ich bei Bratny arbeitete, hatte ich das Bedürfnis, mich richtig zuzusaufen – eine lange vergessene Empfindung, die bei mir meistens mit Tod und schweren Schuldgefühlen zusammenhing.

»Paß auf, daß du dich nicht zuschüttest«, flüsterte Mitjaj mir zu. »Ich habe keine Lust, dich auf meinem Buckel nach Hause zu schleppen.«

»Und wie willst du das verhindern, mein Kleiner? Du wirst mich schon schleppen, und wenn's sein muß, wirst du mich auch noch die Wanne setzen«, schnurrte ich und kniff ihn zärtlich in die Wange.

»Miststück!«

»Ich mag dich auch ganz schrecklich, mein Schätzchen.« Und weil mir seine Wange nicht reichte, zauste ich ihm ein bißchen die Haare.

»Nimm die Pfoten weg«, stieß er zwischen den Zähnen hervor.

»Ich denke gar nicht daran ... Sei nicht so ein Stiesel, entspann dich ...« Ich hob mein Glas. »Also, auf dich, Kleiner!« Aber ich trank nicht. Ich spürte plötzlich, daß wir beobachtet wurden. Ich schaute auf und begegnete einem seltsam diffusen und ein wenig neidischen Blick – von Xenia Nowotozkaja, Bratnys Drehbuchautorin. Kurz darauf setzte sie sich zu uns.

»Trinken wir was zusammen?« fragte sie mich und ließ Mitjaj dabei nicht aus den Augen.

»Warum nicht.«

Wir stießen an: ich mit meinem winzigen Fingerhut und Xenia mit einem großen kantigen Glas, das fast bis zum Rand mit Wodka gefüllt war. Xenia trank wie ein Mann, geräuschvoll und in langen Zügen, und das stand ihr erstaunlich gut. Während der Dreharbeiten sprach sie mit niemandem, außer vielleicht mit Bratny und einigen von den jungen Assistenten. Bratny diente der Befriedigung ihrer von Gestalten und Symbolen aufgeblähten Seele, und die Assistenten dienten der Befriedigung ihres vom maßlosen Fressen und Saufen aufgeblähten Körpers.

»Ich schreibe von morgens bis abends«, klagte Xenia. »Jeden Tag hocke ich fünfzehn Stunden vor dem verdammten Computer.«

Nach dem triumphalen Erfolg in Cannes war Xenia genau das passiert, was jedem passierte, der mit Bratny arbeitete: Sie war auf einmal angesagt. Sie war eine begehrte Drehbuchautorin geworden – und darüber hinaus eine begehrte Frau, was man allerdings kaum glauben mochte, wenn man ihren voluminösen Körper und ihr wogendes

Doppelkinn betrachtete. Sie gab unzählige Interviews in allen möglichen hirnlosen Zeitschriften, philosophierte gleichermaßen ungeniert über Kafka und Apfelpfannkuchen und agierte in feministischen Talkshows als engagierte Expertin bei der öffentlichen Erörterung so universaler Fragen wie: »Männersocken – waschen oder nicht?« und »Oralsex – Lust oder Erniedrigung?« Zur Zeit arbeitete sie gerade im Auftrag eines großen Verlages an dem Buch »Die Frau in der Megapolis: Ein Blick aus der einundzwanzigsten Etage«.

»Ich fühle mit Ihnen«, flötete ich.

Ich hatte weder Lust, sie zu bemitleiden, noch war ich besonders erpicht darauf, mich mit ihr zu unterhalten.

»Wie gefällt Ihnen die neue Schauspielerin?«

»Wie gefällt Sie Ihnen?«

»Brillante Entdeckung. Zwar nicht genau das, was im Drehbuch stand, aber ...«

»Aber besser ...«

»Die Alte fand das Drehbuch sehr gut«, sagte Xenia selbstgefällig. »Sie war total hin und weg davon. Sie hat mich sogar angerufen und wollte mich unbedingt treffen. Ich habe mich bloß gewundert, wie das Manuskript ins Altersheim der Theater- und Filmschaffenden gekommen ist.«

»Tatsächlich, wie ist es dahin gekommen?« fragte ich, obwohl mich das nicht im geringsten interessierte.

»Sie kennen doch Irene, die Maskenbildnerin. Sie ist verheiratet mit Jascha Klauser, der hier in der Schuhwerkstatt arbeitet ... Und Jascha ist ein Neffe der Bergman, der Sohn einer verstorbenen Schwester. Jascha und Irene sind irgendwann mal zu der Alten ins Heim gefahren, und Irene hat das Drehbuch bei ihr liegenlassen. Das ist Vorsehung, sage ich nur.«

Während sie redete, rutschte die Nowotozkaja immer näher an mich heran. Sie roch nach Wodka, Schweiß und aggressivem amerikanischem Parfüm. Das Parfüm, das ich an dem Umschlagtuch der toten Schauspielerin gerochen hatte, war ein ganz anderes, ein sehr dezentes Parfüm gewesen – ich glaubte, darin die Verzweiflung verschmähter Liebe zu erahnen.

Was für ein seltsamer Gedanke …

Warum dachte ich ausgerechnet jetzt an die Alexandrowa? Irgendein Satz in Xenias Monolog mußte mich an sie erinnert haben. Ich ließ das Geschwätz der Drehbuchautorin in meinem Gedächtnis Revue passieren, und schließlich kam ich darauf. Es war eine scheinbar ganz harmlose Bemerkung: »Irene ist verheiratet mit Jascha Klauser, der hier in der Schuhwerkstatt arbeitet … Und Jascha ist ein Neffe der Bergman …«

Ich dachte an unser Gespräch in der Garderobe. »Eine sehr ungewöhnliche Tatwaffe.« »Eine Frau würde niemals eine Ahle benutzen, um zu töten.«

»Und wenn sie die Tochter eines Schuhmachers ist?« hatte Krawtschuk in jener Nacht geschmacklos gewitzelt.

Die Tochter eines Schuhmachers als Mörderin – ein ziemlich operettenhaftes Sujet. Aber die Tante eines Schuhmachers … Das klang schon realistischer. Und Faina Bergman haßte ihre Konkurrentin abgrundtief …

»Darf ich Sie etwas fragen?« Xenias rundes Mondgesicht schwebte bedrohlich nahe über mir, und sie drückte ihre heißen Wodkalippen an mein Ohr.

»Natürlich.«

»Wie machen Sie das, daß diese süßen Jungs so auf Sie fliegen?« flüsterte die Nowotozkaja und kicherte anzüglich. Sie meinte Mitjaj. »Er läßt Sie ja gar nicht aus den Augen.«

»Und wie machen Sie das?« flüsterte ich zurück, und meinte damit sämtliche Assistenten bei Mosfilm.

»Irgend etwas reizt sie an mir.«

Ich betrachtete zweifelnd ihre mehr als stämmige Figur, ihre gewaltigen Brüste und die Wulstfinger, die mit dicken silbernen Ringen überladen waren. Sie hatte offenbar das dringende Bedürfnis, ihr reichhaltiges Sexualleben ausführlich vor mir auszubreiten – eine chronische Krankheit aller Schreiberlinge.

»Und was?«

»Die totale Diskrepanz zwischen dem, was ich tue, und meiner persönlichen Erscheinung. Ich kann einen banalen Fick zu einem künstlerischen Erlebnis erheben.«

»Sie sind eine bewundernswerte Frau«, nuschelte ich. Das war genau das, was sie hören wollte.

»Und was sagt Ihr Freund dazu?«

»Mein Freund findet, daß ich eine bewundernswerte Frau bin. Stimmt's, Liebling?«

Mitjaj faßte sich mit den Händen an den Kopf: Hätte ich euch bloß nie gesehen, ihr verdammten Exhibitionisten.

»Wir müssen los, Xenia. Alles Gute.«

»Sie wollen schon gehen, junger Mann?« fragte sie. Sie versuchte tatsächlich, ihn anzumachen!

Auf einmal merkte ich, wie sehr mir das alles zum Hals heraushing, das Studio, die Dreharbeiten, die endlosen Saufereien nach jedem Drehtag, alles. Ich konnte einfach nicht so tun, als wäre nichts geschehen, ich würde das nicht mehr lange durchhalten. Ich suchte meinen Mantel aus dem Berg von Klamotten heraus, aber als ich ihn anziehen wollte, wurde er mir aus der Hand genommen.

»Ich helfe dir.«

Mitjaj, nanu, welche unerwartete Galanterie!

»Womit habe ich denn das auf einmal verdient?«

»Allem Anschein nach gibt es hier schlimmere Fälle als dich.«

»Das stimmt allerdings. In diesem Raritätenkabinett kann man weitaus gruseligere Exponate finden.«

Mitjaj half mir in den Mantel, ich schob mechanisch die Hände in die Taschen – und fühlte eine Zigarettenschachtel darin. Was für eine angenehme Überraschung, ich dachte schon, ich hätte keine Zigaretten mehr. Allerdings kullerte nur ein einsamer letzter Glimmstengel in der Schachtel herum. Ich fischte ihn heraus und wollte die Packung gerade zerdrücken und wegwerfen, da stutze ich: Jemand hatte etwas darauf geschrieben – mit Kugelschreiber, in Druckbuchstaben. Ich mußte zweimal lesen, bis ich begriff, was dort stand: ICH WEISS, DASS SIE ES WISSEN. WARUM HABEN SIE DIE TAT VERTUSCHT? DAS IST GEGEN DIE REGELN. ES ÄNDERT GAR NICHTS, WENN SIE SCHWEIGEN, NUR DIE REGELN WERDEN GEÄNDERT.

Jetzt geht es los.

Meine Knie wurden weich, und ich ließ mich auf den Klamottenhaufen sinken. Ich wollte nicht daran denken, wer diese Botschaft geschrieben hatte. *Jemand hatte sie geschrieben* – darauf kam es an, alles andere war ohne Bedeutung. Jetzt erinnerte ich mich genau daran, daß vorher keine Zigarettenschachtel in meiner Manteltasche gewesen war, nur ein bißchen Kleingeld und die Schlüssel zu Sergas Wohnung, die ich ihm noch nicht zurückgegeben hatte.

Ich muß ihm die Schlüssel unbedingt zurückgeben.

O Gott, was für blödsinnige Gedanken. Ich muß sofort zu Krawtschuk und ihm diese Botschaft zeigen. Aber jetzt ist es sowieso schon zu spät, den Rückwärtsgang einzulegen, alles ist anscheinend reibungslos über die Bühne gegangen. Wie haben sie das bloß hingekriegt, alle an der Nase herumzuführen? Und bei der Miliz liegt die Vermißtenanzeige.

Ich begegnete Krawtschuk auf halbem Weg zum Teambüro, auf dem Treppenabsatz zwischen dem ersten und dem zweiten Stock des Verwaltungsgebäudes. Er war mit Senja auf dem Weg zum Atelier.

»Gehst du schon?« Krawtschuk sah mich prüfend an.

»Ich hatte es eigentlich vor, aber es gibt da ein paar unvorhergesehene Umstände ...«

Krawtschuk ließ mich nicht ausreden. Was in der nächsten Sekunde passierte, folgte weder einer Logik noch dem gesunden Menschenverstand: *Er schlug mich.*

Das heißt, er wollte mich schlagen – aber bevor seine Hand mein Gesicht traf, fing ich sie ab, setzte einen blitzschnellen Griff an, und noch ehe er irgend etwas kapierte, lag er schon der Länge nach auf dem Fußboden. Auch ich verstand überhaupt nichts, ich verstand nur, daß ich nichts vergessen hatte, nichts von dem, was ich so gern, so leidenschaftlich gern hatte vergessen wollen. Das zermürbende Training mit Lapizki und dem Ausbilder Ignat war mehr als erfolgreich gewesen. Sie hatten mich gut geschult damals, verdammt noch mal, sie haben meinem Körper den Automatismus der Selbstverteidigung buchstäblich eingeimpft. Ich hatte nicht gedacht, daß mir das irgendwann in meinem jetzigen Leben einmal nützlich sein würde. Zwei Sekunden später lag Senja neben seinem Chef – er hatte ihm beistehen wollen. Lern halt ein bißchen Nahkampf, du Grünschnabel …

Aber der Grünschnabel zeigte sich gut gerüstet – im nächsten Augenblick schaute ich direkt in eine Pistolenmündung. Das war jetzt aber doch wohl etwas übertrieben.

Krawtschuk hatte sich inzwischen schon wieder halb aufgerichtet und schüttelte verständnislos den Kopf. Senja half seinem Boß aufzustehen und hielt die Pistole unablässig auf mich gerichtet.

»Ich hoffe, du hast auch einen Waffenschein?« fragte ich nüchtern.

»Steck die Kanone weg, du Idiot«, knurrte Krawtschuk seinen Leibwächter an. Dies hier lief offenbar nicht nach seinem Geschmack.

»Das ist keine schlechte Idee«, schloß ich mich an. »Entschuldigen Sie, Viktor Jurjewitsch, das war reine Selbstverteidigung.«

»Nein, das war nicht einfach Selbstverteidigung.« Krawtschuk wählte wie immer seine Worte mit Sorgfalt. »Wo hast du diesen Griff gelernt?«

»Auf einem Rehabilitationskurs für Vergewaltigungsopfer.«

»Die Lehrer von diesen Kursen würde ich gern mal kennenlernen. Es gibt nicht allzuviele, die diesen Griff so perfekt beherrschen.« Er sah mich jetzt mit vollkommen anderen Augen an, ich war für ihn nicht mehr eine einfache Casting-Assistentin, die zufällig mit ihm im selben Gespann steckte. »Ich wollte eigentlich mit dir reden, aber jetzt weiß ich nicht recht, wie ich anfangen soll.«

»Ich würde sagen, Sie haben schon angefangen, wenn auch auf etwas ungewöhnliche Art.«

»Entschuldige. Ich schlage vor, wir schließen einen Waffenstillstand. Für heute bist du frei«, sagte Krawtschuk über die Schulter zu Mitjaj, der sich mit einem Ausdruck aufrichtigen Erstaunens auf dem Gesicht die ganze Zeit im Hintergrund gehalten hatte. Krawtschuks Entscheidung war offensichtlich ganz spontan, keine Ahnung, was ihn dazu veranlaßt hatte …

Wir begaben uns zum Teambüro. Keiner von uns sprach ein Wort. Krawtschuk stieß die Tür auf und ließ mir den Vortritt. Drinnen erwartete uns Bratny.

Er saß in einem Sessel, mit dem Rücken zur Tür, hatte die Beine aufs Fensterbrett gelegt und schaute zerstreut in die schwarze Finsternis hinter dem Fenster.

»Hier ist sie«, sagte Krawtschuk knapp, ohne weiter auf die Einzelheiten unserer Begegnung einzugehen.

Bratny lehnte sich träge zurück und drehte sich zu uns um.

»Hallo Eva, lange nicht gesehen. Es ist einiges passiert inzwischen.«

Ich setzte mich auf einen Stuhl und schlug aufreizend die Beine übereinander. Krawtschuk blieb stehen.

»Der Meinung bin ich allerdings auch«, stimmte ich zu.

»Nein«, sagte Bratny zu Krawtschuk, den Blick forschend auf mich gerichtet, »die ist keine Erpresserin. Eine professionelle Taschendiebin, das ja; ein kluges Weib mit starken Nerven, das auch. Aber keine Erpresserin. Ich kenne meine Pappenheimer.«

»Wovon reden Sie eigentlich?«

»Ich habe heute ein ziemlich seltsames Briefchen gekriegt«, begann Bratny ruhig. »Genaugenommen habe ich es gefunden, bei meinen Papieren, es war auf die Rückseite eines Faxes geschrieben. Genau die gleiche Epistel ist bei unserem hochgeschätzten Geschäftsführer eingegangen. Und kannst du dir denken, was da stand?«

»Ich habe so eine Ahnung.« Ich zog die Zigarettenschachtel aus der Tasche und warf sie Bratny zu.

Der Regisseur fing die Schachtel auf und inspizierte sie.

»Tatsächlich«, brummte er. »Das ist derselbe Text. Tja, also was sagt ihr dazu, verehrte Komplizen?« fuhr er dann fort und grinste fröhlich. Dieser verrückte Teufel, es gab einfach nichts, was ihm Angst machte.

»Du scheinst das alles für ein Spiel zu halten.« Bratnys unbegreifliche Fröhlichkeit reizte Krawtschuk, offenbar nahm er die Sache ziemlich ernst.

»Natürlich tue ich das, genauso wie der Typ, der dieses Zeug geschrieben hat. Das ist doch völlig klar! Mir schreibt er es auf die Rückseite eines Faxes – warum? Faxe sind meine lausige Welt. Und Eva kriegt ihr Liebesbriefchen auf einer Zigarettenschachtel – warum? Weil sie raucht wie ein Schlot, das ist ihre Welt. Und dreimal darfst du raten, Eva, in welcher originellen Form dieses Geschreibsel bei unserem hochgeschätzten Geschäftsführer gelandet ist? Wenn du's rausfindest, erhöhe ich deinen Lohn.«

»Ich vermute mal, auf einer Origami-Figur, stimmt's?«

»Bravo!« Andrzej klatschte ein paarmal träge in die Hände und zog dann einen Papiervogel hervor. »Du kannst ihn dir angucken. Krawtschuk hat ihn an seinem Auto entdeckt, er klemmte unter dem Scheibenwischer.«

Ich nahm den Papiervogel in die Hand. Wer immer das geschrieben hatte, verstand nicht besonders viel von der Kunst des Origami, mit Sicherheit hatte er sich nur für diesen besonderen Zweck damit beschäftigt. Er hatte mehrere Anläufe gebraucht, um den Vogel zu falten. Aber der Text war identisch mit dem auf meiner Zigarettenschachtel, derselbe Kugelschreiber, die gleichen krakeligen Druckbuchstaben.

»Ich möchte wissen, wer noch alles von deinem unschuldigen Hobby weiß«, fragte Andrzej spöttisch.

»Jeder«, entgegnete Krawtschuk unwirsch. »Ich falte die Dinger doch überall. Es beruhigt die Nerven.« Sein ganzer KGB-Schliff hatte sich verflüchtigt, sogar seine sonst immer picobello gebundene Krawatte saß schief.

»Ich habe ja gleich gesagt, daß das alles keinen Zweck hat. Ich war von Anfang an dagegen.«

»Jetzt ist es zu spät, einen Rückzieher zu machen«, bemerkte Bratny. »Ich habe eine super Schauspielerin und eine super Idee.«

»Und einen Erpresser im Team«, bemerkte Krawtschuk trocken. »Als du gesagt hast, daß außer uns dreien niemand die Leiche gesehen hat, hast du dich verdammt geirrt. Es gibt noch jemanden ... Vielleicht ist es ja dieser Bengel, den du ... Warum hab ich mich bloß von dir rumkriegen lassen?«

»Weil ich alle rumkriege.«

»Aber war das unbedingt nötig, diesen ...«

Krawtschuk hatte offenbar etwas geäußert, was nicht für meine Ohren bestimmt war, und Bratny wies ihn sofort zurecht: »Hör mal, du vertraust doch deinem Leibwächter auch ...«

»Das ist etwas anderes.«

»Das ist ein und dasselbe. Beenden wir das Thema.«

»Ja, höchste Zeit«, brummte Krawtschuk. »Ich verstehe bloß nicht, wie du so tun kannst, als sei alles in Ordnung.«

»Bis jetzt ist noch nichts Schlimmes passiert.«

Ein Schauder lief mir den Rücken hinunter. Es ist nichts Schlimmes passiert, nein, bloß ein Mord, den man vertuscht hat.

»Auf jeden Fall sieht das nicht sehr nach einer Erpressung aus«, setzte Bratny seine Überlegungen fort.

»Wie kommst du darauf?«

»Es gibt keine Forderungen.«

»Also, was schlägst du vor, was sollen wir tun?«

»Nichts.« Bratny begann wieder in seinem Sessel zu schaukeln. »Absolut nichts. Wir können sowieso nichts tun, selbst wenn wir wollten. Und außerdem – lies doch mal, was da steht: »ES ÄNDERT GAR NICHTS, WENN SIE SCHWEIGEN, NUR DIE REGELN WERDEN GEÄNDERT. Das heißt doch, wir haben die freie Wahl. Also werden wir warten.«

»Und worauf sollen wir warten?«

»*Daß sich die Spielregeln ändern*. Ich will diesen Film drehen, und zwar jetzt! Ich denke an nichts anderes mehr, ich vergesse sogar morgens, mir die Zähne zu putzen, wenn du's genau wissen willst. Jetzt ist der Drive da, verstehst du, jetzt kann ich alles! Ich muß diesen Film drehen.«

»Und ich muß dieses Arschloch finden, das mit meinen Nerven spielt.«

»Vielleicht ist ja der Schreiber dieser Briefchen auch der Mörder der Alexandrowa«, hörte ich mich plötzlich sagen; dabei hatte ich noch vor einer Sekunde so etwas nicht einmal gedacht. »Wir wissen doch nicht, wer es getan hat und warum.«

Im Zimmer herrschte Stille.

»Und warum sollte der Mörder auf so extravagante Art und Weise die Aufmerksamkeit auf sich lenken? Der müßte ja verrückt sein.«

»Dein ganzes Team ist voller schräger Vögel«, wandte Krawtschuk ein. »Junkies, Säufer, abgebrühte Langfinger.«

»Alkoholismus und Drogenabhängigkeit sind noch kein Grund, die Hauptdarstellerin an ihren Sessel zu spießen. Ich denke, da gibt es andere Gründe. Zum Beispiel persönliche.«

»Ein Mord wird immer aus persönlichen Gründen begangen.« Krawtschuk ärgerte sich über Bratnys Unbekümmertheit, aber er konnte nichts dagegen tun. »Also was ist, hast du irgendwelche Vorschläge?«

»Ja. Ich habe mir die Sache gründlich durch den Kopf gehen lassen. Aber im Moment ist das völlig unwichtig. Es besteht keine Gefahr, glaubt mir. Ich will den Film in Ruhe zu Ende drehen. Und was die These angeht, daß der Mörder diese Briefe geschrieben hat ...« Er grinste mich breit an. »Um so besser. Dann verringert sich der Kreis der Eingeweihten um eine Person.«

»Und was machen wir jetzt?« fragte Krawtschuk.

»Wir machen genauso weiter wie bisher. Jeder tut, was er zu tun hat. Du kümmerst dich um das Team, ich kümmere mich um meinen Film und Eva um die Schauspieler. Weißt du, Eva, unser hochgeschätzter Geschäftsführer dachte, diese Briefchen könnten vielleicht von deiner zarten Hand stammen.«

»Irenes Kassette«, fiel mir auf einmal ein.

»Was ist damit?« Krawtschuk wurde hellhörig.

»Sie hat sie jetzt doch noch dort gefunden, wo sie sie hingelegt hatte – in der Garderobe. Jemand muß sie weggenommen und irgendwann später wieder hingelegt haben, und das war entweder der Mörder – oder der, der diese Botschaften geschrieben hat. Auf jeden Fall war das der Mensch, der die Alte als letzter lebend gesehen hat; oder der erste, der sie tot gesehen hat. Und es ist sehr wahrscheinlich, daß das auch der Briefeschreiber war ...«

»Das klingt mir etwas zu verdreht«, sagte Krawtschuk mit gequältem Gesicht.

»Wieso, wir sind hier schließlich beim Film. Das ist Film pur.« Bratny schien sich über meine Gedanken zu amüsieren. »Also, ich lasse euch jetzt mal ein paar Minuten allein, meine Freunde ...«

Er zog seine Hose zurecht und verließ das Zimmer. Krawtschuk und ich blieben allein zurück.

»Ich bin doch jetzt nicht mehr gefährlich für Sie, oder?« fragte ich Krawtschuk.

»Im Gegenteil«, erwiderte er knapp. Er war offensichtlich nicht dazu aufgelegt, nett mit mir zu plaudern. »Hier ist jeder gefährlich, und Sie ganz besonders. Eine vollkommen harmlose Casting-Assistentin mit profunden Kenntnissen in fernöstlichen Kampftechniken ...«

»Na und, Sie beschäftigen sich in Ihrer Freizeit mit Origami, und ich ...«

»... und nicht etwa in irgendwelchen fernöstlichen Kampftechniken, nein! Das ist ein Extrakt aus dem Besten vom Besten, eine ganz außergewöhnliche Technik. Wo haben Sie das gelernt?«

»Ich arbeite nicht für den Geheimdienst, falls Sie das meinen.«

»Ich weiß, daß Sie nicht für den Geheimdienst arbeiten.«

»Ach ja?«

»Die hätten Sie mit einer überzeugenderen Identität ausgestattet und mit Papieren, die echter sind, als echte je sein können. Sie hätten jeder Überprüfung standgehalten. Aber ich habe nicht das geringste über Sie in Erfahrung bringen können, obwohl ich mich ziemlich dahintergeklemmt habe. Und ich bin ein Profi.«

»Sagen Sie, was sollte ein Geheimdienstagent ausgerechnet bei Mosfilm ausspionieren?«

Ich hatte das nur einfach so dahin gesagt, ohne irgend etwas Bestimmtes damit zu meinen, aber Krawtschuks Gesicht versteinerte.

»Jedenfalls traue ich Ihnen nicht.«

»Und warum bewacht Mitjaj mich dann nicht mehr? Er fing gerade an, mir zu gefallen.« Ich erkannte mich selbst nicht mehr, das war die verhinderte Sonderagentin Anna Alexandrowa, die plötzlich wieder aus mir sprach: ihre laszive Ironie, dieses Gefühl von Kraft, ihre Bereitschaft, auf Risiko zu spielen, ihr Zynismus, ihr Mangel an jeglicher Moral. Die Monate der Ausbildung bei Kostja Lapizki hatten mir einen Stempel aufgedrückt. Wieder spürte ich in mir jenes längst vergessen geglaubte Gefühl von unbändigem Haß auf die Welt – eine Welt, in der man sich nur auf sich selbst verlassen, in der man aber nicht einmal sich selbst vertrauen kann.

»Er ist in Ihrem Fall nutzlos.«

»Da könnten Sie allerdings recht haben.«

»Sie erstaunen mich immer wieder, Eva, und das mag ich überhaupt nicht. Starke Emotionen schaden meiner Gesundheit.«

»Falten Sie Ihre Papierfiguren auf ärztliche Anordnung?«

»Ihr Ton ist ein wenig deplaziert.«

»Entschuldigen Sie.« Ich wollte Krawtschuks lädiertes Selbstwertgefühl keinesfalls unnötig verletzen.

»Ich kann die Dinge nicht so einfach auf die leichte Schulter nehmen, wie Andrzej das tut. Er ist ein genialer Mensch, aber manchmal verwechselt er den Film mit dem Leben. Das ist eine Berufskrankheit. Und dann diese Briefe ...«

»Sie haben doch genug Leute, um den Absender ausfindig zu machen. Obwohl es wichtiger wäre, sich erst mal um den Mord an der Schauspielerin zu kümmern.«

»Ihr Verhalten war in moralischer Hinsicht auch nicht gerade vorbildhaft«, warf mir Krawtschuk etwas verspätet vor.

»Ich hatte keine andere Wahl.«

»Wahrscheinlich nicht. Wenigstens insofern sind wir Verbündete. Übrigens, kennen Sie die Pistolenmarke meines Leibwächters?«

»SIG-Sauer«, sagte ich mechanisch und biß mir sofort auf die Zunge. Ich hatte vollkommen die Kontrolle über mich verloren.

Krawtschuk lächelte zufrieden.

»Tatsächlich, eine SIG-Sauer, eine Schweizer Kanone, in Rußland äußerst selten zu finden. Aber das muß ich Ihnen ja nicht erklären. Das sind sehr spezielle Kenntnisse. Oder hat man Ihnen das auch in Ihren Rehabilitationskursen für Vergewaltigungsopfer beigebracht?«

»Ich wiederhole, ich bin für Sie ungefährlich.«

Ich sah, daß er mir glauben wollte – aber er konnte es nicht.

»Ehrlich gesagt, wäre es mir am liebsten, wenn Sie an der Stelle der harmlosen Alten gewesen wären. Dann wäre ich ruhiger. Ich hätte einfach ein paar Scherereien weniger am Hals.«

»Ich fühle mich geschmeichelt. Gilt die Einladung in Ihr Restaurant noch?«

»Natürlich. Ich konnte nichts über Sie in Erfahrung bringen, und, so merkwürdig es auch scheinen mag, das ist mein Trumpf. Sie wiederum wissen nichts über mich – und das ist Ihr Trumpf. Ich schlage vor, wir schließen einen Nichtangriffspakt.«

»Einverstanden.«

Die Tür öffnete sich und Bratnys zerzauster Haarschopf schob sich herein.

»Störe ich eure intime Zweisamkeit?«

»Unser Gespräch ist sowieso gerade beendet. Und wie es aussieht, sind wir uns einig geworden. Das ist doch richtig, Eva?« Krawtschuk nahm die anonymen Botschaften vom Tisch und steckte sie in die Tasche.

»Zweifellos.«

»Ich freue mich, daß ihr Freunde geworden seid. Ich hab's dir ja gesagt, Viktor, meine Leute sind wahre Goldstücke! Wenn man will, kann man sich mit jedem einigen. Komm, laß uns losfahren, ich bin schon zu spät dran, ich muß zu einer Party beim französischen Botschafter. Eine Hillbilly-Party für die Creme unserer Kunst- und Kulturschaffenden.«

»Ich komme schon.« Bevor er ging, küßte Krawtschuk mir die Hand.

Es war ein sehr respektvoller Kuß.

In meiner Manteltasche klimperten die Schlüssel zu Sergas Wohnung, aber ich wußte schon, daß ich unter keinen Umständen mehr dort wohnen würde, ich würde höchstens noch ein paarmal dort übernachten, bis ich mir irgendeine Unterkunft gemietet hätte.

Es fiel Schnee – zum ersten Mal seit Beginn des Winters, der nasse, pappige Schnee der Stadt, den ich so liebte. Ich ging an der Pförtnerloge vorbei, nickte der Pförtnerin zu (war das nicht dieselbe, die mit der Alexandrowa gesprochen hatte, eine Stunde nach ihrem Tod?), und trat auf die Straße. Ich hatte keine rechte Lust, zurück zu dem verliebten Serga zu fahren, dem die Trennung von mir so sichtlich leicht gefallen war, aber wohin sollte ich sonst gehen?

Du hast genau das gekriegt, was du wolltest, Eva – du bist frei, du hast keine Zukunft mehr und auch keine Gegenwart – du hast nur noch deine Vergangenheit ...

Und außerdem war da die Alte, deren Tod mir keine Ruhe ließ.

Hinter mir hupte es. Wieder so ein schwachsinniger Frauenjäger, der sich die Objekte für seine kurzweiligen Vergnügungen nach der Rückansicht aussuchte.

Autosex, warum nicht. Du hast schon lange keinen Mann mehr gehabt, Eva. Wenigstens braucht man dabei nicht so zu tun, als sei man verliebt. Und man muß sich keine abgedroschenen Zitate anhören – von Marquez, Borges oder Cortázar vorzugsweise – und nicht diese ermüdenden Sprüche »Sie haben schamlose Lippen, Sie müssen Henry Miller lieben«, »Sie haben so schwere Lider, Sie müssen Aubrey Beardsley lieben«, »Sie haben so etwas Tragisches an sich, lassen Sie uns Liebe machen ...«

Das Hupen wiederholte sich in Fünfsekundenabständen. Ohne mich davon beeindrucken zu lassen, ging ich bis zur Trolleybushaltestelle, und erst dort drehte ich mich möglichst lässig um.

Hinter mir stoppte Mitjajs Lada.

Er öffnete die Tür und winkte mir – los, ich fahre dich!

Ich ließ mich nicht lange bitten. Ich setzte mich wie gewohnt auf den Beifahrersitz und schnallte mich an.

»Du hast mir einen wunderbaren Abend verdorben«, sagte ich fröhlich.

»Tatsächlich?«

»Ich hatte mich gerade entschlossen, in irgendein Auto zu steigen und mit dem erstbesten, der scharf auf eine heiße Nummer ist, zu bumsen, was das Zeug hält.«

»Du brauchst nicht weiterreden. Ich wußte auch so, daß du eine billige Nutte bist.«

»Ich freue mich, daß wir unsere Beziehung so klar geregelt haben. Also, wohin fahren wir?«

Mitjaj schwieg eine Weile.

»Nach Hause«, sagte er schließlich.

»Zu mir?« staunte ich.

»Zu mir.« Ich hatte alles erwartet, nur nicht das.

»Dein Chef hat doch gesagt, daß die Bewachung eingestellt werden kann.«

»Deine Klamotten sind noch bei mir«, sagte Mitjaj.

»Ach ja. Aber das hat keine Eile. Ich komm schon eine Weile ohne ein paar überflüssige BHs aus, da kannst du ganz beruhigt sein.«

Er versuchte immer noch, den Uneigennützigen zu spielen, aber hinter seinen mürrischen und ungeschickten Bemühungen spürte ich deutlich ein ganz banales egoistisches Interesse. Doch was für ein Interesse konnte dieser aalglatte Junge schon an mir haben, dieses wandelnde Glanztitelblatt: kleiner, tadelloser Hintern, kräftige Schlüsselbeine, kantiges Kinn – und im leeren Gehäuse seines göttlich geformten Schädels nicht die Spur von Originalität …

Moment!

Plötzlich begriff ich, was er von mir wollte, und ich prustete los.

»Was ist?« fragte Mitjaj verwirrt.

»Einverstanden«, sagte ich einfach.

»Einverstanden womit?« Er sah mich mißtrauisch an.

Natürlich, das ist nicht nur einfach, das ist sogar super einfach: Krawtschuk, der sich die lädierte Schulter reibt, Senja mit der nutzlosen Pistole – Mitjaj will den Griff kennenlernen, mit dem ich in ein paar Sekunden zwei gesunde, gut gebaute Männer in die Horizontale befördert habe. Und mit ein bißchen Schwein vielleicht noch ein paar mehr solcher Griffe.

»Ich zeige dir den Griff, wenn du möchtest.«

Mitjaj machte eine Vollbremsung, und um ein Haar hätte der altersschwache Moskwitsch, der dicht hinter uns fuhr, unsere Stoßstange gerammt.

»Woher … woher weißt du das?«

»Das sehe ich dir an der Nasenspitze an.«

»Würdest du das wirklich tun?«

Für einen Moment kam er mir vor wie ein kleiner Junge, dem man ein Fahrrad versprochen hat, als Belohnung für ein gutes Halbjahreszeugnis. Ich war sogar ein wenig neidisch auf seine aufrichtige, unverfälschte Freude. Andererseits hatte ich allerdings auch Vorteile von Mitjajs unverhofftem Angebot. Auf diese Weise konnte ich für ein paar Tage bei diesem lernbegierigen Sportsmann unterkriechen und in Ruhe alles überdenken, was in der letzten Zeit passiert war.

Im nächsten Supermarkt organisierte Mitjaj ein Sortiment kalorienreicher Eßwaren (für mich) und aus der Apotheke daneben einen Haufen Vitaminpräparate, abgepackte Weizenflocken, Proteine und alles mögliche Zeug zur Nahrungsergänzung (für sich).

»Hör mal, schläfst du gelegentlich auch mal mit einer Frau?« fragte ich, als wir im Lift nach oben fuhren.

»Doch«, sagte er und druckste ein bißchen herum. »Ich habe eine Freundin.«

»Ach!« Ich sah Mitjaj neugierig an. In seiner Wohnung gab es nicht die geringsten Anzeichen, die auf eine feste Beziehung oder etwas ähnliches hinwiesen: keine Zahnbürste, keinen Morgenmantel, keinen vergessenen Lippenstift.

»Sie hat eine sehr gute Erziehung.«

»Im Gegensatz zu mir, verstehe. Ist sie auch Vegetarierin?«

»Sie achtet auf ihre Gesundheit«, sagte Mitjaj vorsichtig.

»Ich nehme an, ihr trefft euch morgens zum Jogging und geht zusammen schwimmen.«

»Hör mal, was geht dich das überhaupt an?«

»Und ihr schlaft maximal zweimal im Monat miteinander, um den Organismus nicht unnötig zu überanstrengen. Das sieht dann bestimmt aus wie in den finnischen Leichtathleten-Pornos. Außerdem nimmt sie die Pille und du, wegen der Gleichberechtigung, Präservative Marke ›Roter Teufel‹ stimmt's?«

»Hör auf, so mit mir zu reden.«

»Ich rede so mit dir, wie ich es für nötig halte.«

Den ganzen übrigen Abend verging Mitjaj vor Ungeduld – er brannte darauf, mit dem Training anzufangen. Aber ich hatte es nicht eilig. Erst mal beschäftigte ich mich lange mit einem dicken Lendenstück und brutzelte mir eine ganze Pfanne voller Fleisch.

Der Duft war berauschend, er machte die Trostlosigkeit der Wohnung halbwegs erträglich. Mitjaj hatte unterdessen mit der Zubereitung eines deutlich bescheideneren Abendessens zu tun, das im wesentlichen aus Magerquark bestand; dazu mixte er sich irgendeinen grauenhaften Gesundheitscocktail.

Dann saßen wir einander gegenüber und aßen zu Abend. Ich futterte genüßlich mein knusprig gebratenes Fleisch, rauchte und betrachtete Mitjaj. Er war wirklich verdammt schön – und genauso langweilig. Sein asketisches Leben und die krankhafte Sorge um seine Gesundheit hatten ihm einen unauslöschlichen Stempel aufgedrückt. Sein Gesicht war absolut makellos, es war geradezu ermüdend vollkommen, es gab einfach nichts, woran sich das Auge festhalten konnte. Krawtschuk hatte recht, so einem Schönling bleibt nur der Personenschutz.

Beim Abendessen setzte ich das unterbrochene Gespräch fort.

»Wie alt bist du, Mitjaj?«

»Siebenundzwanzig.« Verdammt, wir sind fast gleichaltrig.

»Und wie lange bist du schon bei Krawtschuk?«

»Ich habe keine Lust, darüber mit dir zu reden.«

»Wie die willst. Und was machst du sonst noch so?«

»Ich arbeite als Ausbilder im Athletik-Club ›Ajax‹.«

»Athletik-Club ›Ajax‹« Ich hatte ganz in der Nähe vom »Flauberts Papagei« ein Schild mit dieser Aufschrift gesehen. Wahrscheinlich gehörte der Club auch Krawtschuk.

»Und du?« Mitjaj zeigte einen zarten Hauch von Neugierde. »Was hast du gemacht, bevor du zu Bratny gekommen bist?«

Tja, gute Frage, was hatte ich vorher gemacht? Ich hatte meine toten Freunde nicht begraben, dafür aber meine einzige Liebe; ich hatte drei Monate lang im Koma gelegen und mein ungeborenes Kind verloren; ich hatte gelernt zu töten, ich kannte mich aus mit Giften, Waffen und in der menschlichen Psyche; ich war jenen abtrünnig geworden, die mich lehrten, eine blinde Waffe im Dienste zweifelhafter Ziele zu sein. Und ich hatte Berge von Leichen hinter mir gelassen.

»Ach, nichts Besonderes. Ich habe in einem Videoverleih gearbeitet.«

»Und woher kennst du ... diese Zweikampftechniken?«

»Ich hab mal eine Zeitlang mit irgendwelchen tibetischen Mönchen und so was in der Art zu tun gehabt, und ab und zu mach ich mir ein Späßchen damit.«

»Na gut, wer dumm fragt ... Fangen wir an zu trainieren?«

»Ich habe nichts anzuziehen.«

»Du kannst einen von meinen Trainingsanzügen haben.«

»Vielleicht etwas später, ja? Ich bin noch ein bißchen schlapp nach dem Essen.«

»Na gut. Sag Bescheid«, seufzte Mitjaj.

Ich strapazierte ihn weitere anderthalb Stunden und mich selber mit dicken Schwaden von Zigarettenrauch sowie einem schwer verdaulichen, hurra-patriotischen Fernsehkrimi, dann gingen wir in sein Zimmer, um mir einen Trainingsanzug auszusuchen.

Ich hatte bei Mitjaj auf einem schmalen Sofa in dem größeren der beiden Zimmer geschlafen, das vollständig von Trainingsgeräten okkupiert war. Doch auch sein anderes Zimmer zeichnete sich nicht durch besonderen Komfort aus: die gleiche schmale Liege oder Couch, ein schmaler Kleiderschrank mit verspiegelten Schiebetüren und vor dem Fenster eine leichte Jalousie (keine spießigen Vorhänge, in denen sich der Staub sammeln konnte). Nur der Teppich, der den ganzen Boden des Zimmers bedeckte, war von guter Qualität. Man hatte Lust, barfuß darauf zu laufen.

»Tja«, sagte ich, »auf diesem Sofa frönt ihr also der Leidenschaft ... Oder etwa auf dem Heimtrainer?«

»Laß mich und meine Freundin in Ruhe.«

»Wie heißt sie übrigens?«

»Valentina.«

»Das habe ich mir gedacht. Mit so einem Namen muß man natürlich die hundert Meter in neun Sekunden laufen. Na, dann zeig mal deine Ausrüstung her!«

Mitjaj schob die Schranktüren zur Seite: alles picobello,

die Handtücher akkurat auf Kante gelegt, T-Shirts und Sportanzüge, von Adidas bis Puma, wie mit dem Lineal ausgerichtet, die Turnschuhe in Reih und Glied: Hacken zusammen, Spitzen auseinander. Nur ganz unten auf dem Schrankboden stand ein alter, sperriger Holzkasten. Seltsam, warum bewahrte dieser hyperpenible Kerl solchen Krempel in seinem Kleiderschrank auf?

»Du bist ein Stiesel«, sagte ich genüßlich. »Ich kann mir vorstellen, wie nervig du im Bett bist. ›Liebling, das Laken hat sich verzogen, könntest du bitte …‹, und so weiter.«

»Und du bist eine sexbesessene alte Jungfer«, giftete er zurück. »Du kannst mich mal mit deinen blöden Sprüchen.«

Dann machten wir uns daran, einen Trainingsanzug für mich herauszusuchen. Aber sie waren alle zu groß. Schließlich beschloß ich, mich mit meinem T-Shirt zu begnügen, und wählte dazu ein Paar geschlechtslose Shorts.

»Wo wollen wir trainieren?« fragte Mitjaj höflich.

»Im großen Zimmer, wo sonst. Ich brauche Platz, um dich nach Herzenslust zu traktieren. Die ganzen Sportgeräte müssen zur Seite geschoben werden.«

Wir benötigten weitere zwanzig Minuten zur Vorbereitung. Mitjaj schob unter meiner Anleitung geduldig die Sportgeräte zur Seite, wobei er versuchte, sie immer streng parallel oder in einem exakten rechten Winkel zu den Wänden auszurichten. Ich wuselte vor seinen Füßen herum, gab unnütze Ratschläge und verstreute Zigarettenasche auf dem Teppich – dem gleichen wie in Mitjajs Zimmer.

»Also, bist du fertig?« fragte ich schließlich.

»Ja.« Mitjaj stand vor mir und blähte erwartungsvoll die Nüstern.

Sein Anblick war tatsächlich ein wahrer Genuß: ein perfekter athletischer Körper – angespannt wie ein Tiger vor dem Sprung.

»Na los, greif mich an. Versuch, mich zu überraschen. Du kannst jede Technik benutzen, die du kennst«, befahl ich.

Er kannte einiges.

Das war mir spätestens in dem Moment klar, als ich mich rücklings auf dem Teppich wiederfand – er hatte mich ohne viel Federlesens aufs Kreuz gelegt, und es war ihm eine Genugtuung.

»Na, was ist los?« stichelte er. »Wo sind deine vielgerühmten Griffe?«

Ich konnte ihm nichts, gar nichts entgegensetzen. Was bei dem arglosen, vom satten Leben schwerfällig gewordenen Krawtschuk gewirkt hatte, funktionierte jetzt nicht. Ich hatte zu lange nicht mehr trainiert. Aber ich konnte mich nicht einfach so geschlagen geben. Mitjaj rächte sich an mir, er rächte sich für den Zigarettenrauch, für die Kippen in den Pokalen, für meine Fleischorgien, für meine ständigen Sticheleien und all die bösen Sprüche.

Als ich wieder einmal gegen die Wand knallte, war ich bereit, um Gnade zu flehen. Aber ich begriff, daß das Wahnsinn gewesen wäre. Er würde mir diese Schwäche niemals vergessen, er würde für immer das letzte Wort behalten. Es war besser, die Zähne zusammenzubeißen und auf das logische Ende zu warten – auf den Moment, wo er glaubte, sich genug gerächt zu haben.

Aber dieser Moment war nicht abzusehen – ich war ihm viel zu lange auf der Nase herumgetanzt!

Verdammt noch mal, ich habe das alles aus dem Effeff beherrscht, warum gelingt mir jetzt gar nichts mehr? Ich war wütend auf mich. Noch ein paar Minuten, dann krieche ich in die Ecke und fang an zu heulen …

»Oder wollen wir lieber morgen weitertrainieren?« erkundigte er sich mit genüßlicher Häme in der Stimme; er war bereit, mir den Todesstoß zu versetzen.

»Weshalb denn, wir machen weiter.«

»Das Wort des Meisters ist dem Schüler Gesetz.« Mein Gott, jetzt geht es wieder von vorn los, er will, daß ich um Gnade flehe …

Und wieder griff er an – und wieder landete ich auf dem Teppich. Ich begann ihn zu hassen.

Und dann klappte es. Plötzlich gelang mir genau derselbe

Griff, mit dem ich Krawtschuk zu Boden geworfen hatte. Und auf einmal spürte ich den Geruch seiner Haare, den Geruch seines Körpers; das war weder teures Parfüm noch herber Schweiß, das war sein ganz eigener Geruch, und er war überhaupt nicht mehr steril.

Jetzt änderte Mitjaj die Taktik, er setzte nun keine schnellen Würfe mehr an, sondern Hebel- und Würgegriffe. Mit Verwunderung spürte ich, wie sich seine Einstellung zu mir veränderte, wie unsere Körper sich ideal aneinander anpaßten, unsere Bewegungen perfekt aufeinander reagierten. Und, kein Zweifel, es erregte mich so sehr, daß ich jetzt nicht mehr aufhören wollte, daß ich diesen gnadenlosen Kampf aushalten wollte, so lange wie möglich.

In einem Moment, als seine Haut mir besonders nahe war, gab ich unvermittelt jeden Widerstand auf; Mitjaj warf mich mit einer leichten Körperdrehung auf den Rücken, dann lag er mit seinem ganzen Gewicht auf mir, und sein Gesicht war dem meinen ganz nah. Seine übertriebene Reinheit und Vollkommenheit war verschwunden.

Auch Mitjaj hielt sich nicht an die Regeln, er lockerte seinen Griff. Jetzt wäre es für mich ganz leicht gewesen, sich herauszuwinden, einen schnellen Hebel anzusetzen und sich zu revanchieren. Aber ich tat es nicht, ich blieb reglos liegen und spürte, wie sein Körper immer schwerer wurde. Dann löste er vorsichtig seine Hand aus der Umklammerung und berührte mein Gesicht. Seine Augen waren gar nicht blau – die Farbskala war viel komplizierter.

Sehr viel komplizierter.

Alles war komplizierter, als ich es mir vorgestellt hatte.

»Verdammt noch mal«, sagte Mitjaj heiser. »Ich verstehe nicht … Dein Gesicht ist ganz jung … Was hat das zu bedeuten?«

Ich muß ihm antworten, ich muß irgend etwas Passendes sagen, um die Situation aufzulockern.

»Daß du so ein junges Gesicht hast … Ich habe es nie so nah gesehen.«

Zu nah. Gefährlich nah, ich hatte selbst schon vergessen,

was das bedeutet – ein fremder, gespannter Atem, so dicht vor meinen erstarrten Lippen.

»Wie alt bist du?« fragte Mitjaj.

»Ich bin eine alte Jungfer, das hast du doch selbst gesagt. Machen wir für heute Schluß. Du hast gewonnen.«

»Warum hast du dich nicht mehr verteidigt?« Noch immer ließ er mich nicht los. »Ich habe doch gesehen, was du kannst, da im Studio.«

»Das war eine extreme Situation.«

»Aber den Griff hast du mir nicht beigebracht.«

»Ich denke, den brauchst du nicht mehr.«

»Doch«, sagte er ernst, erhob sich widerstrebend und verließ das Zimmer.

»Ich gehe zuerst unter die Dusche«, rief ich ihm hinterher.

Ich schloß mich im Bad ein, zog die schweißnasse Kleidung aus und trat scheu vor den Spiegel, der über dem Waschbecken hing. Ich wollte wissen, was Mitjaj vorhin gesehen hatte, als er mir so nahe gekommen war. Taten meine grauen Haare, die mich so sorgfältig tarnten und für jedes Gefühl unverwundbar machten, etwa ihre Wirkung nicht mehr? Hatte mein Gesicht, das niemals irgendeine Regung zeigte, plötzlich einen Hauch von Interesse für diesen Jungen widergespiegelt? Das mußte aufhören, sonst endete es … Sonst würde ich am Ende noch mit ihm schlafen wollen.

O Gott, wie abgeschmackt das war.

Das war das letzte, was ich jetzt gebrauchen konnte, ich mußte mir den Kopf freihalten für andere Dinge, ich mußte versuchen, dieser ganzen Sache auf den Grund zu kommen.

Als ich die Badtür öffnete, sprang Mitjaj dahinter zurück, wie eine Katze, die etwas ausgefressen hat.

»War ich nicht zu lange drin?« fragte ich fröhlich.

»Nein, nein, schon in Ordnung.«

Er trug immer noch den Trainingsanzug, und ich erinnerte mich an den ersten Morgen in seiner Wohnung, als er nur in Unterhosen und mit einem Handtuch um den

Nacken zu mir ins Zimmer gekommen war. Jetzt würde er es wahrscheinlich nicht mehr riskieren, nur in Unterwäsche durch die Wohnung zu defilieren, um mich nicht in Versuchung zu führen. Etwas in unserer unbeschwerten und durch seine Abneigung klar bestimmten Beziehung hatte sich verändert.

»Ich gehe schlafen. Gute Nacht, Mitjaj.«

»Ja, natürlich ... Möchtest du vielleicht einen Kaffee?«

Das war neu – Kaffee um ein Uhr nachts.

»Nein. Das verstößt gegen die Vorschriften, Mitjaj. Das können wir deinem Organismus nicht zumuten.« Langsam hatte ich mich wieder gefangen.

»Ja, natürlich, das stimmt. Gute Nacht. Ich wollte dich nur fragen ... Ich meine ... Wie kommt es, daß du so grau bist?«

»Das ist bloß eine Pigmentstörung. Ist deine Neugier damit befriedigt?«

»Ja. Entschuldige.«

»Ich habe eine Bitte an dich«, sagte ich. »Ich brauche Papier.« Papier half mir zu denken, meine Gedanken wurden übersichtlicher, wenn ich sie aufschrieb, die Fakten ordneten sich klarer und führten mich zu den nötigen Schlußfolgerungen. Und genau das war es, was ich jetzt tun mußte: die Fakten klar und übersichtlich ordnen, zuviel hatte sich in den letzten Tagen angestaut.

»Ich fürchte, da gibt es ein kleines Problem.« Mitjajs Stirn legte sich in Falten, er wollte mir wohl wirklich einen Gefallen tun. »Ich schreibe nie etwas auf.«

Nach zehn Minuten gemeinsamer Suche gab ich mich mit Mitjajs Kalender zufrieden (ein riesiges Opfer seinerseits!), wünschte ihm noch einmal eine gute Nacht und zog mich in mein Zimmer zurück. Der Kalender enthielt, außer den Terminen längst vergangener Verabredungen, eine detaillierte Beschreibung von Mitjajs trostlosem Dasein: »30. August: Laufen – 10 km, Liegestütz – 120, Kniebeugen – 100, Puls – 65«, »5. Oktober: Laufen – 15 km, Liegestütz – 150, Kniebeugen mit Last – 120, Puls – 60«. O Gott, man mußte eine Vollidiotin sein, um sich allen Ernstes einzubilden, ihm etwas beibringen zu können … »Montag, 21. – Valentina«, »Montag, 12. – Valentina«, »Montag, 9. – Valentina, Präservative kaufen«. – Sieh an, das Tagebuch einer glühenden Leidenschaft, wie rührend.

Plötzlich bekam ich gute Laune.

Außerdem wies Mitjajs Kalender noch ein buntes Sortiment vermischter Notizen auf, die ein lebhaftes Bild angestrengter Gehirntätigkeit vermittelten: »Der Wille zur Ordnung ist die einzige Ordnung in der Welt.« (Georges Duhamel) »Der Erhalt der Gesundheit ist eine Pflicht. Nur wenige sind sich bewußt, daß es so etwas wie körperliche Moral gibt.« (Herbert Spencer) »Die Gesundheit überwiegt alle übrigen Güter so sehr, daß wahrscheinlich ein gesunder Bettler glücklicher ist als ein kranker König.« (Arthur Schopenhauer). Offensichtlich nutzte Mitjaj die Zeit, die er nicht in einem seiner Trainingsgeräte klemmte, um emsig alle greifbaren Aphorismensammlungen zu studieren.

Ich hatte plötzlich Lust, Mitjajs wohlgeordnete Existenz zu zerstören, seiner »körperlichen Moral« eins auf die Nase zu geben, ihn dazu zu bringen, alle seine pedantischen Eintragungen einfach zu vergessen. Dieser Wunsch war so stark, daß ich mich kaum zurückhalten konnte, jetzt sofort in seine Mönchszelle hineinzuspazieren. Er konnte doch offensichtlich auch ganz anders sein, ich hatte ja gesehen, wie seine Augen ihre Farbe veränderten.

Es gehört sich nicht, fremde Kalender zu lesen, Eva. Aber andererseits konnte man diese Eintragungen nicht gerade als intim bezeichnen. Es gab darin absolut nichts Kompromittierendes. Nur auf einer der letzten Seiten fand ich eine seltsame Notiz: »Sterling-Armalite« – 3, »Parker-Hale« – 3, »Enfield« – 5,56 – 1. Er kauft doch nicht etwa Trainingsgeräte für seinen Sport-Club »Ajax«? Das erste Wort in der Reihe kam mir irgendwie bekannt vor. Vielleicht erinnerte es mich an die englischen Pfund Sterling, die ich noch nie mit eigenen Augen gesehen hatte …

Es gab nur wenige leere Seiten in dem Kalender. Ich riß

sie skrupellos heraus und merkte zu spät, daß sie für mich völlig ungeeignet waren. Eva war es gewohnt, großzügig zu denken, sie brauchte mehr Platz für ihre Überlegungen.

Ohne mich weiter darum zu kümmern, was sich gehörte oder nicht, machte ich mich daran, das Schränkchen unter dem Fernseher zu durchwühlen und fand nach kurzer Zeit, was ich brauchte.

Einen Stapel von Mitjajs alten Sporturkunden.

Auszeichnungen für sportliche Leistungen auf Bezirks-, Gebiets- und Republiksebene. Erster Platz im Orientierungslauf, erster Platz im Schießen, dritter Platz im Tischtennis (du enttäuschst mich, Mitjaj!), Volleyball, Basketball, Handball, und was weiß ich noch alles. Hervorragender Glanzkarton, die Rückseite jungfräulich rein.

Ich legte mich bäuchlings auf den Boden, neben mir Zigaretten und Aschenbecher (der Pokal vom Schützenwettbewerb, mein Lieblingspokal), vor mir ein Packen von Mitjajs Urkunden und in der Hand meinen Parker – die perfekte Waffe für diese Schlacht.

Zuerst mußte die zeitliche Abfolge der Ereignisse in der Mordnacht rekonstruiert werden:

1. Gegen ein Uhr wird der Alexandrowa schlecht. Die Dreharbeiten werden eingestellt, und man bringt sie in die Garderobe; mit ihr begeben sich dorthin: a) Andrzej Bratny, der Regisseur; b) Eva, die Casting-Assistentin; c) Lenotschka Gankjewitsch, die Kostümbildnerin (ihre Anwesenheit in der Garderobe ist absolut nicht erforderlich).
2. In der Garderobe kommt es zu einer heftigen Auseinandersetzung zwischen Bratny, Lenotschka und der alten Schauspielerin. Bratny wirft Lenotschka aus dem Team, und diese verspricht, »es ihm es schon noch zu zeigen«. Lenotschka geht.
3. Die Alte bittet, allein gelassen zu werden, und sagt, sie werde in zwanzig Minuten an den Set zurückkehren. Bratny und Eva verlassen den Raum.

4. Bratny und Eva kehren ins Studio zurück. Sie treffen dort niemanden mehr an.
5. Bratny veranstaltet ein Riesentheater und geht los, um das Team zusammenzutreiben (etwa gegen halb zwei Uhr).
6. Ungefähr zur selben Zeit will Irene ihre Videokassette aus der Garderobe holen. Sie findet die Tür von innen versperrt. Irene hört Stimmen durch die Tür (Mörder und Opfer?).
7. Alle kehren an den Set zurück. Der Regisseur kommt als letzter.
8. Zwanzig Minuten später ist die Alexandrowa noch nicht erschienen; nach einer weiteren Viertelstunde immer noch nicht. Bratny schickt seine Assistentin Eva, um nach der Schauspielerin zu sehen.
9. Eva kommt in die Garderobe und findet die Alte tot.
10. Eva geht zu den anderen zurück und berichtet dem Regisseur, was passiert ist. Die beiden begeben sich gemeinsam zu der Leiche. Die Videokassette, von der Irene gesprochen hat, liegt nicht auf dem Tisch. Hat der Mörder sie an sich genommen? Hat irgend jemand anderes, der zufällig in die Garderobe kam, sie an sich genommen? Der Verfasser der anonymen Botschaften? Handelt es sich um ein und dieselbe Person? (überlegen)
11. Der Regisseur entläßt das Filmteam (später als zwei Uhr, die genauere Zeit konnte bisher noch nicht festgestellt werden).
12. Eva kehrt an den Tatort zurück und trifft dort Bratny an und den Geschäftsführer des Teams, Krawtschuk.
13. Eva, Bratny und Krawtschuk vertuschen gemeinsam die Tat. Eva wird unter Bewachung gestellt (Mitjaj). Den Rest der Nacht inszenieren Krawtschuk und Bratny das Verschwinden der Schauspielerin (wie?).
14. Bratny engagiert ohne Verzögerung eine neue Schauspielerin.
15. Eva findet in der Garderobe ein Photo der Alexandrowa und die Kassette »The Purple Rose of Cairo«.

> Besteht eine Verbindung zwischen dem Photo und der Kassette? Besteht ein Zusammenhang zu den Botschaften, die Eva, Bratny und Krawtschuk bekommen haben?

Ich begann mit Andrzej.

Er bekam ein Extrablatt – die Schützenurkunde –, Krawtschuk ebenfalls – die Urkunde im Orientierungslauf, Spürsinn kann man ihm ja nicht absprechen –, und die Alexandrowa auch – die Urkunde im Tischtennis. Alle übrigen paßten ganz gut auf ein gemeinsames Blatt.

Ich ordnete sie in der Reihenfolge an, in der ich sie kennengelernt hatte:

SERGEJ WOLOSCHKO – erster Kameramann
WOWAN TRAPESNIKOW – Chef-Ausstatter
LENOTSCHKA GANKJEWITSCH – Kostümbildnerin
FJODOR BUBJAKIN – Ausstattungs-Assistent
BOHOMIL STOJANOW – Komponist
IRENE – Maskenbildnerin
SADYKOW – technischer Assistent
ANTOSCHKA KUSMIN – Kamera-Assistent

Ich überlegte einen Moment, dann vervollständigte ich die Liste:

EVA – Casting-Assistentin.

Soweit sah das alles noch ganz harmlos aus, ein wenig wie der Abspann zu dem Film, den wir drehten. Alle diese mysteriösen Ereignisse standen in irgendeiner Beziehung zu dem Filmteam, und der Mörder mußte zwangsläufig in diesem Kreis zu suchen sein. Dafür sprach nicht nur die Tatsache, daß die Alexandrowa nachts während der Dreharbeiten umgebracht wurde, zu einem Zeitpunkt, als keine Fremden im Studio sein konnten. Der Mörder hatte etwa zwanzig Minuten Zeit gehabt – nicht viel für einen Mord. Er kannte sich sehr gut in den Lokalitäten aus, er wußte, daß die Garderobe nur von innen zu verschließen war und daß die Maskenbildnerin sie während der Dreharbeiten nicht betrat, sondern in einem kleinen Winkel direkt am Set arbeitete.

Und dann die anonymen Botschaften.

Der Text, der für mich bestimmt war, stand auf einer Zigarettenschachtel; Bratnys Text auf einem Fax; und Krawtschuk bekam sein Sprüchlein auf einer Origami-Figur. Das ist Snobismus pur, so einen Firlefanz kann sich nur jemand vom Film ausdenken. Ich versuchte mich daran zu erinnern, wann ich zum letzten Mal in meine Manteltasche gefaßt hatte – ja, Fjodor hatte mich unmittelbar vor der Sauferei um einen Zehner gebeten, und da war die Packung noch nicht drin gewesen ... Und der Haufen mit den Klamotten, in dem sich auch mein Mantel befand, lag die ganze Zeit direkt vor meinen Augen ...

Und dann Irenes Videokassette - »The Purple Rose of Cairo«.

Sie wollte mir einfach nicht aus dem Kopf. Ich sollte mich jetzt nicht zu sehr darauf fixieren, später würde genug Zeit dazu sein. Im Augenblick sollte ich mich lieber um die Menschen kümmern. Was wußte ich eigentlich über sie?

Niemand von diesen Personen hatte einen ersichtlichen Grund, die Alte zu ermorden. Lenotschka haßte die Alexandrowa, aber man mußte schon ein Vollidiot sein, um ernsthaft zu glauben, die Alte könnte eine reale Konkurrenz im Kampf um Bratnys Herz sein. Dann schon eher Musa, die hatte wirklich Ambitionen auf Bratny. Wenn man sich auch durchaus vorstellen konnte, daß die temperamentvolle Lenotschka, vor Liebe halb wahnsinnig, zu einem Verbrechen aus Leidenschaft fähig wäre – sie würde niemals einen geplanten, kaltblütigen Mord begehen. Und die Alexandrowa war durch einen einzigen, präzise gesetzten Stich ins Herz getötet worden. Um so einen Stich ausführen zu können, braucht man genaue Kenntnisse in Anatomie und eine fast professionelle Geschicklichkeit.

Ich mußte nach dem Motiv für den Mord suchen. Sobald ich das Motiv gefunden hatte, war es ganz einfach.

Ich drehte mich auf den Rücken, legte die Hände unter den Kopf und schloß die Augen.

Eifersucht und Haß – etwas Originelleres fiel mir nicht

ein. Eifersucht war natürlich ein ausgezeichnetes Motiv. Aber Eifersucht hat nicht immer etwas mit Liebe zu tun. Man kann eifersüchtig sein auf eine Karriere, auf Erfolg … O Gott, auf was für einen Erfolg, auf was für eine Karriere – die Alexandrowa war doch schon seit vierzig Jahren vergessen, heute kannte sie kein Mensch mehr.

Genauso wie die Bergman.

Die Bergman war allerdings eine interessante Figur. Sie war eigenes Blatt Papier wert.

Ich setzte meinen Parker wieder in Bewegung.

Faina Franzewna Bergman.

1. Sie hat die Alexandrowa seit vielen Jahren gekannt, und sie haßte sie die ganze Zeit über. Die Alexandrowa hatte als Schauspielerin mehr Erfolg, und so etwas verzeiht man nicht. Die Bergman haßte die Alexandrowa heute noch genausosehr wie vor vierzig Jahren, wenn nicht noch mehr. Die Tatsache, daß sie jetzt ihre Rolle bekommen hat, stimmt sie keineswegs milder.
2. Sie hat die Alexandrowa als »die Verstorbene« bezeichnet und kam ziemlich in Verlegenheit, als Bratny wissen wollte, warum.
3. Sie hatte sich anfangs Hoffungen auf die Rolle gemacht, aber die Alexandrowa war ihr wieder zuvorgekommen.
4. Sie hatte das ganze Drehbuch auswendig gelernt (wenn man Xenia Nowotozkaja Glauben schenken kann). Was macht das für einen Sinn, wenn man weiß, daß jemand anderes die Rolle kriegt? Dachte sie, sie vielleicht doch noch zu bekommen? War sie überzeugt, sie zu bekommen?
5. Die Bergman hatte das Drehbuch von Irene.
6. Irene ist mit Jascha Klauser verheiratet, Jascha ist der Neffe der Bergman.
7. Jascha arbeitet in der Schuhwerkstatt des Studios. Die Alexandrowa wurde mit einer Schusterahle erstochen, ein ausgesprochen ungewöhnliches Mordwerkzeug. Schwer vorstellbar, daß sich jemand eine Ahle kauft,

um damit einen Mord zu begehen. Andererseits ist eine Ahle auch ein sehr bequemes Mordwerkzeug: es gibt kein Blut, man braucht sich nicht die Hände zu waschen. Also warum ausgerechnet eine Ahle?

8. Die Alexandrowa kannte den Mörder.
9. Der Tod der Alexandrowa nutzte nur der Bergman. Sie bekam die Rolle und rechnete mit der verhaßten Rivalin ab.
10. Das Photo hinter dem Garderobenspiegel, ein sehr altes Photo – mit Ausnahme von Wowan Trapesnikow sind sämtliche Mitglieder des Filmteams wesentlich jünger als dieses Bild. Möglicherweise handelt es sich dabei um eine theatralische Geste, die sich die Bergman nicht verkneifen konnte.

Es sprach viel dafür, daß die Bergman die Täterin war, es schien mir alles ziemlich logisch, zumindest wahrscheinlich. Doch es gab auch ein paar Haken an der Theorie, zum Beispiel die Frage, wie eine alte Frau einen so präzisen Stoß führen konnte. Aber das ließ sich leicht erklären: Die Bergman war für ihr Alter ungewöhnlich gut beisammen, ihre Leistungen beim Drehen waren beachtlich. Außerdem war sie eine Fanatikerin, genau wie Bratny. Und Fanatiker haben eine ruhige Hand. Zweitens – wie konnte die Bergman so spät nachts ins Studio gelangen, wer hatte sie dorthin gebracht, wer hatte den Passierschein ausgestellt, warum hatte niemand sie bemerkt? Immer vorausgesetzt, sie war die Täterin.

Aber das alles waren Details, die sich sicher noch ermitteln ließen.

Ich war jetzt fast davon überzeugt, daß die Bergman die Mörderin war. Sie hatte mit der Frau abgerechnet, die ihr ganzes Leben vergiftet, ihre Karriere zerstört, ihr den Mann abspenstig gemacht hatte; deretwegen ihr nichts als drei vernarbte Magengeschwüre geblieben waren. Darin lag eine gewisse Logik.

Aber das Verhalten Krawtschuks und Bratnys paßte überhaupt nicht dazu. Warum hatten sie den Mord vertuscht und das Verschwinden der Schauspielerin inszeniert (wie? wie?! wie?!). Dafür mußte es doch einen Grund geben, und zwar einen sehr gewichtigen, sonst wären sie nicht dieses Risiko eingegangen. (Das, nebenbei bemerkt, auch mein Risiko war.)

Ich wandte mich wieder meinen Urkunden zu.

Da war als erstes Bratny:

1. Ein Genie.
2. Ein Genie.
3. Ein Genie, verdammt noch mal!!!
4. Ein Genie, das sich Niederträchtigkeiten erlaubt, die sich ein normaler Mensch nicht einmal im Traum einfallen läßt. Er beklaut, wen er nur beklauen kann, knöpft der notleidenden Bevölkerung Antiquitäten ab (was anschließend mit diesen Antiquitäten geschieht, weiß man nicht), er hat ständig mit irgendwelchen Ausländern zu tun, er verbraucht für seine Dreharbeiten Unmengen von Geld.
5. In gewisser Weise profitiert Bratny vom Tod der Alexandrowa – der Film hat durch die Bergman merklich gewonnen. Ansonsten verschwendet er keinen Gedanken mehr an den Mord, Menschen existieren für ihn nur im Zusammenhang von Filmszenen und Kameraeinstellungen. Ihm fehlt jede menschliche Anteilnahme.
6. Bratny hat ein Interesse daran, das Verbrechen zu vertuschen, weil es sich negativ auf die Arbeit am Film auswirkt. Das klingt verrückt, aber es ist die Wahrheit.
7. Bratny besitzt ausgeprägte hypnotische Fähigkeiten und wendet sie ziemlich oft an (wie ich aus eigener Erfahrung weiß).
8. Bratny kann jeden zwingen, zu tun, was immer er will (wie ich aus eigener Erfahrung weiß).
9. Bratny hat einen ausgezeichneten Grund für jedes Verbrechen.

Krawtschuk:

1. Ehemaliger Tschekist, ein intelligenter und einflußreicher Mann.

2. Zum Film hat er keine Beziehung, aber er arbeitet als Bratnys Geschäftsführer.
3. Krawtschuk und Bratny betreiben irgendwelche Geschäfte, die mit dem Film nichts zu tun haben (Krawtschuks Jungs, die ich beim Verladen der Kisten in den Kleintransporter beobachtet hatte).
4. Bratny weiß, wie er Druck auf Krawtschuk ausüben kann (das Gespräch in der Garderobe – niemand könne es gebrauchen, daß die Sache an die große Glocke kommt). Krawtschuk war ernsthaft beunruhigt.
5. Krawtschuks Motive, das Verbrechen zu vertuschen, sind dieselben wie Bratnys. Deshalb konnte er ihm nichts entgegensetzen.
6. Krawtschuk geriet durch die anonymen Botschaften aus der Fassung, er hielt sie für einen Erpressungsversuch, während Bratny vollkommen ruhig blieb. Möglicherweise spielt Krawtschuk hinter den Kulissen ein viel riskanteres Spiel als Bratny, oder er ist nicht so gut gedeckt.
7. Welcher Tätigkeit geht Krawtschuk nach, von seiner Rolle bei diesem Film abgesehen?
8. Was haben sie mit der Leiche der Alexandrowa gemacht?

Ich setzte einen Punkt hinter meine Notizen, drehte mich auf den Rücken und legte die Hände wieder unter den Kopf. Eigentlich schien mir das alles ziemlich klar, bis auf eines: Wer hatte die Botschaften geschrieben und warum? Ich hätte mich nicht gewundert, wenn Bratny selber der Verfasser gewesen wäre, das war nämlich genau sein Stil – mysteriöse Briefchen mit verdrehtem Inhalt zu schreiben.

Aber da war noch eine Kleinigkeit, ein winziges, unbedeutendes Detail, das das Fundament meines Gedankengebäudes unterspülen konnte.

Die Flasche mit dem teuren Champagner.

Als Bratny und ich die Garderobe verließen, war sie noch nicht da gewesen, und auch nicht die Gläser mit den

Lippenstiftspuren. Das nette Champagnergelage hatte genau in den zwanzig Minuten oder der halben Stunde stattgefunden, in denen auch das Verbrechen geschah.

Es war jedoch kaum anzunehmen, daß die Alexandrowa mit der Bergman friedlich zusammengesessen und Schampus getrunken hatte.

Dieser Punkt mußte geklärt werden. Aber warum war ich überhaupt so sicher, daß die Flasche in dem fraglichen Zeitraum in die Garderobe gelangte, und nicht davor oder danach? Konnte ich meinem Gedächtnis, das so lange mißhandelt wurde, das ich so lange hatte verlieren wollen, überhaupt vertrauen?

Und warum tat ich das alles? Nur, um meine Neugierde zu befriedigen? Oder um die reichlich unschöne Rolle zu entschuldigen, die ich bei dieser Sache spielte? Wie viele Menschen tragen wohl die Last unaufgeklärter Verbrechen mit sich herum? Tausende? Zehntausende? Hunderttausende? Vielleicht sollte man einen Verein gründen.

Warum tue ich das? Ich kann den Mörder nicht bestrafen, ich kann Bratny nichts entgegensetzen, ich kann Krawtschuk nichts entgegensetzen.

Und wenn es noch ein anderes Motiv gäbe, von dem niemand weiß außer der Ermordeten und dem Mörder? Denn das Blatt mit der Überschrift »Alexandrowa« ist leer.

Es war ein so gemeiner, so niederträchtiger Mord.

Ich sammelte alle Blätter zusammen und verstaute sie in meiner Tasche. Mitjaj würde es wahrscheinlich nicht überleben, wenn er herausfand, was ich mit seinen Heiligtümern angestellt hatte. Er war eigentlich gar kein so übler Kerl, wie ich zuerst gedacht hatte.

Ich erwachte von einem dumpfen, ziehenden Schmerz im ganzen Körper. Eine Weile lag ich reglos da und rekonstruierte in meinem Gedächtnis die Geschehnisse des vergangenen Abends. Damit hatte ich ja rechnen müssen, nach dem Trainingsprogramm, das Mitjaj mit mir absolviert hatte … Falls das zur Gewohnheit werden sollte, würde ich ziemlich bald schlappmachen. Aber ich konnte ohnehin nicht mehr lange hierbleiben, ich mußte von Bratny Geld verlangen und mir irgendein Zimmer mieten. Eine dreiste kleine Erpressung würde ihn bestimmt aufheitern. Außerdem mußte ich Krawtschuk dazu bringen, mir zu vertrauen, ich mußte ihn davon überzeugen, daß ich wirklich ungefährlich bin, sicher würde er mir dann helfen, Papiere für mich aufzutreiben.

Als ich mich bei diesem Gedanken ertappte, knurrte ich böse in mich hinein: Ja, Mädchen, der Wunsch zu leben, koste es was es wolle, ist in dir nicht auszurotten. Und das nach allem, was passiert ist. Aber es ist doch nicht meine Schuld, daß ich am Leben geblieben bin.

Ich stand vorsichtig auf (O Gott, jeder einzelne Muskel tat mir weh!) und ging in die Küche. Dort mußte noch ein wenig Fleisch zu finden sein. Ich schnappte mir ein ordentliches Stück direkt aus der Pfanne und hörte im selben Moment, wie die Eingangstür klappte – Mitjaj kehrte von seinem morgendlichen Joggingtrip zurück. Im nächsten Moment lehnte er schon im Rahmen der Küchentür, die Arme vor der Brust verschränkt, und sah mich ironisch an.

»Du ißt schon?«

»Ja, ich frühstücke. Du kannst mir gern Gesellschaft leisten.«

»Danke, ich frühstücke später.« Mitjaj enthielt sich klugerweise eines Kommentars. »Wie fühlst du dich?«

»Rate mal.«

»Vermutlich nicht besonders gut.«

»Hundert Punkte. Mir tut alles weh.«

»Entschuldige wegen gestern ...«

»Bin ich jetzt frei?«

»Du ... du willst gehen?« fragte er mit unerwartet leiser Stimme.

»Du tust ja gerade so, als wolltest du etwas anderes.«

»Du kannst ruhig noch bleiben. So lange, bis du eine vernünftige Unterkunft gefunden hast. Ich weiß doch, daß du Probleme hast ... Außerdem habe ich immer noch nicht kapiert, wie du das gemacht hast, wie du den Boß von den

Beinen geholt hast. Das war ziemlich gut, ein wirklich schöner Wurf. Ich weiß Schönheit zu schätzen.«

Natürlich, wenn es um die Schönheit eines Fünfzehnkilometerlaufes geht, oder meinetwegen um die Schönheit praller Muskeln …

»Ich verstehe. Aber ich fürchte, ich kann dir da nicht weiterhelfen. Ich habe das sicher irgendwann gekonnt, aber jetzt ist es vollkommen weg. Also, was soll das alles?«

»Ich weiß nicht. Ich habe alles mögliche von dir erwartet, bloß nicht das. Du bist in Wirklichkeit ganz anders. Nicht so, wie ich …«

»Schon klar. Ich rauche zwei Schachteln Zigaretten pro Tag, esse mit den Fingern – noch dazu Fleisch – und putze mir die Zähne nicht.«

»Das sehe ich. Du kannst hier wohnen«, sagte er trotzig. Es stand ihm.

Ich aß schweigend zu Ende und wischte mir den Mund mit dem Handrücken ab.

»Hör mal, Mitjaj, was hast du davon, wenn ich hierbleibe?«

»Ich finde dich aufregend«, sagte er einfach. Er konnte sich einfach nicht verstellen, ach ja, was für eine schöne und so seltene menschliche Eigenschaft …

»Tatsächlich?«

»Nicht, was du denkst …«

Danke, Mitjaj, du verstehst es, einer Frau Komplimente zu machen, da gibt's nichts.

»Du bist ganz anders, du bist so lebendig … Irgendwie wüßte ich gern mehr über dich. Ich kann mich schlecht ausdrücken, aber … Wann mußt du ins Studio?«

»Um zwölf. Heute sehen wir uns die ersten Arbeitsergebnisse an.«

»Ich fahre in einer Stunde in den Club, ich kann dich nicht zum Studio bringen, entschuldige.« Mitjaj zog ein Schlüsselbund aus der Tasche und legte es vorsichtig auf den Tisch, direkt neben die Pfanne. »Die sind von der Wohnung. Komm nach der Arbeit …«

Der Schlüsselanhänger war genauso wie ich es erwartet hatte: ein kleiner Fußball und der gallische Hahn von der letzten Weltmeisterschaft.

Nachdem mich Mitjaj mit seinen unerwarteten Geständnissen bombardiert hatte, ließ er mich allein. Ich streifte ziellos durch die Wohnung. Wieder so eine provisorische Bleibe, die soundsovielte in meinem Leben, wieder so ein Verladebahnhof, anscheinend hörte das niemals auf. Als Frau ließ ich ihn kalt, ich ließ ihn überhaupt kalt; wenn er irgend etwas an mir aufregend fand, dann höchstens meine moralische Verderbtheit.

Ich stieß die Tür zu Mitjajs Zimmer auf – wie immer perfekte Ordnung, nirgendwo ein Staubkörnchen zu finden. Zweifellos hatte er einen Sauberkeitsfimmel, er war ein Psychopath, eindeutig. Im Grunde ist so einer auch eine Art von Serienmörder; seine Opfer sind die Brotkrümel auf dem Tisch und die Falten im Bettuch.

Ich sah mein Spiegelbild in den Türen des Schrankes. Mein Gott, wie lange hatte ich mich nicht mehr im Spiegel betrachtet, wie lange hatte ich das nicht gewollt! Ich trat näher und berührte die Oberfläche des Spiegels mit der Hand – dort, wo mein Gesicht war, mein verändertes Gesicht.

Eigentlich hatte es sich gar nicht so stark verändert, es war einfach nur untergetaucht, in den Untergrund gegangen, hatte dort irgendwie weitergelebt und sich daran gewöhnt, ohne Licht auszukommen. Und diese grauen Haare, sie machten mich wirklich älter. Sie machten mich nicht nur älter, sie vernichteten mich, sie ließen meine Gesichtszüge verschwommen und unklar erscheinen. Er hatte gesagt: »Dein Gesicht ist ganz jung.« Das stimmte, aber es war kein Leben darin, nur die Erwartung des nahen Endes; in dieser Hinsicht wurde ich allmählich der toten Alexandrowa immer ähnlicher.

Ich trat noch dichter an den Spiegel heran. Mein Gesicht sah aus, als könnte es sich noch einmal verändern, man mußte sich nur ein wenig darum kümmern: das richtige Make-up aussuchen, ein bißchen Geld in ein gutes Haarfärbemittel investieren und den Haaren ihre frühere Farbe zurückgeben (dunkles Kastanienbraun, dunkelblond mit einem Hauch von Kupfer, platinblond – welche Farbe war es bloß gewesen?). Eine Woche intensiver Pflege mit guten Cremes und guter Kosmetik und ich könnte wieder die schöne Frau sein, die ich früher war.

Halt! Das würde ich niemals tun!

Denn das würde bedeuten, wieder in die Vergangenheit zurückzukehren, wieder wie Anna zu werden ... Das würde bedeuten, sich an die Person zu erinnern, die mitschuldig an dem Tod so vieler Menschen war. Das würde ich nicht tun! Niemals!

Und außerdem hatte er schon eine Freundin; wahrscheinlich brauchte ich nur seinen Schrank zu öffnen und fände die Zeichen ihrer Anwesenheit: Kleider, ein Morgenmantel, Unterwäsche, Slipeinlagen, alles das, womit eine Frau das Territorium des Mannes, der ihr gehört, markiert. Ich schob die Schranktüren auf – so, wie es gestern Mitjaj gemacht hatte. Aber da war nichts – nicht das geringste Anzeichen für eine dauerhafte Beziehung zu einer Frau. Bloß auf dem Schrankboden stand immer noch der schäbige Holzkasten.

Ich konnte der Versuchung nicht widerstehen – rasch hob ich den Deckel und schaute hinein – und wurde ein weiteres Mal enttäuscht. Der Kasten enthielt lediglich einen Satz Radierwerkzeug, Radiernadeln und Stichel in unterschiedlichsten Formen und Größen. Mehrere der Fächer waren leer. Irgendwie hatte ich das Gefühl, etwas Ähnliches vor gar nicht langer Zeit schon einmal gesehen zu haben. Ich durchforstete mein Gedächtnis und verstand plötzlich, daß die Griffe dieser Werkzeuge mich sehr an den Griff erinnerten, der aus der Brust der Alexandrowa herausgeragt hatte. Ich schüttelte mich. Vorsicht, wenn du so weitermachst, wirst du noch denken, Mitjaj hätte die Alte auf Befehl Krawtschuks erstochen. Ich versuchte, mir das bildhaft vorzustellen und mußte laut auflachen: Nein, das war vollkommen absurd!

Mir fiel ein, daß Mitjaj mir von seinem Vater erzählt hatte; es ging um den Stich von Dürer, der in seiner Wohnung hing. Ich glaube, sein Vater hatte ein Faible für Druckgraphik und besaß eine eigene Werkstatt. Richtig, er war Hobbygraphiker.

Ich kam zu spät ins Studio.

Leise schlich ich mich in den Vorführsaal. Bratny hatte bereits begonnen, sich die ersten Aufnahmen mit der neuen Schauspielerin anzusehen. Das Material war tadellos, die Kameraführung erstklassig, die Großaufnahmen der Bergman hinreißend. Aber etwas in der Atmosphäre des Filmes hatte sich verändert. Das war nicht das stille und edle Dahinsiechen der Alexandrowa; dieses Sterben, daß die Bergman spielte, war ganz anders – es war bösartig und rasend, als wollte sie die ganze Welt mit sich ins Grab nehmen. Der Film hatte sich aus einem raffinierten Psychodrama in einen nicht weniger raffinierten Psychothriller verwandelt. Das also war offenbar Bratnys neues Konzept; ziemlich stark, Donnerwetter!

Während wir uns die zuletzt gedrehten Szenen anschauten, durchfuhr mich plötzlich ein scharfes Gefühl des Déjà-vu: Es war eine kurze Zwischenszene – genau dieselbe Szene hatte ich ein paar Wochen vorher schon einmal gesehen, mit der Alexandrowa. Bratny hatte damals gewaltigen Krach geschlagen, weil im Hintergrund irgendeine Person vorbeigehuscht war, die nichts mit dem Film zu tun hatte. Er hatte Woloschko wütend angeschrieen: »Wieso rennen hier fremde Leute durchs Bild?«

Jetzt war die Frau aus dem Hintergrund keine Fremde mehr, jetzt spielte sie die Hauptrolle.

Es war Faina Bergman gewesen, die damals durch das Bild gehuscht war. Jetzt begriff ich, warum sie mir bei unserer ersten Begegnung irgendwie bekannt vorgekommen war.

Die Bergman hatte sich schon damals im Studio herumgetrieben, als die Alexandrowa noch lebte. Ich mußte die Techniker bitten, das alte Filmmaterial herauszusuchen, um mich zu vergewissern.

Was hatte sie hier im Atelier gewollt? Etwa sich den unverhofften Triumph der verhaßten Rivalin anschauen? Aber das Material der früheren Aufnahmen ließ sich nicht mehr auftreiben. Der Studiotechniker erklärte mir, die Rollen seien schon vernichtet worden. Ich hatte damit gerechnet – Bratny hatte sich vehement von der Vergangenheit getrennt, er wollte mit der toten Schauspielerin nichts mehr zu tun haben.

Auf dem Rückweg ins Studio kam mir plötzlich der Gedanke, daß ich, da ich nun schon einmal angefangen hatte, überall herumzuschnüffeln, auch getrost Jascha Klauser aufsuchen könnte, den Neffen der Bergman. Wir kannten uns nicht persönlich, ich hatte ihn nur ein paarmal gesehen, als er Irene spätabends abholte. Ich konnte also schlecht einfach so bei ihm aufkreuzen, ich mußte irgendeinen Vorwand finden.

Ich rauchte eine Zigarette und betrachtete versonnen meine einzigen, aber noch gut erhaltenen Schuhe. Eine milde Gabe des Syrers Tambi, der mit Serga an der Filmhochschule studiert hatte und heute ein erfolgreicher Geschäftsmann war. Er betrieb eine Kette von Secondhandläden, über ganz Moskau verteilt. Letzten Herbst war er mit einem riesigen Berg von Klamotten bei seinem blinden Kumpel aufgetaucht, und für mich waren dabei diese Schuhe abgefallen – Serga und ich hatten dieselbe Schuhgröße. Jetzt beschloß ich, sie zu opfern. Eine abgerissene Sohle ist schließlich ein guter Grund, zu Jascha in die Schuhwerkstatt zu gehen und ihn zu bitten, sie anzukleben.

Ich schloß mich in der Toilette ein, zog den rechten Schuh aus und versuchte, die Sohle abzureißen.

Tja, denkste!

Diese verdammte kapitalistische Riffelsohle saß fester als fest und grinste mich mit ihrem gelbgezahnten Wachsfaden selbstzufrieden an. Ich quälte mich eine halbe Stunde lang mit den verflixten Schuhen herum, bis ich mir sämtliche Nägel abgebrochen hatte, dann gab ich auf. Ich würde den Besuch bei Jascha eben auf später verschieben und mich abends bei Mitjaj mit irgendwelchen zerlatschten Turnschuhen versorgen.

Jedoch hatte sich zwischen seiner Frau Irene und mir in der letzten Zeit so etwas wie eine freundschaftliche Beziehung entwickelt. Ich war nämlich eine der wenigen, die ihr ewiges Gerede über Woody Allen noch ertragen konnte. Sogar während der Dreharbeiten setzte sie sich so oft wie möglich zu mir. Ich mußte also nur den geeigneten Moment abpassen, um das Gespräch vorsichtig auf die Tante ihres Mannes zu bringen.

Das war nicht besonders schwierig. Irene war jederzeit zu einem Schwätzchen bereit, mit wem und worüber auch immer. Während ich die Bergman am Set beobachtete, flüsterte ich Irene ins Ohr: »Großartige Schauspielerin!«

»Wahnsinn!« Sie sprang sofort darauf an. »Ich hätte nie gedacht, daß sie so spielen kann!«

»Kennst du sie schon lange?«

»Na ja ... So lange noch nicht. Stell dir vor, wir sind verwandt ...«

»Was du nicht sagst!« Ich war ganz Staunen und Entzücken.

»Eigentlich erst seit kurzem. Mein jetziger Mann Jascha ist doch ihr Neffe. Jascha hat außer ihr keine Verwandten, er vergöttert sie.«

»Verständlich.«

»Wie man's nimmt. Sie ist eigentlich ziemlich unausstehlich. Sie hat jetzt ein eigenes Zimmer im Altersheim der Theater- und Filmschaffenden. Zuerst hat sie es sich mit einer ehemaligen Ballerina aus Perm geteilt. Na, was glaubst du, was da passiert ist?«

»Was denn?«

»Eine ganze Woche hat es gedauert, bis sie die arme Ballerina rausgeekelt hatte. ›Ich brauche völlige Ruhe, ich bin eine berühmte Schauspielerin, mein Mann war General und Held der Sowjetunion, ich habe das Recht auf ein eigenes Zimmer, schließlich habe ich dem Staat meine Wohnung zur Verfügung gestellt. Ich bin eine Moskauerin, und jetzt setzt man mir hier Zugewanderte rein, vom Ural, als hätten sie da nicht ihre eigenen Heime …‹ Und so was alles …«

»Sieh mal an!« flötete ich entzückt.

»Alle begabten Schauspielerinnen sind in Wirklichkeit unerträgliche Biester. Nimm zum Beispiel Mia Farrow … Die hat doch Woody Allen und ihrer Adoptivtochter die Hölle heiß gemacht …«

O Gott, wenn jetzt wieder eine Suada über Allen losgeht, ergreife ich die Flucht.

»Und wie hat Bratny sie gefunden?« unterbrach ich Irene skrupellos.

»Er hat sie gar nicht gefunden, von wegen! Dafür muß er mir dankbar sein. Ich hab das Drehbuch zum Lesen mit nach Hause genommen. Das war noch vor deiner Zeit. Na ja … Also, ich hab's am Freitag mitgenommen, und am Samstag sind wir zu der Alten ins Heim gefahren. Jascha wollte mich ihr vorstellen, als seine Frau, weißt du, er hält ziemlich auf Konventionen und so was. Also wir kommen zu ihr hin, und weil ich ja nun jemand Neues für sie war und so, da fällt sie gleich über mich her und erzählt mir ihre ganze Lebensgeschichte von vorn bis hinten und wieder zurück, wie man ihr die Karriere zerstört und ihr keine Rollen gegeben hat, und Intrigen überall und so weiter. Also, den ganzen Tag saß ich da und mußte mir ihr Altweibergequassel anhören, ich konnte nicht einmal den Mund aufmachen …«

Arme Irene, einen ganzen Tag lang den Mund halten, sie muß ja Höllenqualen gelitten haben!

»Wie hast du das denn überlebt?« Ich bedauerte sie brav.

»Ich staune selbst. Jedenfalls, sie hat mich derart vollgequatscht, daß ich glatt meine Tasche vergessen habe, als wir dann losfuhren. Und in meiner Tasche ist einfach alles – meine ganze Kosmetik, meine Pinzette, ohne die bin ich völlig aufgeschmissen, und eine neue israelische Anti-Falten-Creme, die ist so was von unglaublich … Wenn du willst, kann ich dir welche besorgen.«

»Das ist ja schrecklich!«

»Das war eine Katastrophe! Und stell dir vor, dieses furchtbare Weib hat alles durcheinandergewühlt, die hat überhaupt keine Hemmungen! An meinem nächsten freien Tag sind wir sofort wieder zu ihr hingefahren, aber meine teure Creme war schon zur Hälfte weg, ob du's glaubst oder nicht, sie hat sich den halben Tiegel ins Gesicht geschmiert, die alte Kuh!« Irenes Stimme wurde schwach. »Die Pinzette ist auch verschwunden. Tja, und in der Tasche war das Drehbuch gewesen. Unsere verehrte Faina war ganz aus dem Häuschen. ›Ich muß diese Rolle haben‹, sagte sie, ›das ist meine Rolle, bringt mich zu dem Regisseur, er muß mir diese Rolle geben.‹«

»Und dann?«

»Wir haben sie hingebracht. Sie hat doch einen Biß wie ein Bullterrier. Sie hat sich mit Bratny getroffen.«

»Hat er etwa von Anfang an …«

»Am Anfang hat er ihr gar nicht zugehört, er hat gesagt, sie sei nicht der richtige Typ für diese Rolle. Sie hat gefleht und gebettelt, aber genausogut kann man mit einer Wand reden, du kennst ihn ja.«

»Allerdings.«

»Sie hat sich das sehr zu Herzen genommen. Wir sind dann noch ein paarmal zu ihr gefahren, Jascha hält doch auf die Konventionen …«

Das hast du schon gesagt, Irene! Wiederhole dich bitte nicht!

»Jedesmal hat sie gefragt, ob man schon eine Schauspielerin gefunden habe, und jedesmal kam wieder dieselbe Leier, das sei genau ihre Rolle, die Rolle ihres Lebens und so weiter. Als ich ihr dann unvorsichtigerweise erzählt habe, daß die Alexandrowa engagiert wurde …« Irene seufzte schwer. »Du kannst dir nicht vorstellen, was da losging! Sie schrie wie eine Irre, trampelte mit den Füßen, raufte sich die

Haare. Wir mußten den Krankenwagen rufen, sie drehte vollkommen durch.«

»O Gott, das klingt ja ziemlich übertrieben!«

»Tja, es stellte sich heraus, daß die Alexandrowa der Fluch ihres Lebens ist. Sie hassen sich von Jugend an. Die Alexandrowa hat ihr schon ein paarmal eine Hauptrolle weggeschnappt. Und dann hat sie ihr auch noch den Mann abspenstig gemacht, zu allem Unglück.«

»O Gott, was für eine Tragödie!«

»Ich finde, das Erstaunlichste ist, daß sie diesen Haß immer noch mit sich herumträgt. Eigentlich ist sie gar nicht so extravagant, unsere Faina, normalerweise ist sie ziemlich ruhig, aber wenn sie über die Alexandrowa spricht ... Übrigens, gibt es irgendwelche Neuigkeiten? Schrecklich, schrecklich! Geht aus dem Haus und kommt nicht mehr zurück.« Tränen traten Irene in die Augen.

»Man sagt uns sofort Bescheid, wenn es was Neues gibt«, log ich wacker.

»Weißt du, sie hat sich nicht einmal gewundert, als die Alexandrowa verschwand. Sie hat bloß immer wieder gesagt: ›Das geschieht dir ganz recht, du alte Zecke, du hast bekommen, was du verdienst.‹«

»Das ist grausam.«

»Ach weißt du, alte Leute verstehen von Grausamkeit nicht mehr als Kinder, Mitleid ist das erste, was sie im Alter verlernen.«

Ich hatte nicht gedacht, daß Irene eine Neigung zum Philosophieren besaß. Was sie mir bis jetzt erzählt hatte, unterstützte jedoch meine Theorie.

»Jedenfalls ist für Faina am Ende alles gut ausgegangen. Sie hat erreicht, was sie wollte, sie hat die Rolle bekommen.«

»Ja, natürlich.« Und ich hatte von Irene alles erfahren, was ich erfahren wollte. Zu guter Letzt bereitete sie mir noch eine Überraschung, eine solche, wie ich sie beim besten Willen nicht erwartet hätte.

»Und was ist mit deiner ›Purple Rose of Cairo‹? Hast du

die Kassette noch mal verloren?« fragte ich, nur um ihr zum Abschluß etwas Nettes zu sagen.

»Aber nein, alles in Ordnung. Obwohl, der Poltergeist verfolgt uns immer noch ...«

»Uns?«

»Du wirst es nicht glauben, Eva, jetzt geht es bei Jascha los, ich habe ihn wohl angesteckt. Wie sich das gehört: Mann und Frau – ein Leib und eine Seele.«

»Was ist passiert?«

»Jaschas Werkzeuge verschwinden, direkt aus der Werkstatt. Er schimpft schon ständig über mich und erzählt überall herum, daß ihm das früher, als er noch nicht verheiratet war, nie passiert ist. Und kaum laufe ich ihm über den Weg, da geht's los ...«

»Werkzeuge?« Ich hielt die Luft an.

»Dabei kann ein normaler Mensch mit diesen Dingern gar nichts anfangen. Ich würde noch verstehen, wenn man den Kostümfundus beklaut, da kann man wenigstens schöne Klamotten finden, tolle Gewänder von Katharina II. zum Beispiel oder hübsche goldene Borte und so.« Irene kicherte. »Aber was kann man schon, entschuldige mal, in einer Schuhwerkstatt klauen? O Gott, ich quatsche dich hier die ganze Zeit voll ... Also, ich bringe dir die Creme mit. Du legst sie abends auf, und am Morgen erkennst du dich selbst nicht mehr wieder.«

Es paßt alles zusammen, dachte ich, als ich im überfüllten Trolleybus saß und mich durchschütteln ließ. Es paßt alles zusammen, sagte ich mir, als ich auf der Rolltreppe zur Metro hinunterfuhr. Alles paßt zusammen, es kann gar nicht anders sein. Ich habe gewonnen. Ich kann diese schreckliche Tat zwar nicht bestrafen, aber ich weiß jetzt, wer sie begangen hat.

Ich habe den Beweis.

Ein paar kleine, widerspenstige Details wollten sich zwar noch nicht ganz ins Bild einfügen, aber das spielte jetzt keine Rolle. Damit konnten sich die Rechtsanwälte befassen und das Gericht an der Nase herumführen: Meine Mandantin hat dieses Verbrechen nicht begangen, meine Damen und Herren, sie hätte niemals dieses Photo am Tatort zurückgelassen, sie hätte diese Zettel nicht geschrieben, sie hat ein krankes Herz, sie leidet an Gefäß- und Hirnverkalkung. Sehen Sie sich ihre Hände an, meine Damen und Herren Geschworenen, ihre geschwollen Gelenke, mit diesen Händen hätte sie wohl kaum einen solch kraftvollen Stoß führen können …

Die armen Alten. Die eine wurde ermordet, und die andere würde dieser Mord langsam, aber sicher töten. Und keiner von beiden kann man noch helfen.

Faina Bergman hatte sich durch ihre Tat ihr eigenes Todesurteil geschrieben. Man brauchte keine besonderen psychologischen Kenntnisse, um zu begreifen, was die Quelle ihrer Lebenskraft war.

Es war der Haß.

Der Haß auf die erfolgreichere Rivalin. Allein dieses starke Gefühl hatte sie all die Jahre aufrecht gehalten, hatte ihr die Kraft gegeben zu leben, hatte ihr ganzes Wesen durchdrungen. Jetzt, da diese Quelle versiegt war, mußte sie verdursten, es gab nichts, was dieses Gefühl ersetzen konnte. Es ist genau wie mit einer Leidenschaft – denn Haß ist eine Leidenschaft. Und Leidenschaften können nicht von Erinnerungen leben.

Aber ich kann sie nicht verurteilen; ich kann es nicht.

An das Abteilfenster gelehnt, versuchte ich, mich an das Gesicht der Alexandrowa zu erinnern – es gelang mir nicht. In meiner Vorstellung verschmolz es mit dem Gesicht von Faina Bergman, die beiden bildeten eine untrennbare Einheit, wie siamesische Zwillinge, wie die zwei Seiten einer Medaille.

Es gab niemanden, mit dem ich über all das hätte reden können. Seitdem die Bergman zum Team gehörte, ging Bratny mir aus dem Weg. Der Grund dafür war nicht etwa die Tatsache, daß ich Zeugin des Verbrechens war und – zu einem gewissen Grade – seine Komplizin; es lag auch nicht daran, daß er dies alles möglichst schnell vergessen wollte. Er hatte es längst vergessen, sofort, ohne sich dafür auch nur ein bißchen anzustrengen, wie er alles vergaß, was ihn nicht interessierte.

Jetzt war er besessen von der neuen Schauspielerin. Er hatte die Idee seines Films klar im Griff. Jetzt brauchte er niemanden.

Es kam, wie es kommen mußte. Ich verfiel auf die altbewährte Taktik, allen Problemen aus dem Weg zu gehen. Ich kaufte mir am nächsten Kiosk eine Flasche dagestanischen Cognac, der kilometerweit nach Schwarzbrennerei roch, setzte mich vor Mitjajs Haus auf eine Bank und ließ die Hälfte von dem Zeug in mich hineinlaufen. Leichter wurde mir nicht davon. Offenbar war ich nicht einmal imstande, mich vernünftig zu betrinken.

Ich stellte die halbleere Flasche neben einen Papierkorb, spielte mit den Wohnungsschlüsseln Fangen und beschloß, trotzdem zu klingeln.

Mitjaj öffnete sofort.

»Du kommst spät«, sagte er mit vollkommen ausdrucksloser Stimme. Das war neu.

»Läßt du mich rein oder wollen wir hier im Treppenhaus stehenbleiben?« Der verdammte Schnaps begann plötzlich zu wirken – die Beine versagten mir den Dienst.

Mitjaj fing mich auf. Der Gerechtigkeit halber mußte man zugeben, daß seine Reaktion ausgezeichnet war.

»Immerhin hast du Zeit gehabt, dich zu besaufen«, sagte er angewidert. »Zieh dich aus und geh schlafen.«

»Ich habe einen viel besseren Vorschlag. Fahren wir irgendwohin, was essen. Ich lade dich ein.« Weiß der Teufel, wie ich auf diese blödsinnige Idee kam, wahrscheinlich war sie ein Produkt des Cognacs.

»Mein Gott, wohin willst du mich denn einladen?« Mitjaj betrachtete skeptisch mein schäbiges Äußeres, den schäbigen Mantel und die unförmigen, schweren Stiefel, die allenfalls für Ausflüge in die Schweizer Alpen passend waren.

»Ich kenne da ein nettes Plätzchen …«

»Den Bierkiosk am Kursker Bahnhof?« Das war zuviel.

»Was soll das? Es ist ein erstklassiges Restaurant mit ausgezeichneter Küche. Es gehört einem Bekannten von mir.« Ich war sicher, daß er ablehnen würde.

Aber er sagte zu. Wieder eine Überraschung.

»Ziehst du dich nicht um?« fragte Mitjaj vorsichtig.

»Man ist da sehr unkonventionell. Smoking nicht obligatorisch.«

»Gut, ich bin in einer Viertelstunde fertig.«

Eine Stunde später näherten wir uns dem »Flauberts Papagei«. Als wir nur noch ein paar Häuserblöcke von dem Restaurant entfernt waren, wurde Mitjaj unruhig.

»Und wie heißt diese Kaschemme?« fragte er argwöhnisch.

»Ach weißt du, ich habe ein sehr schlechtes Namensgedächtnis. Jetzt fahr nach links, dann sind wir da.«

Der Parkplatz vor dem »Flauberts Papagei« war zugeparkt mit dicken ausländischen Schlitten. Mitjaj stoppte den Wagen in einiger Entfernung davon, ließ das Lenkrad los und sah mich wütend an. Seine Nasenflügel blähten sich.

»Ich wußte ja, daß du mich reinlegst!« fauchte er.

»Wo ist denn das Problem, Schätzchen?«

»Das ist die Kneipe von meinem Chef.«

»Na und?«

»Es gibt so etwas wie Subordination oder Respekt gegenüber seinen Vorgesetzten.«

»Du meinst, der Hofhund soll in der Küche hinter dem Ofen sitzen und Kartoffelschalen fressen, oder wie?«

»Du bist einfach blöde! Das hat nichts mit Kartoffelschalen zu tun! Wir gehen nicht in diesen Laden und basta.«

»Und wieso nicht? Hat man euch strammstehen lassen und feierlich verboten, hierherzukommen?«

Mitjaj wurde verlegen. Ihm fiel keine vernünftige Antwort ein.

»Natürlich nicht. Es gehört sich einfach nicht, das ist alles.«

»Weißt du nicht, das alles, was nicht verboten ist, erlaubt ist? Krawtschuk hat mich eingeladen, und ich lade dich ein. Ich weiß natürlich, es gibt so etwas wie Kriecherei ...«

»Also gut, aber du gehst vor. Und ich sehe mir in aller Ruhe an, wie man dich rausschmeißt. Das wird mir großen Spaß machen.«

In dem luxuriösen Entree stand ein Portier mit der Physiognomie eines Afghanistankämpfers und nahm mich in Empfang.

Er warf einen kritischen Blick auf mein schäbiges Outfit und knurrte: »Was willst du?«

»Den Oberkellner«, antwortete ich lakonisch.

»Vielleicht auch noch den Papst? Verzieh dich.«

»Außerdem hätte ich gern das Beschwerdebuch.«

»Werd nicht frech.«

»Ich glaube nicht, daß Viktor Jurjewitsch sehr erfreut wäre, wenn er erführe, wie man seine Gäste hier empfängt.«

Krawtschuks Name hatte eine magische Wirkung auf den Portier. Wie der Blitz war er verschwunden und erschien einige Minuten später mit dem Oberkellner, jenem ausrangierten James Bond, den ich schon kennengelernt hatte.

»Sie wünschen?« wandte sich James Bond an mich.

»Erkennen Sie mich nicht? Ich habe kürzlich mit Viktor Jurjewitsch bei Ihnen zu Mittag gegessen ...«

»Ja, natürlich, bitte treten Sie ein.« Im Gesicht des Oberkellners zuckte kein Muskel. Das perfekte Gesicht, um zwielichtige Gestalten unter den ausländischen Waffenexperten anzuwerben.

»Einen Moment.«

Ich kehrte zum Auto zurück.

»Und?« erkundigte sich Mitjaj neugierig.

»Los komm, wir werden erwartet. Ich trage die Verantwortung.«

Als ich sagte, im »Flauberts Papagei« herrschten unkonventionelle Sitten, hatte ich die Wahrheit kräftig in meinem Sinne gebeugt. Es war in Wirklichkeit ein piekfeiner Nobelschuppen, wo sich abends ein ziemlich mondänes Publikum versammelte. Georgier mit gepflegtem Äußeren, die sich seit langem aus dem Mandarinenhandel zurückgezogen und auf Showbusineß umgesattelt hatten; junge Bankiers mit den Gesichtern von Mathematikprofessoren aus Berkeley; kleine Erdölzaren aus den Nordprovinzen, denen das Geld zu den Ohren rauskam. Einige leicht erkennbare Promi-Visagen in Gesellschaft von genauso leicht erkennbaren Supermodels, die durch die Bank aussahen wie raffinierte Stehlampen; sämtliche Frauen und Geliebte tief dekolletiert und üppig mit Brillanten behängt, Rücken frei, Arme nackt. Keine vulgäre Kneipen-Chanteuse, keine aufdringliche Popmusik, nur ein Streichorchester mit den obligaten Dauerbrennern Haydn und Albinoni.

Tja, sehr edel.

»Es macht doch hoffentlich nichts aus, daß er keine Krawatte trägt?« fragte ich James Bond und deutete mit dem Kinn auf Mitjaj.

Mitjaj lief rot an (der arme Junge!), aber der Oberkellner zuckte bloß mit den Schultern (alte Schule!).

»Bitte sehr, hier ist Ihr Tisch. Der Wein kommt sofort.« Er schob mir höflich den schweren Stuhl zurecht, und ich machte es mir darauf bequem. »Die Speisekarte, bitte sehr!«

»Verdammte Scheiße, wir sehen hier aus wie die Idioten«, flüsterte Mitjaj, sobald der Oberkellner weg war.

»Wieso denn?«

»Guck dich doch mal an. Als kämst du direkt von einer Baustelle. Und ich sehe nicht viel besser aus!« Das war eindeutig übertrieben: Mitjaj machte einen ganz leidlichen Eindruck – gebügelte Hosen, ein sauberer Pullover und ein frisches Hemd.

»Bringt dich das in Verlegenheit?«

»Offen gesagt, ja.«

»Komm, pfeif doch auf den ganzen Mist, hör Musik, trink Wein und genieße das Leben.«

»Eigentlich trinke ich nicht …«

»Kannst du nicht mal eine Ausnahme machen?«

»Na gut.« Mitjaj gab widerwillig nach. Ich hatte den Verdacht, daß er es nur deshalb tat, weil er seine Verlegenheit loswerden wollte.

»Was ißt du?« fragte ich und vertiefte mich in die Speisekarte. »Also, es gibt zum Beispiel Schaschlik nach Karsker Art ...«

»Ich esse kein Fleisch.«

»Entschuldige. Milchsuppe hat die Speisekarte allerdings nicht zu bieten. Na gut, ärgere dich nicht. Kinsa-Salat und frische Tomaten, ist dir das recht? Und Suluguni?«

»Ja.«

»O Gott, was bist du für ein langweiliger Mensch! Kannst du denn nicht einmal im Leben fünfe gerade sein lassen?« Ich lehnte mich zurück und stellte den Fuß auf den Stuhl.

»Mit dir kann man jedenfalls immer was erleben ... Vielleicht legst du ja demnächst die Stiefel auf die Tischdecke«, zischte Mitjaj vorwurfvoll.

»Nicht so früh am Abend«, versprach ich nebulös.

Als der Kellner kam, bestellte ich eine ganze Latte von Gerichten mit komischen und schwer aussprechbaren georgischen Namen und dazu zwei Flaschen Zinandali, zur Erinnerung an meinen ersten Besuch im »Flauberts Papagei«. Als der Kellner den Wein gebracht und die Gläser gefüllt hatte, hob ich mein Glas.

»Ich möchte auf dich trinken, Mitjaj. Du bist ein netter Junge.«

»Sehr abwechslungsreich bist du nicht gerade in deinen Titulierungen.«

»Sonst finde ich einfach nichts an dir. Entschuldige.«

»An dir ist allerdings nicht mal was Nettes zu finden.«

Mein Gott, gestern abend, als mich sein Körper zart und gnadenlos berührte, schien er mir so anziehend. Nein, er wird nicht mit mir schlafen, wie schade, aber es ist einfach nicht möglich. Ich sah Mitjaj traurig an und leerte wortlos mein Glas.

»Sympathische Musik«, sagte Mitjaj schuldbewußt. Die Musik konnte man nennen, wie man wollte, aber bestimmt nicht sympathisch.

»Das ist Debussy, ›Nachmittag eines Fauns‹. Einen Moment fürchtete ich, Mitjaj würde jetzt fragen: »Und wer ist Debussy?« Aber er fragte nicht, und ich hätte ihn dafür am liebsten geküßt.

Das Essen war gut und der Wein leicht – leicht und trotzdem berauschend. Bei Debussy begannen die Barrieren zwischen uns zu fallen, Haydn beschleunigte den Prozeß, und die dritte Flasche Zinandali vollendete die Sache. Wieder waren Mitjajs Augen auf einmal nicht mehr so trostlos blau, sie waren abgrundtief und ich sah in ihnen alle Farben zugleich. Zwei Stunden später wußte ich schon alles über ihn.

»Weiß der Teufel, warum ich dir das alles erzähle«, sagte er immer wieder, wie um sich zu entschuldigen.

In seinem Leben gab es absolut nichts Bemerkenswertes, es war das normalste Leben, das man sich denken konnte, ohne besondere Neigungen und ohne besondere Liebe darin. Er hatte nicht einmal eine besondere Moral, nur die Aphorismen in seinem Kalender. Er hatte sich zweimal die rechte Hand gebrochen, dreimal die Schulter ausgerenkt, er hatte eine komplizierte Operation am Sprunggelenk hinter sich und war deshalb kein Profisportler geworden.

Sein Vater war ein bedeutender Mann im staatlichen Sportkomitee gewesen, seine Mutter Trainerin der Jugendnationalmannschaft der Geräteturner. Mitjaj hatte seine Eltern vergöttert. Beide waren bei einem Autounfall ums Leben gekommen, als er vierzehn war. Mitjaj war einen Tag danach nichtsahnend aus dem Pionierlager nach Moskau zurückgekehrt und hatte die Nachricht von ihrem Tod zufällig in der Metro gelesen, als er einen Blick in die Zeitung seines Sitznachbarn warf.

»Du kannst dir nicht vorstellen, wie furchtbar das war. Es war ein warmer Sommertag, die Metro zum Bersten voll. Und neben mir sitzt jemand und liest die ›Sowjetski-Sport‹. Ich weiß heute noch, wie sein Ohr aussah; und er hatte ein Muttermal auf der Wange. Ich wollte bloß wissen, wie Spartak gespielt hat; und dann sah ich diesen schwarzen Rand: ›Gestern starben bei einem Autounfall ... Das Nationale

Olympische Komitee trauert ...‹ Und dann ihre Namen. Weißt du, wie das ist, wenn man vom Tod seiner eigenen Eltern aus einer beschissenen Zeitung erfährt, während man in der Metro sitzt? Wenn man weder schreien noch weinen kann. Weißt du, wie das ist? Ich habe von diesem Tag an nie mehr die ›Sowjetski-Sport‹ gelesen, ich habe überhaupt nichts mehr gelesen. Fast nichts ... Als hätte ich Angst gehabt, wieder diesen schwarzen Trauerrand zu sehen ...«

Ich beugte mich vor und drückte vorsichtig Mitjajs Hand.

»Na komm, es ist alles in Ordnung.«

Mitjaj und seine ältere Schwester hatten dann die riesige Vierzimmerwohnung der Eltern in der Twerskaja-Jamskaja gegen zwei kleinere Wohnungen getauscht. Mitjaj bekam die Wohnung in der Jakimanka; und dazu die Sportpokale der Mutter, die ich als Aschenbecher benutzt hatte. Verzeih mir, Mitjaj.

»Laß uns gehen«, sagte ich schließlich.

»Ja, es ist wohl Zeit. Danke für den Abend.«

»Ach Quatsch ...«

Als der Kellner die Rechnung brachte, löste sich der ganze Zauber des Abends in Luft auf, und der wohlige Rausch von dem vorzüglichen Zinandali war schlagartig verflogen: dieser Super-Schuppen hatte auch Super-Preise. Aber ich war darauf vorbereitet. Mitjaj trug es mit Fassung, er war es ja gewohnt, Schläge einzustecken.

»Ich zahle«, sagte er tapfer.

»Nein. Ich habe dich hierher eingeladen, also zahle ich.«

Mitjaj sah mich zweifelnd an. Da er zu Krawtschuks Truppe gehörte und sich ständig in den Filmstudios herumtrieb, wußte er wahrscheinlich ziemlich gut, was ich verdiente. Für so einen gemütlichen Abend in dieser sympathischen Kaschemme mußte ich locker drei Monate schuften.

»Und womit, wenn man fragen darf?« bemerkte er schließlich sarkastisch.

»Kleinen Augenblick.«

Der Trick mit dem Parker, den ich Bratny geklaut hatte, gab mir Sicherheit. Ich sah mich aufmerksam in dem Restaurant um und fand schließlich, was ich suchte – eine Gesellschaft von Neuen Russen, verschwitzte Fressen, eine beschlagene Wodkaflasche, ein kaviargefülltes Spanferkel.

»Was hast du vor?« fragte er alarmiert, aber es war schon zu spät, um mich zurückzuhalten.

Ich schlenderte zu dem Tisch hinüber, an dem diese nette Runde sich amüsierte, guckte mir ein Opfer aus und bat unschuldig um Feuer. Das ahnungslose Opfer sah mich aus trüben Augen an und reichte mir dann sein Feuerzeug. Zwei Minuten später saß ich wieder an unserem Tisch und plünderte vor Mitjajs erstaunten Augen die erbeutete Brieftasche: dreihundert Dollar und ein dicker Batzen Rubelscheine. Mitjaj hatte es vor Überraschung die Sprache verschlagen.

»Aber … Das kann doch wohl nicht …« Doch Mitjajs Empörung verpuffte wirkungslos. »Machst du so was öfter?«

»Eher selten. Das war heute eine Galavorstellung, extra für dich. Hauptsache, du mußt dich jetzt nicht übergeben, aus moralischer Entrüstung. Was ist, zischen wir ab?«

»O ja, wir sollten möglichst schnell von hier verschwinden.«

»Hübsches Portemonnaie«, sagte ich versonnen und hielt die Brieftasche in der ausgestreckten Hand vor mich hin. »Gefällt dir so was?«

»Steck das weg«, zischte Mitjaj zwischen den Zähnen. »Du benimmst dich wie eine Zigeunerin auf dem Trödelmarkt.«

»Hervorragendes Leder«, zwitscherte ich weiter, ohne mich stören zu lassen. »Das wird deine Braut bestimmt beeindrucken.«

»Laß uns endlich zahlen und abhauen.« Aber er war gar nicht verärgert, im Gegenteil, ich hatte ihn noch nie so fröhlich gesehen.

Als wir zum Auto zurückgingen, hielten wir uns die Bäuche vor Lachen. Ich warf die Brieftasche mitsamt dem restlichen Geld unbekümmert in den erstbesten Mülleimer, womit ich Mitjaj noch mehr verblüffte.

»Warum tust du das?«

»Geklautes Geld verbrennt mir die Hände. Ich nehme immer nur soviel, wie ich gerade brauche.«

Er schwieg lange und sah mich an, als sähe er mich zum ersten Mal. Ich zauste seine Haare und gab ihm einen leichten Kuß auf die Wange.

»Komm, laß uns fahren. Ich bin müde.«

Während der Rückfahrt sprach Mitjaj lange kein Wort. Die rührende Einigkeit war auf dem Grund unserer Weingläser zurückgeblieben, die grundlose Heiterkeit ging auch vorbei, und alles war wieder wie vorher.

»Na, das war ja echt super«, brach Mitjaj schließlich das Schweigen. Dieser Auftakt versprach nichts Gutes.

Ich lehnte mich zurück und schloß die Augen. »›Echt super‹ ist, wenn du eine schöne Frau ins Bett kriegst, die eigentlich nicht für dich gedacht ist. Das hat mal ein Mann zu mir gesagt«, murmelte ich müde.

Dieser Mann war Oleg Marilow, Major beim FSB, und er war auf einer vereisten dezemberlichen Landstraße umgekommen. Ich hätte damals zusammen mit ihm sterben können, aber ich hatte überlebt.

»Und was ist aus ihm geworden?«

»Er ist tot.« Warum klingen einfache Wörter so melodramatisch? »Er ist tot«, »Er hat mir das Leben gerettet«, »Er hat mich geliebt«. Warum wurde ich auf einmal verlegen, als hätte man mich bei etwas Verbotenem ertappt? Als wollte ich den Tod eines Menschen dazu benutzen, um mich selber in besserem Licht darzustellen: Da sitzt sie, grauhaarig und schlecht gekleidet, aber es gab etwas in ihrem Leben.

Verdammt, in meinem Leben gab es tatsächlich etwas, aber das war kein Thema für eine belanglose Plauderei mit Mitjaj.

»Entschuldige«, sagte Mitjaj verspätet. »Hast du diesen Mann geliebt?«

Ich wußte es doch! Ich gefalle ihm, ich gefalle ihm wirklich! Aber wie kann das sein, was kann man an mir finden, so wie ich jetzt bin, mit meinem ungepflegten Gesicht, mit diesem scheußlichen Pullover? Alles an mir ist doch eine einzige Provokation! Irgend etwas mußte ich an mir haben, was sein Interesse rechtfertigte, was mich selber rechtfertigte: ein tragisches Schicksal, eine tragische Leidenschaft.

»Nein, ich habe ihn nicht geliebt. Es war einfach ein guter Bekannter. Das ist alles.«

Ich wollte darüber nicht sprechen, ich erinnerte mich viel zu gut an Oleg Wassiljewitsch, ich hatte sein Gesicht nicht vergessen, wie ich auch die Gesichter aller anderen nicht vergessen hatte. Es gab sie nicht mehr. Sie waren alle tot.

»Verstehe. Hast du überhaupt irgendwann einmal jemanden geliebt?«

»Warum fragst du das?«

»Ich will dich einfach verstehen, ich will wissen, wie du bist.«

»Also, jetzt erzähl mal, wer bin ich?«

»Du? Du bist eine Diebin. Du hast eine Brieftasche geklaut, das habe ich selbst gesehen ...« Er lachte und küßte meine Brust, dann ein paar kleine Narben unter meinem Schlüsselbein, die mir von dem Teil meines Lebens geblieben waren, den ich so furchtbar gern vergessen wollte.

»Viel ist das ja nicht. Vielleicht fällt dir noch was ein?« Ich lachte und küßte ihn auf die Nasenwurzel.

»Du gehst nicht weg?«

»Wo soll ich denn jetzt hingehen, mitten in der Nacht? Hauptsache, ich schlafe nicht mit einer brennenden Zigarette ein, sonst stecke ich noch deine Wohnung in Brand.«

»Ich lasse dich nicht einschlafen ...«

Er küßte mich, und alles fing von vorn an. Es war, als würde ich seinen Körper schon ewig kennen, als wäre ich zwanzig Jahre fort gewesen und jetzt wieder nach Hause zurückgekehrt.

Es war die seltsamste Verführung, die ich jemals erlebt

hatte. Sie begann mit einem ganz unschuldigen Satz: »Ich bin ein sentimentaler Dummkopf, ich habe geweint, als Cindy Marsh bei der Doping-Kontrolle erwischt wurde«, dann stockte er, vergaß, den Schlüssel im Schloß umzudrehen, und plötzlich sprudelte es aus ihm heraus: »Ich weiß nicht, was mit mir los ist, Eva, ich kann es mir einfach nicht erklären, aber du bringst mich die ganze Zeit total durcheinander, mit deinem Namen, mit deinen Zigaretten, mit deinem Gesicht – ich verstehe es einfach nicht, so sehr ich es auch versuche –, du bringst mich durcheinander damit, daß du nicht den geringsten Respekt vor mir hast. Alles, was du tust, ist vollkommen daneben, du verqualmst meine ganze Wohnung, du verstreust deine Zigarettenasche überall, ständig läßt du die Zahnpastatube offen, du ißt Fleisch mit den Fingern und wischst dir wahrscheinlich den Mund an den Vorhängen ab, du schminkst dich nicht einmal, es ist dir scheißegal, wie du aussiehst – warum ist es dir scheißegal? Wenn du geduscht hast, wischst du nie den Fußboden auf, im Bad steht permanent eine Riesenpfütze. Darf ich dich berühren?

Darf ich dich berühren?

Was für eine idiotische Angewohnheit, den Pullover auf der nackten Haut zu tragen, du trägst nicht einmal einen BH, sag nichts, schick mich nicht weg, ich wollte es schon so lange, schick mich nicht weg ...«

Wir kamen nicht mehr bis in sein Zimmer, wir zogen uns nicht einmal richtig aus; am schwierigsten war es mit den Schuhen, die Leidenschaft – seine, meine (kann das sein – meine?!) ließ uns keine Zeit für die Schnürsenkel, wir verwickelten uns in unserer Kleidung, wir verwickelten uns in unseren Körpern, wir verwickelten uns ineinander, wir wollten uns aneinander gewöhnen, wir wollten das Schlachtfeld sondieren und uns Zeit lassen, alle Einzelheiten zu erforschen. Gesamtbild, Krankengeschichte, Anamnese, Diagnose: »Ich will dich, mein Gott, wie sehr ich dich will« – »Nein – ich will dich« – »Nein! Ich will dich, ich habe es zuerst gesagt ...«

Das war der Anfang, dann löste er unsere Schnürsenkel, schleppte und zerrte wie ein Rasender die Trainingsgeräte zur Seite, irgendwohin – keine Ordnung, keine Symmetrie –, warf ein Laken auf den Teppich. Er wollte mich, und ich wollte ihn …

»Komm, Eva, komm zu mir, ich will dich lieben. Niemals habe ich etwas so sehr gewollt.«

Er war zuerst müde – wie es sich gehört, der Mann muß zuerst müde sein. Er bat um Gnade – aber nur, um mich besser anschauen zu können.

»Wie schön du bist … Warum habe ich das nie bemerkt? Bleibst du bei mir?«

»Bei dir bleiben? Du hast doch schon eine Freundin.«

»Ja, jetzt. Dich … Aber sag nichts, bitte, sag kein Wort!«

»Hast du Angst, ich könnte etwas sagen, was dir nicht gefällt?«

»Ich weiß sogar – *was*. Es war wunderbar mit uns beiden, aber das ist noch lange kein Grund …«

Ich umarmte ihn und dachte flüchtig, wie vollkommen doch der menschliche Körper sein kann.

»Es war wunderbar mit uns beiden. Und das ist ein Grund …«

»Glaubst du das wirklich?«

»Ja …«

Ich glaubte es tatsächlich, sein Körper konnte so vieles gleichzeitig, er erregte und tröstete, gab mir Schutz und Geborgenheit; jetzt war er voller Klänge und Gerüche, er verzauberte mich. Ich war so müde, ich war so lange allein gewesen. Ich werde niemanden mehr verraten.

Ich werde niemanden mehr verraten – das war das letzte, was ich dachte, bevor ich in den Schlaf sank.

Als ich aufwachte, war ich allein. Hinter den Vorhängen kein Lichtschimmer. War es Morgen oder Nacht? Wahrscheinlich Morgen – die Nacht war wunderschön gewesen, und meine Haut barg immer noch den Geruch seiner Küsse. Ich streckte mich aus und sprang leichtfüßig vom Boden auf. Wir hatten uns auf dem Fußboden geliebt, das

Laken zu einem formlosen Klumpen verdreht; armer Mitjaj, wie unordentlich ...

Ich trat vor den Spiegel und betrachtete mich – die Frau, die ich haßte, die mir so fremd geworden war. Ich hatte das dumme Gefühl, daß meine bewährte Gesichtslosigkeit mich im Stich lassen wollte, die verdammten, unerträglich leuchtenden, unerträglich glücklichen Augen verdarben alles. Oder waren es Mitjajs Augen, mit denen ich mich sah?

Ich lächelte mir zu und ging in die Küche.

Was ich dort zu sehen bekam, warf mich beinahe um. Der Kühlschrank stand sperrangelweit offen, die Pfanne mit dem Fleisch, das ich mir gestern abend gebraten hatte, stand auf dem Fußboden, und davor saß Mitjaj, nackt wie ein Baby, und futterte, was das Zeug hielt.

Als er mich sah, verschluckte er sich fast.

»Na, bist du aufgewacht?« fragte er und kaute verlegen weiter.

»Ich wollte dir bloß sagen, wie wunderschön es war ...«

»Und ich wollte gerade zu dir gehen und dir dasselbe sagen.«

»Wie spät ist es?«

»Halb acht.«

»Willst du nicht joggen?«

»Scheiß drauf.«

»Und du ißt Fleisch? Ich dachte, das kannst du nicht ausstehen.«

»Ich liebe es. Ich habe so eine Gier nach Fleisch, das kannst du dir gar nicht vorstellen.« Er lachte glücklich und hob seine glänzenden Augen zu mir auf. »Steh nicht so da.«

»Und was soll ich tun?«

»Du willst doch nicht, daß ich mich mit meinen fettigen Händen auf dich stürze?«

»Doch«, sagte ich ernst.

»Ich will es auch. Ich bin verrückt nach dir, ich will dich so ...«

»Und deshalb läßt du heute deine fünfzehn Kilometer ausfallen?«

»Genau deshalb.«

»Ein großes Opfer.«

»Ich erwarte eine Gegenleistung.«

»Was für eine Gegenleistung?«

»Du rufst jetzt jemanden aus eurem Team an und sagst, daß du nicht zur Arbeit kommst.«

»Wie stellst du dir das vor – nicht zur Arbeit gehen? Bratny schmeißt mich achtkantig raus.«

»Denk dir was aus. Sag, daß du krank bist, daß deine Verwandten zu Besuch gekommen sind. Nein, das geht nicht. Sag die Wahrheit. Sag, daß du den Mann deines Lebens getroffen hast und die nächsten zwei Tage das Bett nicht verlassen willst.«

»Nur zwei Tage?« fragte ich ironisch.

»Dann denken wir uns was anderes aus.«

Ich war einverstanden. Es wäre ohnehin über meine Kräfte gegangen, jetzt ins Studio zu fahren und in das Gesicht der Mörderin zu sehen, im hellen Licht der Jupiterlampen. Ich werde schon irgendwann damit fertig werden, ich werde darüber nachdenken – später, aber nicht jetzt …

Mitjaj hatte schon den Telephonhörer abgenommen und reichte ihn mir. Ich wählte Fjodors Nummer – die einzige Nummer, die ich auswendig kannte. Lange Rufzeichen – eine halbe Minute, eine Minute, anderthalb Minuten. Dann endlich hob Bubjakin den Hörer ab. Ich hörte seine mürrische, vom Schlaf heisere Stimme.

»Verflixt, wer ist denn da?«

»Hallo, ich bin's, Eva.«

»Verfluchte Scheiße, Eva, wie spät ist es?«

»Kurz nach acht.« Ich schlug eine halbe Stunde drauf, damit es ein bißchen leichter für ihn war.

»Ich bin um sechs ins Bett, ich hab einen totalen Schädel, wir drehen heute erst ab zwölf, ich könnte locker noch zwei Stunden weiterschlafen … Was willst du denn, verdammt noch mal?«

»Ich komme heute nicht. Ich kann nicht. Sag bitte Bratny Bescheid.«

»Bratny scheißt auf dein Bescheidsagen. Was ist denn los bei dir?«

Mitjaj stand schon hinter mir und blies mir vorsichtig in den Nacken. »Ich will dich, ich will dich, ich will dich«, flüsterten seine Lippen.

»Bist du noch dran?« Fjodors Stimme brachte mich in die Wirklichkeit zurück.

»Ich bin noch dran.«

»Was los ist, habe ich gefragt.«

»Ich habe den Mann meiner Träume getroffen und will die nächsten zwei Tage mein Bett nicht verlassen. Also denk dir für Bratny was Überzeugenderes aus. Mir fehlt die Phantasie.«

»O Gott, was kann überzeugender sein?! Na gut, das kostet dich aber eine Flasche Martini. Grüß deinen Liebhaber, und paß auf, daß du ihn heil läßt ...«

»Ich bete dich an!«

»Ach, noch was. Laß dein Telephon an, für alle Fälle. Falls irgendwas ist ...«

Ich gab Fjodor die Telephonnummer, und er legte auf.

»Und?« fragte Mitjaj ungeduldig.

»Alles in Ordnung.«

»Ich bin froh, daß es ohne Blutvergießen abging. Du wärst hier nur über meine Leiche rausgekommen.«

Er hob mich hoch und trug mich ins Zimmer zurück. Ich leistete keinen Widerstand, wollte keinen Widerstand leisten.

»Ich will gar nichts über dich wissen«, sagte er und drückte sein Gesicht an meine Haut.

»Seltsame Erklärung.« Ich hob seinen Kopf hoch und küßte ihn aufs Kinn. »Ich wollte doch nicht ...«

»Nein, du hast mich nicht verstanden. Ich habe gesagt: Ich will nichts über dich wissen, denn egal, was du erzählen würdest, es wäre doch nicht die ganze Wahrheit ...«

Sein naiver Scharfsinn erschreckte mich.

»Verstehst du? Ich will selbst herausfinden, wer du bist, ich werde mir die unwahrscheinlichsten Geschichten ausdenken ...«

Armer Mitjaj, die unwahrscheinlichsten Geschichten sind längst alle ausgedacht, alle Rollen längst gespielt, und das Ende kommt vielleicht viel früher, als du glaubst.

»Ich mag dein Gesicht. Nein, das meine ich nicht – es verzaubert mich. Wir sind doch gleich alt, oder? Ich sehe es. Es kommt mir so vor, als wolltest du dein Gesicht verbergen, als wolltest du nichts mit ihm zu tun haben.«

Ja, Mitjaj, das siehst du ganz richtig.

»Ich möchte dir etwas erzählen, Eva. Etwas, daß ich noch nie jemandem erzählt habe. Küß mich, bitte ...«

Ich küßte ihn – der erste keusche Kuß seit zwölf Stunden.

»Weißt du, ich habe meine Eltern sehr geliebt. Ich habe sie einfach vergöttert. Sie waren so schön. Und meine ältere Schwester war auch unglaublich schön. Sie war Turnerin, Mama hat sie trainiert. Eine schöne Familie schöner Menschen, nur einer von uns war eine reine Mißgeburt, entsetzlich dick, so dick, daß er bis zu seinem vierzehnten Lebensjahr immer zu Hause saß, weil alle ihn hänselten, alle ihn haßten. Und die Eltern haben sich seinetwegen geschämt, sie hätten am liebsten gar nichts mit ihm zu tun gehabt. Stell dir vor, seine Mutter gab ihm abends nicht einmal einen Gute-Nacht-Kuß. Und er wollte so sehr, daß man ihn liebte, er wünschte es sich so sehr. Verstehst du, Eva?« Mitjaj umarmte mich so fest, daß meine Wirbelsäule knackte. »Das war ich. Ich wünschte mir so sehr, geliebt zu werden. Wenn meine Eltern irgendwohin zu Besuch gingen, nahmen sie mich nie mit, sie nahmen immer nur Irina mit. Zuerst schleppten sie mich zu allen möglichen Ärzten, man glaubte, es sei irgendwas mit dem Stoffwechsel. Und später dann sagte meine Mutter zu meinem Vater ... Sie dachten, ich schliefe, aber ich schlief gar nicht und hörte alles ... Mama sagte: ›Weißt du, ich habe das Gefühl, man hat unser Kind im Kreißsaal vertauscht, er kann nicht unser Sohn sein ...‹ Es war schrecklich! Ich weinte die ganze Nacht hindurch, ich wollte nicht mehr leben. Wenn ich damals gewußt hätte, daß man sich umbringen kann – ich hätte es getan ... Dann fuhr ich ins Pionierlager, zum ersten Mal in meinem Leben. Aber ich bin weggelaufen – dort im Lager konnte man auch keine Dicken leiden, man schüttete ihnen Salz ins Kompott, setzte ihnen Kakerlaken ins Bett; und alle haben sich darüber totgelacht, alle fanden das total witzig ... Also bin ich einfach abgehauen und nach Hause gefahren, und in der Metro habe ich dann zufällig gelesen, daß meine Eltern bei einem Autounfall umgekommen waren. Aber trotzdem, ich wußte, daß ich ihr Sohn war, ich wußte es. Damals habe ich den Entschluß gefaßt, ein anderer Mensch zu werden. Ich fing an, Cross zu laufen, obwohl ich dachte, ich müßte sterben. Du weißt nicht, was das heißt, hundertdreißig Kilo mit sich herumzuschleppen, wenn das Herz nicht mehr mitmachen will und blutige Schleier vor deinen Augen tanzen ... Du weißt nicht, was das heißt, wochenlang nichts zu essen, und dann zwei Tage lang nur Rosenkohl. Du weißt nicht, was das heißt, Liegestütze bis zum Umfallen, Klimmzüge bis zum Umfallen, und laufen, laufen, laufen, mit kiloschweren Gewichten an Händen und Füßen, mit einem Zentner auf dem Buckel. Und das jeden Tag, drei Jahre lang. Aber dann am Ende, als niemand mehr auf die Idee gekommen wäre, mich fett zu nennen, sagte ich jeden Abend – seht her, *ich bin euer Sohn!* Ich wollte es ihnen einfach beweisen. Dann bin ich vollkommen durchgedreht – man nahm mich ohne Prüfung an der Sportuniversität auf. Tagsüber habe ich studiert und abends arbeitete ich im Leichenschauhaus. Und während ich die Leichen aufschnitt, dachte ich unentwegt an meine Eltern. Ich hatte die wahnsinnige Vorstellung, daß, wenn ... wenn ich mich in den Pupillen der Toten widerspiegelte, würden die Eltern sehen, was aus mir geworden war. Und zu jedem Toten sagte ich: Sehen Sie mich an und sagen Sie ihnen, was aus mir geworden ist ... Ich glaubte daran, daß die Seelen der Toten sich im Jenseits treffen würden ... Ich war einfach total durchgeknallt.«

Ich preßte mir die Hand auf den Mund – reiß dich zusammen, mach jetzt bloß nicht schlapp, erzähl ihm jetzt bloß nicht, was du alles in den letzten Jahren durchgemacht hast. Ich wollte es tun, weil ich fühlte, daß solche Offenheit nicht unerwidert bleiben durfte. Ich wollte es tun, aber ich erinnerte mich rechtzeitig daran, daß man für jede unvorsichtige Wahrheit verraten wird. Ein einziger Mensch hatte alles über mich gewußt, ein einziger – und er hatte mich verraten.

Dan Sikora, Computer-Gott, Drogenboß, treuloser Matador, der mein Herz raubte. Der einzige, für den ich vor Liebe fast gestorben wäre ...

»Und dann?« fragte ich leise.

»Dann war alles vorbei, ganz plötzlich. Ich erinnere mich sogar noch an den Tag, es war der fünfzehnte Oktober. Ich wachte morgens auf und dachte: Ich gehe nicht mehr ins Leichenschauhaus. Wahrscheinlich hatte ihnen jemand die Nachricht überbracht. Von diesem Tag an war einfach Ruhe.«

»Und dann?« Ich rückte ein wenig von ihm ab, aber nur, um ihn anzuschauen, diesen braven Jungen, der so lange gelitten hatte, seinen vollkommenen Körper, den kraftvollen Bogen seiner Schlüsselbeine, die perfekten Muskeln, die stolze Nase und das kantige Kinn.

»Dann bist du gekommen. Das ist alles. Der Dicke hat Glück gehabt, die schönste Frau der Welt hat sich in ihn verliebt, die widerborstigste ...«

»Die graueste, wolltest du sagen.«

»Weißt du, ich habe das alles nie jemandem erzählt ... Nicht einmal mir selber. Ich liebe dich, und ich will, daß du bei mir bleibst.«

»Du verrätst deine Weizenkeime, die werden dir das nicht verzeihen ...«

»Ich liebe dich ...«

»Du wirst ständig die Pfützen im Bad aufwischen, und ich werde nie aufhören zu rauchen.«

»Ich liebe dich.«

Nur selten erhoben wir uns von unserem Laken und liefen einer hinter dem anderen durch die Wohnung. Das Bad war ein einziger See, wir vergaßen, den Wasserkessel vom

Herd zu nehmen, wir vergaßen, den Kühlschrank zu schließen, aber uns war alles vollkommen egal, wir wollten nur möglichst schnell zurück in unser Zimmer, sonst wollten wir nichts.

Warum hatte Mitjaj das Telephon nicht abgestellt?

Der Anruf drang synchron in unsere vernebelten Köpfe, er verfolgte uns am offenen Abgrund des nahenden Finales, er summte wie eine Mücke im Spinnennetz, er schrie wie ein verlassenes Kind, er wollte nicht nachgeben, er wollte um alles in der Welt sein Ziel erreichen.

»Mitjaj, wir müssen das Telephon abnehmen«, flüsterte ich, ohne ihn aus meiner Umklammerung zu lassen.

»Ich glaube auch, wir müssen das Telephon abnehmen«, flüsterte Mitjaj, ohne mich aus seiner Umklammerung zu lassen.«

»Nimm ab …«

»Ja, sofort. Aber erst küß mich, sonst nehme ich nicht ab.«

»Du bist ein Erpresser.«

»Und du bist eine Diebin. Los, küß mich.«

Ich küßte ihn, und dafür brauchte ich mehrere Minuten. Das Klingeln hörte auf, dann begann es wieder von neuem.

Er stand auf und ging zum Telephon. Es war ein kurzes, einsilbiges Gespräch, ich achtete nicht darauf. Vielleicht wird es ja doch etwas mit uns, Mitjaj? Eines weiß ich jedenfalls, ich fühle mich wohl mit dir …

Mitjaj kam zurück und blieb in der Tür stehen.

»Wer war das?« fragte ich.

»Eva … Ich fürchte, du … Wir müssen ins Studio fahren, Eva.«

»Was Dringendes?«

»Dein Kumpel hat angerufen.«

»Fjodor? Ist etwas passiert?«

»*Eure Schauspielerin wurde ermordet.*«

»Man hat also ihre Leiche gefunden?« fragte ich mit tonloser Stimme.

»Du … Du redest so, als wüßtest du es schon.« Mitjaj sah mich mit großen Augen an.

»Ja, ich weiß es. Ich hätte es dir erzählen müssen ... Ich wußte es von Anfang an. Wahrscheinlich habe ich die Leiche als erste entdeckt.«

»Wovon redest du, Eva?!« schrie er.

Jetzt erzähle ich ihm alles, o Gott, was für ein Glück, sich endlich aussprechen zu können.

»Ich rede von der Alexandrowa.«

»Was hat das mit der Alexandrowa zu tun? Es geht um einen Mord.«

»Na, eben.«

»Es geht um einen Mord, du kannst davon nichts wissen.«

»Ich habe die Leiche selbst gesehen.«

»Was ist mit dir los, Eva?! Wie konntest du ihre Leiche sehen? Sie wurde vor vierzig Minuten umgebracht.«

»Was? Wer denn?«

»Die Bergman. Sie wurde vor zirka vierzig Minuten dort im Studio ermordet, während der Pause.«

Ich krallte mich ins Laken, sah Mitjaj an wie eine Irre und hörte gar nicht mehr, was er sagte.

»Wie – ermordet? Das kann nicht sein!«

»Dein Kumpel war ziemlich durcheinander, es war nichts Konkretes aus ihm rauszuholen. Er hat bloß immer wieder gesagt, daß du sofort hinkommen sollst. Ich fahre mit, Eva.«

Als wir gerade gehen wollten, klingelte das Telephon noch einmal. In diesem Gespräch spielte Mitjaj nicht gerade den aktiven Part, sein Beitrag beschränkte sich auf zwei knappe »Ja« und den Satz »Ich werde es versuchen«, mit dem er das Telephonat beendete.

»Ich denke, du solltest nicht fahren, Eva«, sagte er, als er aufgelegt hatte. »Das war mein Boß. Er meint, wenn ich dich sehe, soll ich dir sagen, daß du besser nicht im Studio aufkreuzt ... So lange, bis alles geregelt ist.«

Also ist es wahr.

»Ich fahre.«

»Es ist besser, wenn du nicht fährst. Ich bitte dich darum, sonst muß ich ...«

»Sonst mußt du was? Wirst du Gewalt anwenden gegen die Frau, mit der du geschlafen hast?«

»Gegen die Frau, die ich liebe«, verbesserte Mitjaj. Seine Stimme klang verzweifelt. »Aber ich werde keine Gewalt anwenden. Wenn du willst …«

»Ich muß.«

»Dann fahren wir …«

Das war's. Mein Kopf war vollkommen leer, kein einziger Gedanke war darin außer der penetranten Endlosschleife: »Das kann nicht sein, das kann nicht sein, das kann nicht sein«. Das war's, meine Damen und Herren Geschworene, der Verteidigung sind neue Umstände bekannt geworden, die die Unschuld der Angeklagten unumstößlich beweisen: Sie wurde ermordet, genau wie das Opfer. Die Sitzung ist geschlossen, das Urteil gesprochen.

Unschuldig.

Die Angeklagte wird aus der Haft entlassen.

»Das kann nicht sein«, wiederholte ich immer wieder und wieder, bis wir das Studio erreichten. »Das kann einfach nicht sein.«

Aber wenn es doch wahr ist – dann waren meine ganzen wunderbaren Analysen, die ich so fein säuberlich auf Mitjajs Glanzkarton-Urkunden geschrieben hatte, keinen Pfifferling wert; alles, was blieb, war dieser Satz: ICH WEISS, DASS SIE ES WISSEN. WARUM HABEN SIE DIE TAT VERTUSCHT?

Mir wurde bange.

»Vielleicht … vielleicht war es ja Selbstmord?«

»Er hat klar und deutlich gesagt, daß sie ermordet wurde. Die Mordkommission ist gerade eingetroffen. Alle werden verhört. Du hast jedenfalls ein Alibi.«

Ich sah Mitjaj erstaunt an.

»Alibi? Was meinst du mit Alibi?«

»Natürlich! Sie wurde während der Dreharbeiten ermordet, also setzen sie jetzt allen die Daumenschrauben an. Ist doch klar, sie stellen allen dieselben Fragen: Wo waren Sie zum Zeitpunkt der Tat, wann haben Sie das Opfer zum letzten Mal lebend gesehen, und das ganze Zeug. Es liegt doch auf der Hand, daß es jemand aus dem Filmteam gewesen sein muß. Da hat irgendeiner eine Rechnung beglichen.«

Die, die mit der Bergman eine Rechnung zu begleichen hatte, ist schon seit ein paar Tagen tot. Wieso redete Mitjaj plötzlich von einem Alibi? Und warum hatte er kein einziges Mal mit mir über die Alexandrowa gesprochen, warum hatte er keine Erklärung von mir verlangt? Oder hatte er meine Offenbarungen für eine plötzliche Geistesverwirrung gehalten, für das Gefasel einer hypersensiblen Tussi? Vielleicht wartete er einfach geduldig, bis ich ihm alles von selbst erzählte … Die bequemste Variante.

Alle Zugänge zum Studio waren versperrt. Noch konnte ich umkehren und verschwinden, letzten Endes hatte ich ein Alibi – wenigstens für den heutigen Tag, Mitjaj hatte recht. Aber ich tat es nicht. Irgendeine geheimnisvolle Kraft zog mich ins Studio, ich wollte mich selbst überzeugen, ich wollte es nicht glauben.

Ich glaubte es auch dann noch nicht, als mich ein junger Sergeant anhielt.

»Hier darf niemand rein«, sagte er streng. »Da drin läuft eine Ermittlung.«

Also war es wirklich wahr.

»Ich gehöre zum Filmteam … zu dem Filmteam, bei dem es passiert ist.« Ich hielt ihm den Passierschein vor die Nase, und der Sergeant untersuchte ihn gründlich.

»Sie können reingehen«, sagte er schließlich. »Und der hier?«

Mitjaj sah mich bittend an.

»Der gehört zu mir, das ist der Kamera-Assistent.«

»Dann bitte, gehen Sie.«

Gleich neben dem Eingang zum Studio hing Krawtschuks Leibwächter Senja herum. Mitjaj drückte mir sanft die Hand und ging zu ihm.

In einer Ecke am Fenster saß Irene und weinte leise; ihr Gesicht war leichenblaß und starr, es sah fast aus wie eine ostasiatische Trauermaske. Ihre Tränen hatten die Wimperntusche verlaufen lassen und schwarze Furchen in die dicke Schicht aus Make-up und Puder gegraben. Um sie herum stand eine kleine Gruppe teilnahmsvoller Kollegen. Sie waren offensichtlich ratlos, was sie tun sollten. Von Zeit zu Zeit streichelte eine der Assistentinnen mitfühlend Irenes Schulter, und Bratnys Privatsekretärin Musa hielt ein Glas Wasser bereit.

Die Männer rauchten nervös.

Sergej Woloschko fiel wieder mal besonders auf: Er hatte, wie immer, irgendwo Wodka aufgetrieben und trank ihn zusammen mit Schura Weprew und dem technischen Assistenten Sadykow direkt aus der Flasche.

»Für mich ist die Sache vollkommen klar«, lamentierte Sergej mit gesenkter Stimme. »Ich kann ja einiges verkraften, aber so eine harmlose Oma mir nichts dir nichts abzumurksen, noch dazu hier mitten im Studio, einfach so in der Fünfminutenpause – das ist ein Hammer. Dieser Film fängt echt gut an. Die eine verschwindet auf Nimmerwiedersehen, die nächste wird gleich ermordet. Nein, ich sage euch, am besten, man sieht zu, daß man möglichst schnell Land gewinnt, bevor man am Ende noch selber mit einem Kodakfilm erwürgt wird …«

»Genau so ist es«, sekundierte ihm Sadykow, der Liebhaber kostenloser Sauftouren. »Mit dem Film hat es sich erledigt, daß kapiert doch der letzte Trottel. Hier spielt niemand mehr. Wer will sich denn so was antun?«

»Verdammt, das hat es hier bei Mosfilm noch nie gegeben«, meldete sich Schura zu Wort. »Ich mache da jedenfalls nicht mehr mit, und ich will keine Kopeke von dem.«

Mein Gott. Wie klar Bratny alles vorausgesehen hatte, wie gut er diese Filmleute kannte, ihre Feigheit und ihren Aberglauben.

Fjodor warf mich vor Begeisterung beinahe um.

»Du bist also doch gekommen? Gott sei Dank, ich bin total fertig. Aber das ist noch gar nichts, Wolodka Tschernyschow mußten sie zur Sanitätsstelle bringen, so schlecht war ihm. Du bist der einzige vernünftige Mensch unter uns, Eva. Hier herrscht das totale Chaos.«

»O Gott, Fjodor, was ist eigentlich passiert? Was geht hier vor?«

Fjodor nahm sich zusammen und versuchte, uns einen halbwegs vernünftigen Bericht zu liefern. Nach seiner Schilderung hatte sich die Sache folgendermaßen abgespielt:

Die Dreharbeiten hatten genau um zwölf Uhr begonnen (»Du kennst doch unseren Tyrannen!«). Bratny war in bester Form, auch die Alte arbeitete gut, sogar noch besser als sonst. Die erste Pause wurde gegen drei Uhr eingelegt, nachdem die Alte zwei Stunden nur für Großaufnahmen posiert hatte – eine der Jupiterlampen war ausgefallen. Der Schaden wurde schnell behoben, und die Dreharbeiten gingen weiter, aber eine Stunde später fielen plötzlich sämtliche Jupiterlampen auf einen Schlag aus, und die gesamte Studiobeleuchtung gleich mit. Wowan Trapesnikow raste gleich zur Verteileranlage, um nachzusehen, ob die Sicherungen durchgeknallt waren. Trapesnikow an die Verteileranlage zu lassen war natürlich ein unverzeihlicher Fehler: Er war wie üblich bis oben hin mit irgendwelchen Drogen zugedröhnt und kapierte überhaupt nichts. Also vergingen erst mal weitere fünf Minuten, in denen Bratny ein Heidenspektakel veranstaltete und das Team seine üblichen blöden Witze abließ. Die Bergman mischte kräftig mit, sie machte ihren Mund gar nicht mehr zu. Plötzlich fing Wowan an zu schreien, er habe Angst im Dunkeln und gleich würde er eine gewischt kriegen. Also kam ihm Sadykow zu Hilfe, und innerhalb von ein paar Sekunden war alles geregelt. Sadykow hat einfach die Sicherungen reingedrückt, und das war's. Sonst war tatsächlich nichts passiert. Die Alte hielt jetzt die Klappe, aber niemandem fiel das weiter auf.

Als das Licht anging, war die Alte tot. Das heißt, zuerst herrschte bloß ein großes Durcheinander, alle rannten hin und her, Sergej Woloschko überprüfte alles, man stellte wieder eine der Jupiterlampen auf, und dann merkte man auf einmal, daß irgendwas nicht stimmte. Und zwar stimmte nicht, daß die Oma überhaupt keine Reaktion mehr zeigte. Bratny ging zu ihr ihn, und Irene schrie plötzlich wie am Spieß los. Zuerst dachten alle, sie sei einfach gestorben, aber dann stellte sich heraus, daß ihr jemand einen langen spitzen Gegenstand in den Rücken gestoßen hatte, direkt ins Herz.

»Einen langen spitzen Gegenstand?« fragte ich tonlos.

»Glaub's mir! Keiner hat sich getraut, ihn rauszuziehen. Es gab aber überhaupt kein Blut. Und es war ganz still ... Dann brach sofort allgemeine Hysterie aus. Nur Bratny sagte kein Wort. Aber das ist ja logisch. Der Mann war total geschockt, wie gelähmt, er saß bloß da und brummte die ganze Zeit vor sich hin: ›Ich hätte es ahnen müssen, daß das nicht gut geht, ich hätte es ahnen müssen ...‹ Na, und haufenweise Flüche, auf die Alte und auf uns alle, was für bescheuerte Rindviecher wir wären und so. Du kennst ihn ja, Eva ... Aber man kann's ja auch verstehen. Die eine Schauspielerin ist spurlos verschwunden, und mit der anderen passiert gleich die nächste Katastrophe. Bloß gut, daß Krawtschuk schon da war. Er hatte sich nämlich verspätet, er war gerade in dem Moment ins Studio gekommen, als das Licht ausging. Er fing sofort an zu schreien: ›Was ist denn hier los, kann man euch denn keine Minute allein lassen ...‹ Und als wir endlich kapiert hatten, was passiert war, hat er alles perfekt organisiert, die alte KGB-Ratte – den Tatort abgesperrt und so weiter. Er hat alle überprüft, jeden gefilzt ... Und keiner kam auf die Idee, sich darüber zu mokieren. Ich sage dir, das ist der reine Schwachsinn, ein Verbrechen gegen den gesunden Menschenverstand. Was hätte das für ein Film werden können! Und jetzt gibt es keinen Film, kein Team mehr – bloß Streß.«

»Warum Streß?« fragte ich dumm.

»Kapierst du denn nicht?« Fjodor sah mich kläglich an. »*Es muß doch jemand aus dem Team gewesen sein*. Wir stehen alle unter Verdacht.«

»Das ist doch Quatsch, Fjodor!« Vielleicht klang meine

Stimme nicht so überzeugend, wie Bubjakin es sich gewünscht hätte, jedenfalls sah er mich fuchsteufelswild an.

»Wieso Quatsch? Über dem Eingang zum Studio hat die ganze Zeit das Lämpchen geleuchtet: ›Ruhe! Aufnahme‹. Es war keine einzige fremde Person am Set. Wir alle waren hier, als sie ermordet wurde, und niemand sonst. Verstehst du jetzt endlich?«

O ja, ich verstand, ich verstand sehr gut, daß ich unter den Trümmern meiner eigenen, perfekt aufgebauten Theorie lag. Die Bergman konnte mit dem Mord an der Alexandrowa nichts zu tun gehabt haben, sie hatte einen unwiderlegbaren Beweis ihrer Unschuld erbracht. Aber wenn es nicht die Bergman war – wer dann? Ein Psychopath, der es auf Schauspielerinnen abgesehen hatte? Auf die Schauspielerinnen eines ganz bestimmten Regisseurs, nämlich Andrzej Bratnys, des Triumphators von Cannes, des neuen Lieblings der internationalen Filmwelt? Und es war einer von seinen eigenen Leuten, einer, den er selbst ausgesucht hatte, nach seinen eigenen, nur ihm selbst verständlichen Kriterien, mit seiner eigenen, bizarren Intuition, nach seinen eigenen Spielregeln.

Die Spielregeln, das ist es.

Was hatte doch am Schluß jener anonymen Botschaft gestanden: ES ÄNDERT GAR NICHTS, WENN SIE SCHWEIGEN, NUR DIE REGELN WERDEN GEÄNDERT. Andrzej hatte das für ein Spiel gehalten, für nichts als ein Spiel, er hatte diese Erpressung nicht ernst genommen. Vielleicht war ich ja doch der Wahrheit am nächsten gekommen, als ich sagte, daß der Mörder diese Botschaft geschrieben haben könnte – und gemeint waren dann die Spielregeln für Mord.

Wir hatten geschwiegen, *und die Spielregeln wurden geändert.*

Die Alexandrowa war in der leeren Garderobe ermordet worden, sie saß dort einsam und allein zwischen den Flügeln des Schminkspiegels, im grellen Licht der Schminklampen. Die Bergman dagegen wurde am Set ermordet, inmitten von Menschen und in völliger Dunkelheit. Die Alexandrowa wurde wahrscheinlich mit einer Ahle erstochen, der Stoß erfolgte von vorn in die Brust. Ich wußte noch nicht, mit was für einer Waffe man die Bergman umgebracht hatte, aber sicher war, daß man sie von hinten in den Rücken gestochen hatte.

Die Spielregeln waren geändert worden, und zwar spiegelbildlich. Genauso, wie die Bergman und die Alexandrowa Spiegelbilder voneinander waren. Das Ganze sah eher wie das Werk der Vorsehung aus, die die beiden Frauen auf grausame Art miteinander versöhnen wollte – aber nicht wie die Tat eines Menschen.

»Eva! Was ist mit dir los, Eva?!« Fjodor schrie schon eine ganze Weile auf mich ein.

»Nichts ... Alles in Ordnung.«

»Ach, du findest, es ist alles in Ordnung? Du bist vielleicht ein Spaßvogel! Alles in Ordnung ... Ich habe sie nicht ermordet, Eva, hörst du, was hätte ich denn davon? Ich habe sie nicht ermordet, glaubst du mir?« Fjodor war völlig aus dem Häuschen.

»Jetzt komm, sei ein Mann und reiß dich mal am Riemen«, sagte Mitjaj, der hinzugetreten war. Ich hatte vollkommen vergessen, daß er existierte.

Aber Fjodor wollte sich nicht beruhigen, er jammerte immer weiter und klammerte sich an meine Hände.

»Eva, verstehst du denn nicht, ich bin vorbestraft, ein Jahr auf Bewährung, sie überprüfen uns jetzt und kriegen das raus ... Und kein Bratny kann mir dann noch helfen, der steckt selbst in der Scheiße. Du kennst doch diese Typen, die denken nur an ihre Erfolgsquote, und wen kriegen sie als erste am Arsch? Die, die sowieso schon Dreck am Stecken haben.«

»Na ja, dann müßten sie aber das halbe Team verknakken«, bemerkte ich sachlich und dachte an die Machenschaften mit den Juwelen und den Antiquitäten und an die gemütlichen Heroinkränzchen von Wowan Trapesnikow. Und der sanftmütige Tontechniker Schura Weprew hatte, wie ich vor kurzem erfuhr, wegen Totschlags fünf Jahre in der Strafkolonie abgesessen. Er hatte dem Liebhaber seiner Frau eiskalt eins mit einer Bratpfanne über den Schädel gezogen. Und nur weil der Verband der Film- und Fernsehschaffenden sich für den begabten Tontechniker eingesetzt hatte, war er mit fünf Jahren davongekommen.

»Ist der Regisseur noch da?« fragte Mitjaj sachlich.

»Alle sind noch da, auch Bratny und Krawtschuk. Sie erwarten irgendein hohes Tier, einen Fachmann. Er müßte bald anrollen.«

Bratny und Krawtschuk werden nie und nimmer von dem ersten Mord erzählen, nachdem sie soviel daran gesetzt haben, ihn zu vertuschen. Das würde ja bedeuten, sich als Mittäter zu belasten, sich selbst zu gefährden. Bis zum heutigen Tag waren wir nur Komplizen gewesen, jetzt aber war jeder von uns ein gefährlicher Zeuge ... Nein, das war nicht ganz richtig. Ich war ein gefährlicher Zeuge für sie, ich war der Unsicherheitsfaktor, ein ominöses Mädel mit fragwürdiger Vergangenheit. Was würde passieren, wenn meine Nerven mich im Stich ließen und ich ein Geständnis ablegte, wenn ich alles erzählte, was ich wußte? Der Geschäftsführer des Teams war kein Idiot, er mußte diese Möglichkeit in Betracht ziehen. Und das hatte er mit Sicherheit auch getan. Krawtschuk ließ sich nicht in die Ecke drängen, er würde sich verteidigen, er würde einen Weg finden, sich aus der Sache rauszuwinden.

Ich sah Mitjaj an. Mein braver Junge war ein Mann von Krawtschuk. Das Ganze kam mir jetzt so vor wie eine Variation auf das klassische Thema »Konflikt zwischen der Pflicht und dem Gefühl«, der motivische Dauerbrenner indischer Rührschnulzen.

Ich hätte wohl lieber versuchen sollen, mich mit ihm auszusprechen und ihn auf meine Seite zu ziehen, anstatt ohne Pause mit ihm Liebe zu machen. Ich mußte ihm alles erzählen, sofort. Ich trat zu ihm und nahm seinen Arm.

Er reagierte sofort, als hätte er nur darauf gewartet. Er legte den Arm um meine Schultern und vergrub sein Gesicht in meinem Haar. Ich wußte schon, was er sagen, was er mir ins Ohr flüstern würde. Und er tat es:

»Verdammt, ich weiß, das ist nicht die passende Situation, aber ich will dich schrecklich, wahnsinnig.«

»Was ist denn mit euch los, Kinder!« Jetzt erst bemerkte ich, daß Fjodor uns mit großen Kulleraugen anstarrte. »Was ist das denn, seid ihr total durchgeknallt? Ich erzähle euch von einem Mord, und was macht ihr?«

Mitjaj löste vorsichtig die Arme von mir, und ich ließ ihn widerwillig los.

Die Tür öffnete sich, und Wowan Tapesnikow stürzte herein, schweißnaß. Das ganze Team sah ihn mit achtungsvollem Schrecken an.

»Und, erzähl, was ist da drin los?« fragte Sergej Woloschko.

»Na, was glaubst du wohl ... Die werden uns einen nach dem anderen nerven bis zum Abwinken, unsere Aussagen aufnehmen und so weiter. Also halten Sie sich bereit, meine Damen und Herren Verdächtige. Die knöpfen sich jetzt jeden einzeln vor.«

Trapesnikow schlurfte zum Fenster, wuchtete seinen Hintern aufs Fensterbrett und angelte aus seinem Zigarettenetui einen riesigen Joint. Sekunden später waberte der süßliche Geruch von Haschisch durch den Flur.

»Du bist ja wohl voll von der Rolle, Wowan!« fauchte Musa und ließ von der heulenden, noch immer vollkommen verstörten Irene ab. »Verteil doch gleich an alle ein paar Spritzen! Hier wimmelt es von Bullen, schalt mal deine Birne ein! Machst es dir gemütlich und reitest uns alle in die Scheiße. Die werden noch behaupten, wir hätten hier kollektiv gefixt und dann die Alte abgemurkst! Heute rauchen sie Haschisch, und morgen knallen sie die halbe Belegschaft von Mosfilm ab, was anderes kann man bei so einem Sauhaufen ja nicht erwarten!«

»Wowan, was ist da drin los?« fragte Fjodor endlich.

»Ach, nichts Besonderes. Sie kriechen überall rum und sammeln Indizien, leck mich! Ich denke, wenn sie alle verhört haben, werden sie uns hier versammeln und versuchen, den Tathergang zu rekonstruieren. Wer hat wo gestanden, wer hat wen befummelt, halt das Gesamtbild der Situation vor der Tat. Sie werden uns die Seele aus dem Leibe quetschen. Jedenfalls haben die versucht, mich gleich in die Mangel zu nehme. Schon komisch, was da bei euch im Team so vor sich geht, die eine Schauspielerin ist verschwunden, die andere wird direkt am Set abgemurkst. Krawtschuk wurde Dank ausgesprochen für die korrekt durchgeführten Voruntersuchungsmaßnahmen. Das war's eigentlich.«

»Und du, Wowan, hast du denen mal erklärt, wo's langgeht? Hast du denen ordentlich den Kopf gewaschen, den Bullen?« Sadykow nahm Wowan den Joint aus den Händen und inhalierte geräuschvoll.

»Was sonst. Ihr kennt mich doch!«

Das Team kicherte einträchtig, und das Gespräch wandte sich nach und nach anderen Themen zu. Der erste Schreck war überwunden, und alle hatten offenbar beschlossen, einfach so zu tun, als sei nichts geschehen, und alles nur für einen weiteren hoffnungslos verpfuschten Filmtake zu halten. Erst jetzt spürte ich auf einmal mit schmerzhafter Deutlichkeit, *was für ein Team* das war, das Bratny sich zusammengestellt hatte: ein fröhlicher Haufen von Verrückten, von tatsächlichen oder potentiellen Kriminellen und ausgeflippten Junkies, die sich vorzugsweise den fragwürdigsten Vergnügungen hingaben – und kein einziger von ihnen zeigte sich im geringsten von irgendwelchen moralischen Empfindungen beleckt. Ausgerechnet mit denen hatte Bratny großes Kino machen wollen. Und das Paradoxe war, daß er es auch gemacht hätte.

Jetzt war es vorbei mit dem Film »Vergiß Montserrat«. Jetzt konnte man Montserrat tatsächlich vergessen.

Nach dem, was passiert war, ließ man Bratny nicht mehr weiterdrehen, jedenfalls nicht so bald. Das Team würde sich auflösen, Andrzej hatte recht: Filmleute sind furchtbar abergläubisch, sie verfallen sehr leicht irgendwelchen Mystizismen, wie kaum jemand sonst sehen sie überall diabolische Zeichen und Symbole. Jetzt stand diese ganze Jüngerschar Schlange, um ihrem Messias den Judaskuß zu geben. Wahrscheinlich würden sie sogar auf ihre dreißig Silberlinge verzichten.

Eine unerträgliche Schwermut ergriff mich, und ich wollte plötzlich fort.

Ich würde einfach weggehen. Ich hatte mit der Sache nicht das geringste zu tun, ich war meilenweit von jenem Wiener Stuhl entfernt gewesen, auf dem die Alte saß, meilenweit entfernt von der Verteileranlage ...

»Laß uns hier weggehen«, sagte ich zu Mitjaj.

»Ich habe dir ja gesagt, du sollst nicht herkommen. Jetzt muß ich auf den Boß warten. Er hat mich herbeordert.« Na also, nun verrätst auch du mich, mein Junge.

»Bitte komm.«

Da haben wir ihn, den Konflikt zwischen Pflicht und Gefühl, die indische Rührschnulze – was zu beweisen war. Auf Mitjajs Gesicht stand die ganze Qual des Jüngsten Gerichts geschrieben.

»Mach, was du willst, ich gehe jedenfalls.«

»Gut, ich komme mit.« Anscheinend meinte er es doch ernst mit mir, wenn er sich entschloß, auf Krawtschuks Anweisung zu pfeifen. »Ich bitte dich, warte im Café auf mich, oder im Auto, in Ordnung? Ich glaube, ich brauche hier nicht mehr lange ...«

»Ich denke nicht daran, auf dich zu warten.« Das war natürlich total blöd.

»Eva, bitte, sei nicht kindisch. Ich verstehe ja, das ist alles sehr unangenehm, alle sind mit den Nerven am Ende. Aber das hat doch mit uns nichts zu tun!«

Er hatte natürlich recht. Ich benahm mich wirklich wie eine Idiotin, ich mußte mich zusammenreißen.

Die Türen des Studios öffneten sich erneut, und drei junge Männer schoben eine Bahre heraus, auf der in einem schwarzen Sack die Leiche der Bergman lag. Wie klein sie im Grunde war, viel kleiner als die Alexandrowa. Wie hatte ich bloß annehmen können, die Bergman hätte genug Kraft gehabt, ihre Konkurrentin zu ermorden?

Eine kleine Leiche in einem schwarzen Sack. Das war alles, was von der gescheiterten Schauspielerin Faina Bergman geblieben war. Man wird sie auf Staatskosten auf dem Friedhof der Theater- und Filmschaffenden am Stadtrand begraben. Niemand wird sie beweinen, niemand wird ihr nachtrauern, und gleich nach der Beerdigung wird die bejahrte Ballerina aus Perm sich wieder in ihrem Zimmer einnisten. Aber auf jeden Fall wird die Bergman jetzt endlich zur Ruhe kommen.

Und morgen würde diese ganze Geschichte sicher in den Gazetten breitgetreten werden, man würde sie zum Verbrechen der Woche küren und ihr zwei volle Spalten widmen, vielleicht sogar drei. Ich kann mich aber auch täuschen, vielleicht würde dieser Mord ja erheblich mehr Wirbel verursachen, allein schon weil Bratny darin verwickelt war. Sie werden alle wie die Geier über ihn herfallen, er wird sämtliche Faßbinders und Tarantinos zusammengenommen in den Schatten stellen und in die Filmgeschichte eingehen als das Genie, das alle seine Schauspielerinnen ermordete.

Bildlich ausgedrückt.

Während ich mich all diesen nicht sehr lustigen Überlegungen hingab, wurde der Sperrkordon der Miliz durchbrochen, geradezu zerdrückt wie eine Papierserviette, und drei Fernsehteams auf einmal drängten sich im Gang vor dem Studio. Na klar, ein echter Mord bei Mosfilm, das war natürlich ein Reißer.

Die drei Fernsehteams baten synchron die jungen Männer, die die Bahre mit der Leiche schoben, noch einmal bis zur Tür des Studios zurückzugehen und die Fahrt zu wiederholen, als hübschen Effekt für den Fernsehbericht. Einer der vielen kleinen Tricks, die die menschliche Tragödie in eine Bildschirmfarce verwandeln.

Während die Reporter auf die Mordkommission warteten, redeten sie mit jedem, den sie erwischen konnten.

Auch Fjodor kriegten sie am Schlafittchen, und er versuchte mit trauriger Miene, ein bißchen zusätzliche Werbung für Bratnys Film zu machen.

Vielleicht wird der Film auch ja gar nicht gecancelt, dachte ich. Eigentlich wäre es doch sogar dumm, einen Film zu canceln, bei dessen Dreharbeiten ein Mord passiert ist, denn das gibt ihm eine pikante Note und heizt das öffentliche Interesse an. Die Leute schwärmen für Horrorgeschichten live, vor allem, wenn sie selber heil und sicher zu Hause auf ihrem Sofa sitzen.

»Laß uns gehen«, bat ich Mitjaj wieder. »Diese Fernsehleute gehen mir auf die Nerven. Komm, du bringst mich nach draußen, und ich warte im Auto auf dich.«

Im Fahrstuhl wollte er mich wieder. Und ich wollte ihn. Nein, mit Liebe hatte das nichts zu tun, egal, was mir mein kleiner Mitjaj auch weismachen wollte. Das war mehr als Liebe. Der verdammte Fahrstuhl hielt dreimal an, obwohl das Hauptgebäude nur wenige Stockwerke hatte. Man hat kein Privatleben, zum Teufel!

»Ich will dich so, ich drehe gleich durch«, flüsterte Mitjaj mir ins Ohr. »Du kennst dich doch hier aus, es muß doch irgendwo ein Plätzchen geben … Laß dir was einfallen, ich explodiere sonst …«

Und ich ließ mir was einfallen. Allerdings mußten wir dafür – totaler Schwachsinn – zu den Studios zurück, um in einem von ihnen ein geeignetes Eckchen zu finden. Wir hatten Glück – erst vor wenigen Stunden hatte man hier ein paar Kriegsszenen abgedreht, und man war noch nicht dazu gekommen, die Dekorationen abzubauen: In einer Art Lastkahn lag eine ganze Tonne feiner weißer Sand.

»Ich habe dich noch nie im Sand geliebt«, sagte Mitjaj sinnig, während wir uns hektisch aus unseren Kleidern schälten – verdammte Schnürsenkel, verdammte Schnürschuhe, morgen kaufe ich mir Stiefel …

»Du hast mich noch nirgendwo geliebt …«

»Ich werde mir etwas Kolossales ausdenken, das verspreche ich, es wird dir gefallen, wir haben alle Zeit der Welt …«

Doch ich vergaß die Zeit, ich wußte nicht, wie lange wir uns geliebt hatten, bis Mitjaj plötzlich mit seinem ganzen Gewicht auf mich fiel und triumphierend aufstöhnte.

Hinter mir hörte ich dünnen Applaus …

Ich warf den Kopf zurück. Und sah das, worauf ich diese ganzen Monate vergeblich gewartet hatte.

Ganz in der Nähe, auf einer kleinen, kunstvoll gestalteten Düne, saß ein Mann. Er hatte die nackten Füße im Sand vergraben und betrachtete uns fröhlich. Ich erkannte ihn sofort.

Es war Hauptmann Konstantin Lapizki.

Dritter Teil

Hauptmann Konstantin Lapizki.

Na gut, er wollte es also selber erledigen. Das war eine edle Geste, quasi eine Anerkennung für meine Verdienste als ehemalige Agentin. Ich mußte wohl tatsächlich etwas für den Geheimdienst geleistet haben, wenn sie mich so respektvoll ins Jenseits befördern wollten.

Ich kam nicht einmal auf die Idee, mich zu bedecken, nur der Sand verbarg unzureichend die Formen meines Körpers. Wird er etwa auf Nackte schießen?

Und ob er wird, du kennst ihn doch.

»Hallo«, sagte Konstantin mit völlig unveränderter Stimme.

»Hallo. Du kommst mindestens fünf Monate zu spät.« Na los, steck die Hand in die Tasche, Konstantin Lapizki.

»Hast du auf mich gewartet? Wie schön.«

»Ja.« Das war die Wahrheit, ich hatte gewartet von dem Moment an, als ich von ihm davongelaufen war, von dem Moment an, als er mir ein schnelles Ende versprochen hatte: In der Welt von Hauptmann Lapizki verzeiht man Abtrünnigen nicht.

»Jetzt wartet sie nicht mehr«, mischte sich Mitjaj ein, der allmählich wieder anfing zu denken, »du hast doch gehört, du bist ein halbes Jahr zu spät dran. Hau ab, eh ich mich vergesse. Soweit zum ersten ...«

Trotz der Ausweglosigkeit der Situation mußte ich lächeln. Mitjaj deutete die Situation auf seine Weise, für ihn war Lapizki mein ehemaliger Liebhaber, sonst nichts.

»Zweitens kannst du dir sparen.«

»Ist das ein Bekannter von dir, Eva?« fragte Mitjaj und sah von mir zu Lapizki.

»Ja.«

»Was will er?«

»Laß ihn gehen«, sagte ich zu Lapizki, obwohl ich begriff,

daß ich um etwas Unmögliches bat. Bei solch heiklen Angelegenheiten läßt man niemals Zeugen zurück. »Laß ihn gehen.«

»Eva! Was redest du?« Auch Mitjaj fiel gar nicht ein, sich anzuziehen, genausowenig wie mir.

»Meinetwegen«, willigte Lapizki unerwartet ein.

»Zieh dich an und hau ab«, herrschte ich Mitjaj an.

»Nein.« Mitjajs Gesicht verzog sich zu einer Grimasse des Schmerzes. »Ich bleibe.«

»Geh, ich bitte dich.« Ich berührte flehentlich seine Schulter, an die ich mich noch vor so kurzer Zeit wie eine Ertrinkende geklammert hatte.

»Nein.«

»Du kapierst überhaupt nichts. Ich muß mit diesem Mann reden. Ich flehe dich an, geh ...«

»Also gut«, gab er endlich nach. »Ich bitte dich nur, dich anzuziehen. Ich will nicht, daß er dich so anglotzt ...«

»Ich ziehe mich gleich an, ja ... Reg dich nicht auf.«

Mitjaj zog schnell seine Jeans direkt auf den nackten Körper und griff Hemd, Pullover und Schuhe. Aber er ging nicht. Er wartete darauf, daß ich mich auch anzog, das Dummerchen. Als ich es endlich getan hatte, setzte er sich widerwillig in Bewegung.

»Jetzt hau endlich ab!« schrie ich.

Mit hängenden Schultern schleppte er sich zum Ausgang des Studios. Es verging eine ganze Ewigkeit, bis er hinter der Tür verschwunden war.

Ich vergaß ihn sofort. Ich saß im Sand und hielt den Blick fest auf Lapizki gerichtet.

»Ihr wart richtig gut«, sagte er mit einem Schlangenlächeln auf dem Gesicht. »Beneidenswertes Temperament. Und überhaupt – hat mir großen Spaß gemacht.«

»Freut mich.«

»Du hast dich sehr verändert.« Lapizki stützte den Kopf auf die Hand und sah mich nachdenklich an. »Anna.«

»Ich heiße nicht mehr Anna.«

»Oh, entschuldige. Ich vergesse es immer.«

»Und?« Ich hielt es kaum noch aus.

»Ein prächtiges Bürschlein hast du da. Sicherlich frißt er dir aus der Hand und wedelt dabei mit dem Schwanz. Ich sehe, daß du deine neugewonnen sexuellen Kenntnisse eifrig in die Praxis umsetzt.«

Die Situation schien mir jetzt total blöd. Offenbar hatte er gar nicht vor, mich umzulegen. Ich nutzte das aus, schüttete langsam und gemächlich den Sand aus den Schuhen und zog sie an.

»Wie geht es dir?«

»Willst du hier eigentlich noch lange Smalltalk mit mir machen?«

»Warum denn nicht? Ich habe oft an dich gedacht.«

»Kaum öfter als ich an dich.«

»Das klingt ja wie eine Liebeserklärung. Es war vollkommen zwecklos, daß du abgehauen bist.« So, jetzt ist es soweit, jetzt verliest er mir das Urteil und gibt den Schießbefehl: »Feuer!«

»Da bin ich anderer Meinung.«

»Wir hätten prima zusammenarbeiten können. Wir hätten eine Menge zusammen anstellen können, zum Nutzen unseres Landes.«

Das war mir zuviel, und ich knurrte böse.

»Was ich dich fragen wollte ... Da dir ja so viel an der Gerechtigkeit liegt ... Erscheint dir nicht manchmal der arme Michail Menschich im Traum, den du so sauber umgelegt hast? Sein Spitzname war Fisch, wenn ich mich recht erinnere.«

»Du bist ein mieses Arschloch ...«

»Eine prächtige Beerdigung war das ... Ich bin dabei gewesen. So viele ergreifende Reden. Irgendwann erzähl ich dir das mal genauer. Und seine Sekretärin, Soja, wenn du dich noch an sie erinnerst ...«

»Hör auf!«

»Ihr ist ja gar nichts passiert. Man hätte eigentlich erwartet, daß sie sich den Strick nimmt – aber nein, hat sie nicht, wirklich toll. Dafür haben wir jetzt ein paar fette Dealer im

Visier. Und das ist alles dir zu verdanken. Es war zwecklos, daß du abgehauen bist.«

»Bist du nur hier, um mir das zu sagen?«

»Nein. Aber du hast ja einen richtigen Schreck gekriegt, wie ich sehe.«

Jetzt erst merkte ich, daß ich Angst hatte. Ich hatte dieses Treffen so lange erwartet und mich so lange darauf vorbereitet – ich hätte nicht gedacht, daß ich solche Angst haben würde. Vor ein paar Wochen noch hätte ich ganz bestimmt ein würdigeres Bild abgegeben. Aber jetzt war da diese irrsinnige Gier nach Leben in mir, mit der mich Bratny angesteckt hatte, diese irrsinnige Gier nach Leben, die Mitjaj tief im Inneren meines Körpers hervorgerufen hatte – jetzt hatte ich wirklich Angst.

»Ja«, sagte ich ehrlich.

»Eigentlich bist du ganz anders geworden, als ich mir das vorgestellt habe. Aber so gefällst du mir auch.«

»Lüg mich nicht an!«

Lapizki grinste breit.

»Ja, ja. Die Frau in dir ist einfach nicht umzubringen.«

»Deshalb bist du doch gekommen.« Jetzt hatte ich es gesagt, jetzt hatte ich es laut ausgesprochen.

»Du wirst staunen, aber ich bin eigentlich nicht deswegen gekommen ... Obwohl es mich ziemliche Mühe gekostet hat, diese Geschichte mit dir zu vertuschen, das kann ich dir sagen. Ich habe einige Federn dafür lassen müssen. Du weißt ja, ich habe immer große Stücke auf dich gehalten ... Ich bin dir bis heute dankbar ... Aber du hast dich nicht an die Spielregeln gehalten.«

ES ÄNDERT GAR NICHTS, WENN SIE SCHWEIGEN, NUR DIE REGELN WERDEN GEÄNDERT. Wieder mußte ich an die mysteriöse Botschaft denken. Wahrscheinlich war es tatsächlich der Mörder, der sie geschrieben hatte. Wer hatte bloß die Alexandrowa ermordet? Wer hatte die Bergman ermordet? War es ein und dieselbe Person? Und wenn ja – warum?

»Du wirkst ein wenig bedrückt«, bemerkte Lapizki.

»Ich habe dir damals schon gesagt, daß ich mich nie an die Spielregeln halten werde.«

»Nein, das stimmt nicht. Das hast nicht du gesagt. Das hat Anna Alexandrowa gesagt, und die hast du nie sein wollen.«

»Das hast du mir bis jetzt nicht verziehen.« Ich begann mir die Schuhe zuzubinden.

»Willst du dich von deinem früheren Ich befreien?«

»Das habe ich schon getan.«

»Ich sehe es. Du hast dich total vernachlässigt. Wie lange hast du eigentlich gebraucht, um so ... um so auszusehen?«

»Das ging ganz von allein.«

»Dann möchte ich dir einen guten Rat geben. Wenn du ernsthaft vorhast, dein Gesicht zu ruinieren, dann mach mit niemandem Liebe – davon wird es wieder schön. Glaub mir, als Außenstehender sieht man das besser. Und überhaupt, paß auf dein Gesicht auf. Manchmal verrät es dich.«

»Ich werd's mir merken.«

»Dieser Junge hat dich durchschaut, glaube ich, der wird dich jetzt nicht mehr loslassen. Ich hoffe, es ist nicht ernst bei dir?«

»Ich weiß noch nicht. Komisch, daß wir beide jetzt wie gute Bekannte miteinander reden. Nachdem ich dich die ganze Zeit erwartet habe, plus eine Kugel in den Nacken.«

»Ach, wozu soll man die Situation unnötig dramatisieren?«

»Wenn ... wenn du nicht hier bist, um mit mir abzurechnen, wozu dann?«

»Kannst du dir das nicht denken? Hier läuft irgendwer herum und ermordet eure Schauspielerinnen.«

»Ich hätte nicht gedacht, daß sich der Geheimdienst um den Mord an einer alten Schauspielerin kümmert.«

»Wieso der Geheimdienst? Das ist Sache der Miliz.«

Eine gewöhnliche Ermittlung! Ich kramte meine Zigaretten aus der Manteltasche und fing an zu rauchen.

»Gitanes blondes«, sagte Lapizki versonnen. »Die Lieblingsmarke von Anna Alexandrowa. Es ist schwer, seine Vergangenheit vollständig hinter sich zu lassen, stimmt's?«

Er wollte mir immer noch einreden, daß ich noch die alte war – und sich selber auch.

»Was vergangen ist, ist vergangen.« Ich versuchte, das Thema zu wechseln. Da erinnerte ich mich daran, daß Fjodor erwähnt hatte, es solle irgendein Fachmann hinzugezogen werden. »Bist du das etwa, auf den die Mordkommission mit Zittern und Beben gewartet hat?«

»Nein«, sagte Lapizki einfach. »Ich war von Anfang an hier. Ich bin ein ganz normaler Mitarbeiter der Miliz.«

Normaler Mitarbeiter, das war neu. Hatte die Geschichte mit mir für Konstantin Lapizki etwa so böse Folgen gehabt?

»Sieh an! Hat man dich degradiert?«

»Das geht nicht auf dein Konto.« Wie immer las er meine Gedanken. »Es gab da noch so diverse andere Umstände.«

»Mein Beileid.«

»Du hast dich wirklich keinen Fatz verändert. Eigentlich war mir sofort klar, als ich dich da im Studio gesehen habe, daß du in diesem ausgeflippten Team arbeiten mußt. Wenn irgendwo etwas Schräges passiert, irgendwas Abartiges, kannst du nicht weit sein. Als was arbeitest du hier?«

»Als Casting-Assistentin.« Leugnen war sinnlos.

»Du hast beruflich mit Film zu tun? Das wußte ich gar nicht. Aber ich weiß ja sowieso nichts über dein früheres Leben.«

»Und was hältst du von der Sache hier?« fragte ich. Ich hatte nicht die Absicht, mit dem Hauptmann mein früheres Leben zu erörtern.

»Bis jetzt noch gar nichts. Riecht ziemlich faul, würde ich sagen, und ist vor allem vollkommen sinnlos. Und was meinst du? Du müßtest doch Bescheid wissen, du warst ständig mit denen zusammen, du kennst jeden einzelnen.«

»Ich weiß sogar einiges mehr, als du denkst. Du kannst dir gar nicht vorstellen, wie faul diese Sache ist.«

Ich dachte etwas verschämt an meine psychologischen Überlegungen.

»Kann ich dich zu einem Kaffee einladen?«

»Nein«, sagte ich fest. »Später irgendwann mal.«

»Wenn du den Kleinen da in die Wüste geschickt hast?«

»Ich habe nicht vor, ihn in die Wüste zu schicken.« Unbegreiflicherweise sagte ich gerade das, was Lapizki am wenigsten hören wollte. Das sah ich.

»Das Bodenturnen wird dir bald zum Hals raushängen«, stellte er mit zusammengekniffenen Augen fest.

»Wenn es soweit ist, rufe ich dich an.«

»Weißt du meine Telephonnummer noch?«

»Du wirst es nicht glauben – ja.«

»Und warum hast du so lange nicht angerufen? Ich hätte dir ein bißchen Geld geliehen, dafür hättest du dir ein paar anständige Klamotten kaufen können. Und Farbe für die Haare ...«

»Ich schätze mal, von deinem jetzigen Lohn als normaler Mitarbeiter bei der Miliz kann man sich kein anständiges Haarfärbemittel leisten.«

»Na gut, ich denke, wir werden uns im Laufe der Ermittlungen noch sehen. Für heute hast du noch mal Glück gehabt – du warst nicht am Tatort. Aber wir werden alle durchchecken.«

»Ja, ich verstehe. Also, bis dann, Kostja.«

»Grüß deinen Teddybär von mir«, sagte Lapizki traurig.

»Ich denke gar nicht dran ...«

Jeder Schritt bereitete mir Mühe, ich konnte mich kaum beherrschen, nicht loszurennen, und bis zur rettenden Tür des Studios war es noch so weit ...

Ich wartete auf den Schuß.

Aber er schoß einfach nicht.

Mitjaj war nirgendwo zu finden.

Ich kehrte zurück ins Studio, in dem der Mord passiert war. Die Miliz-Absperrung war aufgehoben und das Studio selbst hatte man versiegelt. Anscheinend war die Spurensicherung abgeschlossen, und jetzt nahmen sie sich das Filmteam vor. Auch die Leute vom Fernsehen waren nicht mehr da. Sie hatten ihre Story im Kasten und waren abgezogen, um daraus einen finsteren Mord à la Agatha Christie zu basteln als Höhepunkt für die Abendnachrichten.

Ich hatte keine Lust, mich noch länger im Studio aufzuhalten. Als ich am Café vorbeikam, sah ich Fjodor. Er saß mutterseelenallein vor einem Riesenberg von Tellern und futterte, was das Zeug hielt.

»Eva!« rief er mit vollem Mund und wedelte grüßend mit der Hand.

Ich setzte mich zu ihm.

»Entschuldige, mich hat die Freßsucht gepackt. Wenn ich mich aufrege, fresse ich immer wie ein Irrer. Möchtest du was abhaben?«

»Nein, danke.«

»Hör mal, dein Mitjaj hat dich gesucht. Er war reichlich nervös, er hat gesagt, er wartet im Auto auf dich.«

»Und ... Was ist da drin los?«

»Die fragen einem Löcher in den Bauch. Wo ich zum Zeitpunkt der Tat war, in welcher Haltung ich dagestanden habe, was ich für ein Verhältnis zu dem Opfer hatte, seit wann ich das Opfer kannte, wer das Opfer länger kannte als ich, ob ich irgendwelche verdächtige Personen bemerkt habe und so weiter. Sie quetschen einen aus wie eine Zitrone.«

»Und wie geht es Bratny?«

»Bratny ist total im Eimer«, sagte Fjodor knapp. »Den Film kannst du vergessen.«

»Ja, ich verstehe ...«

»Ich frage mich, wie es jetzt weitergeht.«

»Keine Ahnung.«

»Die Hälfte dieser Sensibelchen will das Team verlassen, sie sagen, es sei ihnen hier nicht geheuer.«

»Und du?«

»Ich weiß noch nicht. Ich weiß nur, daß es für mich nirgendwo so gut sein wird. Es war großartig, das war das wirkliche Leben ... Schade, wenn es einfach so zu Ende wäre.«

»Bratny kommt wieder auf die Beine«, sagte ich mit Überzeugung. »Na gut, ich fahre jetzt nach Hause.«

»Sie haben angekündigt, daß sie alle anrufen werden. Das heute war nur ein kleines Vorgespräch, das richtige Vergnügen folgt später.«

»Ich denke dran.«

Ich beugte mich vor, um Fjodor zu küssen, aber ich stockte plötzlich. Für einen Moment schloß ich die Augen. Ja, es war kein Irrtum möglich. Von seiner Wange, von seinen Haaren ging ein kaum merklicher, zarter und flüchtiger Geruch aus. Diesen Geruch kannte ich, für mich verband er sich mit dem Tod. Und mit sonst nichts.

Diesen kaum merklichen Parfümgeruch hatte das Umschlagtuch der Alexandrowa verströmt.

»Was klebst du mir denn an der Backe?« wunderte sich Fjodor verspätet. »Reicht dir einer nicht?«

»Du riechst gut«, sagte ich und konnte meine Aufregung kaum verbergen.

»Worauf willst du hinaus? Zu einer ernsthaften Beziehung bin ich nicht bereit, das sage ich dir gleich.«

»Diesen Geruch suche ich schon lange. Das ist mein Parfüm. Wie heißt es?« fragte ich so locker wie möglich.

»Was für ein Parfüm? Ich benutze kein Parfüm.«

»Also benutzt es deine Freundin.«

»Ich bin gerade vorübergehend solo. Aber du bist nicht mein Typ, das hab ich dir doch schon gesagt.«

Ich legte meine Wange wieder an Fjodors Gesicht. Das war genau derselbe Geruch.

»Ihr habt echt den Verstand verloren, ihr Weiber, auf einmal hängen sich mir alle an den Hals.« Das war eine neue Wendung, ich wurde hellhörig.

»Wer hängt sich dir an den Hals?«

»Na, gerade vorhin hat sich unsere Kostümbildnerin an meiner Brust ausgeweint.«

»Lenotschka?«

»Aber wie, leck mich doch! Wenn du sie gesehen hättest, Eva! Total ausgezehrt, völlig irrer Blick, und jammert, sie hätte gerade das mit der Schauspielerin erfahren. Überhaupt, die Nachrichten verbreiten sich in Moskau wie ein Heuschreckenschwarm in Marokko, man faßt es nicht. Sie hat ununterbrochen nach Bratny gefragt, was er nach diesem Alptraum machen will und so weiter. Meiner Meinung nach ist sie einfach durchgeknallt. Arme Frau. Bratny hätte sie nicht rausschmeißen sollen.«

»Und wo ist sie jetzt?«

»Weiß ich doch nicht.«

Aber das reichte mir schon. Es hätte mir sofort klar sein müssen, daß dieser sehr teure Duft nur zu einer sehr extravaganten Frau gehören konnte. Zu einer Frau mit sehr teuren Kleidern, sehr teuren Zigaretten; die Flasche sehr teuren, erlesenen Champagners, die neben der Alten stand, paßte perfekt in dieses Muster.

Und der Duft.

Ich hatte ihn nicht bemerkt, weil ich mich immer in zu großer Entfernung von Lenotschka aufgehalten hatte – in der Raucherecke oder im Studio bei einem Kaffee –, und außerdem war bei zwei Schachteln Gitanes blondes am Tag von meinem Geruchssinn nicht mehr viel übrig.

Warum hatte Mitjaj eigentlich nicht in der Nähe des Studios auf mich gewartet? Anscheinend war er zu eifersüchtig und zu stolz, um Zeuge fremder Geständnisse zu sein. Ich sollte ihn wohl beruhigen: Du brauchst nichts befürchten, dein Körper ist mit keinem anderen zu vergleichen. Wenigstens für heute war das die Wahrheit.

Mir wurde ein wenig traurig zumute. Das Parfüm von Lenotschka Gankjewitsch war auch traurig – wie eine flüchtige Begegnung ohne jede Hoffnung auf eine dauerhafte Beziehung, ohne jede Hoffnung auf ein Abendessen im Kreis der Familie, mit einem Hündchen, das man an grauen Abenden Gassi führen muß …

Während ich jetzt durch die endlosen Flure von Mosfilm ging, versuchte ich, nicht länger über Lenotschka nachzudenken, ich wollte vermeiden, daß ich wieder haltlose Mutmaßungen anstellte. Mir war schon einmal ein verhängnisvoller Irrtum unterlaufen, als ich Faina Bergman des Mordes an der Alexandrowa verdächtigte. Je glaubwürdiger eine Theorie aussieht, desto unwahrscheinlicher ist sie, davon hatte ich mich in der Praxis überzeugen können. Lenotschka war natürlich vollkommen verrückt vor Liebe, sie hatte es sogar gewagt, zu Bratny zu sagen: »Dir werde ich es schon noch zeigen« – aber das durfte man schließlich nicht so ernst nehmen. Und außerdem wäre es absurd, zu glauben, daß eine Frau, die eine andere Frau tödlich beleidigt hat, eine Viertelstunde später schon wieder mit ihr Champagner trinkt.

Aber das konnte mir jetzt alles vollkommen egal sein.

Lapizki hatte natürlich gelogen, als er behauptete, er sei degradiert worden … Doch was tat er dann in Wirklichkeit hier?

Und dieses Parfüm. Sein Duft verfolgte mich. Die zarte, extravagante Lenotschka – ich konnte sie mir schwer im Zusammenhang mit Blut vorstellen … Aber es gab ja auch kein Blut.

Ich hatte das Studio schon verlassen, als es mir aufging: *Das war nicht einfach ein Mord. Das war ein Ritualmord.*

Mitjaj wartete am Auto auf mich, blaß und angespannt. Er machte sich tatsächlich Sorgen, das Herzchen.

»Alles in Ordnung«, sagte ich und küßte ihn auf die Wange. Er blieb teilnahmslos, er erwiderte nicht einmal meinen Kuß. Anscheinend war er immer noch eifersüchtig.

»Setz dich«, sagte Mitjaj und öffnete seltsamerweise die Hintertür.

Ich begriff sofort, warum. Auf dem Beifahrersitz saß Krawtschuks Leibwächter Senja. Und ein weiterer von Krawtschuks Leuten setzte sich plötzlich neben mich in den Fond, ein gewisser Badri, Träger eines respektablen georgischen Namens und einer ausgesprochen mitteleuropäischen Fresse, der im Team die diffuse Funktion eines Fahrers innehatte.

Die hochkarätige Zusammensetzung der Delegation beunruhigte mich nicht weiter, ich wunderte mich bloß ein wenig.

»Wohin fahren wir?« fragte ich betont locker, tastete in meiner Handtasche nach der Zigarettenschachtel und angelte mir eine heraus. Badri, der neben mir saß, gab mir galant Feuer.

»Zur Beerdigung«, antwortete Senja anstelle von Mitjaj, an den ich die Frage gerichtet hatte. Aus seinem Mund klang es unheilschwer.

»Zur Beerdigung?«

»Die Alexandrowa wird heute beerdigt«, fuhr Krawtschuks Leibwächter fort, bevor ich mich wirklich beunruhigen konnte. »Wir sind schließlich zivilisierte Menschen, sie soll anständig unter die Erde kommen. Ein Bekannter vom Chef ist Friedhofsdirektor. Er wird sich um das Grab kümmern. Sie war immerhin eine berühmte Schauspielerin ... Der Chef wird auch dasein.«

Noch einer, der von der Sache wußte, aber allem Anschein nach waren hier alle eingeweiht, einschließlich Mitjaj. Wie wenig ich dich kenne, mein Junge.

Merkwürdig, daß Senja mit uns fuhr, aber nicht Krawtschuk, dachte ich flüchtig. Jedenfalls wird sie wenigstens wie ein Mensch begraben, soviel Barmherzigkeit und Teilnahme hätte ich von Krawtschuk gar nicht erwartet. Immerhin ging er ein gewisses Risiko ein, wenn er die Alte offiziell auf einem Friedhof begraben ließ. Aber möglicherweise erledigte sein Direktor-Kumpel die Sache auch inoffiziell, und der Friedhof würde einfach um ein efeuüberwuchertes Grab reicher, auf dem ein kleines Holzkreuz mit der Aufschrift »Unbekannt« steht?

Während der Fahrt sprach niemand ein Wort. Senja schaltete das Radio ein, damit die Stille nicht so drückend wurde. Müßig drehte er am Knopf, sprang gedankenlos von einem Sender zum anderen, ohne irgendwo länger als ein paar Sekunden zu verweilen.

Warum wollte Krawtschuk, daß ich bei dieser Beerdigung dabei war? Damit ich mich davon überzeugte, daß die Leiche nach christlichem Brauch der Erde anvertraut wurde und mich endlich beruhigte? Ich hatte ihn ja viel zu oft mit meinen Fragen nach der Alexandrowa genervt. Und warum hatte Senja gesagt, daß sogar Krawtschuk zu der Beerdigung käme? Eigentlich war das doch viel zu riskant nach den heutigen Ereignissen, es war totaler Unsinn, sich zu diesem Zeitpunkt auf irgendwelchen ominösen Beerdigungen blicken zu lassen.

Das alles irritierte mich, aber es versetzte mich nicht in Panik. Ich sah vor mir Mitjajs kurzgeschnittenen Hinterkopf. Mit ihm werde ich immer in Sicherheit sein.

An der Einmündung der Warschawka in den Ring fing der Motor plötzlich an zu stottern und zu spucken und blieb dann stehen.

»Was ist los?« fragte Senja mürrisch.

»Weiß der Teufel ... Der Vergaser streikt. Schon seit zwei Wochen. Ich wollte längst mal nachsehen, aber ich bin nicht dazu gekommen.«

»Klar, dafür bist du zu was anderem gekommen!« Senja drehte sich um und grunzte anzüglich. Ich blieb ihm nichts schuldig und lächelte damenhaft zurück.

Mitjaj stieg aus, klappte die Motorhaube auf und verschwand fast zur Hälfte im Inneren des Lada.

»Sie rauchen zu viel, meine Liebe«, tadelte mich Senja. »Auf die Art gibt man schnell den Löffel ab.«

»Na ja, ich habe gehört, unser verehrter Geschäftsführer hat da so einen Friedhofsdirektor als Bekannten. Ich muß mir also keine Sorgen machen, nicht unterzukommen«, parierte ich.

»Schlagfertig, das Mädchen«, sagte Senja beifällig.

»Sehr schlagfertig«, bestätigte Badri.

»Unser Freund hat richtig Glück gehabt«, resümierte Senja.

Ihr leeres Geschwätz begann mir gerade auf die Nerven zu gehen, als Mitjaj wieder auftauchte. Er ging um das Auto herum und öffnete die Tür auf meiner Seite. Sofort legte mir Badri die Hand aufs Knie. Ich versuchte, von ihm abzurücken, aber Badris Griff wurde nur um so schmerzhafter – mit einem dreisten Annäherungsversuch war das kaum zu verwechseln.

»Was ist los?« fragte Senja schlecht gelaunt.

»Der Vergaser muß saubergemacht werden«, erklärte Mitjaj geduldig. »Im Verbandskasten ist eine Nadel.«

»Na, Gott sei Dank hast du alles da.«

»Du kannst ja zu Fuß gehen, wenn's dir nicht paßt«, schnauzte Mitjaj und kramte in dem Verbandskasten. Seine Hand fand unbemerkt meine, und von dieser leichten Berührung lief ein Zittern durch meinen Körper. Wann werde ich mich an seine Berührungen gewöhnen? Aber ich kam nicht dazu, über diese Frage nachzudenken – ein kleiner Papierfetzen schob sich in meine Hand. Donnerwetter, ein Liebesbrief! Wieder ein heimlicher Druck seiner Hand – aber jetzt wirkte diese Berührung inständig und verzweifelt.

Du mußt es sofort lesen, sagte mir dieser Druck. Finde einen Weg, es zu lesen. Ich hob den Blick und sah über mir Mitjajs erstarrtes Kinn, er suchte immer noch nach der Nadel.

»Verdammt, ich finde sie nicht …«

»Mach Licht an, du Idiot«, riet Senja ungeduldig. »Wir haben nicht soviel Zeit.«

Mitjaj drückte den Lichtschalter, und trübes Licht verbreitete sich im Wageninnern.

»Bück dich«, warf mir Mitjaj einsilbig hin, mit der Suche beschäftigt. »Wo ist dieses verdammte Teil?«

Ich bückte mich – vollkommen natürlich – und entfaltete vorsichtig den winzigen Fetzen öliges Papier. Nur ein Wort stand dort, eilig und krakelig geschrieben, mit dicken Buchstaben, wahrscheinlich mit Öl: »LAUF«.

Mir wurde eiskalt von diesem Wort, aber Mitjaj zog, als sei nichts geschehen, eine Nadel aus seinem Verbandskasten, die er für irgendeine Vergaserdüse brauchte, unter der nur er allein sich etwas vorstellen konnte, drückte wieder verzweifelt seinen ganzen Körper an mich und klappte die Tür zu. Badri nahm augenblicklich die Hand von meinem Knie.

Lauf.

Ich lehnte mich zurück und schloß die Augen. Wenn Mitjaj auf solche Art der Informationsübermittlung zurückgriff, war die Lage ernst. Alle Ungereimtheiten dieser Fahrt fügten sich schlagartig zu einem logischen Bild. Senja, der sich nie von seinem Boß trennte, ließ ihn plötzlich im heikelsten Moment allein und fuhr mit mir zu irgendeiner ominösen Beerdigung. Senja hatte behauptet, der Boß selbst würde bei der Beerdigung der Alexandrowa anwesend sein, aber man konnte sich kaum einen unpassenderen Moment für solch eine Aktion vorstellen. Da jetzt das ganze Team in die Zange genommen wurde und Bratny in ernsten Schwierigkeiten war, konnte er auch selbst ins Visier der Miliz geraten. Krawtschuk, der alte KGB-Mann, wußte das sehr genau.

Es ging allein um mich.

Wegen Bratny mußte Krawtschuk sich keine Gedanken machen – der würde dichthalten. Außerdem liefen die beiden von Anfang an in einem Gespann. Der Risikofaktor war ich. Er hatte mit mir einen Nichtangriffspakt geschlossen, aber wann in der Weltgeschichte wurde ein Nichtangriffspakt je eingehalten? Und außerdem hatte sich die Situation geändert, sie war jetzt viel schwieriger und komplizierter geworden, der zweite Mord hatte die Lage noch kritischer gemacht; die Karten wurden neu gemischt.

Krawtschuk hatte etwas zu verbergen, und ich war für ihn nichts weiter als eine unliebsame Zeugin. Er konnte sich nicht darauf verlassen, daß ich nicht auspackte. Warum haben Sie den ersten Mord nicht gemeldet, welchen Zweck haben Sie verfolgt, als Sie den ersten Mord vertuschten? Wer hat schon Lust darauf, solche Fragen zu beantworten, vor allem, wenn man einiges zu verlieren hat? Und vielleicht würde man noch tiefer graben und ein paar hübsche Details zu Tage fördern, von denen ich bisher überhaupt keine Ahnung hatte.

Der zweifelhafte Passierschein von Mosfilm, auf dem nicht einmal ein Photo war, das war alles, was als Beweis für meine Existenz herhalten konnte. Niemand würde mich vermissen. Ich war schon so viele Male gestorben – es war Zeit, sich endgültig zu verabschieden.

Aber da war noch Mitjaj ... Ich konnte mir vorstellen, was ihn trieb, dieses verzweifelte Zettelchen zu schreiben – aber ich hatte Angst, daran zu denken. Wollte er wirklich wegen einer grauhaarigen, alternden Frau, mit der er bloß ein paar vollkommen normale Tage und eine irrsinnige Nacht verbracht hatte, sein Leben wegwerfen? Denn wenn er jetzt tat, was er vorhatte, dann blieb ihm nichts mehr, vielleicht nicht einmal das Leben. Ich empfand eine verspätete und deshalb besonders tiefe Zärtlichkeit für Mitjaj. In meinen Schläfen pochte es und mein Kinn zitterte. Und ich begriff auf einmal, daß ich bei ihm bleiben würde, hier in dem Auto, was auch geschah.

Es verging eine Ewigkeit, dann kam er zurück.

»Und?« fragte Senja ungeduldig.

»Alles in Ordnung.«

»Geht's weiter?«

Was dann passierte, machte mir die Bedeutung von Mitjajs hastiger Notiz vollkommen klar. Er drehte sich blitzartig um und ließ den Schraubenschlüssel, den er in seiner herabhängenden linken Hand gehalten hatte, direkt auf Badris Nasenwurzel krachen. Das Blut spritzte in mein Gesicht, auf Senjas Hinterkopf, auf die Sitze, auf die Scheiben ... Es schien, als überschwemmte es das ganze Wageninnere.

»Lauf!« schrie Mitjaj mir zu, während Senja vor Überraschung sekundenlang wie gelähmt war. »Lauf!«

»Warte, du Scheißkerl!« Er reagierte sofort, dieser Leibwächter, und obwohl sich Mitjaj mit seinem ganzen Körper auf ihn stürzte, gelang es ihm, die Pistole zu ziehen – eine SIG-Sauer.

»Lauf!« hörte ich noch einmal Mitjajs heisere Stimme. Der blutüberströmte Innenraum des Lada schien mir viel zu eng für die miteinander verknoteten Körper.

Ich riß hysterisch am Türgriff, brach mir die Fingernägel ab, bekam endlich die Tür auf und sprang nach draußen. Aber ich machte höchstens zehn Schritte, dann blieb ich einfach stehen. Die frostige Luft hatte mich schlagartig ernüchtert. Ich hatte ihn dort allein gelassen, ich hätte beinahe den Menschen verraten, der mein Leben retten wollte, vielleicht auf Kosten seines eigenen …

Ich stürzte zurück zum Auto, aber in der nächsten Sekunde krachte ein Schuß über meinen Kopf hinweg. Ich warf mich der Länge nach auf den harten, verkrusteten Schnee am Rande des Straßengrabens. Mehrere Schüsse folgten, es war unmöglich für mich, zu erkennen, wer von den beiden Kämpfenden sie abgab, wer von ihnen die Oberhand behielt.

Autos huschten auf der Straße vorbei. Steh auf, sagte ich mir, du mußt aufstehen …

Ich hörte ganz in der Nähe Bremsen quietschen, anscheinend hatte mich irgendein sentimentaler Fahrer liegen sehen – schwarz auf weiß im Schnee. Das verlieh mir Kraft, ich hob den Kopf und setzte mich auf.

In dem Lada, der vor wenigen Augenblicken noch von dem Kampfgetümmel hin und her geschaukelt wurde, war es still.

Mitjaj oder Senja?

Aber jetzt war mir alles egal, jetzt hätte mich nicht einmal mehr ein Schuß aufgehalten. Ich war eben im Begriff, aufzuspringen und loszurennen, als die Scheinwerfer des Lada aufleuchteten und der Wagen mit quietschenden Reifen losprechte. Wenige Sekunden später war er schon in der hereinbrechenden Dämmerung verschwunden. Ich sank auf die Knie. O Gott, ich bin voller Blut, Mitjaj, Mitjaj …

Der Fahrer des Autos, das angehalten hatte, kam zu mir gelaufen, ein älterer Mann in einem schäbigen Schaffellmantel. Er beugte sich über mich und sah mir forschend ins Gesicht. Jetzt erst bemerkte ich das Montiereisen in seiner Hand, tapferer Alter, alle Achtung!

»Was ist mit Ihnen, Fräulein?« fragte er. Seine Stimme war heiser vor Anteilnahme. »Sind Sie in Ordnung?«

Ich antwortete nicht. Mitjaj wäre nicht weggefahren, er hätte das fremde Auto im Rückspiegel nicht gefürchtet, er wäre zu mir gekommen und hätte mich aufgehoben, mich zerschundenes Etwas, so wie ich war, mit dem Blut der Mißgeburt Badri über und über besudelt, mich, die ihn beinahe verraten hätte. Er hätte mich aufgehoben, und wir hätten zusammen überlegt, was wir tun sollten. Ich legte den Kopf auf die Knie, und ein trockenes Schluchzen schüttelte mich.

»Sie sind ja voller Blut!« Der Alte versuchte mich aufzurichten, aber ich ließ es nicht zu, ich krallte mich in den gefrorenen Boden, in den vereisten schmutzigen Schnee. »Stehen Sie auf! Stehen Sie doch auf!«

»Ja ...«

»Stehen Sie auf, ich fahre Sie zum nächsten Milizrevier, hier dürfen Sie nicht bleiben.«

»Ja ...«

»Wissen Sie die Nummer des Wagens?«

Nein, ich wußte nicht einmal Mitjajs Autonummer. O Gott, mein Gott ... Ich wollte nicht daran denken, was dort in dem Wagen passiert war, vielleicht war Mitjaj am Leben, vielleicht hatte Senja ihn einfach k.o. geschlagen und war geflohen, um Komplikationen zu vermeiden, um unerwünschten Zeugen aus dem Weg zu gehen. Bestimmt war er am Leben, er konnte ihn doch nicht einfach erschießen, er war doch sein Kumpel, er hatte mit ihm zusammengearbeitet. Aber Mitjaj hatte selbst auch keine Sekunde gezögert, als er den Schraubenschlüssel auf Badris Nasenwurzel knallte. Warum bin ich nur aus diesem verdammten Auto rausgesprungen? Ich hätte ihm helfen können, in den paar Sekunden, die ich hatte.

»Stehen Sie bitte auf ... Sie werden sich erkälten.« Er war immer noch nicht gegangen, dieser Alte.

»Ja, natürlich.«

»Die ... die wollten Sie vergewaltigen?« fragte er vorsichtig.

Ich schwieg. Der Schmerz in meinen Händen brachte mich zur Besinnung. Ich hatte mir fast sämtliche Nägel abgebrochen, als ich die verdammte Tür aufmachte.

»Alles in Ordnung«, sagte ich tonlos. O Gott, wieviel Kraft kostete mich dieser einfache Satz!

»Dann kommen Sie. Ich habe eine Thermoskanne mit Kaffee …«

Der Alte half mir aufzustehen, stützte mich und führte mich zu seinem Auto, einem alten Saporoshez. Das also war der unerwünschte Zeuge, der Senja in Angst und Schrecken versetzt hatte! Die Anspannung war so groß, daß ich hysterisch zu lachen begann. Ich lachte so lange, bis der Alte mir eine runterhaute.

»Sie haben einen Schock, Fräulein«, erklärte er mir geduldig. »Wir müssen hier weg.«

»Bringen Sie mich nach Moskau«, bat ich kläglich.

»Natürlich, natürlich. Aber wir müssen beim nächsten Milizposten vorbeifahren, um Meldung zu machen, damit man das Auto erwischt. Meiner Meinung nach war es ein Lada, ein Neuner. Oder ein Achter? Ich habe nicht so gute Augen.«

»Ich weiß es nicht.«

Zum ersten Mal sah ich den Alten an, der mich gerettet hatte. Ein gutmütiges Gesicht, eine Brille mit billigem Plastikgestell, ein Kranz von grauen Haaren, die über einer Glatze kriegerisch zu Berge standen. Sein ganzes gutmütiges Äußeres paßte überhaupt nicht zu dem Montiereisen, das aus seiner mageren Hand ragte.

»Ich danke Ihnen«, sagte ich verspätet und schaute sehnsüchtig Mitjajs längst verschwundenem Lada hinterher.

»Dann lassen Sie uns losfahren.«

»Ich bitte Sie nur … Ich möchte keine Miliz.« Wenn er mich für ein Vergewaltigungsopfer hielt, sollte es ruhig dabei bleiben. Vergewaltigung, Schock, allgemeine Erschöpfung und Apathie. Ich brauchte nicht einmal zu lügen.

Der Alte setzte mich behutsam in seine Rumpelkiste und schnallte mir den Sicherheitsgurt um. Dann ging er noch einmal zurück zu der Stelle, wo ich gelegen hatte und hob meine Handtasche auf.

»Hier, nehmen Sie.« Er legte mir die Handtasche auf die Knie und klappte die Tür zu, und einen Moment später ließ er sich auf den Sitz neben mir fallen.

»Danke«, wiederholte ich nochmals stumpf.

»Trinken Sie einen Schluck Kaffee.« Er drehte geschickt den Verschluß der Thermoskanne auf, goß mir Kaffee in den Deckel und schob ihn mir fast gewaltsam in die Hand.

»Danke.«

»Jetzt wenden wir und fahren nach Moskau. Sie müssen mir nur sagen, wohin«, sagte der Alte sanft. »Aber ich denke, es wäre besser, Sie gingen in ein Krankenhaus. Oder in ein Krisenzentrum, so etwas gibt es ja heutzutage, das weiß ich.«

»Nein, nein ... Ich brauche nichts«, flüsterte ich matt, drückte das Gesicht an die Scheibe und weinte.

Er hieß Grigori Petrowitsch.

Er benahm sich erstaunlich taktvoll und drängte sich nicht auf, weder mit Fragen noch mit Tröstungen. Ich war nur halb bei mir und leckte mir die ganze Zeit mechanisch das Blut von den Fingern.

Meine Finger wollten nicht aufhören zu bluten, aber das kümmerte mich wenig.

Ich reagierte vollkommen teilnahmslos, als der Alte anhielt, in seinem Kofferraum herumkramte und mit Desinfektionsmittel und Verbandszeug zurückkehrte. Er säuberte und desinfizierte meine Hand und verband mir die schmerzenden Nägel.

»Sie sind am Leben, und das ist die Hauptsache«, sagte er kurz und drückte meinen Ellbogen.

Ein viel zu weicher, viel zu stiller Mensch, er sprach, als wollte er sich unentwegt entschuldigen. Was hatte ihn bloß dazu gebracht, auf der kalten Landstraße aus seinem Auto zu steigen, obwohl doch geschossen wurde (er konnte die Schüsse nicht überhört haben) – mit einem Montiereisen in der Hand?

Ich hatte ihn gebeten, mich zur Metrostation Semjonowskaja zu fahren, und genau dort hielt er jetzt an.

»Wenn Sie erlauben, bringe ich Sie nach Hause und übergebe Sie Ihrem Gatten oder der Familie.«

»Nein, nein, danke, Sie haben schon viel zu viel für mich getan.« Ich brachte diese Worte nur mühsam heraus, er hatte mir so sehr geholfen, dieser Grigori Petrowitsch, ein mir vollkommen fremder Mensch. Und ich hatte für Mitjaj gar nichts getan ...

»An Ihrer Stelle würde ich eine Anzeige bei der Miliz machen.«

Als ich darauf nicht antwortete, fuhr er fort:

»Wissen Sie, meiner Nichte ist ... ist genau dieselbe schreckliche Sache passiert. Vier Halunken haben sie in ein Auto gezerrt ... Niemand war da, der ihr geholfen hätte, und sie war viel zu schwach. Sie sind noch am Leben, diese Halunken, sie laufen irgendwo herum, und Alinotschka gibt es nicht mehr ... Sie hat sich das Leben genommen nach diesem Alptraum, sie war ein so sensibles Mädchen. Sie schrieb Gedichte, wissen Sie. Das ist jetzt zehn Jahre her. Vielleicht sollte ich Sie doch nach Hause bringen?«

»Nein, das ist nicht nötig. Ich komme schon zurecht. Danke für alles. Und verzeihen Sie mir ...«

»Sie müssen verzeihen«, sagte Grigori Petrowitsch leise.

Ich stand da und schaute dem winzigen Saporoshez nach, bis er meinem Blick entschwunden war.

Reiß dich zusammen. Was passiert ist, kann man nicht mehr ungeschehen machen. Du mußt dich jetzt zusammenreißen! Ich war schon seit mehr als einem halben Jahr nicht mehr an der Metrostation Semjonowskaja gewesen, aber dieses elfstöckige Haus hatte sich mir für immer eingeprägt. Nicht einmal in meinen schlimmsten Träumen hätte ich mir vorstellen können, daß ich freiwillig noch einmal hierherkommen würde. Niemals hätte ich mir vorstellen können, daß dies einmal der einzige Ort sein würde, zu dem ich würde zurückkehren können.

Der Fahrstuhl funktionierte nicht. Ich mußte zu Fuß bis in den elften Stock hinaufsteigen.

Zwischen dem sechsten und siebten Stock setzte ich mich auf die kalten Steinstufen der Treppe und weinte. Noch immer hatte ich Angst, daran zu denken, was mit Mitjaj passiert sein mochte.

Steh auf, Eva, du mußt weitergehen, es sind noch fünf Etagen.

Vor der Zugangstür zum elften Stock blieb ich stehen und versuchte, wieder zu Atem zu kommen. Ich sog die Luft tief in die Lungen ein und wartete, bis mein Herz nicht mehr so raste.

Aber es wollte sich nicht beruhigen, es wollte nicht verstehen, und ich gab es auf. Ich hob einfach die Hand und drückte auf die Türklingel.

Hoffentlich ist er zu Hause! Wenn er nicht da ist, dann rühre ich mich nicht vom Fleck, ich bleibe hier sitzen, auf diesem Treppenabsatz mit Blick auf den trostlosen Stadtrand, und wenn es Jahre dauert, und wenn ich hier an Altersschwäche sterbe. Aber dazu kam es nicht, er öffnete die Tür.

Er schien sich nicht im geringsten über mein Erscheinen zu wundern. Hauptmann Konstantin Lapizki, in einem jämmerlichen Trainingsanzug mit ausgebeulten Knien. Zumindest tat er so, als wunderte er sich nicht. Was hatte es überhaupt für einen Zweck gehabt, ihn so viele Monate zu hassen, ihn für die Verkörperung des Bösen zu halten, um dann zu ihm nach Hause zu kommen und diese ausgebeulten Baumwollknie vorzufinden …

»Hallo«, sagte Kostja und kaute eilig einen Bissen herunter. »Warum hast du mir heute morgen nicht gesagt, daß du vorbeikommen willst? Ich hätte mich darauf einstellen können.«

»Heute morgen hatte ich noch was anderes vor.« Ich versteckte die Hände hinter dem Rücken, damit er meine verbundenen Finger nicht sah. Daß mein Mantel voller Blut war, hatte ich vollkommen vergessen. Gut, daß mir Grigori

Petrowitsch wenigstens das Gesicht notdürftig abgewischt hatte, mit Wasser aus einer Plastikflasche.

Lapizki legte den Kopf zur Seite, wie ein Vogel, und sah mich forschend an.

»Scheint so. Hast du dich mit deinem Teddybär gezankt, wer oben liegt und wer unten? Wessen Blut ist das – deins oder seins?«

»Weder noch.« Ich wollte es nicht, aber ich stieg automatisch auf sein übliches sarkastisches Gequatsche ein.

»Du bist jedenfalls ganz in deinem Element, wie ich sehe. Manipulierst wieder mal an unserer Bevölkerungsstatistik herum.«

»Vielleicht läßt du mich ja mal rein?«

»Worum geht's denn eigentlich?«

»Falls es dich noch interessiert – *es hat nicht einen Mord gegeben, sondern zwei.*«

Ich saß in Lapizkis zerkratzter Badewanne – ein auffallender Kontrast zu Mitjajs super sauberem Heim. Als Kostja mir die Wanne vollaufen ließ, sparte er nicht mit irgendwelchem billigen polnischen Badeschaum, der sich als deutscher ausgab. Aber er war immerhin so gut, daß er mich vor Lapizkis impertinenten Blicken verbarg. Er saß mit einer Tasse in der Hand neben der Wanne auf dem Fußboden und schlürfte in kleinen Schlucken seinen Kaffee. Auf dem Badewannenrand thronte eine angebrochene Flasche Wodka. Ich hatte sie schon zu gut Dreivierteln geleert und war nicht einmal angeduselt.

»Vielleicht möchtest du etwas dazu essen?« fragte mich Lapizki zum soundsovielten Male. »Ich habe noch ein bißchen Speck.«

Ich erinnerte mich an meinen ersten Besuch bei Lapizki – damals gab es auch Speck.

»Nein, danke.«

»Paß lieber auf, sonst wirst du besoffen.«

»Ich werde nicht besoffen. Das hast du mir doch selber beigebracht.«

»Ja, ich habe dir vieles beigebracht. Und du hast es mir sehr gut gedankt.«

»Es ist sinnlos, darüber zu diskutieren. Du warst von Anfang an nicht ehrlich zu mir. Hast du etwa wirklich geglaubt, daß es dir gelingt, aus mir ein perfektes Miststück zu machen?«

»Komischerweise glaube ich das immer noch.«

»Nein, daraus wird nichts. Ich bin einfach nicht so, wie du denkst.«

»Du bist nur deshalb noch am Leben, weil ich es wollte. Nur, weil ich dich gedeckt habe.«

»Ich habe meine Schuld abgearbeitet«, sagte ich mit einem Zynismus, den ich wer weiß woher nahm. »Fisch habt ihr doch damals nur durch meine Hilfe gekriegt. Und diese Dealer auch.«

»Wie man's nimmt. Fisch hat uns alle reingelegt. Er hat ein bißchen mit den Flossen gewackelt und ist ins Jenseits gerudert. Nicht ohne deine Mithilfe, glaube ich.«

»Hör mal, ich brauche dich. Und weißt du auch warum?

»Ich ahne es.«

»Hast du etwas gegen Krawtschuk in der Hand?«

Über Lapizkis Gesicht lief ein Schatten.

»Nein. Wie kommst du darauf? Er ist in dieser Ermittlung nur Zeuge.«

»Und was hast du mit der Sache zu tun?«

»Ich bin jetzt ein ganz normaler Milizionär, das hab ich dir doch schon gesagt. Die Geschichte mit dir hat mich böse reingeritten.«

»Diese Lüge mußt du mit deinem eigenen Gewissen abmachen. Ich schlage dir ein Geschäft vor.«

»Du – mir?« Lapizki brach in Lachen aus.

»Ich kann Krawtschuk am Wickel kriegen. Nicht ganz ohne Risiko, aber es geht.«

»Wie kommst du überhaupt darauf, daß ich hinter ihm her bin?«

»Er ist ein ehemaliger KGB-Mann. Und er ist ziemlich betucht. Warum ist ein derart vermögender Mann Geschäftsführer eines Filmteams, sei es auch bei einem so genialen Regisseur wie Bratny. Er versteht nicht die Bohne vom Film.«

»Zäher Typ, dieser Bratny«, stimmte Lapizki zu. »Überhaupt eine amüsante Person. Er hat unsere Jungs so an der Nase herumgeführt, daß sie selber nicht mehr wußten, was sie taten, die armen Kerle. Und das sind kompetente und erfahrene Leute ... Wenn er ihnen erzählt hätte, daß sich die Oma das Messer selber in den Rücken geschoben hätte – sie hätten es ihm noch amtlich bestätigt, mit Brief und Siegel. Er scheint wirklich ein Genie zu sein, leck mich am ... Jedenfalls kann er mit den Leuten machen, was er will.«

Ich dachte an Bratnys magnetische Augen, sie hätten mich zu allem zwingen können. Eva stand ihm vollkommen widerstandslos gegenüber, aber Anna Alexandrowa, dieses Luder, die hätte rebelliert.

»Nicht mit allen.« Auch mein jetziges Ich konnte eine gewisse Aufsässigkeit nicht verbergen, sie verriet sich in meiner Stimme.

»Du bist doch nicht etwa eifersüchtig?« Lapizki war gerührt.

»Nur im allgemein menschlichen Sinn«, antwortete ich ausweichend.

»Und du hast gesagt, du hättest dich verändert.« Der Hauptmann überführte mich sofort.

»Mir ist scheißegal, was du über mich denkst.«

»Natürlich, dir ist ja alles scheißegal.«

»Nicht alles«, sagte ich leise und dachte an Mitjajs akkurat geschnittenen Hinterkopf. »Jetzt nicht mehr.«

»Nanu, hat es dich wirklich so erwischt? Ich wünschte, mich würde jemand so lieben.«

»Dich kann man nicht lieben, Lapizki. Also, was ist, hilfst du mir?«

»Willst du Informationen austauschen?«

»Ja. Ich erzähle dir alles, was ich weiß, und du erzählst mir alles, was du für nötig hältst. Dann kombinieren wir das, was wir wissen. Einverstanden mit den Bedingungen?«

»Tun wir mal so als ob.«

Und ich erzählte Lapizki von dem ersten Mord, dessen Zeugin ich gewesen war, und davon, wie seltsam sich Bratny und Krawtschuk verhalten hatten, wie sie alles getan hatten, um die Spuren der Tat zu verwischen …

»Weder Bratny noch Krawtschuk haben den Mord begangen.« Ich spülte mir den Schaum aus den Haaren und trank den restlichen Wodka. »Es spricht alles dagegen, daß einer von ihnen der Täter ist. Der Mord nützte weder dem einen noch dem anderen. Was Bratny angeht, ist alles mehr oder weniger klar, das Wichtigste für ihn ist es, den Film zu drehen. Aber was hat Krawtschuk zu dieser Heldentat bewogen? Ich bin sicher, daß Bratny ihn nicht so einfach um den Finger wickeln kann, der hat bei dieser Sache seine ganz eigenen Interessen. Ich habe da so meine Vermutungen …«

»Natürlich, du hast da so deine Vermutungen, wer würde daran zweifeln.« Lapizki schaute mich fast verliebt an. Gleich würde er mich Anna nennen, ich wußte es. Ich hob abwehrend die Hand.

»Ich heiße Eva. Ich bitte dich sehr, vergiß das nicht.«

»Hauptsache, du denkst selbst dran«, erwiderte Lapizki.

»Ich werde daran denken, ob es dir paßt oder nicht.«

»Und was ist nun mit den Morden?« fragte er endlich.

»Ich glaube nicht, daß Krawtschuk was damit zu tun hat. Nichts kam ihm so ungelegen wie dieser unerklärliche Mord.«

»Diese beiden Morde«, verbesserte mich Lapizki nachdenklich. »Es sind zwei Morde, vergiß das nicht. Wie denkst du darüber?«

»Ich denke gar nichts. Das heißt, ich habe etwas gedacht, ich habe sogar gedacht, ich hätte das Rätsel gelöst. Bei dem ersten Mord schien es relativ einfach, es gab ein Motiv, zumindest eine Art Motiv. Aber jetzt … Ich habe keine Ahnung.«

Und ich erzählte Lapizki von meinen jämmerlichen Gedankenkonstruktionen, davon, wie ich Faina Bergman allen

Ernstes des Mordes verdächtigt hatte und wie mir dann der Boden unter den Füßen weggerutscht war …

»Ich fürchte, die Ermittler haben dasselbe Problem wie du.« Lapizki rieb sich mit finsterer Miene das Kinn. »Solange wir kein Motiv finden, kommen wir nicht weiter …«

»Gibt es denn keinerlei Indizien?« fragte ich niedergeschlagen. »Ich meine, bei dem Mord an der Bergman.«

»Nicht die geringsten.«

»Konntet ihr den Hergang der Tat rekonstruieren?« Fjodor hatte mir zwar erzählt, was dort im Studio vor sich gegangen war, aber seine hysterische Schilderung war natürlich nichts wert im Vergleich zu einer klaren, vernünftigen Analyse, zu der Kostja Lapizki in der Lage war.

»Einen Dreck haben wir rekonstruiert«, fluchte der Hauptmann unerwartet heftig. »Je mehr Zeugen du hast, desto mehr Ärger hast du. Außerdem, was Schlimmeres als deine Filmleute kann man sich gar nicht vorstellen.« Lapizki zog eine Grimasse.

»Was meinst du damit?«

»Ein Haufen von Hohlköpfen. Keiner kann sich richtig erinnern, alle reden wirres Zeug, keiner kriegt eine brauchbare Aussage zustande. Der eine sagt, A stand da und dort, als das Licht ausging. Du hältst ihm vor: Was denn, Ihr Kollege da sagt, A hätte ganz woanders gestanden. Sagt er das? fragt der erste. Und wer hat das noch gesagt? Na, und dann schließt er sich der Mehrheit an. Der Instinkt des kollektiven Nicht-Wissens …«

»Ist die Lage wirklich so hoffnungslos?«

»Bis jetzt ist noch kein Licht am Horizont zu sehen. Die Damen sind sowieso bloß am Heulen.«

Ich dachte an Irene, wie sie dort am Fenster saß und schniefte.

»Diese Irene, die Maskenbildnerin, die ist doch verwandt mit der Bergman.«

»Ja, ich weiß … Aber da gibt es nichts zu erben, die Alte besaß nichts als ihre zwölf Quadratmeter im Heim.«

»Und wie viele Personen waren insgesamt im Studio?«

»Fünfzehn, einschließlich der Schauspieler und der Techniker.«

»Und niemand konnte rein oder raus? Ließ sich wenigstens das feststellen?«

»Leider nicht. Das ist die reinste Sauwirtschaft, wie in einem Puff. Aber man muß Krawtschuk Gerechtigkeit widerfahren lassen, er hat den Tatort nach dem Mord professionell abgesichert und niemanden an die Leiche herangelassen. Alte Schule.«

»Womit hat man sie eigentlich ermordet? Du hast gesagt, sie hätte ein Messer im Rücken gehabt.«

»Na ja, das war bildlich gesprochen. Es war genaugenommen eine speziell zugeschliffene Ahle. Ausgesprochen exotisches Teil, reif fürs Kriminalmuseum. Ich habe so etwas noch nie gesehen. Zum einen ist das Ding sehr lang und sehr scharf, und zum anderen hat es eine feine Riffelung. Diese Riffeln stehen in einem bestimmten Winkel zum Griff und wirken wie Blutrinnen. Der Mensch ist tot, aber Blut gibt es keins.«

»Genauso wie bei der Alexandrowa. Und was ist mit ihren Sachen?«

»Was soll damit sein? Eine normale Oma-Handtasche. Normale Oma-Klamotten. Puderdose, Taschentuch, Wimperntusche Marke ›Leningrad‹, hergestellt 1977, verschiedene Sorten von Schlaftabletten, ein Rentenausweis, ein Photo …«

»Ein Photo? Was für ein Photo?«

»Na ja, eigentlich kein Photo …«

»Eine Postkarte«, sagte ich.

»Genau, eine Postkarte. Woher weißt du das?«

»Ich weiß sogar noch mehr. Es war eine sehr alte Postkarte, etwa von 1951.«

»1952, wenn man genau sein will.«

»Wie heißt der Film, in dem sie mitspielte? Es war doch ein Standphoto aus einem Film, oder?«

»Treib den alten Lapizki nicht in die Ecke. Ein Standphoto aus einem Film, allerdings. Wie hieß er noch? Ach ja, ›Ein Schuß im Unterholz‹ oder so was in der Art. In der Rolle der Patriotin Nadenka Gwosdewa – Faina Bergman. Na und?«

»Nach dem Mord an der Alexandrowa steckte genau so eine Postkarte hinter ihrem Schminkspiegel, mit einem Bild von ihr aus jungen Jahren. Es handelte sich ebenfalls um ein Standphoto aus einem alten Film, er hieß ›Die Schlüssel von Königsberg‹. Und darin spielte die Alexandrowa die Hauptrolle.«

»Das ist doch alles Blödsinn. Hältst du das für wichtig?«

»Nein, es ist mir nur aufgefallen. Einfach so.«

»Verstehe. Willst du dich eigentlich noch lange da in der Wanne rumwälzen?«

»Ich warte, bis du rausgehst.«

»Genierst du dich etwa?« Der Hauptmann kniff die Augen zusammen und reckte sich. »Sieht dir gar nicht ähnlich ...«

»Bring mir meine Zigaretten, bitte. Sie sind in der Handtasche.«

»Na gut.«

Hinter dieser Bitte versteckte sich eine naive Absicht. Er ging raus, und ich konnte aus der Wanne klettern und mir wenigstens seinen Morgenmantel überziehen oder mich in ein Handtuch wickeln. Es war mir schrecklich unangenehm, vor ihm so demütigend nackt zu sein, es war schlimm genug, daß er ins Bad gekommen war, ohne anzuklopfen, kaum daß ich in der Wanne saß. Mir kam ein befremdlicher Gedanke: Lapizki behandelte mich genauso, wie ich den armen keuschen Mitjaj behandelt hatte. Er provozierte mich ununterbrochen. Aber er tat es noch frecher, noch rücksichtsloser.

»Sie sind in der Seitentasche«, fügte ich verspätet hinzu.

Kostja grinste und verließ das Bad, aber er schnappte sich im Gehen nicht nur meine Kleider, sondern auch seinen schmuddeligen Morgenmantel und das riesige Badetuch mit den Palmen und der Aufschrift »Happy Summer«, auf das ich es abgesehen hatte. Ich wußte ganz genau, was er wollte, er saß auf der Lauer und wollte Anna wieder zum Leben erwecken, die sich aus ihrer Nacktheit nichts machte, die sie, im Gegenteil, schamlos und professionell nutzten konnte – fast genauso, wie eine scharf geschliffene Ahle.

Na gut, zum Teufel mit dir. Ich kann mir ja schließlich nicht eine Zahnbürste vorhalten.

Ich gab auf.

Als er zurückkehrte, meine Tasche unterm Arm, saß ich mit gekreuzten Beinen nackt in der leeren Badewanne.

»Gib mir eine Zigarette. Ich habe nasse Hände«, sagte ich gelassen.

»Die sind nicht nur naß.« Lapizkis Anteilnahme bezog sich auf meine verletzten Finger.

Er fischte eine Zigarette aus der Schachtel und sah mich fragend an.

»Willst du sie nicht anrauchen?«

»Was bleibt mir anderes übrig.« Er zündete eine Zigarette an und steckte sie mir zwischen die Lippen. Ich inhalierte genüßlich.

»Dein Körper hat sich nicht verändert«, sagte er. »Das freut mich. Und überhaupt, du machst das sehr gut.«

Er erinnerte mich mit voller Absicht an die gestrige Szene in der sandgefüllten Lastkahn-Attrappe.

»Freut mich, daß es dir Spaß gemacht hat«, sagte ich und bemerkte mit Grauen, daß meine Stimme schon wieder nach der verhaßten Anna klang.

»So langsam bist du wieder die alte.« Er ließ sich in die Hocke nieder und leerte rücksichtslos meine Tasche auf dem Fußboden aus.

»He! Noch bin ich nicht tot, noch ist meine Tasche kein amtliches Beweisstück.«

»Wenn du verstehen willst, was im Kopf einer Frau vorgeht – schnapp dir ihre Tasche«, sagte er belehrend. »Du hast in letzter Zeit offenbar nicht gerade auf großem Fuß gelebt.«

In der Tasche gab es tatsächlich nichts, was der Rede wert war: einige Schachteln Gitanes, ein Einwegfeuerzeug, der Schlüssel zu Sergas Wohnung in der Prashskaja, eine Haarbürste, ein paar zerknitterte Geldscheine. Außerdem die Origami-Figuren, die Krawtschuk mir bei unserem ersten Besuch im »Flauberts Papagei« gegeben hatte. Der Passierschein von Mosfilm steckte in meiner Manteltasche.

»Tja«, grunzte Lapizki, »du bist eine, die man wirklich vollkommen straflos abknallen kann. ›Unbekannte weibliche Leiche‹ steht dann in den Ermittlungsberichten, sonst nichts. Rennst du immer noch ohne Papiere durch die Gegend?«

»Was geht dich das an?«

»Ich mache mir halt Sorgen um dich! Ich habe dir doch gesagt, wir gehören zusammen ...« Seine Heuchelei wurde mir langsam unerträglich.

»Wie ich sehe, träumst du noch immer davon, mal Großinquisitor zu werden«, sagte ich und fletschte die Zähne.

»Und du ein zweiter La Rochefoucauld.« Lapizki nahm eine von den Gitanes-blondes-Schachteln und las salbungsvoll vor: DIE REGELN ZU ÄNDERN HEISST NICHT DAS SPIEL ZU ÄNDERN. Eine Aphorismendichterin, wer hätte das gedacht!«

»Gib das her!« Ich vergaß, daß ich vollkommen nackt war, sprang aus der Badewanne und streckte die Hand nach der Packung aus.

Tatsächlich. Dieselben weit auseinanderstehenden Blockbuchstaben, derselbe Kugelschreiber: DIE REGELN ZU ÄNDERN HEISST NICHT DAS SPIEL ZU ÄNDERN. Dieser kurze Satz wirkte harmloser als die erste Botschaft. Er erinnerte tatsächlich an einen hausbackenen Aphorismus, Lapizki hatte recht. Und trotzdem ging von den klaren Blockbuchstaben eine Drohung aus. Was die Botschaft zu bedeuten hatte, wußte ich nicht. Genauso wenig wußte ich, ob Bratny und Krawtschuk wieder die gleiche erhalten hatten oder ob der Unbekannte die mysteriöse Nachricht diesmal nur für mich geschrieben hatte.

Wieder ein Gruß von dieser Person, die genauso viel von dem Mord wußte wie ich oder sogar mehr. Ich hatte Lapizki mit Absicht nichts von den Botschaften erzählt. Sie hatten etwas aufreizend Unechtes, als wollte ihr Verfasser unbedingt die Aufmerksamkeit auf sich lenken. Bratny hatte recht, so was konnte nur ein Typ machen, der etwas mit Film zu tun hat.

Und warum wurden gerade die Schauspielerinnen eines bestimmten Regisseurs ermordet? Das sah nach einer gezielten Aktion aus.

DIE REGELN ZU ÄNDERN HEISST NICHT, DAS SPIEL ZU ÄNDERN«. Das Spiel ging also weiter.

Aber wenn die Dreharbeiten eingestellt wurden?

»Wie ich sehe, schwärmst du zur Zeit für traditionelle japanische Handarbeit.« Lapizkis Stimme riß mich aus meinen Grübeleien.

Er stellte die Origami-Figuren in einem Kreis auf und betrachtete sie nachdenklich.

»Diese Figuren hat unser gemeinsamer Freund Krawtschuk gebastelt«, sagte ich.

»Sieh mal einer an, so ein vielseitiger Mensch. Morgens faltet er Papiertierchen und abends schickt er Killer los.

Von den Ereignissen auf der Landstraße hatte ich Lapizki gleich am Anfang erzählt.

»Ich möchte mich anziehen.« Mir war inzwischen kalt geworden, und das erinnerte mich daran, daß ich immer noch nackt war.

»Hat ja lange gedauert, du Exhibitionistin«, lachte Lapizki zufrieden. »Gehen wir rein, dein Bett ist schon gemacht.«

Wir gingen ins Zimmer zurück, das sich seit meinem letzten Besuch keinen Deut verändert hatte. Derselbe unordentliche Bücherschrank mit kriminalistischer Fachliteratur, dieselbe dem alpinen Skilauf gewidmete Hobbyecke, dieselben klobigen Skistiefel über dem Bett.

Kostja hatte mir ein Lager auf dem Fußboden hergerichtet, etwas anderes hätte man bei seiner flegelhaften Gastfreundschaft auch nicht erwarten können: zwei Schlafsäcke, die schon mal bessere Tage gesehen hatten, und dazwischen ein löchriges Laken.

»Entschuldige, ich stecke bis zum Hals in Arbeit, ich habe nicht einmal Zeit, nach Davos zum Skilaufen zu fahren, und schon gar nicht, Bettzeug zu kaufen.«

»Macht nichts, ich werd's überleben. Du hast viel zu tun, sagst du?«

»Wahnsinnig viel! Die Wahlen stehen vor der Tür, Duma, Präsident und sonstige Pretiosen unserer Demokratie – bis du über die alle genug kompromittierendes Material zusammen hast, gehst du auf dem Zahnfleisch. Du weißt ja, wir stehen auf der Liste der korrupten Staaten ganz weit unten, nach uns kommt bloß noch Kamerun.«

»Ich dachte, du bist bloß ein gewöhnlicher Milizionär!«

»Ah, jetzt hast du mich erwischt, du Miststück! Schon gut, ich geb's zu. Na komm, laß mich wenigstens deine Pfötchen versorgen, es tut einem ja weh, zu sehen, wie du dich in die Freiheit gegraben hast.«

Kostja verschwand in der Küche und kam mit Verbandszeug und einer ominösen Salbe zurück.

»Was ist das denn schon wieder?« fragte ich. Die Salbe stank penetrant nach Wanzen.

»Eine der neuesten Errungenschaften der Medizin. Hergestellt aus den Beißwerkzeugen von Insekten, die hilft in Null Komma nix.«

Kostja schmierte mir rasch die Finger mit der zähflüssigen dunkelbraunen Salbe ein und verband sie.

»Also, ich mache das Licht aus«, sagte er, als er schließlich fertig war.

Ich streckte mich auf dem Schlafsack aus und verschränkte die Hände unterm Kopf. Gestern zur selben Zeit lagen ganz andere Laken unter mir, von Leidenschaft zerwühlte; gestern noch war der Mann, den ich so sehr begehrte, wunderbar lebendig, gestern lebte auch Faina Bergman noch, und ich hatte sie im Verdacht, ihre Konkurrentin ermordet zu haben. Gestern noch hätte ich nicht einmal im

Traum daran gedacht, daß ich die nächste Nacht in der verwahrlosten Höhle Kostja Lapizkis verbringen würde, des Menschen, der mir beigebracht hatte, gezielt zu töten, des Menschen, dem zu begegnen für mich gleichbedeutend war mit meinem eigenen Todesurteil.

Übrigens war das Todesurteil schon gesprochen. Anscheinend hielt Krawtschuk mich tatsächlich für gefährlich, wenn er beschlossen hatte, mich aus dem Weg zu räumen. Er hatte mir einfach nicht geglaubt. Und ich hatte keine überzeugenden Argumente vorgebracht, damit er mir glauben konnte.

Aber ich hatte noch eine Chance.

Mein Körper, aus langem, langem Schlaf erwacht, wollte nicht an Mitjajs Tod glauben, aber der gesunde Menschenverstand sagte etwas anderes: Du mußt dich damit abfinden. Für Abtrünnige gibt es keine Gnade. Sogar, wenn er in dem Auto am Leben geblieben sein sollte, hätten sie später auf jeden Fall mit ihm abgerechnet.

Also, was Krawtschuk angeht, war das Spiel eröffnet. Aber ich hatte noch einen Trumpf in der Hand.

»Was hast du vor?« fragte Lapizki plötzlich mit so ernster, so wacher Stimme, daß ich zusammenzuckte.

»Ich will ins Studio fahren und mich mit Krawtschuk treffen. Morgen früh.«

»Du bist übergeschnappt«, sagte er nach kurzem Schweigen mit verhaltenem Respekt.

»Warum denn?«

»Nach dem, was heute passiert ist?«

»Jetzt erst recht. Man sollte ihn nicht lange über mein Schicksal im ungewissen lassen. Sonst denkt er am Ende noch, ich hätte ihn im nächstbesten Büro des FSB verpfiffen. Mit Sicherheit wird er das annehmen. Er ist kein Idiot, er hat versucht, rauszukriegen, wer ich bin, aber er hat nicht das geringste gefunden, ganz einfach, weil da nichts zu finden ist. Du hast es ja selber gesagt ›Unbekannte weibliche Leiche‹. Und das ist doch klar, wenn ihm auch nur der leiseste Zweifel bleibt, geht er uns durch die Lappen. Sagen wir, ich nehme dir ein bißchen Arbeit ab, weiter nichts. Du bist hinter diesem Origami-Typen her, oder nicht?«

»Es liegt etwas gegen ihn vor …«, sagte Kostja nachdenklich.

»Hat es was mit Antiquitäten zu tun? Oder mit Ausländern?«

»Lassen wir es dabei.« Kostja spielte wieder den Eisenfresser.

»Der Mord an den Schauspielerinnen kommt dir sehr gelegen, stimmt's?«

»Stimmt. Jetzt kann man sich in aller Ruhe an Krawtschuk dranhängen.«

»Das wußte ich doch.«

»Du weißt immer alles. Du bist ein kluges Mädchen.« Er hatte mich die ganze Zeit noch nicht einmal mit Namen angesprochen. Vielleicht hatte er meine Wahl akzeptiert. »Hast du dir das gut überlegt wegen morgen?«

»Eigentlich nicht. Aber das ändert nichts. Ich fahre auf jeden Fall hin.«

»Ich kann nicht für deine Sicherheit garantieren, das ist dir doch klar.«

»Ich für deine auch nicht. Jeder muß auf sich selbst aufpassen …«

Ich fuhr ins Studio.

Äußerlich hatte sich nichts verändert, aber der Geist des Mordes hatte seine Flügel ausgebreitet. Sogar in dem Flur, auf den die Türen unseres Teambüros führten, waren mehr Menschen als üblich.

Im Teambüro saß die Kifferin Swetik vor ihren Telephonen und feilte sich die Fußnägel. Am anderen Ende des Zimmers hockten der Fahrer Tjoma, Kelly und ein weiterer Beleuchter, dessen Namen ich vergessen hatte. Die drei spielten »Schafskopf«.

»Hallo!« sagte ich zu Swetik. »Ist einer von den Chefs da?«

»Krawtschuk läuft hier irgendwo rum. Bratny ist beim

staatlichen Filmverband. Die Hälfte der Truppe ist in der Petrowka, bei der Miliz, die andere Hälfte in der Kantine«, sagte Swetik verträumt.

»Hallo, Eva«, begrüßte mich Kelly freundlich, der einzige der Anwesenden, der mir sympathisch war. »Es ist schrecklich. Der gewaltsame Tod eines alten Menschen ist immer schrecklich ... Was ist mir Ihren Händen passiert, Eva?« fragte er plötzlich. Für einen Moment lag auf seinem Gesicht ein Ausdruck des Mitleids.

»Nichts weiter. Ich wollte ein Fenster öffnen und hab mir dabei die Fingernägel abgebrochen. Das geht vorbei ...«

Das Faxgerät schnurrte. Swetik nahm mit verschleiertem Blick das Fax entgegen und vertiefte sich darin.

»Oh«, sagte sie schließlich, »aus Prag. Noch eine Bewerberin für die Hauptrolle. Sie schreibt, sie hat das Drehbuch in einer Zeitschrift gelesen und weiß, daß sie zu spät dran ist, aber sie träumt davon, mit uns zusammenzuarbeiten.«

»Swetik, wenn du Krawtschuk siehst, sag ihm, daß ich ihn suche. Ich bin in der Kantine.«

»Falls er sich hier mal blicken läßt.« Swetik zog einen Flunsch.

Es hatte keinen Sinn, im Teambüro zu bleiben, ich ging und schloß die Tür leise hinter mir.

Also die Hälfte unserer Truppe ist in der Petrowka bei der Miliz, die andere Hälfte in der Kantine, sehr nett.

Von der Hälfte in der Kantine waren bloß noch Irene und Musa übriggeblieben. Irene heulte anscheinend seit gestern ununterbrochen, jedenfalls waren in ihrem grellen Make-up noch dieselben Tränenspuren zu sehen. Irene und Musa hatten sich gründlich mit Cognac abgefüllt und saßen jetzt mit roten Gesichtern nebeneinander.

»Hallo, Mädchen!« Ich setzte mich pietätvoll auf eine Stuhlkante.

»Hol dir ein Glas«, sagte Musa mit finsterer Miene.

Aus irgendeinem Grund rief mein Erscheinen bei Irene

einen neuerlichen Heulkrampf hervor. Unter ihrem gequälten Schluchzen kehrte ich mit dem Glas zurück, und Musa goß allen Cognac ein.

»Also, auf die verehrte Faina Bergman.«

Wir leerten schweigend unsere Gläser.

»O Gott, wer hat ihr das bloß angetan?« jammerte Irene. »Sie hat etwas geahnt ... Sie hat es vorausgeahnt.«

»Unsinn, wie hätte sie so etwas denn ahnen können?«

»Sie war so lieb, so gut ... Ein hochanständiger Mensch, voller Würde. Als ich sie zum ersten Mal sah ... Als wir sie im Heim besucht haben, Jascha und ich, glaubt mir, ich habe mich sofort in sie verliebt. Und was war sie für eine Schauspielerin! Aber was erzähle ich euch, ihr habt es ja selbst gesehen ...«

»Haben wir, haben wir ... Du kennst doch Andrzej, er bringt sogar Tote zum Spielen.« Aus Musas Mund, von Cognac und stiller Anbetung Bratnys gleichermaßen trunken, klang das wie offener Hohn. Aber Irene war so von ehrlichem Kummer in Anspruch genommen, daß sie es überhaupt nicht bemerkte.

Musa organisierte noch eine Flasche Cognac, und wir leerten sie zügig.

Als wir bei der dritten Flasche angelangt waren, erschien Krawtschuk in der Kantine.

Er blieb sich auch jetzt treu: derselbe korrekte Anzug, der akkurate Scheitel und die perfekt gebundene Krawatte. Er kam sofort an unseren Tisch, drückte Irenes Schulter, Musas Ellbogen und meinen Oberarm. In seinem Gesicht sah ich nichts außer verhaltener Trauer.

»Und?« fragte Irene unter Tränen. »Nichts Neues?«

»Bisher nichts, Mädchen«, sagte Krawtschuk, seine Worte vorsichtig wählend. »Sie haben mich gesucht, Eva?«

»Ja. Ich muß mit Ihnen sprechen. Unter vier Augen.«

»Aha, die Ratten verlassen das sinkende Schiff«, sagte Musa, ohne sich an jemanden Bestimmtes zu wenden.

»Dann gehen wir.«

»Ja, natürlich.«

Verfolgt von Musas empörtem und Irenes gleichgültigem Blick, verließen wir die Kantine.

»Ich hatte nicht zu hoffen gewagt, Sie jemals wiederzusehen«, sagte Krawtschuk. Er meinte es ehrlich.

»Wissen Sie, einen Moment lang hatte ich auch das Gefühl, ich würde Sie nie wiedersehen«, antwortete ich und meinte es genauso ehrlich.

»Ich finde Sie immer erstaunlicher.«

»Dasselbe könnte ich von Ihnen sagen!«

Wir kamen auf den Parkplatz am Hauptgebäude und Krawtschuk öffnete einladend die Vordertür seines Volvo.

»Bitte!«

Ich setzte mich auf den Beifahrersitz, raffte die Schöße meines alten Mantels zusammen und legte die Hände auf die Knie. Meine Fingerspitzen erinnerten mich an das, was ich ohnehin nicht vergessen konnte.

Krawtschuk machte es sich neben mir bequem und schob eine Kassette in das Kassettendeck. An den ersten Takten erkannte ich die »Abschiedssymphonie« von Haydn. Dieser Fiesling hatte immerhin einen ausgezeichneten Geschmack.

»Ist Ihnen das recht?« fragte Krawtschuk verspätet.

»Wenn das keine Anspielung auf meine freudlose Zukunft sein soll, dann ja«, antwortete ich. »Wohin fahren wir?«

»Wohin Sie wollen. Irgendwohin zum Essen? Wir können auch hier im Auto sitzen bleiben.«

»Das dürfte angemessener sein. Sie sind heute ohne Leibwächter.«

»Senja ist krank. Das kommt gelegentlich sogar bei Leibwächtern vor.«

»Wir sind alle nur Menschen.«

Eine Weile schwiegen wir. Niemand wollte sich bloßstellen, niemand wollte den ersten Zug machen.

»Worüber wollten Sie mit mir sprechen?« fragte er endlich.

»Gestern hatte ich ein etwas unangenehmes Erlebnis.«

»Was Sie nicht sagen ...«

»Es hätte mich fast den Hals gekostet.«

»Was für eine Tragik! Erst die eine Schauspielerin, dann die nächste und jetzt Sie ... Ich hoffe, es ist noch einmal gutgegangen?«

»Ja, mehr oder weniger.« Ich betrachtete meine Hände, und er fing meinen Blick auf.

Wieder schwiegen wir lange. So lange, daß es allmählich peinlich wurde. Einer von uns beiden würde als erster die Nerven verlieren.

»Mögen Sie Haydn?«

»Ja. Aber ich mag nicht, wie Sie Ihre Probleme lösen. Insbesondere die, die gar nicht existieren.«

»Was wollen Sie damit sagen?« Sein Gesicht blieb weiterhin undurchdringlich, nur in der Tiefe seiner Pupillen funkelte es. Also, ich habe meine Karten aufgedeckt, mal sehen, was du dagegen hältst.

»Ich bin ein nicht existierendes Problem, jedenfalls für Sie. Ich habe es Ihnen schon einmal gesagt – ich stelle keine Gefahr für Sie dar. Nach dem gestrigen Abend – Sie wissen, wovon ich spreche – bin ich gekommen, um mich mit Ihnen zu treffen. Das ist zwar verrückt von mir, aber es ist der einzige Weg, Ihnen meine Loyalität zu beweisen. Bratny hat mich in sein Team genommen aufgrund von Überlegungen, die nur ihm allein bekannt sind. Das kam mir sehr gelegen, weil ich außer dem kümmerlichen Passierschein von Mosfilm keinerlei Papiere besitze. Ich hatte ziemliche Probleme mit ... mit einer gewissen Art von Behörde. Und ich habe mich damals dort ... sagen wir mal so, erheblich weniger elegant verabschiedet, als Sie das getan haben. Ich mußte meine Lebensweise radikal ändern, mein Äußeres radikal ändern ...«

Jetzt hoffte ich allein auf mein Gesicht, dieses Gesicht, zu dem ich seinerzeit gewissermaßen auf Umwegen gekommen war; es hatte mich so viele Male gerettet, mir so viele Male aus der Patsche geholfen, es mußte mich auch dieses Mal rausboxen.

»Sie sind ein Profi. Wenn ich ein doppeltes Spiel spielte,

würden Sie das doch sofort durchschauen. Also was befürchten Sie eigentlich von mir? Es kann nur den einen Grund geben: *Sie hatten beschlossen, mich zu beseitigen, weil Sie mich für eine unerwünschte Zeugin hielten. Für ein dummes Weib, das jeden Augenblick durchdrehen könnte*. So ist das. Sie hätten natürlich recht, ich wäre ein Problem für Sie, vorrausgesetzt, ich wäre einfach eine Hysterikerin. Aber ich bin keine Hysterikerin. Ich bin kein dummes Weib. Wenn ich jemanden von diesen seltsamen Dingen hätte unterrichten wollen, die hier um die Morde herum vor sich gehen, hätte ich Mittel und Wege gefunden, das zu tun. Und Sie hätten es zu spüren bekommen. Ich wiederhole, ich bin für Sie ungefährlich. Wir sind Verbündete. Ich bin ein Problem, das für Sie überhaupt nicht existiert.«

»Meinen Sie? Ich sehe das ganz anders.« Er wendete sich plötzlich zu mir um und packte mein Kinn mit einem Griff wie ein Schraubstock; seine Finger besaßen eine unglaubliche Kraft, wenn er gewollt hätte, hätte er mir wahrscheinlich den Kiefer brechen können. Und erst in diesem Moment, als ich seinen harten Griff spürte, wußte ich, daß ich gewonnen hatte. Er verließ seine Deckung. Er hielt mich nicht mehr für gefährlich.

»Gestern habe ich durch deine Schuld einen Mann verloren. Ich hätte noch erheblich mehr Leute verlieren können ...«

Einen Mann ... Also hatte es nur einen erwischt. Wer war dieser eine – Badri oder Mitjaj? Ich erinnerte mich plötzlich deutlich an den Schlag, den Mitjaj Badri versetzt hatte – vielleicht war er nicht zielsicher genug gewesen, aber ganz bestimmt kräftig genug. Und wieder versuchte ich mich davon zu überzeugen, daß der Schlag gewaltig gewesen war, gewaltig, gewaltig ... Der Schraubenschlüssel, der auf Badris Nasenbein knallte – Badri hatte keine Chance gehabt. Ich verstand, wie unsinnig all diese Gedanken waren, aber ich wollte doch so sehr, daß das Unmögliche geschehen und Mitjaj am Leben geblieben war. Daß er einfach noch lebte, nichts weiter. Selbst, wenn ich ihn nie wiedersehen sollte. Nie mehr.

»Ich denke, niemand trägt daran Schuld. Ich trage jedenfalls keine Schuld daran. Ich habe mich an unseren Nichtangriffspakt gehalten.« Kein Muskel bewegte sich in meinem Gesicht – zeigte sich auch hier Lapizkis Schule?

»Na, gut. Nehmen wir an, ich wollte ganz sichergehen. Was hättest du an meiner Stelle getan?« fragte er.

»Ich weiß nicht. Möglicherweise dasselbe.«

»Tja, das ist die Antwort einer Casting-Assistentin. SIG-Sauer.« Er konnte mir nicht vergessen, daß ich mit einem Blick die Marke von Senjas Pistole erkannte hatte. »Ich hatte nicht erwartet, dich wiederzusehen. Das ist eine Frechheit von dir, die an Verrücktheit grenzt. Aber, ich weiß nicht, vielleicht ist das das einzige, das mich dazu bringen kann, dir zu glauben.«

»Ich habe es Ihnen schon gesagt: Andere Beweise meiner Loyalität kann ich Ihnen nicht liefern. Wir haben dieses Thema ja bereits erörtert.«

»Vielleicht habe ich etwas unüberlegt gehandelt.« Endlich lockerte er seinen Griff und ließ mich los. »Aber die Umstände entschuldigen mich, wenn sie mich vielleicht auch nicht rechtfertigen.«

»Ja, wahrscheinlich.«

»Wir werden das als kleines Mißverständnis verbuchen.« Krawtschuk entspannte sich und sah mich jetzt mit brennendem Interesse an. Plötzlich ging er wieder zum Sie über. »Glauben Sie mir, dieses Mißverständnis ist mich ebenfalls teuer zu stehen gekommen. Wie alt sind Sie?«

O Gott, warum fragten bloß alle Männer so taktlos nach meinem Alter? Aber Krawtschuk hatte es verdient, daß ich so aufrichtig wie möglich war. Wenigstens bei dieser Frage.

»Sagen wir, noch nicht dreißig.«

Er schwieg lange und tastete begierig mit seinen Blicken mein Gesicht ab.

»Sie sehen wesentlich älter aus. Jedenfalls dem ersten Eindruck nach.«

»Ich weiß. Ich habe Ihnen doch gesagt, daß ich gezwungen war, sagen wir mal, mich ein wenig zu verändern.«

»Sicherlich war Ihr Äußeres davor unerträglich markant.«

»Sie können sich nicht vorstellen, wie unerträglich.« Ich lächelte.

»Aber ein Mensch hat das immerhin erkannt.«

Natürlich meinte er Mitjaj.

»Ich denke, er hat dafür vollkommen umsonst bezahlt ...«

Natürlich meinte ich Mitjaj. Es kostete mich ungeheure Mühe, nicht die Fassung zu verlieren, nicht loszuheulen und nicht meine schweißnasse Stirn auf das makellose Armaturenbrett des Volvo zu schlagen, aber ich beherrschte mich und sah Krawtschuk mit den ruhigen und durchsichtigen Augen Anna Alexandrownas an: Nur sie konnte mir jetzt helfen, mit ihrem vollständigen Mangel an jeglichem menschlichen Gefühl. Also nehme ich doch noch Ihre Dienste in Anspruch, Hauptmann Lapizki, Sie können die Trommel schlagen und jubeln.

»Ja. Ich konnte nicht ahnen, daß es so weit kommen würde.«

Also doch Mitjaj. Reiß dich zusammen, das Duell ist noch nicht ausgestanden.

»Ich auch nicht.«

»Wo haben Sie die letzte Nacht verbracht?« Die Frage klang vollkommen unschuldig.

»Das hat mir einiges Kopfzerbrechen bereitet«, antwortete ich genauso unschuldig. »Ich mußte zum Studio zurückkehren und dort übernachten ...«

Das konnte er nicht nachprüfen, selbst wenn er gewollt hätte, und ich gab mir Mühe, so überzeugend wie möglich zu lügen.

»Sehen Sie, ich habe ziemliche Probleme, seitdem ein Freund von mir, bei dem ich ... die letzte Zeit gewohnt habe, sich eine Freundin zugelegt hat.«

»Ja, ich weiß. Wir haben ihn gestern abend besucht, aber er konnte uns nichts Brauchbares sagen.«

Schnelle Arbeit, alle Achtung!

»Im Moment habe ich wenig mit ihm zu tun.«

»Ich verstehe trotzdem nicht, warum er das getan hat«, sagte Krawtschuk nachdenklich. »Warum hat er Ihretwegen so ein großes Risiko für sich aufgenommen?«

»Ich bedauere das.«

»Ich würde Sie gern näher kennenlernen. Wenn diese ganze böse Geschichte überstanden ist.«

»Was wird mit dem Film?«

»Das weiß ich noch nicht. Ich sage nur das eine – wir können die Arbeit nicht einstellen, weil zu viele private Gelder drinstecken. Es handelt sich eher um eine Frage der Zeit. Wie lange Bratny brauchen wird, und was aus dem Team wird, das weiß im Moment niemand.«

»Die Ratten verlassen das sinkende Schiff«, wiederholte ich die Worte, die Musa in der Kantine gebraucht hatte.

»Das Erstaunlichste ist, daß viel weniger Ratten das Schiff verlassen als normalerweise in solchen Fällen ...«

»Ich würde gerne im Team bleiben. Um so mehr, weil ich jetzt das Geld brauche, um mir irgendeine Bude zu mieten ...«

»Darf ich Ihnen helfen?« fragte Krawtschuk weich und übergab mir eine Papierfigur: eine ziemlich sympathische Katze.

Darf ich Ihnen helfen? Natürlich darfst du, was bleibt mir übrig?

»Das wäre sehr liebenswürdig ...«

Mein Fast-Mörder Krawtschuk half mir, eine winzige Wohnung in Jassenewo zu mieten.

Unser Gespräch auf dem Studioparkplatz war der einzige Fortschritt in unserer Beziehung. Zehn Tage vergingen, in denen wir uns nur flüchtig sahen. Ich wurde wieder Casting-Assistentin. Ab und an merkte ich, daß er mich von weitem anschaute. Krawtschuk beobachtete mich genau. Es war nicht ausgeschlossen, daß sich unsere Beziehung im Laufe der Zeit verändern würde. Er interessierte sich für mich, wer weiß ... Vielleicht konnte ich Lapizki sogar irgendwie nützlich sein. Egal, was für ein mieser Typ

Kostja war, jetzt stand ich auf seiner Seite. Wenn es mir gelang, näher an Krawtschuk heranzukommen …

Auch Bratny sah ich sehr selten. Er steckte in einer tiefen Krise, und das war möglicherweise der Grund, warum er dem Team plötzlich kolossale Geldsummen auszahlte. Jeder von uns, einschließlich dem technischen Personal, bekam zwischen zehn- und zwanzigtausend Rubel, je nach seiner Tätigkeit.

Dieses Geld wurde bis auf die letzte Kopeke im Studiocafé umgesetzt, wo unser Team fast vollzählig von morgens bis abends herumhockte. Wir machten der vielköpfigen Herde arbeitsloser Schauspieler Konkurrenz, die sich jeden Tag dort einfand und auf kleine Rollen in den zahlreichen Krimi- und Historienserien hoffte. Manchmal hatte der eine oder andere Glück und marschierte direkt vom Wodkaglas weg zum Set.

Musa hatte stark übertrieben, was die Ratten betraf, es war so, wie Krawtschuk gesagt hatte – kaum einer hatte das Team verlassen, mit Ausnahme des dünnhäutigen Cutters Tropinin. Möglicherweise hatte der unerwartet und großzügig ausgezahlte Lohn zu diesem Zusammenhalt des Teams beigetragen, aber eher lag es an Bratny. Niemand wollte diese abgedrehte Atmosphäre missen, die ihn umgab. Nachdem man sich vom ersten Schock erholt hatte, ergriff alle eine hysterische Lustigkeit, die sich mehr und mehr steigerte. Das beliebteste Spiel im Team war nun die Suche nach dem Mörder. Als dieses Spiel für die Kantine zu ernst wurde, zog man in das kleine, hervorragend ausgestattete Musikstudio des Komponisten Bohomil Stojanow um, das sich ebenfalls auf dem Gelände von Mosfilm befand.

Jeder der Mitspieler nahm abwechselnd die Rolle des Klägers und des Angeklagten ein, man suchte bei jedem nach einem Motiv und jeder versuchte sich zu rechtfertigen. Das Spiel kam mehr und mehr in Gang und trieb die absurdesten Blüten, alle kringelten sich vor Lachen. Wowan Trapesnikow hatte angeblich der pfiffigen Alten Drogen verkauft und war dann von ihr erpreßt worden. Sergej Woloschko warf man vor, das Opfer ästhetisch abgelehnt zu haben. Alle wußten, daß Woloschko sich ständig mit Bratny wegen der Kamera-Einstellungen und vor allem wegen der Großaufnahmen in den Haaren lag. Irene, die nur selten an den Zusammenkünften im Musikstudio teilnahm, wurde in Abwesenheit angeklagt, und Lenotschka Gankjewitsch, die überhaupt nicht daran teilnahm, ebenfalls. Irene wurde vorgeworfen, Informationen über Auslandskonten der Alten zu besitzen und dies der Untersuchungskommission zu verschweigen, weil sie als nahe Verwandte der Toten Zugang zu diesen Konten hätte. Bei Lenotschka Gankjewitsch war es noch viel einfacher. Alle wußten, daß sie rettungslos in Bratny verliebt war. Ein Mord aus Eifersucht – wenn das kein Motiv war! Aus demselben Grund hätte Musa die Bergman abmurksen können.

Genauso einfach stand die Sache bei dem Junkie Tjoma: Er hatte die Alte möglicherweise unter Entzug in einem Anfall von Raserei um die Ecke gebracht. Auch für die Mitglieder des Beleuchterteams, das Kelly leitete, fanden sich genügend Motive: Sobald die Bergman am Set erschien, gingen alle Jupiter- und Soffittenlampen zu Bruch; seltsamerweise war es ja tatsächlich so gewesen. Seit Bratny die Rolle mit der Bergman besetzt hatte und die Aufnahmen mit ihr angelaufen waren, brach regelmäßig die Beleuchtungstechnik zusammen.

Fjodor beschuldigte man des Frauenhasses und der Gerontophobie. Für die einzelnen Schauspieler galt immer ein und dasselbe Motiv: Konkurrenzkampf und Neid auf den guten Stand der Alten bei ihrem Halbgott Bratny.

Ich war die einzige aus dem ganzen Team, die ein hundertprozentiges Alibi hatte: Ich war zur Zeit des Mordes nicht am Set gewesen. Deswegen wurde mir die Rolle der Richterin beziehungsweise der Gutachterin übertragen. Das Ganze wurde mit reichlich Cognac, Wodka, Heroin und Haschisch unterstützt, mit denen Wowan Trapesnikow alle versorgte.

Das Spiel zog uns immer mehr in seinen Bann. Nachdem

die Anklage erhoben war, versuchten wir gemeinsam, die Atmosphäre wiederherzustellen, die am Set geherrscht hatte, wenige Minuten bevor das Licht ausging, sowie die Positionierung aller Beteiligten und aller Gegenstände im Raum. Dabei kam allerdings nie etwas Vernünftiges heraus. Alle wollten sich intuitiv so weit wie möglich von der Bergman entfernt befunden haben. Außerdem gab es Unstimmigkeiten mit der Zeit. Wowan erklärte, er hätte mindestens sieben oder acht Minuten an der Verteileranlage gebraucht, während Sadykow von zwei oder drei Minuten sprach. »Du hast eine total verdrehte Vorstellung davon, wie lang eine Minute ist, du hast überhaupt ein verdrehtes Zeitgefühl, wie alle Junkies, Wowan.« Aber als dann der Fahrer Tjoma sagte, er hätte während der ganzen Zeit, die Wowan und Sadykow mit dem Licht zugange waren, direkt neben der Tür des Studios gesessen und niemand Fremdes hätte den Raum betreten oder verlassen, begriffen plötzlich alle, daß aus dem Spiel Ernst geworden war.

Den Mord hatte jemand begangen, der am Set gewesen war. Jemand von uns.

Doch diese Entdeckung heizte das Spiel nur noch mehr an. Das Bewußtsein der Tatsache, daß sich ein Mörder unter uns befand, daß er gerade jetzt zusammen mit allen andern Klage und Anklage spielte, war ein willkommener Nervenkitzel und machte das Spiel erst richtig brisant. Nun gab sich niemand mehr mit irgendwelchen albernen konstruierten Motiven zufrieden.

Niemand erinnerte sich später mehr daran, wer als erster die Theorie aufstellte, der Mörder liege möglicherweise psychisch nicht ganz in der Norm – ich glaube, es war Kelly (ja, es mußte der Beleuchter mit seiner schwülstigen Ausdrucksweise gewesen sein, alle anderen hätten sich auf das kurze, aber treffende Wort »Psychopath« beschränkt). Das gab den Anstoß zu einer allgemeinen Analyse verschiedener Arten von Phobien, und dann war der Damm gebrochen. Die von Alk und Drogen völlig überdrehten Filmleute begannen plötzlich mit wildem Eifer, ihre Komplexe und ihr Unterbewußtsein zu analysieren: Unverarbeitete Kindheitsängste wurden an die Oberfläche gezerrt, peinliche Erwachsenengeheimnisse enthüllt. Ab und an hatte ich das Gefühl, mich in einer psychoanalytischen Sitzung zu befinden, und mir wurde ziemlich mulmig.

Wolodja Tschernyschow, der junge Hauptdarsteller, hielt es als erster nicht mehr aus. Eines Tages kam er einfach nicht ins Studio und wurde damit automatisch zu einem der Hauptangeklagten. Aber davon abgesehen: Ich wurde das dumpfe Gefühl nicht los, daß bei diesen ganzen verrückten und versponnenen Spielereien und Gedankenkonstruktionen irgendwo ein Stück der Wahrheit durchschimmerte; als würde mir jemand aus der letzten Bankreihe die richtige Antwort zuflüstern, aber ganz undeutlich, so daß ich sie einfach nicht verstand.

Dann begannen plötzlich alle einander ernsthaft zu verdächtigen, und die Atmosphäre wurde mißtrauisch und bösartig. Man weiß nicht, wie weit die Sache noch gegangen wäre, wenn nicht Bratny im Studio aufgetaucht wäre und uns erklärt hätte, daß eine neue Schauspielerin gefunden sei und die Dreharbeiten wieder aufgenommen würden.

Bratny hatte sich durchgeboxt – die Arbeit ging weiter.

Das war ganz bestimmt nicht einfach gewesen, sogar für Bratny mit seiner hypnotischen Macht über Menschen. Sein rücksichtsloses Vorgehen bei den Castings und beim Vorsprechen war nicht ungestraft geblieben: Die Schauspieler – unter ihnen viele populäre Stars, die die Boulevardjournale bevölkerten und die seinerzeit so demütigend von Bratny abgewiesen worden waren, hatten in der Presse gehörigen Spektakel gemacht. Das Konterfei des »Wahnsinnigen Regisseurs« prangte auf jeder Titelseite. Zwischen den Zeilen beschuldigte man ihn, am Tod einer Schauspielerin und dem Verschwinden einer anderen beteiligt gewesen zu sein. Es wurde zum guten Ton, über Bratny herzuziehen.

Die Untersuchung des Mordes an der Bergman ging nur schleppend voran, wenn sie nicht sogar in einer Sackgasse steckte. Das Untersuchungsteam hielt sich immer noch auf dem Gelände von Mosfilm auf, ein paarmal traf ich sogar den »einfachen Milizionär« Kostja Lapizki in der Kantine, aber wir taten, als würden wir uns nicht kennen. Doch der Eifer der Ermittlungen war eher vorgeschoben. Es gab keinerlei Hinweise auf den Mörder außer der Tatwaffe, deren Griff so steril war wie ein Skalpell. Die Zeugenaussagen waren allesamt reichlich konfus, voller Widersprüche und Unstimmigkeiten. Aber das Hauptproblem war das Fehlen eines Motivs. Es schien niemanden zu geben, der einen Nutzen von diesem Mord hatte. Eine gewisse Zeit zirkulierte bei Mosfilm die Theorie, daß irgendwelche Leute, die Bratny mitgünstig gesonnen waren, versuchten, auf derart extravagante Art seine Dreharbeiten zu sabotierten. Aber jeder zweite, der mit Bratny zu tun hatte, war ihm mißgünstig gesonnen, und wenn man der Logik dieser Theorie folgen wollte, hätte man den gesamten Filmverband Rußlands verdächtigen müssen.

Der Skandal um Bratny schleppte sich so dahin, als aber die neue Hauptdarstellerin aus Prag eintraf, loderte er mit ungeahnter Kraft wieder auf. Es handelte sich um eine sehr berühmte russische Schauspielerin, die vor gar nicht langer Zeit in ein ähnliches Kesseltreiben geraten war wie jetzt Bratny und die deshalb aus Moskau nach Prag geflohen war. Sie hatte das Drehbuch zu Bratnys neuem Film in einer tschechischen Filmzeitschrift gelesen und daraufhin ein Fax nach Moskau geschickt. Sie wollte diese Rolle spielen.

Ich kannte die Geschichte dieser Schauspielerin. Und ich kannte sie nicht nur aus Zeitungsberichten, die vieles verzerren und verfälschen.

In dem Augenblick, als die neue Schauspielerin am Set erschien und Bratny, der wieder Mut gefaßt hatte und deshalb besonders einnehmend wirkte, sie uns vorstellte, begriff ich, wer sie war.

Es war Margo.

Jene legendenumwobene Schauspielerin, die ich vor scheinbar unendlich langer Zeit durch eine halbgeöffnete Schranktür in einer Moskauer Villa gesehen hatte. Ich hatte gerade einen jungen Schauspieler kennengelernt, der sie liebte. Wir waren zusammen an einer Operation von Kostja Lapizki beteiligt. Dieser hoffnungsvolle Mime hatte Pech, ihm fehlten einige jämmerliche Sekunden, um sich zu retten, er verschenkte diese Sekunden, weil er Margo zu sehr liebte. Und man hatte ihn gezwungen, vor ihren Augen den Menschen zu töten, den sie liebte.

Margo ... Sie hatte sich kaum verändert, sie trug noch immer dieselben schweren silbernen Ringe an den Fingern, hatte dieselben bitteren Falten um den Mund. Und dieselben herrschsüchtigen Augen unter den schrägstehenden Augenbrauen, dasselbe graue Haar – sie dachte gar nicht daran, es zu färben. Als ich sie zum ersten Mal sah, fand ich sie schön. Jetzt sah sie göttlich aus.

An dem Tag, an dem Oleg Kulikow umgebracht wurde, war sie neunundvierzig Jahre alt gewesen. Jetzt war sie fünfzig.

Viel zu jung für die Rolle in Bratnys Film, dachte ich melancholisch, Bratny ist völlig durchgedreht. Sie kann unmöglich dieses Dahinwelken spielen, diese hilflose Todeserwartung; ihr Gesicht ist so voller Leben. Ihr Partner wird sich Hals über Kopf unsterblich in sie verlieben, anstatt sie zu bestehlen und sie zu zerstören.

Iwan hatte mir vor langer Zeit einmal seine Theorie vorgetragen, wonach jeder fünfte mit einem bekannt ist. Das heißt – jeder fünfte, den du triffst, weiß auf jeden Fall etwas über dich.

Ich wußte etwas über Margo.

Ich wußte es von Oleg Kulikow, dem jungen Schauspieler, der sie vergötterte; ich wußte, daß sie eine tragische Liebe hinter sich hatte, daß sie viel rauchte und daß sie ihre silbernen Ringe in die Aschenbecher legte, um sie leichter wiederzufinden – das hatte er gesagt, ich erinnerte mich noch gut daran. Ich hätte auch vieles über Oleg selbst erzählen können, zum Beispiel, warum er zum Mörder wurde, aber das hätte das romantische Bild zerstört.

Fürchtet euch vor jedem fünften in eurem Leben, dachte

ich, als ich mich jetzt an Iwans Theorie erinnerte. Man kann nicht ausschließen, daß er gerade das von euch weiß, was ihr selber vergessen wolltet.

Ich war da besser dran. Nicht einmal Lapizki wußte alles über mich.

»Darf ich vorstellen, das ist Margo«, verkündete Bratny.

Lautes Klatschen und beifälliges Pfeifen ertönte. Alle kannten Margo, sie war noch zu jung, um vergessen zu sein.

Und dann geschah etwas ganz Wunderbares. Alle Männer des Teams küßten ihr ehrerbietig die Hand. Sogar Wolodja Tschernyschow sah sie an, wie er normalerweise nur Bratny ansah: mit einer Mischung aus Ehrfurcht, Andächtigkeit, Treue und Leidenschaft.

Also, morgen würden wir die Dreharbeiten wieder aufnehmen, mit einer vollkommen anderen Schauspielerin. Hartnäckigkeit konnte man Bratny jedenfalls nicht absprechen, er würde seinen Film fertigstellen, um jeden Preis. Vielleicht wollte Bratny Margo ja auch als eine Art Schutzschild gebrauchen. Sie war zu berühmt, sie war eine zu exponierte Persönlichkeit in der Filmwelt. Wie würde sich wohl jetzt das Verhältnis zwischen den Helden des Films gestalten? Würde Bratny das Konzept noch einmal verändern oder würde er Margo zwingen, nach den vorgegebenen Regeln zu spielen?

DIE REGELN ZU ÄNDERN HEISST NICHT, DAS SPIEL ZU ÄNDERN.

Warum ließ mir dieser alberne Satz keine Ruhe? Was sollte das denn für ein Spiel sein, wenn es nicht zu Ende war, wenn die Dreharbeiten aufhörten? Kelly hatte recht, der Mörder war ein Mensch, der nur seiner eigenen verdrehten Logik gehorchte. War Bratny selber ein Teil dieser Logik? Warum hatte er es mit solcher Hartnäckigkeit gerade auf Bratny abgesehen? Warum brachte er nur seine Schauspielerinnen um? Lag es vielleicht am Drehbuch? Gab es darin etwas, was den Mörder provozierte und ihn zu seinen sinnlosen Taten trieb? Irgendein zufälliger Satz, den die Hauptdarstellerin ausspricht? Irgendein scheinbar harmloser Aspekt der Handlung? Ich mußte noch einmal aufmerksam das Drehbuch lesen, warum war ich bisher nicht darauf gekommen? Vor Aufregung spürte ich ein leichtes Kribbeln in den Fingern. Mir schien plötzlich, ich hätte ein dünnes Ende des Fadens zu fassen bekommen und könnte vielleicht das ganze Knäuel entwirren.

Ich mußte Bratny sagen, daß er unbedingt einen von Krawtschuks Jungs für Margo abstellen sollte. Für alle Fälle ...

Einer von Krawtschuks Jungs. Mitjaj war auch einer von Krawtschuks Jungs gewesen. Jetzt erinnerte sich schon niemand mehr an ihn. Selbst Krawtschuk hatte nur noch eine verächtliche Grimasse für ihn übrig. »Gestern habe ich durch deine Schuld einen Mann verloren.« Woher nahm ich nur die Kraft, ihn so nett zu grüßen?

Lapizkis Schule, in der ich es bis zur Vollkommenheit gebracht hatte.

Um meinen von all den wirren Gedanken völlig überhitzten Kopf abzukühlen, ging ich zu Fuß zur Metro. Obwohl der Dezember schon zur Hälfte vorbei war, gab es in Moskau noch immer keine Spur von Schnee, überall der entnervende Matsch, der in jedem Menschen die Vorfreude auf Weihnachtskrippe und Weihnachtsstern im Keim erstickte.

Ich fragte mich, wo ich wohl Weihnachten feiern würde. Im letzten Jahr hatte ich es in einem Krankenhausbett verbracht, in diesem konnte ich mit der kleinen Wohnung in Jassenewo rechnen, Krawtschuk würde ein Auge auf mich haben. An meinem ersten Tag dort hatte ich sie gründlich untersucht und zwei Wanzen gefunden. Die waren sicher nicht als Willkommensgruß für die Casting-Assistentin Eva gedacht – er mußte doch wissen, daß solche netten Spielzeuge sehr leicht zu entdecken sind, zumindest für jemanden, der etwas davon versteht. Und daß das bei mir der Fall war, darüber war er sich doch inzwischen vollkommen im klaren.

Viel wahrscheinlicher war, daß Krawtschuk diese Wohnung bisweilen für irgendwelche Treffen nutzte. Sie sah aus, als hätte nie jemand darin gewohnt. Als ich einzog, fand ich nur ein paar teure Gläser aus böhmischem Glas und ein ziemlich solides italienisches Service vor. Dazu ein paar Messer und Gabeln. Sonst nichts.

Von meinem Lohn kaufte ich eine Kaffeekanne, Bettwäsche und ein paar Klamotten, praktisch und nicht zu teuer – genau im Stil meines jetzigen, unauffälligen Lebens: Jeans, ein Hemd, einen Pullover aus isländischer Wolle, ein T-Shirt … Meine anderen Sachen waren in Mitjajs Wohnung geblieben.

In der Wohnung, zu der ich die Schlüssel besaß – der gallische Hahn mit dem ulkigen Kamm. Wenn ich in meiner Tasche zufällig darauf stieß, krampfte sich mir das Herz zusammen. Mehrmals hatte ich versucht, diese Schlüssel loszuwerden. So war ich immer mit überflüssigen Dingen verfahren, die mich eventuell belasten konnten. Aber ich brachte es nicht fertig, diesen armen Hahn einfach in den nächsten Papierkorb, den nächsten Fluß, den nächsten Müllcontainer zu werfen. Auch jetzt klimperten Mitjajs Schlüssel in meiner Manteltasche und ließen mich bei jedem Schritt an ihn denken.

Ich hatte Sehnsucht nach ihm. Mitjaj war nicht der einzige gewesen, den ich geliebt hatte, aber er war von Anfang an der ideale Liebhaber gewesen. Der ideale Liebhaber für mich …

Plötzlich hupte ein Auto neben mir, penetrant und fordernd. Genau so penetrant hatte mich vor kurzem noch Mitjaj angehupt.

Neben mir hielt ein schöner schwarzer Ford, und bevor ich begriff, was los war, öffnete sich die Beifahrertür.

Vor mir sah ich das hohlwangige Gesicht Lenotschka Gankjewitschs.

»Hallo! Willst du zur Metro?« fragte sie.

»Ja.«

»Soll ich dich mitnehmen?«

»Danke, ich wollte ein Stück laufen.«

»Ach komm, ich fahre dich.« In Lenotschkas Stimme lag ein solches Flehen, daß ich mich gehorsam ins Auto setzte und mich anschnallte. »Hast du es eilig?« fragte sie.

»Eigentlich nicht.«

»Kann ich dich irgendwohin einladen?« Das war neu. Während der gesamten Zeit der Dreharbeiten hatten wir nur bei den allgemeinen Saufereien gelegentlich ein paar Worte miteinander gewechselt. Man konnte unser Verhältnis nicht gerade freundschaftlich nennen.

»Tja, warum nicht ... Im Prinzip könnte man ruhig ein Glas zusammen trinken.«

»Prima. Ich weiß hier in der Nähe ein nettes Plätzchen ...«

Das »nette Plätzchen« war ein kleiner Pub im irischen Stil: Die Wände karminrot verputzt und mit Dudelsäcken und Photos behängt, auf denen die irischen Nationalsportarten abgebildet waren, vorzugsweise Curling und Fußball.

»Wie geht's dir?« fragte ich, nur um etwas zu fragen.

»Beschissen.« Ihr Anblick sprach Bände: dunkle Ringe unter den entzündeten roten Augen, die Nase durchscheinend, das Haar stumpf und unordentlich und auch das sonst immer so perfekte Make-up nachlässig und offenbar nur aus reiner Gewohnheit aufgetragen – dich hat es ziemlich erwischt!

Ich spürte tatsächlich so etwas wie Mitleid.

»Ihr habt eine neue Schauspielerin, habe ich gehört?« fragte sie. Die Frage kostete sie offenbar große Mühe.

»Ja. Du kennst sie.« Ich nannte Margos Namen. Das hätte ich lieber nicht tun sollen.

In Lenotschkas Augen flammte ein wildes, rasendes Feuer auf – es schien sie in ihrem Inneren zu verzehren, sie hatte offenbar keine Kontrolle mehr darüber.

»Allerdings, dieses Miststück kenne ich«, sagte sie genüßlich. »Letztes Jahr hat einer ihrer jungen Liebhaber einen großen Geschäftsmann erschossen. Der war, nebenbei, auch ihr Liebhaber.«

»Ich habe davon gehört.«

»Das war ein Riesenskandal. In ganz Moskau hat man

darüber geredet. Diese Hure ist deswegen sogar nach Prag abgehauen. Ich dachte, sie sei dort verreckt und vermodert, aber sie scheint sich bester Gesundheit zu erfreuen. Jetzt ist sie also wieder da und will Stunk machen, dieses verkommene Stück Scheiße …!«

Lenotschka war anscheinend immer noch besessen vom Dämon der Eifersucht. Wieder überkam mich ein leichtes Befremden.

»Er springt wahrscheinlich die ganze Zeit um diese Schlampe herum?«

»Wer?«

»Na Bratny! Der Dreckskerl!«

»Was soll das?«

»Entschuldige … Weißt du, mir gefällt es hier nicht so richtig. Komm, laß uns gehen, ich weiß etwas Besseres …«

»Ich muß nach Hause. Wir drehen morgen wieder. Ich will ausschlafen. Du weißt doch, wie Bratny alle aussaugt …«

Lenotschka griff mich plötzlich am Ärmel, in ihren Augen flackerte der Wahnsinn.

»Laß mich nicht allein … Sonst … Sonst tue ich irgendwas Schreckliches …«

Das wird ja immer schöner! Welcher Teufel hat mich bloß geritten, zu Fuß zur Metro zu gehen.

»Na gut. Bloß versprich mir, dich nicht zu besaufen.«

»Ich verspreche es. Bleib bei mir, bitte.«

Lenotschka besoff sich nach Strich und Faden in der ersten Kaschemme, an der wir vorbeikamen: einem schottischen Restaurant mit dem Namen »McCormik«. Sie bestellte einen Whisky nach dem anderen, und die Kellner, gutmütige russische Burschen, die man in schottische Nationaltracht gesteckt hatte, die zu ihnen paßte wie die Faust aufs Auge, sahen immer wieder nachsichtig tadelnd zu uns herüber.

Ich mußte mir eine Flut der schmutzigsten Flüche über Bratny anhören und dann eine Flut innigster Liebeserklärungen. Manchmal folgten Flüche und Liebesschwüre unmittelbar aufeinander – dieser Abschaum, dieser Scheißkerl, mein Einziger, ich bin verrückt nach ihm, ich liebe ihn so, diese Mißgeburt, diese wiederliche Kreatur, dieses Geschmeiß, dieses Vieh, sieht er denn gar nichts ... Sieht er denn nicht, daß ich alles für ihn tun würde, wenn er nur bei mir wäre ...

Ich hatte nicht die geringste Ahnung, was Lenotschka damit bezweckte, mich zur Zeugin ihrer Gefühlsausbrüche zu machen. Sie benahm sich so herausfordernd unanständig, daß wir aller Aufmerksamkeit auf uns zogen.

»Fahren wir nach Hause«, sagte ich leise.

»Warum denn nach Hause? Er geht doch auch noch nicht nach Hause. Der sitzt jetzt irgendwo mit dieser Kröte in einer Kneipe und streichelt ihr unterm Tisch das Knie.«

»Was quatschst du für einen Blödsinn?!«

»Er ist pervers ... O Gott, was soll ich bloß tun, was?«

»Nach Hause fahren und dich ausschlafen. Ich bringe dich.«

»Du kannst mich mal ... Was willst du überhaupt von mir?!« Lenotschka hatte anscheinend vollkommen vergessen, daß sie selbst mich eingeladen hatte.

»Schluß jetzt, mir reicht's. Los, ab nach Hause«, sagte ich mit Bestimmtheit, aber auf Lenotschka machte das nicht den geringsten Eindruck. Sie klebte an dem grob gezimmerten Kneipentisch wie der Vogel auf dem Leim, ich bekam sie einfach nicht los.

Also ließ ich sie da zwischen ihrer ganzen Batterie leerer Whiskygläser sitzen und ging zu dem Kellner, der neben dem Tresen herumhing.

»Können Sie mir vielleicht helfen, junger Mann?«

»Worum geht es denn?« fragte er träge.

»Die Dame fühlt sich nicht gut.«

»Da sehe ich.«

»Könnten Sie mir nicht helfen, sie nach draußen zu bringen?«

Auf dem Gesicht des Kellners spiegelten sich herbe Zweifel, die sich allerdings sofort verflüchtigten, als ich einen Fünfziger zum Vorschein brachte. Zu zweit schleiften wir die sich sträubende Lenotschka auf die Straße und bis zu ihrem Ford.

»Warum trägst du denn einen Rock, mein Schnuckelchen?« lallte sie, während ich die Wagentür aufschloß. »Bist du ein Transvestit? Es gibt hier bloß noch Perverse, man kann schon nicht mehr atmen …«

Der Kellner sah sie so wütend an, daß ich ihm noch einen Zwanziger drauflegen mußte, als Schmerzensgeld für seine seelischen Blessuren. Endlich hatten wir Lenotschka mit gemeinsamen Kräften ins Auto verfrachtet, und ich setzte mich, die ganze Welt verfluchend, ans Steuer.

»Tschau, tschau, Schnucki!« zwitscherte Lenotschka ausgelassen. »Willst du uns nicht ein bißchen Gesellschaft leisten? Das ist gar nicht schlecht zu dritt, nun komm schon …«

»Eine lustige Freundin haben Sie«, sagte der Kellner düster.

»Für die Lustigkeit habe ich bezahlt«, sagte ich und legte Lenotschka den Sicherheitsgurt an.

»Wo wohnst du?« fragte ich dann.

»Wohne ich etwa irgendwo?« Sie warf den Kopf in den Nacken, und erst jetzt sah ich, was für einen dünnen, schutzlosen Hals sie hatte. »Ich wohne nicht, ich lebe nicht – ich sterbe, ganz langsam … Nein, eigentlich bin ich schon tot.«

»Na ja, bis jetzt bist du noch nicht tot, das kann ich dir versichern. Aber wenn du so weitersäufst, kann es nicht mehr lange dauern.«

»Na, und wenn schon!« Lenotschka ruckte verzweifelt mit dem Hals. »Er ist sowieso bloß von Leichen umgeben …«

»Ich fahre dich nach Hause, sag mir deine Adresse.«

»Wir brauchen Wodka und ein paar Männer, dann können wir losfahren«, konnte Lenotschka gerade noch sagen, bevor ihr der Kopf auf die Brust sank.

Das fehlte mir gerade noch, allein hier im Auto zu sitzen

mit einer Frau, die nichts mehr mitkriegt, die wahnsinnig ist vor unerwiderter Liebe. Aber so seltsam es auch scheinen mochte, ich empfand weder Ekel noch Abscheu – nur Mitleid. Ich lehnte mich an die Kopflehne zurück und versuchte, meine Gedanken zu ordnen. Und sofort bemerkte ich einen leichten Parfümduft.

Genau dasselbe Parfüm.

Jetzt verband ich diesen Duft nicht mehr nur mit Tod, sondern auch mit Wahnsinn.

Aber im Moment wollte ich darüber nicht nachdenken, ich schnappte mir ihre Handtasche und leerte sie auf meinem Schoß aus. »Wenn du wissen willst, was eine Frau im Kopf hat, schau in ihre Tasche!« hatte Kostja Lapizki gesagt und belehrend den Zeigefinger erhoben.

Ein Packen zerknüllter Dollarscheine, mehrere Hunderter, ein Haufen teurer Kosmetik, ein Notizbuch, ein Paß, Pfefferspray, Schlüssel, Führerschein, ein Flakon mit Parfüm – alles, wie es sich gehört. Dann noch ein Bündel Zeitungsausschnitte aus den verschiedensten Tageszeitungen und Zeitschriften.

Sie betrafen sämtlich Bratny: Bratny und das Festival in Cannes, Bratny und der FIPRESSI-Preis, Bratny bei den Dreharbeiten, Bratny und der Mord an der Bergman, Bratny und das Verschwinden der Alexandrowa. Irgend etwas stimmte mit diesen Zeitungsausschnitten nicht. Zuerst begriff ich nicht, *was* es war. Erst als ich einen der Ausschnitte näher in Augenschein nahm, erkannte ich den Grund meiner Beunruhigung – und mir wurde kalt.

Die Namen Bergman und Alexandrowa waren schwarz umrandet. Und das in jedem Artikel, insgesamt waren es mehrere Dutzend. Mit einer Pedanterie, die mir geradezu psychopathisch vorkam, hatte Lenotschka die Namen der Alten überall im Text umrahmt – mit einem dünnen Filzstift, fleißig und gewissenhaft. Der jüngste Artikel war für mich ein Schock. Darin wurde kurz und knapp berichtet, daß der berühmte Skandalregisseur Andrzej Bratny die Dreharbeiten an seinem neuen Film wieder aufnahm, nachdem es zuvor gewisse Probleme mit zwei Hauptdarstellerinnen gegeben habe. Jetzt habe er eine dritte gefunden. Dann folgte eine kurze Biographie von Margo. Der Artikel schloß mit sarkastischem Optimismus: Wir hoffen, daß unser hervorragender Jungregisseur trotz aller Widrigkeiten seinen Film zu Ende drehen wird. Einen Film, der unser Land in der Welt würdig vertreten wird. Das Schreckliche war, daß auch Margos Name schwarz umrandet war.

Ich sah Lenotschka von der Seite an. Sie schlief, das Gesicht an die Scheibe gelehnt. Ich ließ so leise wie möglich den Motor an und lenkte den Wagen vorsichtig auf die Straße. In Lenotschkas Paß stand eine Adresse auf dem Subowski-Boulevard. Während ich langsam durch das nächtliche Moskau fuhr, stellte ich mir vor, wie Lenotschka lange Tage und noch längere Nächte in quälender Einsamkeit verbrachte. Ich stellte mir vor, wie sie Tag für Tag in ihrem schicken Ford durch die Stadt rollte, wie sie wahllos alle möglichen Männer anbaggerte, und wie gleichgültig und sinnlos das alles für sie war.

Denn der einzige Mann, der ihr wirklich etwas bedeutete, würde ihr niemals gehören.

Immer wieder betäubte sie sich mit Alkohol und schwitzenden Männerkörpern – nur, um sich an Bratny für seine Gleichgültigkeit ihr gegenüber zu rächen.

Jetzt schien mir die Vermutung ziemlich plausibel, daß möglicherweise Lenotschka die Schauspielerinnen umgebracht hatte und daß sie vor keinem Mittel zurückschrecken würde, um diese »Kröte« Margo auch noch zu ins Jenseits zu schicken. Die prächtige, reife Margo, die so durch und durch Frau war, Margo, die große Schauspielerin. Lenotschka hatte keine Chance, sie würde Bratny nie bekommen – aber sie würde auch keine Frau an seiner Seite dulden.

Und dann dieses Parfüm.

Ich nahm die Hände vom Lenkrad und tastete in ihrer Handtasche nach dem Flakon, holte ihn hervor und sah ihn mir noch einmal an. »Labyrinth der Leidenschaften« hieß das Zeug.

Der Name war wohl Programm.

Lenotschka hatte sich tatsächlich im Labyrinth ihrer Leidenschaften verirrt. Ich hatte in meinem Leben schon einiges erlebt, aber noch keine so bedingungslose, so absolute und gleichzeitig so abstoßende Liebe. Dabei hätte es Bratny nichts gekostet, ein wenig nachsichtiger mit ihr umzugehen. »Zum Teufel mit dir, Bratny.« Ich hatte laut gesprochen und schüttelte verwundert den Kopf.

Ich fuhr so vorsichtig, daß wir erst nach einer Stunde den Subowski-Boulevard erreichten. Ich fand das Haus und parkte in der Nähe des Eingangs. Dann rüttelte ich die schlafende Lenotschka.

»Wach auf, wir sind da.«

»Was?« Sie kam mühsam zu sich. »Was machst du denn hier?«

»Du hast mich doch selber eingeladen«, sagte ich geduldig.

»Mir platzt der Schädel ... Hast du vielleicht einen Schluck Wodka?«

»Nicht im Auto.« Ich war allerdings sicher, daß Lenotschkas Wohnung bis unter die Decke voll mit Alk war. »Los, komm, steig aus.«

»Ja, gleich.« Sie versuchte sich aufzuraffen.

Ich packte ihre Sachen wieder in die Handtasche, stieg aus dem Auto und öffnete die Tür auf Lenotschkas Seite. Sie fiel mir fast in die Arme.

»Komm, ab nach Hause.«

»Ja, ich komme schon.« Sie sah mich an. »Bist du das, Eva? Normalerweise begegne ich hier ganz anderen Leuten ...«

Das glaube ich gern, dachte ich, wahrscheinlich bumsen dich deine Gelegenheitslover immer gleich im Auto und räumen dir anschließend die Taschen aus. Eigentlich erstaunlich, daß du immer noch lebst und unversehrt in deinem Ford durch die Gegend juckelst.

»Was machst du hier?« fragte sie wieder.

»Das erkläre ich dir später.«

Endlich gelang es mir, sie aus dem Auto herauszubugsieren, und wir machten uns langsam auf den Weg zum Hauseingang. Lenotschka hing schwer an meinem Arm, die frische Luft hatte sie sofort wieder betrunken gemacht.

»In welchem Stock wohnst du?«

»Siebter … Stock.«

Zehn Minuten später zog ich ihr in ihrer Diele den Mantel aus. Ein teurer Lammfellmantel, schicke Stiefel – alle diese Herrlichkeiten erwiesen sich bei näherer Betrachtung als ziemlich vernachlässigt; die Stiefel waren mindestens seit einer Woche nicht geputzt worden, der Lammfellmantel war mit Farbe beschmiert und voller ominöser Flecken.

»Mir ist schlecht«, hauchte Lenotschka wieder.

Ich schleppte sie ins Bad, zog sie aus und setzte sie in ihre Jakuzzi-Wanne. Ich ließ mehrmals heißes Wasser nachlaufen, damit sie sich richtig aufwärmen konnte, und dann machte ich mich daran, die Wohnung zu inspizieren.

Irgendwann war das sicher einmal eine ziemlich luxuriöse Wohnung gewesen: nach »Eurostandard« modernisiert und mit erstklassigen Möbeln ausgestattet; ein breites Bett, mehrere sehr gute Bilder, eine ganz passable Bibliothek, ein handgewebter Perserteppich. Aber jetzt war alles abgenutzt und schäbig, es sah aus wie auf einer Müllhalde. Überall alte Zeitungen – wahrscheinlich die, aus denen Lenotschka die Artikel über Bratny ausgeschnitten hatte –, leere und halbgeleerte Flaschen – von billigem Fusel bis zu teurem Cognac -, schmutzige Teller und Geschirr, dazwischen das weit geöffnete Maul des Kleiderschranks, bis oben hin vollgestopft mit Kleidung, und ein wahrer Wust von Stoffen, auf allen Stühlen und über den Fußboden verteilt. Auf dem Bett zerwühlte, schmuddelige Laken voller Spermaflecken.

Ich riß die schmutzige Wäsche vom Bett, suchte aus dem Schrank saubere heraus und bezog das Bett neu. Mit allem anderen wird man sich später beschäftigen können.

Ich ging zurück ins Bad und fand Lenotschka wie ein Häufchen Elend zusammengekauert in ihrer prächtigen blauen Jakuzzi-Wanne sitzend. Sie preßte die Hände an die Schläfen und stöhnte leise.

»Komm, du mußt schlafen.«

Lenotschka hob den Kopf und starrte mich mit leeren Augen an.

»Ich kann nicht mehr«, sagte sie leise und vollkommen nüchtern. »Ich kann damit nicht mehr leben. Ich werde verrückt ...«

»Alles kommt in Ordnung.« War das etwa ich, die diese abgenutzten, nichtssagenden Worte daherredete?

»Nichts kommt mehr in Ordnung. Es ist zu spät.«

»Zu spät wofür?«

»Ich wollte ihren Tod. Ich wußte, daß es Wahnsinn ist. Aber ich wollte ihren Tod genauso leidenschaftlich, wie ich Andrzej will ...«

Der Klang ihrer eigenen Stimme schien sie zu beruhigen. Sie nahm die Dusche aus der Halterung und richtete den Wasserstrahl auf ihr Gesicht. Unter dem fließenden Wasser erschien mir Lenotschkas Gesicht wieder schön, genauso schön, vernünftig und vergeistigt wie bei unserer ersten Begegnung. Ich erinnerte mich plötzlich an das, was man mir ganz am Anfang über Bratny erzählt hatte: »Bratny haßt schöne Frauen, er spricht ihnen das Existenzrecht ab.«

Du hast Pech gehabt, Lenotschka. Wenn du ein wenig häßlicher wärst, wäre deine Leidenschaft vielleicht nicht unerwidert geblieben. Oder du hättest dir gar nicht erst falsche Hoffnungen gemacht. Wahrscheinlich bist du wirklich schon verrückt. Ich dachte an die schwarzumrandeten Namen der Schauspielerinnen. Nur drei Menschen wußten vom Tod der Alexandrowa, für alle anderen war sie einfach verschwunden ... Und nur in Lenotschkas Zeitungsartikeln kam die Wahrheit ans Licht. Eine Wahrheit, die außer den Zeugen nur der Mörder kennt ...

»Ich kann es nicht ertragen, eine andere Frau neben ihm zu sehen. Ich wünschte, sie wären tot, tot, tot ... Ich bin verrückt, ja?« Sie schob die Dusche beiseite und lächelte mich an.

Ihr Lächeln war so normal, so schrecklich normal, daß ich unwillkürlich zurückwich.

»Siehst du, du hast auch Angst vor mir«, konstatierte Lenotschka zufrieden. »Na ja gut, daß noch jemand anderes Angst vor mir hat. Ich bin es leid, vor mir selbst Angst zu haben, ich bin es leid, mit dieser Angst allein zu sein.«

»Ja, allein bist du wohl nicht.«

»Wenigstens in dieser Hinsicht bin ich nicht allein«, fuhr Lenotschka gleichgültig fort. »Erinnerst du dich an den Abend, als der Alten schlecht wurde und Andrzej mich aus der Garderobe rauswarf? Zum ersten Mal in meinem Leben habe ich solche Sachen zu einer älteren Frau gesagt, altes Luder und so was ... Und dabei habe ich plötzlich ein solches Glücksgefühl verspürt, als hätte ich damit gleichzeitig ihn gekränkt ... Andrzej. Er hat sich nie etwas daraus gemacht, wenn ich ihn beschimpft habe. Aber wenn es um seine Arbeit ging ... um sein Werk ... Das war das einzige, wo man ihn treffen konnte. Verstehst du?«

Mühsam versuchte ich, mich in Lenotschkas wirren Geständnissen zurechtzufinden, und tastete dabei vorsichtig nach der Türklinke. Hast du etwa Angst, Eva?

»Das war das einzige, womit man ihn verletzen konnte. Es ist ganz einfach, Macht über ihn zu haben – man muß ihm nur seine Arbeit wegnehmen. Vielleicht wird er dann vertrocknen und sterben, wie eine Blume ohne Wasser, das dachte ich. Mir wurde richtig schwindelig dabei. Er stirbt, und sofort bin ich ruhig und fahre zu Lagerfeld, er hat mir eine wunderbare Stelle angeboten. Aber das ging vorbei, es war nur ein kurzer Anfall von Schwäche. Ich war noch nicht wahnsinnig ... Ich habe mich geschämt, die Alte tat mir leid ... Und da habe ich den Champagner genommen, bin zurück in die Garderobe gegangen und habe sie um Verzeihung gebeten. Ich habe sie geküßt, und wir haben sogar einen winzigen Schluck zusammen getrunken, rein symbolisch. Sie hat gesagt, Andrzej sei ein gefährlicher Mensch, wer mit ihm zusammen sei, riskiere sein Leben. Sie hat es gespürt, genau wie ich, verstehst du, Eva? Sie war ich.

Mein viel älteres Ich. Und als ich das begriff, wünschte ich mir so sehr, daß sie tot wäre ... Ich wollte es auf einmal so sehr, wie ich nie etwas gewollt hatte. Nicht einmal *seine Liebe*.«

»Und?« Ich zwang mich zu sprechen. »Was war dann?«

»Nichts«, sagte sie und fing an zu lachen. »Nichts war dann. Sie ist nicht mehr!« Ihr Lachen hörte abrupt auf. »Alle erzählen, sie sei verschwunden, alle belügen einander. Aber sie ist einfach nicht mehr. Jeder, der bei diesem Spiel mitspielt, verschwindet. Weißt du, wie ich ihn kennengelernt habe? Bei einer Modenschau. Sie haben sich eins von meinen Models geschnappt, und Bratny hat mir eine Botschaft direkt auf ihren Rücken geschrieben, er hat mich in seinen verdammten Film gelockt, in sein verdammtes Leben ... Ich habe so etwas nie gekonnt, solche Briefchen schreiben; ich hatte immer eine furchtbare Handschrift. Und dann starb die andere Alte. Ich hatte es gewollt, und sie starb. Weißt du«, flüsterte Lenotschka einschmeichelnd, »alle sterben sie. *Er wird seinen Film nie zu Ende drehen*.«

Ich mußte mit Bratny sprechen, sofort. Aber es war mir unerträglich, jetzt einfach wegzulaufen und mir einzugestehen, daß dieses nackte, schöne, schutzlose Mädchen mir Angst machte.

Während ich darüber nachdachte, sank Lenotschkas Kopf auf die Brust, und sie schlief wieder ein. Ich stand einen Augenblick wie eine Idiotin da, dann verließ ich das Bad und schloß vorsichtig die Tür hinter mir.

Sie ist unschuldig, versuchte ich mich zu überzeugen. Ich empfand für Lenotschka nichts außer Mitleid. Schuldig ist Bratny, das gleichgültige Genie Bratny, der ihr Leben zerstört hatte. Während ich zerstreut darüber nachdachte, machte ich mich daran, Lenotschkas Zimmer ein wenig aufzuräumen. Die Wohnung besaß noch ein weiteres Zimmer, und ich konnte meine Neugier nicht beherrschen, ich steckte meine Nase dort hinein.

Es handelte sich offenbar um Lenotschkas Arbeitszimmer, es enthielt die sagenhafte Unordnung ihres früheren

Lebens: mehrere Schaufensterpuppen, die mit Modellkleidern und Kostümen bekleidet waren (sie waren so gut, daß ich kaum den Wunsch in mir unterdrücken konnte, mir sofort die Kleider vom Leibe zu reißen und der Reihe nach jedes einzelne Stück anzuprobieren). Überall lagen Stoffe in den erstaunlichsten Farben und Mustern, allerlei Knöpfe und Kleinkram und altmodische Hüte, und die Wände waren zugepflastert mit Skizzen, Entwürfen – und Photos. Es gab Unmengen von Photos, und auf allen war Lenotschka abgebildet: voller Leben und noch unberührt von der Fäulnis ihrer verhängnisvollen Leidenschaft. Lenotschka und ihre Models. Lenotschka und ihre Dressmen. Lenotschka mit jungen Leuten, entweder in englischen oder amerikanischen Army-Klamotten – wahrscheinlich Marineinfanterie oder irgendwas in der Art. Lächelnde Gesichter, Tarnanzüge, Gewehre mit Zielfernrohren. Lenotschka, die Hand gönnerhaft auf eines davon gelegt. Wahrscheinlich waren es doch eher englische Uniformen, man konnte es an den Gewehren erkennen – das waren »Enfields«, Lapizki hatte mich ja auf Waffen abgerichtet. Gewehre, vor allem für Scharfschützen, waren seine Leidenschaft.

Ein »Enfield«-Gewehr.

Ich starrte auf das Photo. Ich hatte diese Buchstabenkombination erst kürzlich irgendwo gesehen, aber ich hatte dem keine Bedeutung beigemessen. Natürlich: »Enfield«, »Sterling-Armalite«, »Parker-Hale«, in dieser Reihenfolge, mein gut geschultes Gedächtnis lieferte mir bereitwillig die exakten Daten.

Und ich erinnerte mich auch daran, wo ich diese Wörter gesehen hatte: in Mitjajs Kalender. Damals hatte ich angenommen, es seien die Markennamen von Sportgeräten … Wie hatte ich vergessen können, daß es sich um Waffen handelte? Neben jedem Wort standen Ziffern, mal eine »1«, mal eine »2«. Warum hatte Mitjaj in seinem Kalender so penibel die Markennamen von Gewehren verzeichnet? Weil er eben alles, was für ihn von Wichtigkeit war, sorgfältig dort hineinschrieb. Und was bedeuteten dann diese Ziffern?

Der Gedanke, der mir dazu kam, schien verrückt. Aber ich wußte ja, daß verrückte Gedanken die einzigen sind, die Aufmerksamkeit verdienen.

Mitjaj ist einer von Krawtschuks Männern – war einer von Krawtschuks Männern … Ich vergaß die Modellkleider, die ich so gern hatte anprobieren wollen, raste in das andere Zimmer zurück und stolperte über das Telephon.

Ich wählte hastig Lapizkis Nummer, ich wunderte mich, wie leicht ich sie mir in Erinnerung rufen konnte. Endloses, langes Tuten, natürlich, es war Nacht.

Endlich hob er ab. »Lapizki am Apparat.« O Gott, ich hatte vollkommen vergessen, wie er sich immer am Telephon meldete. Genau diese Worte hatte er gebraucht, als ich ihn zum ersten Mal anrief – einsam und verloren, wie ich damals war, als mein Gedächtnis noch nicht zurückgekehrt war. Genaugenommen stand es jetzt nicht viel besser um mich.

»Lapizki am Apparat«, sagte er wieder.

»Ich bin's.«

»Hallo.« Er erkannte meine Stimme sofort. »Von wo aus rufst du an?«

Ich rufe von einer Frau aus an, die ich des Mordes verdächtige, nein, zweier Morde und vielleicht eines Mordversuchs … Verdächtigst du sie wirklich, Eva? Ich konnte darauf weder mit Ja noch mit Nein antworten, zu verworren war der Weg, den Lenotschka Gankjewitsch ging, zu unkonkret waren die Hinweise …

»Von einer Freundin.«

»Hast du auf einmal Freundinnen? Herzlichen Glückwunsch.«

»Danke. Sag mal, was hältst du von einem Parker-Hale?«

Schweigen am anderen Ende der Leitung.

»Ein Parker-Hale ist meiner Meinung nach ein hübsches Spielzeug, was meinst du?«

»Hat man dir eins angeboten?« fragte Kostja vorsichtig.

»Nicht mir. Aber ich glaube, ich weiß, *wer* sie anbietet.«

»Was noch?«

»Enfields, Sterling-Armalites.«

»Hör mal, trägst du nicht ein wenig zu dick auf? Wie sollten solche wunderbaren Geschöpfe in unser verschlafenes Nest kommen?«

»Ich glaube, unser gemeinsamer Freund hat damit zu tun.«

Lapizki schwieg lange. »Tja«, sagte er dann gedehnt. »Du verblüffst mich mal wieder, Anna, wie immer ...«

Ich warf den Hörer auf die Gabel. Und dann merkte ich plötzlich, daß ich mich ganz umsonst über Lapizki ärgerte. Er kannte mich nur unter diesem Namen, er hatte ihn ja selber für mich ausgesucht ...

Es war sinnlos, länger in Lenotschkas Wohnung zu bleiben – ich hatte nicht das Bedürfnis, bei ihrer schweren seelischen Zerrüttung die Zuschauerin zu spielen. Natürlich wäre es das beste gewesen, sie einzusperren und erst mal nicht mehr aus ihrer Wohnung zu lassen. Lapizki hatte sicher ein paar erfahrene Psychiater an der Hand. Obwohl hier psychoanalytische Sitzungen sicher nicht mehr halfen – hier brauchte es eine Radikalkur. Ich schlug die Wohnungstür hinter mir zu, aber ich spürte keine Erleichterung. Selbst wenn sie die Morde begangen hatte, konnte ich dieses Wissen niemals benutzen. Ich konnte sie nicht richten. Ein Mörder kann niemals Richter eines Mörders sein, bestenfalls kann er den Platz eines Gutachters einnehmen. Und als Gutachterin konnte ich nur eines bescheinigen: Bratny, mit all seiner Genialität, mit all seiner magischen Kraft, tötet, was er anrührt ...

Ich hätte mir keine Sorgen um Margos Sicherheit machen müssen, ich brauchte Bratny nicht einmal darauf ansprechen, er hatte sich selber schon um alles gekümmert: Von Beginn der Dreharbeiten an hatte er ihr einen Leibwächter zur Seite gestellt, den aufgewecktesten und intelligentesten aus Krawtschuks Mannschaft – Wenjamin. Er war von Beruf Militärübersetzer, hatte in seiner Freizeit mit einigem

Erfolg Keats und Shelley übersetzt und war von Krawtschuk während der letzten Umstrukturierung des FSB angestellt worden.

Während der ersten beiden Drehtage bezauberte Wenjamin Margo mit seinen Keats-Übersetzungen.

Und am dritten Tag wurde sie ermordet.

Sie wurde in einer Drehpause ermordet, als Wenjamin, der ihr niemals von der Seite wich, für wenige Minuten in eine benachbarte Konditorei gelaufen war, um Kaffee zu holen, für Margo und für sich.

Bratny und Krawtschuk hatten für die Fortsetzung der Dreharbeiten eine kleine, tief im Herzen des alten Moskau versteckte Villa ausfindig gemacht. Der Ölmagnat, der sie kurz zuvor gekauft hatte, hatte sie ihnen bereitwillig zur Verfügung gestellt. Als er mitbekam, wer in dem geplanten Film die Hauptrolle spielen sollte, war er sofort Feuer und Flamme gewesen. Margo war, wie sich herausstellte, seine erste Liebe aus fernen Kindertagen. »Sind Sie es wirklich! Ich habe alle Ihre Filme gesehen ... Bleiben Sie, so lange Sie möchten, natürlich unter der Bedingung, daß Sie mir das Recht auf ein Abendessen mit Ihnen gewähren ...«, hatte er zu Margo gesagt. Sie mußte lachen, aber sie nahm das Angebot an.

Die Villa war frisch renoviert und mit der modernsten Überwachungstechnik ausgestattet. Das gesamte Grundstück war lückenlos mit Videokameras bestückt. Der Ölmagnat hatte erst wenige Monate zuvor einen der Mitgründer seiner Gesellschaft verloren – er war in einem Nachtclub erschossen worden –, und jetzt fürchtete er mit gutem Grund um sein Leben. Außerdem wurden für das Team noch drei Wachleute und zwei Dobermänner eingestellt, man konnte sich also relativ sicher fühlen.

Gleich am ersten Tag kam der Untersuchungsführer in der Villa vorbei, der die Ermittlung in dem Mordfall an der Bergman leitete. Man würde die Sache wohl bald als ungelöst zu den Akten legen müssen. Es gab weder ein Motiv noch irgendwelche Indizien, es handelte sich anscheinend um eines jener sinnlosen Verbrechen, die psychisch verwirrte Menschen begehen. »Sagen Sie ruhig Psychopathen«, unterbrach Bratny den Untersuchungsführer, »warum soll man drum herumreden.« Der Untersuchungsführer unterhielt sich eine Weile mit Krawtschuk, überprüfte noch einmal Bratnys Aussagen und entfernte sich genauso leise, wie er gekommen war, begleitet nur von dem Gebell der Dobermänner.

Bratny brauchte das Team nicht davon überzeugen, daß Margo eine ideale Besetzung war. Nur der unermüdliche Spaßvogel Trapesnikow versuchte einen lauen Witz: »Das Gute ist der Feind des Besten. Wenn Margo etwas zustößt, wird Cathérine Deneuve die nächste sein, der man die Rolle anbietet.« Allerdings gab es ein Problem mit Wolodja Tschernyschow. Er verliebte sich in Margo, so leidenschaftlich, wie sich nur ein junger Mann in eine reife, schöne Frau verlieben kann.

Alle waren begeistert von Margo und noch mehr von der Villa des Ölmagnaten. Die Requisiten, die man unter großen Vorsichtsmaßnahmen aus dem Studio geholt hatte, zeigten sich in vollkommen neuem Glanz. Und auf einmal waren sich alle sicher, daß alles gutgehen würde. Dieses Gefühl hielt genau zwei Tage an.

An dem Tag, an dem Margo ermordet wurde, kam Lenotschka Gankjewitsch zu Besuch in die Villa.

Seit dem Tag, an dem sie von Bratny hinausgeworfen worden war, hatte sich Lenotschka nie wieder offen im Team gezeigt. Sie hatte sich gelegentlich mit dem einen oder anderen in den langen Gängen von Mosfilm getroffen, saß manchmal wie ein Häuflein Elend in der Kantine herum und paßte Fjodor ab, mit dem sie befreundet war, oder den technischen Assistenten Sadykow, mit dem sie nach einem Wodkagelage geschlafen hatte. Ihr Erscheinen in diesem Moment konnte man wohl als Herausforderung betrachten.

Sie hatte die Außenbewachung offenbar ohne Schwierigkeiten überwunden (ich vermutete, sie hatte jedem der Wächter sich selbst als Belohnung versprochen). Bratny war zu sehr von den Dreharbeiten in Anspruch genommen, um sich ernsthaft um sie zu kümmern und sie vom Set zu jagen, und sie kam sofort zu mir. Wir beobachteten einige Zeit schweigend die Dreharbeiten und vor allem Margo.

»Ich muß mit dir sprechen«, flüsterte sie. »Ich muß dir etwas erklären ...«

»Ja.« Meine Stimmung sank. Ich hatte gehofft, Lenotschka hätte inzwischen meinen Besuch bei ihr vergessen.

Möglichst unauffällig schlichen wir uns vom Set.

»Hast du Lust, was zu trinken?« fragte Lenotschka, meine Ablehnung vorraussetzend.

»Nein, du weiß doch ...«

»Wie du willst. Aber ich werde mir einen Schluck genehmigen.« Sie zog eine Flasche Bacardi aus der Tasche und setzte sie an die Lippen. »Auf die neue Schauspielerin.«

»Du trinkst zuviel«, sagte ich und haßte mich für meinen schulmeisterlichen Ton.

»Ja. Ich trinke zuviel und bumse zuviel, und ich mute mir überhaupt zuviel zu ... Ich möchte mich für den Abend neulich entschuldigen.«

»Ach was, es ist ja nichts Schlimmes passiert«, sagte ich heuchlerisch, und Lenotschka spürte sofort den falschen Ton in meiner Stimme.

»Ich habe ziemlich viel dummes Zeug geredet.«

»Ach ja?«

»Ich kann mich zwar nicht mehr genau erinnern, was ich alles gesagt habe, aber es war jedenfalls furchtbarer Blödsinn ...«

»Du hast nichts Schlimmes gesagt.«

»Wenn du kannst, vergiß das alles.«

»Ich habe gar nicht erst versucht, es mir zu merken«, heuchelte ich.

»Na gut, dann ist ja alles klar.« Es war zu erkennen, daß mir Lenotschka kein Wort glaubte. »Komm doch irgendwann mal bei mir vorbei ...«

»Ich komme irgendwann«, sagte ich, obwohl ich ganz genau wußte, daß ich diese Wohnung nie mehr betreten würde.

»Du hast eine ganz gute Figur.« Lenotschka sah mir schmeichelnd in die Augen. »Sehr klassisch. Glaub mir, ich verstehe was davon ... Das ist schließlich mein Beruf. Ich möchte, daß du dir bei mir was zum Anziehen aussuchst. Das würde mich sehr freuen.«

Mich wahrscheinlich auch. Ich schloß für einen Moment die Augen und dachte an Lenotschkas Modellkleider, die ich an jenem Abend gesehen hatte. Wunderbar vollkommene Linien, entzückend nachlässige Falten. Wie kann eine so junge, so feinfühlige Frau in die Falle des Wahnsinns geraten?

Der Techniker Sadykow schaute ins Zimmer herein, sah Lenotschka und zwinkerte ihr ungeniert zu.

»Heiß hier bei euch«, sagte Lenotschka und ließ ihren Lammfellmantel von den Schultern gleiten. Darunter kam ein enganliegendes schwarzes Kleid zum Vorschein.

»Es geht.«

»Wo ist hier die Toilette?«

»Rechts den Gang runter.«

Rechts den Gang runter. Aber du wirst in eine andere Richtung gehen, dorthin, wo Sadykow auf dich wartet, um stumpfsinnig in dem leeren Kinderzimmer zu vögeln, wo in ein oder zwei Monaten für die zweijährigen Zwillingsmädchen des Ölmagnaten die Betten aufgestellt werden. Und während du das tust, wirst du in jedem Augenblick wissen, daß Bratny, dem du vollkommen gleichgültig bist, wenige Schritte von dir entfernt einen Film dreht, von dem du nichts hast.

Mich ergriff solcher Ekel, daß ich die Flasche Bacardi nahm und einen großen Schluck daraus trank. Als ich den Kopf wieder senkte, sah ich in Lenotschkas Handtasche, die einen Spalt offenstand, die Ecke eines Photos.

Ich wußte, was das für ein Photo war.

Trotzdem zwang ich mich, es aus der Tasche zu ziehen.

Margo.

»Schnüffelst du in fremden Taschen rum?« hörte ich Lenotschkas Stimme und erschrak.

»Woher hast du dieses Photo?«

»Aus einem Album. Ich habe als Kind Photos von Schauspielern gesammelt.«

»Warum trägst du es mit dir herum?« Ich verfiel in den Ton eines Untersuchungsführers für besonders schwere Fälle und bereute es sofort.

»Was geht dich das an?« Lenotschka ging augenblicklich in Abwehrstellung. »Ich will ein Autogramm von ihr.«

»Schwer zu glauben.«

»Ach, und was glaubst du?«

»Ich habe so meine eigenen Vermutungen.«

Wir standen uns Auge in Auge gegenüber.

»Interessant, und was für welche, bitte sehr?«

»Laß es lieber.«

»Was meinst du?« fragte sie herausfordernd.

»Das weißt du selbst.« Ich hatte Angst, laut auszusprechen, was ich schon lange dachte.

»Ich weiß es nicht.«

»Doch. Du weißt es. *Er dreht seinen Film trotzdem zu Ende*.«

»Das werden wir ja sehen.« Lenotschka demonstrierte eisige Ruhe.

»Warum trägst du dieses Photo mit dir herum?«

»Ich hab es dir doch gesagt. Ich will ein Autogramm von ihr. Das, was ich dir damals erzählt habe, war einfach gelogen, sentimentale Schwindelei.«

Wieder schaute Sadykow ins Zimmer herein.

»Lenotschka, mein Herzchen! Tjoma und ich, wir warten und warten! Und du hängst hier rum und machst 'nen Kaffeeklatsch.«

»Ich komme schon. Tschüß, Eva. Hat mich gefreut, dich zu sehen.«

Sie nahm mir demonstrativ das Photo aus der Hand, griff ihren Mantel, die Handtasche und den Bacardi und ging.

Sie hat es nicht getan. Sie kann niemanden töten. Sie ist zu schamlos, um auf diese Art und Weise zu morden, sagte ich mir immer wieder. Für einen so stillen Mord ohne Blut braucht man eine gewisse Keuschheit …

Nein, nein, nein …

»Bratny sucht dich«, sagte Wowan Trapesnikow, der seinen Kopf zur Tür hereinsteckte.

»Ich komme.«

Ich kehrte zurück an den Set und kassierte als erstes eine Ohrfeige von Bratny. Das kam so unerwartet, daß ich überhaupt nicht reagierte. Der Schlag war nicht stark, aber kränkend.

»Wo treibst du dich rum?!« schrie er mich an.

»Ich war eine rauchen.«

»Schieb ab ins Studio, aber Tempo, wir müssen zehn Nasen für die Massenszene auftreiben. Und sieh dir die Visagen an. Ich will nicht irgendwelche real-sozialistischen Langweiler. Irgendwas zwischen Fellini und Almodóvar. Schreib dir die Adressen und Telephonnummern auf. Morgen früh punkt acht sollen sie hier sein. Klar?«

»Ja. Ich muß dir etwas sagen. Es hat mit Margo zu tun.«

»Was Margo angeht, weiß ich alles, was ich wissen muß.«

»Wahrscheinlich will man sie auch … Sie muß vorsichtig sein.«

»Wirst du jetzt auch schon hysterisch? Sie hat einen Leibwächter. Du glaubst doch nicht etwa, das passiert noch mal?« Bratny senkte seine Stimme und nahm mich zur Seite.

»Ich wollte dich einfach warnen«, stammelte ich. »Vielleicht wäre es gut … Vielleicht wäre es gut, noch ein bißchen zu warten.«

»Merk dir eins: Ich werde die Spielregeln niemals ändern.«

»Die Regeln zu ändern heißt nicht, das Spiel zu ändern.«

Ich sah plötzlich, wie ein Schatten über Bratnys Gesicht huschte – wahrscheinlich war es die Widerspiegelung des Schattens, der über mein Gesicht huschte, als ich begriff, was ich gesagt hatte.

Ich hatte wortwörtlich jenen Satz wiederholt, der auf meiner Zigarettenpackung stand. Die Botschaft, die mir der

Mörder geschickt hatte, davon war ich jetzt überzeugt. Ein Mörder, der lieber Druckbuchstaben benutzte …

»Fahr ins Studio.« Bratny hatte sich schon wieder im Griff. »Und ruf mich von dort aus an.«

Ich fuhr zu Mosfilm und kümmerte mich einen halben Tag lang um die Statisten. Erst nach vier Uhr ging ich nach oben ins Teambüro, wo mich Swetik empfing.

»Jemand hat für dich angerufen«, sagte sie verträumt und ignorierte meinen Gruß.

»Bratny?«

»Nein, nicht Bratny. Bratny hat jetzt keine Zeit zum Telephonieren. Ich hab die Nummer aufgeschrieben.«

Wie sich herausstellte, hatte Serga angerufen. Mein Gott, endlich hatte er sich mal an mich erinnert! Ich setzte mich in einen Sessel und wählte seine Nummer. Er hob sofort ab.

»Hallo«, sagte ich. »Hast du dich schon scheiden lassen?«

»Hallo, Eva. Ich versuche ständig, dich zu erreichen.« Meine freche Bemerkung überhörte er.

»Was gibt's denn?«

»Ich will dich zur Weihnachtsfeier einladen. Am fünfundzwanzigsten, also übermorgen. Es gibt eine Weihnachtsgans. Und einen Weihnachtsbaum …«

»Du bist doch ein Heide, Serga!« Ich war baff.

»Eigentlich bin ich ein hemmungsloser Atheist, das weißt du doch.«

»Also was soll das dann?«

»Es ist wegen Jolik … Jolik ist doch katholisch.«

»Aha? Geht sie auch in die Kirche?«

»Ja, tut sie. Und sie hat mir versprochen, mich mitzunehmen.«

Während ich Serga zuhörte, beobachtete ich, wie Swetik, ohne mich weiter zu beachten, sich eine Linie legte, rituell die Nasenflügel beben ließ und dann ein Nasenloch zudrückte.

»Und? Kommst du?«

»Was bleibt mir anderes übrig.«

»Also, dann sei so um zehn mit deinem Typen hier. Eigentlich habe ich schreckliche Sehnsucht ...«

Ich legte den Hörer auf und starrte Swetik an.

»Alles in Ordnung?« fragte sie und blickte von dem Häufchen schnell dahinschmelzenden Pulvers auf.

»Eigentlich schon.«

»Weißt du, Eva«, Swetik senkte die Stimme und kicherte drohend, »das bildest du dir bloß ein.«

»Wie meinst du das?«

»Ich meine, daß sie ermordet wurde. Wieder.«

Zuerst begriff ich nicht, was Swetik mir beibringen wollte.

»Wer wurde ermordet?« Ich ahnte die Antwort voraus und mir wurde kalt.

»Die Schauspielerin.«

Erst vor wenigen Stunden hatte ich mit Bratny über Margo gesprochen, ich hatte ihn gewarnt. Erst vor wenigen Stunden hatte ich mit Lenotschka gesprochen und hatte sogar einen Schluck aus ihrer Flasche genommen. »Er wird seinen Film niemals zu Ende drehen«, hatte sie gesagt.

Es war unmöglich, sich einen Bratny vorzustellen, den man seinen Film nicht zu Ende drehen ließ. Er wird den Film drehen oder sterben wie eine Blume ohne Wasser, ich glaube, so hatte Lenotschka Gankjewitsch gesagt, als sie in der Wanne saß.

»Jetzt wird niemand mehr mit uns arbeiten«, brachte sich Swetik kichernd in Erinnerung. »Alle werden mit dem Finger auf ihn zeigen, man wird sagen, das ist kein Regisseur, sondern ein Totengräber. Stimmt's, Eva?«

Es stimmte, natürlich stimmte es. Und wenn das stimmte, hieß das, daß die Morde einen Sinn bekamen. Also gab es ein Motiv. Nicht die Schauspielerinnen wurden umgebracht, sondern Bratny.

Aber ich dachte jetzt nicht an Bratny. Ich dachte an Margo. An die wunderbare Margo, Margo, die ihre Ringe im Aschenbecher ablegte, die den jungen Männern, die ihr gefielen, Autos kaufte; Margo, die ihr ganzes Leben von den unterschiedlichsten Männern geliebt worden war – und von den unterschiedlichsten Filmkameras; Margo, die Jahrzehnte lang die Herzen der Zuschauer beherrscht hatte und je nach Lust und Laune einen Ölmagnaten mit Zwillingstöchtern oder den wenig bekannten, aber vielversprechenden Schauspieler Wolodja Tschernyschow an die Leine legen konnte.

Margo konnte alles sein, nur nicht der Grund.

Man hätte sie aus verschmähter Liebe ermorden können, ja, aber sie zu ermorden, nur um eine Rechnung mit jemand anderem zu begleichen, das war demütigend.

»Bist du traurig? Kann ich verstehen«, sagte Swetik ruhig und starrte auf das Häuflein Koks, das noch vor ihr lag. Auf ihrem Gesicht zeichete sich deutlich ab, wie sehr sie innerlich mit sich kämpfte. »Nimm eine Nase, wenn du willst. Dann wird dir leichter.«

»Nein, danke.«

»Dann nicht. Eigentlich wollte ich schon vor zwei Stunden hier verschwinden, seitdem ich es weiß. Jetzt ist es mit dem Film jedenfalls aus und vorbei. Was meinst du?«

»Ja, mit Sicherheit. Da hast du wohl recht.«

»Ich wollte mir Geld auszahlen lassen, solange alle noch bei Poljanski festsitzen, aber diese Nutte ist verschwunden.«

Poljanski war der Ölmagnat, der Bratny seine frisch renovierte Villa für die Dreharbeiten zur Verfügung gestellt hatte. Ich dachte an die Wächter, die Dobermänner und die Videokameras. Ideale Bedingungen für eine Ermittlung. Die Kameras hatten alle Personen aufgenommen, die die Villa betreten oder verlassen hatten. Sie werden schon so schlau sein, niemanden vom Ort der Dreharbeiten wegzulassen. Der Mörder mußte sich immer noch dort befinden ...

»Heute morgen stand ein Bulle bei ihr auf der Matte, wozu, weiß ich auch nicht.«

»Bei wem?« Ich hatte Swetiks Gedankenfaden verloren.

»Na, bei Regina. Aber nichts – sie gibt kein Lebenszeichen von sich.«

Regina war die Buchhalterin des Teams, eine fünfzigjährige, ungepflegte, ständig müde Frau, die Tag für Tag denselben speckigen Synthetikrock und ausgelatschte Filzstiefel trug. Man erzählte sich, daß sie schon seit zehn Jahren für Krawtschuk arbeitete und ihm geholfen hätte, sein Gastronomie-Imperium aufzubauen. Krawtschuk hatte sie ins Team gebracht und als »Finanzgenie« angepriesen. Mit ihrem müden Gesicht wehrte sie alle Angriffe lohngieriger Teammitglieder ab. »Das Geld ist noch nicht da, kommen Sie später noch mal.« – »Sie wissen doch, unsere Bank ist der August-Krise zum Opfer gefallen. Ich tue alles menschenmögliche, kommen Sie später noch mal.« – »Ich mache gerade die Bilanz für das Quartal, kommen Sie später noch mal.«

»Was hat Regina mit der ganzen Sache zu tun?« fragte ich.

»Woher soll ich das wissen? Mich interressiert sie nur im Zusammenhang mit der Kohle, die ich ehrlich verdient habe.«

»Ja, natürlich ...«

»Ich muß mir jetzt wohl einen anderen Job suchen.«

»Na ja, es gibt viele Filmteams, such dir eins aus.«

»Bist du verrückt geworden?! Wer soll mich denn nehmen? Nur so ein Herzchen wie Bratny stellt eine ausrangierte Striptease-Tänzerin als Telephonfräulein ein.«

»Da hast du wahrscheinlich recht. Also, ich gehe dann.«

Es war zwecklos, länger im Studio zu bleiben. Es hatte auch wenig Sinn, zu Poljanskis Villa zurückzukehren. Ich war mir sicher, daß der dritte Mord erheblich mehr Wirbel in der Öffentlichkeit verursachen würde als der Mord an der lange vergessenen Schauspielerin Faina Bergman. Margo gehörte in den Kinohimmel, und der Tod eines Bewohners des Olymp ruft immer Tumult auf der Erde hervor. Lapizki ist sicher schon vor Ort. Und er wird sich nicht eher dort wegrühren, bis er so viel wie möglich aus den Leuten herausgequetscht hat. Ich kannte seine Arbeitsmethoden ganz genau. Er machte vor nichts halt, er zog einem alles aus der Nase, was man wußte. In meiner Wohnung in

Jassenewo schaltete ich sofort den Fernseher an. Die Nachricht von Margos Tod lief über alle Kanäle. Aber alles, was die Reporter den sensationslüsternen Zuschauern bieten konnten, war die Außenansicht der Villa, von allen Seiten und aus den verschiedensten Perspektiven gefilmt. Man ließ niemanden in das Haus hinein und niemanden hinaus. Ein besonders pfiffiger Reporter hatte mehr Glück gehabt als seine Kollegen. Ihm war es gelungen, den Untersuchungsführer zu interviewen, der sich unvorsichtigerweise auf der Vortreppe gezeigt hatte, um ein bißchen frische Luft zu schnappen. Der Untersuchungsführer – ein junger Mann mit furchteinflößenden Brillengläsern – sagte allerdings nichts Konkretes. Aber das eine oder andere ließ sich aus seinen Worten doch entnehmen: Das Team befand sich immer noch in der Villa, und man hatte die Absicht, niemanden herauszulassen, ehe die Umstände der Tat aufgeklärt wären. Ich kenne dich, Kostja Lapizki, dachte ich, du ziehst alle Register der Psychologie, egal ob erlaubt oder nicht. Ich war ziemlich sicher, daß er nach ein paar Stunden die Hälfte des Teams soweit haben würde, daß sie den Mord gestand, während die andere Hälfte sich bezichtigte, die Mordwaffe geliefert zu haben … Ich verbrachte eine schlaflose Nacht, und als in den Morgennachrichten immer noch nichts Neues berichtet wurde, begab ich mich zu Poljanskis Villa.

Dort angekommen, tauchte ich sofort in der Menge der Gaffer unter. Margos zahlreiche Verehrer waren inzwischen schon rege tätig gewesen. Am schmiedeeisernen Zaun vor dem Eingang der Villa erblickte ich jede Menge Blumen und Photos und auf der Erde standen Kerzen, die im Dezemberwind immer wieder verloschen. Die Fernsehteams waren abgezogen, woraus ich schloß, daß die Villa leer und die erste Stufe der Untersuchung abgeschlossen war. Aus einigen Gesprächsfetzen, die ich aufschnappte, konnte ich ein ungefähres Bild der letzten Nacht rekonstruieren: Man hatte die Mitglieder des Teams erst um sieben Uhr morgens gehen lassen, und auch nicht alle. Bratny war gegen acht Uhr in Begleitung mehrerer Männer in Zivil erschienen, wurde in ein Auto gesetzt und weggefahren. Man hatte keinen Reporter an ihn herangelassen. Dasselbe Schicksal war anscheinend auch Lenotschka Gankjewitsch zuteil geworden. Sie lief unter der Bezeichnung »eine junge Frau im Lammfellmantel«; offenbar hatte man auch sie verhaftet. Also, was ist jetzt mit der, ist sie die Mörderin? Was Sie nicht sagen! Es gibt Gerüchte, daß sich da drinnen eine tolle Romanze abgespielt hat. Sieh mal einer an, die ist noch so jung, ist sie etwa die Frau des Regisseurs? Entweder seine Frau oder seine Lebensgefährtin, und er hat was mit der Schauspielerin angefangen, dabei ist die doch viel älter als er. Furchtbare Geschichte ... Man sagt, es hat bei den Dreharbeiten von diesem Regisseur schon zwei oder drei Morde gegeben ... Und immer wurden nur Frauen umgebracht, nie Männer. Wie ist sie bloß in diese Geschichte reingeraten? Sie war doch eine so kluge Dame und dazu eine gute Schauspielerin! Gut? Sie war großartig! Ich war letztes Jahr bei einem Galaabend mit ihr ... Die junge Frau hat nichts damit zu tun, das versichere ich Ihnen. Margo war doch die Frau eines Geschäftsmannes, der wurde auch umgebracht, das ist schon einige Zeit her. Nicht seine Frau, sondern seine Geliebte ... Das ist doch dasselbe ... Erinneren Sie sich nicht an diese Geschichte, was denn, darüber sprach ganz Moskau! Ihn hat man umgelegt, und sie hatte dann seine Auslandskonten, die schaffen doch jetzt alles ins Ausland, unsere Geschäftsleute, Milliarden schleusen sie aus dem Land raus, hier hat man nichts zu fressen, und die werden dick und fett. Die soll man ruhig alle abknallen, richtig so! Man sollte alle über den Haufen schießen, dann können wir freier atmen! Was ist mit den Auslandskonten, sagen Sie? Es gab auch ein Testament. Vielleicht hat sie ja selbst ihren Geschäftmann um die Ecke gebracht ... Wie können Sie so etwas bloß über die Lippen bringen, sie war doch eine Schauspielerin! Sind Schauspieler etwa keine Menschen? In unserem beschissenen Land mordet man immer nur wegen Geld ...

Eine kaum merkliche Bewegung, eine leichte Berührung – an meinem linken Handgelenk klirrten Handschellen.

»Ganz ruhig!« Die Stimme neben meinem Ohr war kaum zu hören. »Ich rate dir, hier keinen Tanz zu veranstalten.«

»Wie soll man denn mit solchen wunderbaren Armbändern tanzen«, sagte ich, ohne den Kopf zu wenden.

»Dann gehen wir jetzt ganz diszipliniert und ordentlich hier weg. Als ob nichts geschehen wäre.«

Ich drehte mich um und erkannte den jungen Mann aus den Abendnachrichten, den Untersuchungsführer mit den beunruhigend dicken Brillengläsern.

Im nächsten Augenblick hatten wir die Menschenmenge hinter uns gelassen. Ich konnte kaum mit dem hochgewachsenen Zerberus der Gerechtigkeit Schritt halten.

Wortlos trottete ich bis zur nächsten Straßenecke hinter ihm her, dann wurde es mir zu bunt.

»Sollten wir uns nicht lieber ein Auto nehmen? Anständige Bürger könnten sich vielleicht über unsere zarte Verbindung mokieren.«

»Wir haben es nicht weit.«

»Wo bringen Sie mich überhaupt hin? Außerdem verlange ich, daß ich über meine Rechte belehrt werde.«

»Das hat keine Eile. Wenn es soweit ist, wird man Sie schon noch über Ihre Rechte belehren«, wies mich die Brillenschlange knapp zurecht.

Wir bogen um die Ecke und trafen auf einen alten, aber gepflegten grellroten Lada. Der Untersuchungsführer öffnete eine der hinteren Türen, ließ sich auf den Rücksitz fallen und zog mich neben sich.

Auf dem Vordersitz rekelte sich Hauptmann Lapizki.

Er grinste breit, drehte sich mit dem ganzen Körper zu mir um und stützte den Kopf auf die Hand.

»Hallo«, sagte er sanft. »Wie ich sehe, habt ihr euch schon angefreundet.«

»Ach, lange nicht gesehen.« Ich hatte absolut keine Lust, mit Kostja über irgend etwas zu reden. »Diese Show hättest du dir sparen können.«

»Ein kleiner Scherz, so was mache ich gern. Aber die Hauptsache ist, daß ich weiß, wo man dich suchen muß. Ich habe gerade mit Boris gewettet, daß du dich bestimmt schon seit heute früh unter den Volksmassen tummelst, um den ganzen Klatsch und Tratsch in dich einzusaugen, sozusagen. Was erzählt man sich denn so?«

»Immer dasselbe«, antwortete ich bissig. »Die Mörderin war die Ehefrau, sie hat ihr Opfer mit einem Bajonett erstochen, wegen des Geldes des Liebhabers der Liebhaberin, und der Regisseur hat eine Villa in Miami mit einem fünfzig Meter langen Swimmingpool. Und außerdem einen zahmen Leguan und ein farbiges Dienstmädchen.«

»Das ist übertrieben. Jedenfalls, was das farbige Dienstmädchen angeht. Ich weiß Bescheid, ich habe mich die ganze Nacht mit eurem Guru rumgeschlagen.«

»Vielleicht nimmst du mir ja mal die Handschellen ab? Oder willst du mich jetzt gleich der Justiz übergeben?« Lapizki ging nicht darauf ein.

»Ich habe euch noch nicht vorgestellt. Das ist Boris Klepikow, ein echter Intellektueller, die große Hoffnung der Mordkommission. Und das ist …«

»Eva«, sagte ich schnell. »Ich heiße Eva.«

»Ja«, brummte Lapizki, seine Stimme klang sofort einen Ton verdrießlicher. »Höchstpersönlich. Eine von der Sorte, die es fertigbringen, aus einem Meer von Scheiße in makellos weißem Bikini aufzutauchen.«

»Eine äußerst schätzenswerte Eigenschaft«, zischte Boris Klepikow durch die Zähne.

»Sag deinem Laufburschen hier, daß er mir die Handschellen abnehmen soll.« Mir ging diese alberne Situation allmählich auf die Nerven.

»Das ist ganz bestimmt nicht mein Laufbursche, da irrst du dich gewaltig, mein Täubchen. Wir arbeiten bei verschiedenen Behörden. Er hat seine Interessen, und ich habe meine. Und du hast auch deine eigenen Interessen, wie ich sehe. Sie hat nämlich mit diesen Filmmenschen zu tun.«

»Ich weiß.« Boris sah mich an, seine Augen schienen

mich hinter den dicken Brillengläsern hervor durchbohren zu wollen. »Sie ist Casting-Assistentin.«

»Aber wir kriegen sie einfach nicht beim Schlafittchen«, fuhr Kostja in demselben Ton fort. »Sie bringt es immer wieder fertig, sich ein Alibi zu basteln, wie du siehst.«

»Was willst du?«

»Ich möchte dir helfen.«

»Du hast mir schon einmal geholfen«. Ich wollte hier nicht die Details unserer Beziehung ausdiskutieren, schon gar nicht vor einem Fremden, aber Lapizki hatte diesbezüglich offenbar eine ganz andere Meinung.

»Reden wir wie erwachsene Menschen. Wie lange willst du noch ohne Papiere durchs Land tigern?«

»Das ist doch mein Problem.«

»Mit deinen Problemen kommst du gerade mal bis zum nächsten Milizrevier.«

»Möglicherweise. Aber das ändert nichts an der Sache.«

»Und ob das was ändert! Es lassen sich eine ganze Menge netter kleiner Vergehen finden, für die man dich verknakken kann, und zwar für ziemlich lange. Nehmen wir zum Beispiel mal die letzten Querelen mit den Kulturschaffenden in den Mosfilm-Studios ...«

Ich lehnte mich zurück und schloß die Augen. Wie es aussah, fing jetzt alles von vorn an. Kostja wollte mich wieder zu Anna Alexandrowa machen, er wollte mich zwingen, das zu tun, weshalb ich vor einem halben Jahr weggelaufen war ...

»Man kann dich auch wegen Beihilfe zu einer Straftat in die Mangel nehmen.«

Ich schwieg, obwohl ich genausogut hätte sagen können: Du hast recht, Kostja, du hast in jedem Punkt recht. Es gibt keine mildernden Umstände ...

»Wenn du so ein hochmoralisches Wesen bist, warum bist du dann überhaupt noch am Leben, nach allem, was du angestellt hast?«

»Wer hat dir gesagt, daß ich lebe?« sagte ich müde.

»Werd bloß nicht melodramatisch. Das heb dir lieber für

deine Lover auf. Aber das eine oder andere können wir dir auch gleich jetzt anhängen. Stimmt's, Boris?«

»Aber locker!« bestätigte Klepikow.

»Na, gut, überleg's dir.« Lapizki wurde milder. »Wir sausen schon mal los. Wenn du dich entschieden hast, sag Bescheid.«

Er setzte sich ans Steuer und ließ den Motor an.

Wir fuhren nicht lange. Fünfzehn Minuten später brachte Lapizki den Wagen sanft zum Stehen.

»Sind wir schon da?« platzte ich heraus. »Beim nächsten Milizrevier?«

»Im Gegenteil. Boris und ich haben beschlossen, dich zum Essen einzuladen.«

»Wie komme ich zu der Ehre?« Mir war vollkommen schnuppe, was Lapizki antwortete, die Hauptsache hatte er mir schon verraten: *Wir haben dich fest am Kragen, Mädchen. Ich lasse dich nicht mehr entwischen.*

»Boris hat was zu feiern, und ich indirekt auch. Das war heute eine schwere Nacht. Unser Schlaukopf«, Lapizki zeigte auf Klepikow, »hat den Fall aufgeklärt. Er hat alles durchwühlt, die Archive abgeklappert, alle möglichen Leute genervt. Und was dann rausgekommen ist – man könnte sich totlachen, so simpel war das Ganze.«

»Was hat er aufgeklärt?« fragte ich.

»*Er hat die Morde aufgeklärt ...*«

Der Blini-Keller hieß »Zum Pilger«.

Dorthin schleppte uns Lapizki zu dem angekündigten Festessen. Bevor Klepikow aus dem Auto stieg, nahm er mir immerhin die Handschellen ab.

»Gott, wo hast du uns hier hingeschleppt, Kostja?« fragte Klepikow, als wir unter den niedrigen Gewölbedecken aus unverputzten Steinen standen.

»Dieser Laden ist in ganz Moskau einzigartig. Hier gibt es richtige Bliny mit Kaviar, Lachs, Pilzen und allem Drum und Dran. Und alles umsonst, wohlgemerkt.«

Sie quälten mich wohl absichtlich, redeten über irgendwelche Nichtigkeiten, und die Hauptsache würde ich dann so ganz nebenbei erfahren. Ich sah Klepikow verstohlen an: Sollte es wirklich wahr sein, daß diese lange Brillenschlange alle Rätsel entwirrt hatte?

Lapizki fühlte sich offensichtlich sauwohl, er war hier Stammgast. Vermutlich hatte er irgendwann etwas Kompromittierendes über den Besitzer des Lokals herausgefunden und nutzte das jetzt weidlich aus. Er nickte dem jungen Cherubim hinter dem Tresen lässig zu und führte uns zielsicher in den Gastraum. Kaum hatten wir uns hingesetzt, trat ein anderer Cherubim an unseren Tisch, der genauso ausstaffiert war wie der erste am Tresen: langer handgewebter Kaftan, goldbestickte Weste und Saffianstiefel, die kokett unter dem Kaftan hervorlugten. Lapizki flüsterte dem Engelchen etwas ins Ohr, und das entfernte sich geschwind.

»Interessantes Restaurant«, sagte Klepikow gleichgültig und sah dem Cherubim hinterher. »Ich habe das Gefühl, der könnte ein Fall für die Sitte sein.«

»Tja, wo soll man das Laster suchen, wenn nicht im Herzen der Tugend«, sagte Lapizki mit einem Schmunzeln. »Normalerweise kehren hier Pilger ein, auf ihrem Weg zu den heiligen Stätten. Man füttert sie kostenlos ab und gibt ihnen Kloster-Kwaß zu trinken. Der Laden steht unter dem Patronat des benachbarten Popen und ist natürlich über jeden Verdacht erhaben! Dementsprechend kriegen sie Steuernachlässe ... Wenn Väterchen Nikolai wüßte, was der Teufel hier treibt, während Gott schläft! Ich komme irgendwie nie dazu, dem Patriarchen Bericht zu erstatten.«

»Bratspieß ohne Absolution?«

»Ein respektabler Gay-Club für Betuchte. Komplett-Service, einschließlich russischer Banja. Bei uns läuft er unter dem Namen Sodom und Gomorrah. Die Leute hier zeigten sich aufgeweckt und kooperativ, wir sind jetzt gute Freunde.«

Lapizki lachte. Ich grinste schief, »gute Freunde« – das hieß für Lapizki ja wohl, daß er durch Drohung und Erpressung Informationen aus ihnen rausquetschte und sie zur Mitarbeit zwang …

Inzwischen kehrte der saffiangestiefelte Cherubim zu unserem Tisch zurück; er ging gebeugt unter dem Gewicht eines Tabletts und brachte einen Berg dampfender Bliny und unzählige Schüsseln: roten und schwarzen Kaviar, Lachs, Schmand und Butter … Zwischen all der Herrlichkeit ragte eine beschlagene Karaffe mit eiskaltem Wodka hervor.

»Etwas ganz Besonderes für besondere Gäste«, sagte der Cherubim mit hoher Stimme, die ein wenig unecht klang. »Das Wasser kommt sofort.« Er lächelte Lapizki und Boris strahlend an. Mich ignorierte er völlig.

»Eigentlich trinke ich kein Wasser zum Wodka.« Der Untersuchungsführer rückte an seiner Brille.

»Das ist für die Hände, du Esel«, brummte Kostja. »Wie im zivilisierten Europa. Gut, trinken wir auf dein helles Köpfchen. Darauf, daß du Generalstaatsanwalt wirst, wenn man dich nicht vorher wegen Korruption hinter Gitter bringt.«

Kostja füllte die dickwandigen Kristallgläser mit Wodka.

»Auf dich, Klepikow!«

Wir leerten unsere Gläser, und ich starrte Klepikow erwartungsvoll an.

»Siehst du, Boris, die Dame brennt darauf, daß du ihr alles ganz genau verklickerst.«

»Gut.« Klepikow ließ sich endlich herab, kaute eilig zu Ende und versenkte die Finger in dem Schüsselchen mit dem Wasser.

Er trocknete sich mit einer Serviette die Finger ab, nahm vorsichtig die Brille mit den furchteinflößenden Gläsern ab, und jetzt sah ich auf einmal, daß Boris Klepikow ein ziemlich hübscher junger Mann mit schönen Augen war. Ohne die Brille verging der Hauch von Zynismus, der sich in den Falten seines Mundes eingenistet hatte.

»Also«, begann Klepikow, »damit alle Anwesenden die besondere Eigenart dieses Verbrechens verstehen, muß man sich in die graue Vorzeit, zum Anfang der fünfziger Jahre, begeben. Das vom Krieg erschöpfte Land mußte sich erholen. Damals, in der Zeit nach Stalins Tod, produzierte man unzählige Musikfilme, Revuen, Leinwandoperetten – solche Sachen wie ›Hochzeitsnacht im Paradies‹ mit Marika Rökk und so weiter. Natürlich in sowjetischem Stil, keine nackten Schenkel oder sonstige Obszönitäten. Aber wir hatten auch unsere Stars, die vom Publikum vergöttert, von den Massen umschwärmt wurden; man schenkte ihnen erbeutete Teppiche und Meißner Porzellan, sie besaßen Privatautos mit Chauffeur. Die Militärs und die Schauspielerinnen – das war eine eigene Kaste …«

»Das wissen wir alles«, unterbrach ihn Lapizki. »Komm zur Sache …«

»Gut. Damals gab es in der Filmszene ein kleines Sternchen mit Namen Faina Kowalskaja. Sie hatte eine gute Stimme, eine nette Figur und was sonst noch dazugehört, kurz, sie besaß den Charme der Jugend. Sie spielte in mehreren Filmen mit und hatte auch schon eine ganze Menge Verehrer. Ein junger Offizier mit dem verdächtigen Familiennamen Bergman verliebte sich in sie. Er war eigentlich Wolgadeutscher, hatte diese Tatsache während der Säuberungen aber vertuschen können, indem er sich als Jude ausgab. Juden waren zwar auch nicht gerade erwünscht, aber … Man hatte ein Auge zugedrückt, weil er ein kluger Kopf und ein begnadeter Stratege war. Marschall Rokossowski persönlich hat ihn protegiert. Also, Bergman hätte es mit seinen Fähigkeiten wahrscheinlich bis zum Marschall bringen können. Mit fünfunddreißig Jahren war er Stabschef eines Militärbezirks, da verliebte er sich in diese Faina Kowalskaja und heiratete sie. Aber das Glück währte nicht lange. Kurze Zeit später erschien ein weiteres Film-Sternchen auf der Bildfläche, das noch ein bißchen heller leuchtete – Tatjana Alexandrowa. Tatjana war die imposantere Erscheinung, viel mehr romantische Heldin als Faina. Logisch, daß die Bergman alle ihre Rollen an die Alexandrowa verlor, und dann wechselte auch noch ihr Mann das Lager. Die Bergman war halb wahnsinnig vor Eifersucht und verletztem Stolz, sie nahm die Parade-Pistole ihres Exmannes und versuchte, die beiden in ihrer Loge im ›Theater der Roten Armee‹ zu erschießen. Das ging allerdings daneben, die Pistole hatte eine Ladehemmung. Es gab einen Riesenskandal. Faina steckte man in eine psychiatrische Klinik, Bergman verlor seinen Posten. Er hat sich dann kurze Zeit später ganz standesgemäß die Kugel gegeben, und die junge Alexandrowa war Witwe. Bald danach ging es auch mit ihrer Karriere bergab. Die beiden Schauspielerinnen waren bald vergessen, aber der Haß zwischen ihnen blieb. Vor allem Faina Bergman hegte und pflegte dieses Gefühl, ihr Haß wurde mit den Jahren immer stärker, und kein Kraut war dagegen gewachsen. Die Tatsache, daß es der Alexandrowa genauso ergangen war wie ihr, war ihr vollkommen gleichgültig, sie hat ihr nie verziehen ...«

»Das war also das Vorspiel auf dem Theater«, warf Kostja dazwischen. »Jetzt kommt der erste Akt. Spülen wir uns die Kehle durch, damit Boris flüssiger erzählen kann. Siehst du, wie dieser Mensch arbeitet, er hat ganze zwei Wochen gebraucht, um die Sache aufzudröseln! Ich schlage vor, du verkaufst die Story deinem verrückten Genie, vorausgesetzt, er kommt heil aus dieser Geschichte heraus ...«

Wir tranken wieder Wodka, und Klepikow fuhr fort.

»Kurzum, die ganze Sache gärte weiter bis auf den heutigen Tag. Die Alexandrowa lebte, von allen vergessen, in ihrer kleinen Wohnung in Moskau, die Bergman, genauso vergessen, in einem Altersheim außerhalb der Stadt. Sie sind sich niemals wieder begegnet. Und dann kommt euer Genie Bratny und sucht eine alte Schauspielerin. Damit fing alles an! Der Vollständigkeit halber müssen wir hier noch zwei weitere Akteure einführen: die Maskenbildnerin Irene und ihren jetzigen Mann, den Studioschuhmacher Jascha Klauser. Jascha war der Neffe der Bergman.«

»Ja, ich weiß«, sagte ich automatisch.

»Also, die beiden machen einen Besuch bei Klausers Tante, und Irene vergißt dummerweise dort ihre Handtasche, in der sich das Drehbuch befand. Die Alte, die noch nie an moralischen Skrupeln litt ...«

»Wie alle hier Anwesenden«, grinste Lapizki.

» ...die noch nie an moralischen Skrupeln litt, durchwühlt die Tasche natürlich sofort, findet das Drehbuch, liest es und ist tief ergriffen. Sie verlangt von Irene, daß sie sie mit dem Regisseur bekannt macht. Irene sagt ihr, daß die Rolle schon vergeben ist. Man kann sich vorstellen, was in Faina Bergman vorging, als sie erfuhr, daß ihre alte Erzfeindin Alexandrowa die Hauptrolle spielen sollte.«

»Sie ist buchstäblich kollabiert, man mußte den Notarzt rufen«, sagte ich. »Irene hat mir davon erzählt.«

»Uns auch«, ergänzte Kostja. »Wir brauchten sie gar nicht lange darum bitten. Ein paar gezielte Fragen, na ja, die ein oder andere kleine Drohung, selbstverständlich. Irene war zuerst etwas mißtrauisch ...«

»Jedenfalls hat die Alte sich schnell von dem Schock erholt.« Boris hob seine Stimme, und wir hörten ihm wieder zu. »Sie setzte ihren Willen durch, und Irene organisierte ein Treffen mit Bratny. Die Bergman gefiel Bratny, aber nicht so sehr, daß er die Rolle umbesetzt hätte. Das hat er ihr auch so gesagt. Ihr könnt euch ihre seelische Verfassung vorstellen – nach so vielen Jahren wieder von der Alexandrowa ausgestochen. Damit konnte sie sich unmöglich abfinden. Irene hat ihr aus Mitleid einen Passierschein für das Studio besorgt, und sie hat sich dort herumgetrieben und gelauert, und die ganze Zeit kochte sie innerlich. Niemand achtete auf die seltsame Alte, in den Studios wimmelt es ja nur so von komischen Gestalten ... Ich nehme an, dabei hat sie dann den wahnsinnigen Gedanken ausgebrütet, ihre verhaßte Konkurrentin um die Ecke zu bringen. Die Pistole ihres Mannes stand ihr ja diesmal nicht zur Verfügung, da kam sie auf die Idee, diese praktischen spitzen Werkzeuge ihres Neffen zu verwenden. Klauser hat selbst bestätigt, daß mehrere seiner Gerätschaften ungefähr zu diesem Zeitpunkt verschwanden. Mit einem Wort, sie ersticht die Alexandrowa auf perfideste Art und Weise. So schlug sie zwei Fliegen mit einer Klappe: Erstens bekommt sie jetzt die Rolle – und zweitens befreit sie sich für immer von der

Frau, die ihr Leben zerstört hat. Und wer sollte auf die Idee kommen, sie zu verdächtigen? Allerdings hat doch jemand Verdacht geschöpft – ich meine Irene und ihren Mann. Verständlicherweise hatten die beiden zuerst Skrupel, ihre eigene Verwandte anzuschwärzen.«

»Und deshalb haben sie ihr liebes Tantchen aus dem Weg geräumt, damit sie nicht noch mehr Dummheiten anstellt, oder wie?« fragte ich.

»Aber nein. Jetzt wird die Geschichte kompliziert. Erst einmal kommen an dieser Stelle noch verschiedene andere Personen ins Spiel: der Filmgeschäftsführer Krawtschuk, der geniale Regisseur Bratny und die Casting-Assistentin Eva. Eva findet die Leiche der Ermordeten in der Garderobe. Seltsamerweise schlägt sie keinen Alarm – sie mußte wohl ihre Gründe dafür haben.« Boris sah mich vielsagend an. »Sie erzählt es nur in aller Stille ihrem Regisseur. Auch der Regisseur behandelt die Sache diskret, und auch er muß triftige Gründe dafür gehabt haben. Also, er ruft nicht die Miliz, sondern zieht seinen Geschäftsführer zu Rate, einen ehemaligen KGB-Mann, der seltsamerweise beim Film gelandet ist … Ich denke, den Inhalt dieser netten Plauderei werden wir demnächst aus kundiger Quelle erfahren, stimmt's, Eva? Ich vermute mal, Bratny wollte um jeden Preis vermeiden, daß sein Film mit einem Mord belastet wird, er hatte Angst, nicht weiterdrehen zu können. Wie dem auch sei, man will nicht, daß der Mord ans Licht kommt. Eine reichlich hirnverbrannte Idee, oder? Das einzige schwache Glied in der Kette ist allerdings die Casting-Assistentin, die niemand so richtig kennt … Aber wie es aussieht, muß sie eine sehr überzeugende Show abgeliefert haben. So überzeugend, daß sogar der alte Fuchs Krawtschuk ihr glaubte.«

Wie man's nimmt. Ich dachte an meinen kleinen Ausflug auf den Stadtring, an den blutbespritzten Innenraum des Ladas, an Mitjajs verzweifelten Schrei: »Lauf!«, an die Pistolenschüsse …

»Ich denke, nachdem man sich über diese extravagante

Vorgehensweise geeinigt hatte, wurde das schwache Geschlecht nach Hause geschickt, aller Wahrscheinlichkeit nach unter Aufsicht irgendeines höflichen jungen Mannes, nur zur Sicherheit ... Stimmt's, Eva?«

»So ungefähr.« Meine Lippen wollten mir kaum gehorchen.

»Ich habe doch gesagt, er ist ein genialer Spürhund!« Lapizki klopfte Klepikow wohlwollend auf die Schulter.

»Das Weitere erfuhren wir von unserem gemeinsamen Bekannten, dem jungen und äußerst vielversprechenden Schauspieler Wladimir Tschernyschow.«

»Genau, der hat als erster ausgepackt«, ergänzte Lapizki. »Wir brauchten ihn nicht einmal darum zu bitten. Beim Anblick der dritten Leiche wurde er dermaßen hysterisch, daß wir ihm erst mal ein ordenliches Quantum Wodka einflößen mußten, damit er sich beruhigte. Also, nach seiner Darstellung hatte sich das folgendermaßen abgespielt: In jener Nacht, in der die Alexandrowa ermordet wurde und ihr euren Garderoben-Pakt geschlossen habt, schnappte sich Bratny Wladimir Tschernyschow, der ihm sowieso kaum von der Seite wich. Bratny schickte das Team sofort nach Hause, Tschernyschow jedoch blieb da – weil er immer dageblieben war, das fiel nicht weiter auf. Bratny schlug ihm vor, dem Team einen kleinen Gefallen zu tun, ganz diskret, es brauche niemand davon zu erfahren. Er verlangte von Tschernyschow, die Alexandrowa zu spielen, er hätte dieselbe Größe und ungefähr die gleiche Statur wie sie. Tschernyschow hat beteuert, er habe keine Leiche gesehen und von dem Mord nicht die geringste Ahnung gehabt. Ich neige dazu, ihm zu glauben. Bratny hat ihn jedenfalls soweit gebracht, daß er tat, was er wollte, er kriegt ja jeden rum. Und letztlich war Tschernyschow sicher glücklich, Bratny helfen zu können. Tschernyschow steigt also in die Kleider der Alten, schnappt sich ihre Handtasche, bindet sich ein Tuch um den Kopf – dann nehmen Krawtschuk und sein Leibwächter ihn in die Mitte und er stakselt in Richtung Pförtnerloge. Es war keine schwierige Aufgabe für ihn, den

Gang der Alten und ihre Körperhaltung nachzumachen. An der Pförtnerloge hat er sogar ein paar Worte zu der Pförtnerin gesagt, er ist ein sehr begabter Stimmenimititator. Tja, ein wirklich talentierter Junge. Man brachte ihn zur Wohnung der Alten – dabei wurde die »Alexandrowa« auch von der Hauswartsfrau gesehen –, Tschernyschow öffnete die Tür mit den Schlüsseln aus ihrer Handtasche und blieb bis elf Uhr morgens dort. So war es mit Bratny abgesprochen. Dann verließ er das Haus mit einer Einkaufstasche in der Hand und achtete darauf, von möglichst vielen Leuten gesehen zu werden; er ging ein paar Straßen weit, und dann wartete Krawtschuks Auto auf ihn. Damit war die Sache erledigt. Jetzt konnte man die Alte ganz in Ruhe ›verschwinden‹ lassen. Tschernyschow hatte zwar ein schlechtes Gewissen, aber er hielt den Mund, weil er Bratny sein Wort gegeben hatte. Zum einen betet er ihn an, zum anderen ist ihm vollkommen klar, daß von Bratny seine zukünftige Karriere als Filmstar abhängt. Die Aussicht, mit zweiundzwanzig zum Filmfestival nach Cannes zu fahren – das ist ein gewichtiges Argument. Natürlich begriff er, daß diese Geschichte nicht ganz astrein war, aber er hat das irgendwie mit seinem Gewissen arrangiert. Tja, so ist das: Die arme Alte wurde ermordet, und niemanden interessiert das auch nur die Bohne.«

»Ich war von Anfang an gegen diesen Plan.« Es hatte keinen Sinn, sich zu rechtfertigen. so, wie Klepikow die Sache darstellte, wirkte sie nur noch menschenverachtender. »Ich wollte das alles nicht.«

»Wer wollte es denn? Für Bratny existiert nur der Film – das ist das einzige, was für ihn zählt. Die Dreharbeiten werden eingestellt, Bratny ist fix und fertig. Wir haben letzte Nacht quasi mit einem Toten gesprochen; wenn wir gewollt hätten, hätte er gestanden, die Schauspielerinnen selber ermordet zu haben, er hätte jedes Papierchen unterschrieben, das wir ihm unter die Nase gehalten hätten, ihm war alles vollkommen egal ... Aber die anderen, die stehen auf einem anderen Blatt«, sagte Klepikow.

»Vor allem Krawtschuk«, platzte Lapizki dazwischen.

»Ja. Krawtschuk ist der Held im zweiten Teil der Tragödie. Eigentlich ist er Kostjas Spezi ...« Klepikow sah den Hauptmann fragend an.

»Ach, erzähl schon, was soll's.«

»Beginnen wir wieder mit der Vorgeschichte. Hast du dir nie die Frage gestellt, Eva, was Krawtschuk und Bratny verbindet und warum Krawtschuk die Stelle als Geschäftsführer bei ihm angenommen hat, obwohl er doch ein gut situierter Geschäftsmann ist?«

»Nein, keine Ahnung.« Ich dachte an die Berge von Antiquitäten und die mysteriösen Notizen in Mitjajs Kalender, an die Jungs, die die Kisten in den Lastwagen luden, die armen Alten, denen man ihre letzten Familienerbstücke abluchste, aber ich wollte Bratny nicht ans Messer liefern. Um so mehr, als Lapizki wesentlich mehr wußte als ich.

»Na komm, natürlich weißt du was«, drängelte Lapizki. »Du hast ihnen sogar geholfen. Krawtschuk hatte ein paar Eisen im Feuer, mit Waffen und Antiquitäten vor allem, aber um die Sache richtig groß aufzuziehen, hatte er einfach nicht genug Zeit.«

»Der Grund war Geld«, meldete sich Klepikow wieder, etwas verärgert über die Unterbrechung. »Bratny hat die Begabung, für seine Filme unglaubliche Mengen Geld aufzutreiben ... Er hat haufenweise Sponsoren, vor allem im Ausland. Das hat Krawtschuk scharf gemacht. Er setzte jemanden von seinen Leuten an den Geldhahn, eine gewisse Regina. Bratny interessierte sich immer nur dafür, wie er das Geld für seinen Film auftrieb, aber er hatte keine Lust, sich dann um die ganze Bürokratie zu kümmern. In dieser Hinsicht hatte er volles Vertrauen zu Krawtschuk, deshalb konnte der sich nach Herzenslust austoben, samt seiner Regina. Ich will jetzt niemanden mit Details langweilen wie doppelte Buchführung, Rechnungswesen, Kontoführung und so weiter.«

»Das quetschen wir schon noch raus aus dieser Regina, das Miststück hat uns bereits einiges über das Manipulieren von Rechnungen und Buchungen erzählt«, platzte Lapizki wieder dazwischen.

»Diese Betriebsinterna lassen wir jetzt mal beiseite«, schnitt ihm Klepikow das Wort ab. »Also weiter. Irgendwann heckte Krawtschuk dann den Plan aus, Bratny in großem Maßstab auszutricksen, wobei es ihm sehr zustatten kam, daß die Produktion finanziell weder dem staatlichen Filmverband noch sonst irgendeiner Institution rechenschaftspflichtig war. Er hatte vor, sich das gesamte Filmbudget unter den Nagel zu reißen und dann ins Ausland abzuhauen. Regina hat inzwischen schon ein erkleckliches Sümmchen über Strohmänner verschoben, sie weiß, wie man das macht, sie hat vor ein paar Jahren ähnliche Transaktionen mit Buntmetallen durchgeführt, in Estland. Und während Krawtschuk sich noch den Kopf zerbrach, wie er sich die ganze Kohle krallen konnte, fiel ihm die Lösung quasi in den Schoß. Und ausgerechnet in der Nacht, als die Alexandrowa umgebracht wurde. Ich denke, die Einzelheiten werden wir von ihm selbst erfahren …«

»Wenn wir ihn am Schlafittchen haben«, fügte Lapizki hinzu.

»Hat er sich etwa aus dem Staub gemacht?« fragte ich.

»Er ist uns direkt vor der Nase entwischt. Das Früchtchen hat mitgekriegt, daß wir seine Finanzen durchgecheckt haben. Das ist natürlich ein böser Lapsus. Bei seinen Möglichkeiten und raffiniert wie er ist, wird es für ihn eine Kleinigkeit sein, in der endlosen Wildnis Europas unterzutauchen.«

»Das sind alles technische Fragen«, sagte Klepikow hochnäsig. »Interessant ist die Idee. Krawtschuk hatte eine Leiche am Hals, und das bereitete ihm zunächst Kopfschmerzen. Bei näherer Betrachtung stellte sich jedoch heraus, daß dieser Mord ihm durchaus gelegen kam. Er wußte jetzt, wie er Bratny abziehen konnte. Bratny hatte ihm die Lösung selbst geliefert, als er nämlich sagte, daß ein Mord von den abergläubischen Filmleuten als schlechtes Omen angesehen würde. Und was wäre, wenn es nicht nur einen Mord gäbe, sondern gleich zwei? Oder drei? Dann würde der Laden, verdammt noch mal, schlicht und einfach zugemacht! Und wenn nicht, dann würde doch ganz bestimmt niemand mehr für Bratny arbeiten wollen, egal wieviel er zahlt. Man könnte ja nie sicher sein, daß man nicht selbst der nächste wäre. Wie Krawtschuks Plan im einzelnen aussah, wissen wir noch nicht, aber im wesentlichen ging es darum, die Hauptdarstellerinnen um die Ecke zu bringen und das Ganze möglichst mysteriös aussehen zu lassen. Eine Schauspielerin verschwindet. Die Rolle wird neu besetzt, und kurz darauf wird die neue Schauspielerin ermordet. Eine dritte tritt an – und wieder schlägt der Sensenmann zu. Ich denke, Krawtschuks Rechnung war ganz einfach: Unter dem Druck der schockierten und empörten Öffentlichkeit werden die Dreharbeiten eingestellt. Zumal die Miliz ratlos ist, es gibt nicht den geringsten Hinweis auf den Täter, doch seine Vorgehensweise deutet auf die schlimmste Sorte von Psychopathen hin. Höchstwahrscheinlich war einer von Krawtschuks Leuten am Werk, ein ehrbarer Geschäftsmann wie er hat ja an jedem Finger ein Dutzend von solchen Typen. Sie nahmen einfach den ersten Mord als Muster und kopierten ihn.«

»Das ist allerdings nur Ihre Theorie, wenn ich das richtig sehe, oder?« Ich versuchte die Begeisterung der beiden zu dämpfen.

»Das ist die einzig mögliche Theorie«, erwiderte Klepikow mit blasiertem Schniefen. »Außerdem gibt es jede Menge Indizien dafür.«

»Aber der dritte Teil der Tragödie fiel aus. Der Hauptdarsteller hat sich abgesetzt. Genau wie sein Handlanger Wenjamin, den man als Leibwächter für Margo abgestellt hatte. Angeblich war er Kaffee holen, als es passierte. Er hat noch brav seine Aussage gemacht, seine Angaben waren sogar ziemlich stimmig, aber die Obduktion hat er nicht mehr abgewartet.«

»Und wieso habt ihr nicht besser auf ihn aufgepaßt?«

»Es ist eben passiert.« Lapizki wollte sich über dieses Thema nicht weiter verbreiten.

»Und Lenotschka Gankjewitsch?« fragte ich leise.

»Ihr geht es ziemlich schlecht.« Kostja machte eine finstere Miene. »Dabei ist sie so ein schönes Weib. Wir mußten sie die ganze Nacht beruhigen. Sie fühlt sich schuldig, sie sagt, sie habe den Tod der Schauspielerinnen herbeigewünscht, und deshalb sei das alles passiert. Und dann fiel sie vor dem Regisseur auf die Knie und fing an, um Verzeihung zu bitten. Mir tut das Mädchen wirklich leid, man hat sie für nichts und wieder nichts kaputtgemacht.«

»Vielleicht erholt sie sich ja bald.« Klepikow war offenbar ein unverbesserlicher Optimist.

»Von so was erholt man sich nicht.« Lapizki war im Unterschied zu Klepikow ein unverbesserlicher Realist.

Ich stellte mir Lenotschka vor, wie sie, wahnsinnig vor Liebe, mit allen Mitteln versuchte, den Geliebten für sich zu gewinnen, und sei es mit Hilfe anderer. Aber jetzt war sie von Bratny weiter entfernt, als sie sich jemals hätte vorstellen können. Doch nicht nur Lenotschka war ihm jetzt fern, er hatte niemanden mehr. Wer weiß, ob er das alles überstand, ob er jemals wieder auf die Beine kommen würde.

»Was wird mit Bratny?« fragte ich.

»Dasselbe wie mit dir.« Lapizki hatte diese Frage anscheinend erwartet. »Ihr habt doch unter einer Decke gesteckt, ihr habt ein Komplott geschmiedet, um das Verbrechen zu vertuschen.«

»Das Strafgesetzbuch der Russischen Föderation hält dafür einige Nettigkeiten bereit.«

»Ich denke, Bratny wird seinen Hals schon irgendwie aus der Schlinge ziehen, der wickelt doch die Geschworenen in Null Komma nichts um den Finger – wenn's sein muß, um jeden Finger einen. Und unsere Kleine hier …« Lapizki sah mich eindringlich an. »Die könnte ich unter meine Fittiche nehmen. Sofern sie nichts dagegen hat …«

»Das soll sie selbst entscheiden«, sagte Klepikow ruhig. Wahrscheinlich hatten sie ihre Rollen im voraus ganz genau abgesprochen.

Ich schwieg. Es war sowieso vollkommen egal, ob ich Ja oder Nein sagte. Das würde nichts ändern, es konnte nichts ändern. Gegen diese raffinierten Typen hatte ich einfach schlechte Karten. Sie hatten den Fall gelöst, und ganz nebenbei erpreßten sie mich ein bißchen. Jetzt erst begriff ich die Logik in Klepikows Worten, die ganze perfekt durchdachte Beweiskette. Man brauchte eben eine raffiniertere Phantasie als ich sie hatte, um der Sache auf den Grund zu kommen.

Es fiel mir wie Schuppen von den Augen, und das machte mich beinahe glücklich, zumindest empfand ich eine gewisse Befriedigung. Alle die Rätsel, die mich im letzten Monat so gequält hatten, waren gelöst; es gab keine weißen Flecken mehr (ich verscheuchte beharrlich den Gedanken an die Botschaften auf den Zigarettenschachteln, schließlich konnte sie Krawtschuk geschrieben haben, der sich diese Tricks vielleicht bei Bratny abgeguckt hatte).

»Haben Sie die Leiche der Alexandrowa gefunden?« fragte ich.

»Nein, noch nicht. Um die Leiche hat Krawtschuk sich gekümmert, Bratny weiß nichts darüber ... Höchstwahrscheinlich liegt sie irgendwo auf dem Studiogelände verscharrt, da gibt es ja genug lauschige Eckchen. Vielleicht hat Krawtschuk sie auch zusammen mit irgendwelchen Requisiten oder Dekorationen rausgeschafft ... Aber es ist nur eine Frage der Zeit, bis wir das wissen. Sobald wir Krawtschuk geschnappt haben ... Klepikow verzog das Gesicht, als ob er etwas Ekliges zerdrückt hätte.

»Falls wir ihn schnappen.« Lapizki war auch jetzt nicht ganz so optimistisch. »Der Typ ist mit allen Wassern gewaschen, wir hatten ja Zeit genug, ihn kennenzulernen ...«

»Sobald wir Krawtschuk geschnappt haben, regelt sich das alles.«

Alles regelt sich. Nichts wird sich regeln. Margo ist nicht mehr, und die Alten, die einander so haßten, daß eine davon einen Mord beging, sind auch nicht mehr ...

»Was ist los mit dir?« fragte Lapizki.

»Nichts, alles bestens.«

»Du siehst aber nicht so aus. Da kannst du mal sehen, Boris, wie deine messerscharfe Logik auf empfindsame Gemüter wirkt …«

»Was wollt ihr mit mir machen?« Zum erstem Mal stellte ich Lapizki diese Frage ganz offen.

»Nichts. Du gehst jetzt nach Hause und erholst dich. Krawtschuk hat dir doch eine Wohnung besorgt, also hast du ein Plätzchen, wo du erst mal die Beine langmachen kannst. Du denkst in Ruhe nach, drei, vier Tage, sagen wir bis Silvester, und dann entscheidest du dich, ich hoffe, zur allgemeinen Zufriedenheit.«

»Soll das heißen, ich kann gehen?«

»Was meinst du, Boris, lassen wir sie gehen?« Kostja zwinkerte Klepikow zu.

»Das ist deine Sache. Bisher gibt es von seiten der Ermittlung keine Einwände.«

Das hätte ich mir ja denken können. Es wird so laufen, wie er es haben will. Nichts hat sich verändert in diesem halben Jahr. Nur Margo ist tot. Und zwei alte Schauspielerinnen, denen niemand eine Träne nachweint.

Den ganzen Tag lang dachte ich über Boris Klepikows Theorie nach. Sie schien mir lupenrein. Ihre Raffinesse war geradezu bestrickend.

Ich fuhr zurück nach Jassenewo, in die Wohnung, die ich mit Hilfe des Mörders gemietet hatte, fiel wie ein Stein ins Bett und schlief bis zur Mitte des nächsten Tages. Seltsame Träume verfolgten mich: Alle Menschen darin waren tot, außer den drei ermordeten Schauspielerinnen, aber ich hatte keine Angst vor den Toten. Ich hatte ja gelernt, keine Angst vor Toten zu haben.

Als ich aufwachte, fiel mir sofort ein, daß es der fünfundzwanzigste Dezember war, Weihnachten, und daß ich am Abend bei Serga zu einer katholischen Weihnachtsfeier eingeladen war.

Vielleicht würde diese unschuldige Feier in Gesellschaft

unschuldiger Menschen mich ein wenig von den drückenden Gedanken ablenken. Ich schlenderte den halben Tag lang durch Kaufhäuser voller festlicher Plastikweihnachtsbäume und kecker Weihnachtsmänner. Ich dachte an Margo, dachte daran, wie man ihren Körper nach der Obduktion zunähte, wie man ihre silbernen Ringe in eine Plastiktüte steckte und zu den Asservaten legte. Jeder dieser Ringe hatte eine eigene Geschichte, aber jetzt waren alle diese Geschichten bedeutungslos. Ich stellte mir vor, wie Margo vor kaum zwölf Monaten Silvester gefeiert haben mochte, wie sie in der schneelosen schönen Stadt Prag einen kleinen Weihnachtsbaum schmückte und hoffte, daß das nächste Jahr besser werden würde als das vergangene. Daß es ihr keine Toten bringen werde, sondern viel Arbeit ... Aber es kam ganz anders.

Einer aus der langen Reihe der Silvesterabende würde auch für mich der letzte sein ... Ich versuchte diese Gedanken zu verscheuchen, aber es gelang mir nicht. Ich machte ein erkleckliches Sümmchen locker und kaufte einen riesigen Weihnachtsmann und ein kleines Glöckchen für den Tannenbaum, nur um mich abzulenken. Aber es gelang mir nicht. Ich grübelte ein Weilchen und erstand dann einen wasserfesten Mascara für Jolik und ein neues Rasierset für Serga, packte beides in zwei gestreifte Geschenksocken und fuhr in die Prashskaja.

Ich war etwas zu früh dran, es war erst kurz vor halb zehn. Ich blieb einige Zeit vor der Tür stehen und lauschte auf die Geräusche in der Wohnung. Ich konnte nichts hören, was nach vorweihnachtlicher Hektik klang, nur das leise, ununterbrochene Winseln eines Hundes.

Wahrscheinlich war das der bewußte Pudel mit dem abseitigen Sexualtrieb. Warum winselte er so?

Ich klingelte, aber niemand öffnete mir. Sehr nett, wie hier die Gäste empfangen werden. Jedenfalls blieb mir nichts anderes übrig, als hartnäckig zu sein. Das Klingeln hallte in der leeren Wohnung wider, und der Pudel sang jetzt die zweite Stimme dazu: Er stand dicht hinter der Tür und bellte wie wild. Hatten sie etwa vergessen, daß sie mich eingeladen hatten? Oder hatte Serga mich womöglich eingeladen, ohne Jolik etwas davon zu sagen? Und als sie es dann erfuhr, schleppt sie ihn schnurstracks zu irgendwelchen Freunden, anständigen Katholiken natürlich. Ich versetzte der Tür einen ärgerlichen Tritt. Dies war lange Zeit mein Zuhause gewesen, und jetzt randalierte da drin irgendein fremder Köter! Ich trat noch einmal gegen die Tür, dann beschloß ich, zu verschwinden und mich hier nie wieder blicken zu lassen.

Ich wollte mich gerade umdrehen und weggehen. Da fiel mir plötzlich ein, daß ja der Schlüssel zu Sergas Wohnung in meiner Tasche steckte. Also würde ich die Tür aufschließen und ihnen meine Weihnachtsgeschenke dalassen: den Weihnachtsmann, das Glöckchen und die beiden Stricksocken mit dem Mascara und dem Gillette-Rasierset. Ich holte tief Luft, zog den Schlüssel aus der Tasche und steckte ihn ins Schlüsselloch. Dann stieß ich die Tür auf.

Der schmutziggraue Zwergpudel sprang mir vor die Füße. Er sah aus wie eine verkleinerte Kopie seines Frauchens, das war ja auch nicht anders zu erwarten, dachte ich hämisch. Aber der Hund benahm sich seltsam: Er bellte mich nicht an, sondern drückte sich im Gegenteil an meine Beine und winselte, als ob er mich um Schutz bat. Ich lud die Geschenke auf der Ablage im Flur ab und schaute ins Zimmer hinein.

Sergas Sessel war zum Fenster gedreht, von der Lehne hing eine hilflose Hand herab.

»Serga!« rief ich, ohne noch zu begreifen, was ich sah. »Serga!«

Ich ahnte Böses, dieses Gefühl der Leere im Magen kannte ich schon: Leere im Herz, Leere im Kopf, Leere in den krampfhaft zusammengepreßten Fingern, Leere, Leere, Leere ... Einige Minuten stand ich so da und hielt mich an dem abgeschabten Türrahmen fest. Dann tat ich einen Schritt vorwärts. Die Hand, die von der Lehne hing, sagte mir alles. Die Hand, die so oft mein Gesicht gestreichelt hatte, die Hand, die so oft meine Hand gedrückt hatte – jetzt hing sie schlaff neben dem Sessel.

Es kann nichts Schreckliches sein, dachte ich und fühlte, wie mein Nacken schweißnaß wurde, es kann nichts Schreckliches sein, alles Schreckliche ist doch schon passiert ...

Schließlich gab ich mir einen Ruck, biß mir auf die Unterlippe und schritt vorwärts, einen Mantelknopf zwischen den Fingern pressend. Ich bin auf alles vorbereitet, ich habe ja schon alles gesehen.

Aber darauf war ich nicht vorbereitet.

Darauf war ich so wenig vorbereitet, daß ich für eine Sekunde – oder für eine Minute, für zehn Minuten? – das Bewußtsein verlor. Als ich wieder zu mir kam, lag ich auf dem Fußboden, auf den sorgsam gescheuerten Dielen. Zu meiner Zeit war der Boden nie so sauber, Serga, und du warst auch nie so gepflegt, sieh mal, was für ein wunderbar frisches Hemd du anhast, wahrscheinlich ein Geschenk von Jolik – zu Weihnachten, oder einfach so ... Als ich fiel, mußte ich wohl den Sessel angestoßen haben, und er hatte sich zu mir gedreht.

Serga war tot.

Jemand hatte ihn getötet.

Jemand hatte ihn auf die barbarischste Art und Weise umgebracht, die man sich nur vorstellen kann. Er hatte ihm eine Plastiktüte über den Kopf gezogen und an seinem dünnen Hals mit mehreren Lagen gewöhnlichen Klebebands befestigt; es gab keinen Ausweg, kein Schlupfloch ... Ich kroch zum Sessel und schaute von unten zu Serga auf. Die Plastiktüte war von seinem letzten Atem beschlagen, aber sie konnte das Gesicht nicht ganz verbergen – ich sah sein Kinn, das ich manchmal rasiert hatte, die eingefallenen Lippen, die eingefallenen Wangenknochen, die weit geöffneten Augen. Sergas blinde Augen hatten seinen Mörder nicht gesehen. Woher kam dieser Schrei? Ich schrie, ich schrie wie irrsinnig, und neben mir heulte der Hund. Ich schlug meinen Kopf an die kalten vernickelten Sessellehnen und schlang meine Arme um Sergas Knie.

Ich weiß nicht, wie lange ich so saß ... Reiß dich zusammen, sagte ich immer wieder stumpf vor mich hin, aber ich schaffte es nicht. Ich saß neben seinen Beinen und dachte an seinen tscheremissischen Akzent, die billige Jacke, den trüben Selbstgebrannten, an »Shakespeare beim Reisigsammeln« und an Mickey Spillane ... Ich hätte nicht gehen dürfen, ich hätte ihn nicht verlassen dürfen ... Wenn ich bei ihm gewesen wäre, wäre so etwas nicht passiert ... Serga, Serga! Ich spürte den Geschmack von Blut im Mund. Das brachte mich zu Bewußtsein. Wer konnte denn bloß etwas davon haben, ihn zu ermorden? Hier gab es nichts Wertvolles, nur ein paar Bilder und Mappen mit Skizzen ... Ich sah mich mechanisch im Zimmer um. Alles war so wie immer, nur die Tonbänder mit den Aufzeichnungen seiner Telephongespräche lagen als wüstes Knäuel auf dem Fußboden. Es sah aus, als hätte sich jemand daran ausgetobt, weil er irgend etwas Bestimmtes auf diesen Bändern gesucht, aber nicht gefunden hatte. Der Pudel, den ich zwischendurch völlig vergessen hatte, zerrte an meinem Mantelsaum. Er wollte mich irgendwohin ziehen, dieses schmutziggraue verfilzte Etwas, und ich ließ mich ziehen.

In der Küche, mit dem Rücken an den Heizkörper gelehnt, saß Jolik. Ihre gespreizten Beine steckten in warmen Wollstrumpfhosen mit akkurat gestopften Fersen – Jolik war überhaupt ein akkurates Mädchen. Ein Morgenmantel aus Flanell mit großen purpurroten Mohnblumen auf grünem Grund, eine schneeweiße Schürze. Auf dem Tisch eine Gans – sie war nicht mehr dazu gekommen, sie in den Ofen zu schieben; mehrere Teller mit verschiedenen Salaten, eine gute Köchin und fleißige Hausfrau, genau, was Serga brauchte.

Nein, kein Blut. Es gab kein Blut.

Im Hundenapf lagen die Reste von Gänseinnereien, und aus Joliks Brust ragte ein Griff hervor. So einen Griff hatte ich schon mal gesehen.

Genau der gleiche Griff hatte aus der Brust der alten, vergessenen Schauspielerin Tatjana Alexandrowa hervorgeragt ... Auf Joliks Gesicht lag ein Ausdruck des Erstaunens, sie hatte in der letzten Sekunde ihres Lebens nicht begriffen, was ihr widerfuhr. Gott, wie rührend unschön sie ist, nicht einmal der Tod hat ihre Züge feiner gemacht … Aber dieser Griff, und nicht ein Tropfen Blut. Der Albtraum begann von neuem. Und das einzige Verbindungsglied zwischen den Morden im Studio und diesem fürchterlichen Doppelmord war ich …

Ich war die Ursache für all diese Unglücke, ich war ein Magnet, der Verbrechen anzog. Ich, ich, nur ich war schuld an allem. Aber warum hatte jemand diese Tonbänder zerstört, wen mochten diese unschuldigen Aufnahmen so in Wut versetzen?

Ich konnte nicht länger in dieser Wohnung bleiben, ich hatte nicht einmal die Kraft, mich von dem toten Serga zu verabschieden. Vollkommen durcheinander stolperte ich die Treppen hinunter und auf die Straße, rief von einem widerspenstigen Münztelephon aus die Miliz an und schlich davon, fort von Sergas Haus.

Es war noch nicht zu Ende.

Ich versuchte eine Verbindung zwischen all diesen Morden zu finden, aber es gelang mir nicht. Die drei Schauspielerinnen bildeten die Glieder einer Kette, sie paßten perfekt in das Schema, das Klepikow entworfen hatte. Aber Jolik war keine Schauspielerin, sie arbeitete nicht in Bratnys Team, sie war niemals bei Mosfilm gewesen. Es gab keine Gemeinsamkeit außer der Handschrift des Mörders, die absolut identisch war. Als ich wieder halbwegs klar im Kopf war (dafür brauchte ich einen vollen Tag), versuchte ich, den Mord an Jolik und Serga zu analysieren, aber ich landete immer wieder in einer Sackgasse. Wenn Jolik auf dieselbe Art umgebracht worden war wie die Schauspielerinnen, warum mußte dann Serga so einen furchtbaren Tod erleiden? Das einzige, was alle Morde gemeinsam hatten, war die Tatsache, daß es kein Blut gab, als fürchtete der Mörder sich davor, Blut zu vergießen. Vielleicht hatte er ja einfach Angst vor Blut. Erst später, viel später dachte ich an die Bänder, die auf dem Fußboden gelegen hatten. Es sah so aus, als hätte man sie einfach zerstören wollen. Aber wer wollte das, und vor allem –, warum? Hatte der Mörder irgendetwas Kompromittierendes gesucht? Aber was?

Mir fiel ein, daß alle Gespräche im Krisenzentrum für Selbstmordgefährdete automatisch mitgeschnitten wurden. Also mußte ich dort suchen, auch wenn die Chancen nur eins zu tausend standen – ein blindes Huhn findet schließlich auch mal ein Korn ... Zwei Tage später, nachdem ich mir bei dem Dokumentarfilmer Goscha Poltorak eine Empfehlung besorgt hatte (inklusive einem Haufen Glückwünsche – »Guten Rutsch! Viel Glück im neuen Jahr, Alte! Grüß Serga, man ist mit ihm sehr zufrieden.«), begab ich mich in das Krisenzentrum und stellte mich der Direktorin Olga Iwanowa, einer sanftmütigen älteren Dame, als Mitarbeiterin von Mosfilm vor. Ich erzählte ihr, daß ich für einen Film über das Krisenzentrum recherchiere. Als sie hörte, ich komme auf Empfehlung von Goscha Poltorak, brauchte ich meinen wenig überzeugenden Passierschein gar nicht mehr vorzeigen. Ich lauschte ehrfurchtsvoll ihrem kleinen Vortrag über die Geschichte des Zentrums, erfuhr dann, daß dort mittlerweile vier studierte Psychologinnen tätig seien, und bat endlich um die Erlaubnis, mir die Aufnahmen mit Sergas Gesprächen anhören zu dürfen. Man hat mir erzählt, Sie haben einen blinden Maler als Mitarbeiter? (Verzeih mir, Serga!) Ich brachte sie äußerst behutsam auf das Thema, und sie gab mir bereitwillig die Bänder.

Das Krisenzentrum befand sich in einer kleinen Dreizimmerwohnung, die zum Bersten vollgestopft war mit allen möglichen technischen Apparaturen; an sämtlichen Wänden hingen Plakate mit Abbildungen von Gérard Depardieu, und über allem schwebte der Geruch von Nescafé.

Nachdem man mir die Bänder ausgehändigt hatte, setzte ich mich in das hinterste Zimmer und begann unter den wachsamen Augen Depardieus damit, sie abzuhören.

Auf einem der Plakate war ein Standfoto aus dem Film

»Die Sonne Satans« zu sehen. Darin spielt Depardieu einen Pfarrer, der verrückt wird; mir ging es jetzt ähnlich wie diesem Pfarrer, ich hatte das Gefühl, langsam verrückt zu werden, während ich mir die unzähligen Gespräche mit den unterschiedlichsten Menschen anhörte. Ich hatte mir offensichtlich eine Arbeit aufgebürdet, die über meine Kräfte ging. Sergas Stimme, die so lebendig war, die nichts gemeinsam hatte mit dem leblosem Körper, den ich in der Wohnung in der Prashskaja zurückgelassen hatte, traf mich direkt ins Herz, ich konnte mich nicht konzentrieren. Als ich dann endlich soweit war, daß ich den Inhalt der Gespräche erfassen konnte, vergaß ich vollkommen, daß Serga tot war. Jetzt erst – viel zu spät – begriff ich, was für eine starke Persönlichkeit Serga gewesen war. Intuitiv hatte er die kleinsten Nuancen im Verhalten seines Gesprächspartners gespürt, unfehlbar hatte er genau die richtigen Worte gefunden ... Ich legte meinen Kopf auf die Arme und weinte still, voller Angst, daß sich jeden Moment die Tür öffnete und eine der Mitarbeiterinnen hereinkäme – sie hatten mir schon zweimal Kaffee gebracht. Wieder brauchte ich eine Ewigkeit, bis ich die Kraft fand weiterzumachen. In all den zahllosen Monologen von Sergas Telephonpartnern gab es nicht das geringste, das irgendwie verdächtig wirkte – nur Verzweiflung, Ratlosigkeit und das schier unstillbare Bedürfnis, von einem Menschen angehört zu werden.

Der Tag war fast vorbei, und ich war schon blind und taub von all dem fremden Leid, als ich auf dieses Gespräch stieß. Ich erinnerte mich sofort an die dazugehörige Geschichte: Es handelte sich um jene merkwürdige Frau, die Serga mehrere Nächte nacheinander angerufen hatte und dann plötzlich verschwunden war. Ich hatte das Band mitten in einem Gespräch angehalten: Die Frau sang eine Passage aus einem Lied. Sie hatte eine ausgebildete, aber inzwischen sehr gealterte Stimme: »Geh nicht in ein altes Haus, du kannst dich drin verirren ...«

»Kennen Sie dieses Lied, Serga? Darf ich Sie so nennen?«

»Ja, natürlich ... Was meinen Sie damit?« Wieder hörte

ich seinen tscheremissischen Akzent, so unendlich nah und gleichzeitig so schrecklich fern, und ich kämpfte gegen die Tränen.

»Das ist ein altes Lied, Serga ... Die netten Matrosen haben es mit mir gesungen ... Ich bin aber noch älter. Das habe ich Ihnen ja schon gesagt. Wenn ich gewußt hätte, daß soviel Wahrheit darin liegt ... Unser Haus darf man auch nicht betreten. *Er* hat Hunde angeschafft, damit niemand zu uns hereinkommt. Aber es kommt sowieso niemand. Niemand erinnert sich an das, was früher einmal war. Ich weiß nicht, was das für eine Rasse ist. Er sagt, so ein Hund kann einen Menschen ganz leicht in Stücke reißen. Aber hier ist gar kein Mensch, nur er und ich. Niemand ... Das ist schrecklich, glauben Sie mir, das ist das allerschrecklichste, was ich je erlebt habe. Jeden Tag möchte ich sterben, aber ich will von selbst sterben ... Verstehen Sie, von selbst. Ich möchte nicht, daß er mich umbringt. Ich sehe, ich spüre, wie er hin und her überlegt, wie er es machen soll, und sich nicht entscheiden kann ... Er wird mich töten ...«

»Sagen Sie mir, wo Sie wohnen. Ich komme zu Ihnen.« Serga war sehr aufgeregt, ich erkannte seine Stimme kaum, sie war erwachsener und konzentrierter geworden.

»Nein, nein, das geht nicht. Hier sind die Hunde, sie werden Sie angreifen, sie könnten Sie zerreißen ... Er schließt das Telephon in einem kleinen Schränkchen ein, aber ich habe gelernt, das Schloß mit einer Haarnadel zu öffnen, wissen Sie, ich habe einmal prächtiges Haar gehabt ... Serga, Sie sind der einzige, den ich noch habe ... Solange er mir nichts antut ...«

Anscheinend war dies eines der letzten Gespräche. In dem Wust von Tonbändern konnte ich kein weiteres entdecken. Vielleicht hatte dieses Gespräch auch nichts zu bedeuten, und meine Phantasie ging einfach mit mir durch. Es ist unmöglich, etwas zu finden, wenn man nicht weiß, was man sucht ... Mein armer Kopf wollte mir zerplatzen, Sergas Hand, hilflos von der Sessellehne hängend, verfolgte mich so quälend wie seine Stimme. Ich hatte gerade noch genug Kraft, mich von den Frauen im Krisenzentrum zu verabschieden. Ich machte mit ihnen ein weiteres Treffen gleich nach Silvester aus. Ich würde noch einmal sorgfältig alle Bänder abhören müssen, vielleicht würde ich doch noch etwas Wichtiges finden, etwas nicht so Belangloses wie der zusammenhanglose Monolog einer älteren Frau ...

Als ich auf die Straße trat, hielt ich mein erhitztes Gesicht dem Dezemberwind entgegen: Du bist einsam, du bist so einsam wie nie zuvor. Das einzige, was du hast, ist das schreckliche Geheimnis von dem Mord an Serga und seiner Freundin, das ist alles, was du hast, fünf Tage vor Neujahr ...

Zwei Tage lang trieb ich mich fast krank vor Schwermut in den vorfestlich überfüllten Straßen von Moskau herum, um nur nicht allein zu sein. Der tote Serga verfolgte mich; Margo, deren Leiche ich nie gesehen hatte, verfolgte mich. Als ich irgendwann bis auf die Knochen durchgefroren war, hatte ich endlich eine Idee, wie ich mich vor der beißenden Kälte retten und gleichzeitig ein wenig Trost finden könnte – ich ging ins Kino. Ich schleppte mich von einem Kino ins andere, von einem Film zum nächsten, starrte gedankenleer auf die Leinwand, und niemand sah in der Dunkelheit die Tränen auf meinem Gesicht. Und in einem dieser Kinos, kurz bevor auf der Leinwand das Wörtchen »Ende« erschien, kam mir ein glücklicher Gedanke: man kann sein ganzes Leben in der dritten Reihe verbringen, man kann sogar in dieser Dunkelheit alt werden.

Und niemand wird es bemerken.

In diesem kleinen Kino war ich noch nie gewesen. Es hieß »Begegnung«. Nicht gerade der passende Name für meinen momentanen Zustand. Ich war nur hineingegangen, weil im Vormittagsprogramm ein Film gezeigt wurde, in dem Margo mitspielte. Man hatte Margos Namen schwarz umrandet, das Plakat sah jetzt fast wie eine Grabschrift aus. Der Film hieß »Die Brücke über dem reißenden Fluß«, es war ihre erste Hauptrolle. Warum nicht, soll sie leben – wenigsten für die anderthalb Stunden, die der Film dauert.

Man spielte einen kleinen Vorfilm mit dem romantischen Titel »Deine Augen«, eine billige Revue aus dem Jahr 1954. Außer den damals gerade hochmodernen Glockenröcken und der Hauptdarstellerin hatte dieser Film absolut nichts zu bieten. Die Hauptdarstellerin war wirklich schön: ein frisches Gesicht, das nicht einmal die ausgezupften Augenbrauen verdarben. Sie hatte eine sehr gute Stimme, wenn sie auch ein wenig zu scharf akzentuierte, eine tadellose Figur und, als das gewisse Etwas, einen Hauch von Traurigkeit, tief versteckt in ihren dunklen Augen. Ihr Name sagte mir nichts, ich merkte ihn mir eher mechanisch, aus reiner Gewohnheit – Lidija Gorbowskaja –, bis zu dem Moment, als dieses Liedchen erklang: »Geh nicht in ein altes Haus ...« Es war dasselbe kleine Lied, das ich vor zwei Tagen auf dem Tonband gehört hatte, nur hatte es dort eine alte Frau in den Telephonhörer gesungen. Auf dem Band hatten die erste Takte dieses Liedes wie eine düstere Prophezeiung geklungen, in diesem Film von 1954 aber war es voller Frohsinn und Leichtigkeit, und die junge Frau war umrahmt von jungen Matrosen in Paradeuniform.

Und noch ehe das Wort »Ende« auf der Leinwand erschien, lief ich zum Ausgang. Verzeih mir, Margo.

Es war noch weniger als eine Vermutung, es war am ehesten wohl ein Akt der Verzweiflung; ich klammerte mich an den winzigsten Anhaltspunkt, den winzigsten Zipfel eines Anhaltspunktes: Letztendlich riskierst du nichts, wenn du hinfährst und dich überzeugst. Die verdammte Melodie ließ mich nicht los, obwohl mir nur zwei Zeilen im Gedächtnis geblieben waren: »Geh nicht in ein altes Haus, du kannst dich drin verirren ...«

Im festen Glauben, daß es vollkommener Blödsinn war, was ich tat, fand ich mich schon eine Stunde später im Archiv des Studios ein, und weitere zwei Stunden später hatte ich die Adresse der Schauspielerin Lidija Gorbowskaja in Händen, die, wenn man der verstaubten Akte Glauben schenken durfte, in der Nähe von Moskau wohnte, in Schodnja ...

Es war schon sieben Uhr abends, als ich in Schodnja aus dem Zug stieg. Natürlich war es höchst leichtsinnig, zu so später Stunde bei einer unbekannten älteren Frau vorbeizufahren, ohne vorher anzurufen, aber ich konnte nicht länger warten. Ich wußte nicht einmal, was ich ihr sagen sollte, ich wußte nicht einmal, was ich eigentlich von ihr wollte. Ich versuchte, mir das Gespräch auf dem Tonband ins Gedächtnis zu rufen – ich glaubte intuitiv, daß es einen Zusammenhang gab.

Die Gorbowskaja wohnte ganz am Rand von Schodnja, dort, wo sich die Privatgrundstücke befanden. Hunde heulten an allen Ecken, und die Beleuchtung ließ zu wünschen übrig. Als ich schon in der Nähe des Hauses war – einer zweistöckigen düsteren Villa –, fiel mir der Satz wieder ein, der mich hierhergeführt hatte. Die Frau auf dem Tonband hatte gesagt: »Das ist ein altes Lied, Serga ... Die netten Matrosen haben es mit mir gesungen ...«

Die netten Matrosen, das war es. Weiße Hemden, keck aufs Ohr geschobene Matrosenmützen, und mitten unter ihnen das Glockenröckchen ... Das muß gar nichts bedeuten, sagte ich mir und stieß die Zauntür auf. Irgendwo weit hinten auf dem dunklen Gelände ertönte dumpfes, mehrstimmiges Knurren. Na und, hier ist jedes Haus von Hunden bewacht, das ist normal.

Das Haus stand weit zurückgesetzt, im Erdgeschoß brannte trübes Licht. Das machte mir Mut. Vielleicht bekam ich ja doch eine Antwort – auf Fragen, die ich bisher nicht einmal formulieren konnte. Auf jeden Fall ging ich meiner Theorie nach und konnte sie dann getrost vergessen.

Begleitet von einem unablässigen tiefen Knurren, stieg ich die Treppe hinauf und klopfte leise an die Tür.

Keine Antwort.

Über meine eigene Frechheit erschrocken, stieß ich die Tür an – sie war nicht verschlossen.

»Entschuldigen Sie, ist jemand zu Hause?« Die dämmerige Stille des Hauses ließ mich die Stimme fast zu einem Flüstern senken.

Geraume Zeit blieb ich in der Tür stehen und versuchte festzustellen, woher das Licht kam. Es warf leichte Reflexe auf den sauberen Fußboden des Flurs, und ich zögerte, mit meinen schmutzigen Schuhen einzutreten, aber ich konnte auch nicht ewig an der Tür stehenbleiben.

»Ist jemand zu Hause?« rief ich nochmals. Wieder erhielt ich keine Antwort.

Wenn Licht brennt, heißt das, daß die Bewohner in der Nähe sind. Vielleicht sollte ich draußen auf sie warten? Während ich noch überlegte, hörte ich hinter meinem Rücken etwas rascheln. Ich fuhr heftig herum – man soll einen Menschen nicht so erschrecken, auch nicht einen ungeladenen Gast.

Ich prallte zurück.

Vor mir stand der Beleuchter Kelly und lächelte sanft.

»Eva?« Das Lächeln auf seinem Gesicht schien mir seltsam bedrohlich. »Ist etwas passiert?«

Ich antwortete nicht. Nichts hätte mich mehr überraschen können. Man besorgt sich mühsam die Adresse einer alten Schauspielerin und trifft dann auf den Beleuchter aus dem eigenen Filmteam.

»Wie geht es Ihren Händen, Eva?« fragte Kelly und lächelte wieder.

»Wie, bitte?« Ich verstand nicht.

»Hatten Sie sich nicht die Hände verletzt?«

»Danke, jetzt ist alles in Ordnung …«

»Wie haben Sie mich gefunden, Eva? Ich habe doch dem Team gar nicht meine Adresse hinterlassen …«

»Eigentlich … eigentlich wollte ich zu Lidija Gorbowskaja.«

»Was wollen Sie von ihr?« Das Lächeln verschwand von seinem Gesicht. Ich hatte den Eindruck, daß es das einzige war, was sein lebloses Gesicht im Form hielt – ohne dieses Lächeln wurde es augenblicklich formlos und schwammig.

»Ich muß mit ihr sprechen. Ich habe eine Frage an sie.«

»Ich fürchte, daß ist unmöglich«, sagte Kelly trocken.

»Und warum?« fragte ich, obwohl ich es schon wußte.

»Sie ist tot.«

Sein verschwollenes Gesicht erschreckte mich.

»Tot? Seit wann denn?«

»Schon lange, sehr lange.«

Schon sehr lange ... Das war's. Ich kann wieder gehen. Hier gibt es keine Fragen mehr zu stellen.

»Verzeihen Sie. Ich verstehe. Sie war doch Schauspielerin?«

»Sie war eine große Schauspielerin. Leider ist sie sehr früh gestorben, 1956 schon.«

Jetzt wurde es mir wirklich unheimlich. Als ich heute die Akten durchblätterte, hatte ich gelesen, daß man Lidija Gorbowskaja Anfang der siebziger Jahre zuletzt eine Rolle angeboten hatte, die sie jedoch ablehnte.

»Aber ... Das kann nicht sein ...«

»Ich sage Ihnen doch, sie ist 1956 gestorben.«

»Aber im Archiv sind ganz andere Angaben.«

»Was wollten Sie denn im Archiv? Und was wollten Sie von der Gorbowskaja?« fragte Kelly verspätet, und wieder hörte ich eine versteckte Drohung in seiner Stimme.

»Nur eine Auskunft. Ich wollte sie etwas fragen ...«

»Sie sind Casting-Assistentin, Eva, keine Filmhistorikerin. Sogar Georges Sadoul erwähnt die Gorbowskaja in seiner ›Geschichte des Kinos‹. Aber niemand hat sie je gebührend gewürdigt.«

»Mag sein, ich weiß es nicht ... Na, da kann man wohl nichts machen. Ich gehe dann, Kelly.« Ich wußte plötzlich, daß ich nicht länger in diesem düsteren und bedrohlichen Haus bleiben durfte.

»Wie wäre es mit einer Tasse Tee, Eva? Ich habe einen sehr guten Tee, Earl Grey. Mögen Sie Earl Grey?«

»Nein ... Ja ...«

»Soviel Zeit haben Sie doch noch!« Kelly lächelte, und sein Gesicht bekam wieder einen festen Umriß.

»Nein, ich denke, ich muß gehen. Es ist schon spät, und ich brauche ziemlich lange bis nach Hause. Vielen Dank. Ich habe noch eine Verabredung ...« Ich redete dummes Zeug, aber ich konnte es nicht verhindern.

»Mit wem?« fragte Kelly unerwartet scharf.

»Freunde«, antwortete ich unerwartet feige. Und fügte überflüssigerweise hinzu: »Ich besuche sie jeden Sonntag ... Heute ist doch Sonntag. Ich führe ein sehr geregeltes Leben. Also entschuldigen Sie. Vielleicht beim nächsten Mal.«

»Es ist sehr gut, daß Sie sich an Ihre Regeln halten. Sie wissen doch, die Regeln zu ändern heißt nicht, das Spiel zu ändern.« Sein Lächeln wurde unerträglich breit, mir schien, der Schädel, von diesem scharfen Lächeln zerschnitten, müßte gleich platzen wie eine überreife Melone.

Die Knie wurden mir weich.

DIE REGELN ZU ÄNDERN HEISST NICHT, DAS SPIEL ZU ÄNDERN. Die letzte Botschaft auf der Zigarettenschachtel, die ungelenken Blockbuchstaben.

»Sie?« fragte ich. Meine trockene Zunge wollte sich kaum bewegen. »Also haben Sie die Botschaften geschrieben?«

»Nicht nur das.« Sein Lächeln hing über mir. Ein wahnsinniges Lächeln, das meinen Willen bannte, mir Tropfen für Tropfen die Kräfte nahm.

»Ich muß jetzt gehen ...«

»Aber nein. Sie sind doch hier zu Hause. Willkommen, Eva. Ich habe es mir so gewünscht ...«

Im nächsten Moment spürte ich einen starken Chloroformgeruch. Das war das letzte, was ich spürte ...

Langsam kam ich wieder zu mir.

Mein vom Chloroform schwerer Kopf weigerte sich zu denken, ich brauchte geraume Zeit, bis ich mir zusammengereimt hatte, was geschehen war. Ich war nach Schodnja gefahren ... Richtig, ich war mit dem Zug 19.07 Uhr nach Schodnja gefahren, um mich mit dieser Schauspielerin zu treffen ... mit Lidija Gorbowskaja. Ich hatte ihr Haus gefunden, und dort hatte ich Kelly, unseren Beleuchter, getroffen. In dem dunklen Haus war er mir wie ein Wahnsinniger vorgekommen. Warum waren meine Füße so kalt? Ich sah an mir herab und bemerkte mit Entsetzen, daß ich barfuß war. Ich saß an eine Wand gelehnt, und eines meiner Fußgelenke war von einer dünnen, aber stabilen, etwa einen Meter langen Stahlkette umschlossen. Sie war an einer Stahlstange befestigt, die oberhalb der Fußleiste entlanglief. Warum war ich angekettet?

Kelly.

Sein Lächeln war das letzte, an das ich mich erinnerte. Hatte er das etwa getan, der nette, immer lächelnde Beleuchter mit Frank Sinatra im Walkman? Mich packte kaltes Entsetzen, und ich war außerstande, vernünftig zu denken. Nur eins wußte ich sicher: Er würde kommen.

Und er kam.

Er brachte auf einem Tablett zwei Tassen und ein Päckchen Erdnüsse und stellte alles vor mich hin. Er selber hielt sich in sichererm Abstand von mir.

»Sind Sie aufgewacht?« fragte er höflich. Seine gleichmütige Höflichkeit jagte mir einen kalten Schauder über den Rücken.

»Was soll das?« Ich versuchte, die Fassung zu bewahren.

»Ich nehme an, Sie möchten eine Erklärung?« Zumindest schien er ganz vernünftig. Ich sollte ihn nicht provozieren.

»Ich hätte nichts dagegen«, sagte ich.

»Mir gefällt es, wie Sie sich verhalten«, sagte er anerkennend. »Sie haben mir von Anfang an gefallen. Ich würde Sie gern umbringen, aber ich kann es nicht tun.«

»Warum denn?« Ich unterdrückte mühsam einen Aufschrei.

»Ich weiß nicht, wie Sie in Wirklichkeit sind.«

»Sie möchten, daß wir uns näher kennenlernen?«

»Sie haben mich falsch verstanden. Ich weiß nicht, wie Sie in Wirklichkeit sind, ob Sie alt sind oder jung. Ich beobachte Sie schon lange. Manchmal denke ich, Sie sind alt, vor allem, wenn ich Ihre Haare betrachte ... Warum haben Sie graue Haare? Nein, Sie müssen nicht antworten. Und dann sehe ich Ihr Gesicht – wenn das Licht in einem ganz bestimmten Winkel darauffällt, dann kommen Sie mir erstaunlich jung vor ...«

»Was soll ich sagen?«

»Sagen Sie nichts. Jede Ihrer Antworten würde mich zwingen, eine Entscheidung zu treffen. Und ich will keine Entscheidungen mehr treffen. Ich bin es müde, Entscheidungen zu treffen ...«

Gebannt starrte ich sein Gesicht an, das jetzt, ohne das Lächeln, wieder ganz formlos geworden war. O Gott, er ist vollkommen wahnsinnig! Er ist wahnsinniger als jeder Wahnsinnige ... Warum habe ich das nie bemerkt? *Warum hat niemand es bemerkt?*!

»Ich muß einfach mit jemandem reden. Ich will es. Wenigstens Sie sollen es wissen ...«

»Und deshalb haben Sie mich angekettet?« fragte ich mühsam. Ich begriff erst langsam das Furchtbare und Erniedrigende meiner Lage.

»Würden Sie mir denn sonst zuhören?«

»Sie haben es ja gar nicht versucht. Wir haben uns so viele Male bei den Dreharbeiten gesehen, wir haben sogar über Frank Sinatra gesprochen, erinnern Sie sich?«

»Das war nur ein belangloses Gespräch. Nichts Bedeutendes. Mich bemerkt niemand. Das liegt daran, daß ich Beleuchter bin. Ich stehe immer im Schatten, hinter der Jupiterlampe, verstehen Sie? Deshalb hat mich auch niemand verdächtigt, das war gar nicht möglich. Wer würde denn einen Schatten des Mordes verdächtigen. Sie haben sich alle genau vorgenommen, aber ich war für sie bloß eine Null ...«

»Das ist nicht wahr.« Aber es gelang mir nicht, ihn zu überzeugen. Wahnsinnige hören nur auf sich selbst.

Kelly lächelte wieder sein schreckliches Lächeln, das ganz unabhängig von seinem Gesicht existierte.

»Sie kamen gar nicht auf die Idee, mich zu verdächtigen. Das war einerseits gut, andererseits schlecht ... Wenn sie mich drangekriegt hätten, ich hätte es nicht abgestritten. Obwohl ich noch viel zu tun habe.«

»Was haben Sie denn zu tun?«

»Sie wissen es doch.«

Er durchquerte das Zimmer, und jetzt begriff ich, was mich an Kelly irritiert hatte.

Der Anzug.

Ein Leinenanzug, mit weiten Beinen, Schulterpolstern, vier Taschen auf dem Jackett. Ein Anzug aus den fünfziger Jahren …

Kelly kam mit zwei kleinen Soffittenlampen zurück, stellte sie direkt vor mir auf und schaltete sie an. Das grelle Licht blendete mich. Kelly stand hinter den Lampen, seine Stimme existierte jetzt unabhängig von seinem Körper.

»Die ganze Welt hat sie vergessen – die Schauspielerin Lidija Gorbowskaja«, begann er mit sanfter Stimme. »Dabei hat sie die Menschen früher um den Verstand gebracht, sie brachte sie zum Weinen, zum Lachen, zum Leben … Sie war so schön. Ich habe sie ganz zufällig gesehen, es war der 5. Juli, im Kino ›Illusion‹ lief ›Solange wir glauben‹, ihr bester Film. Ich habe mich sofort in sie verliebt, richtig verliebt. Sie war die Frau meiner Träume. Sie wissen ja, für jeden Menschen ist nur einen einziger Mensch bestimmt … Sogar wenn die Zeit sie trennt, und seien es Jahrhunderte, Jahrtausende. Es kann sein, daß sie niemals voneinander erfahren und in Ruhe und Frieden leben. Ich habe erkannt, daß dies die Frau ist, die für mich bestimmt ist, ich war glücklich, ich habe alle ihre Filme gesehen. Das war schwierig. Es wurden nicht sehr viele Filme mit ihr gedreht, nur sieben insgesamt, und sie laufen sehr selten. Ich bin sogar ins Staatliche Filmarchiv gegangen. Man hat mir ab und zu erlaubt, ›Deine Augen‹ und ›Herbstträumereien‹ anzusehen … Dann war ich glücklich. Aber ich haßte es, in dieses verdammte Haus zurückzukommen, zu meiner Mutter. Zu einem Wesen, das an den Rollstuhl gefesselt war … Sie war gelähmt, seit ich vierzehn war. Ich haßte ihren Rollstuhl, haßte das Knarren seiner Räder, ich haßte sie, aber ich pflegte sie, weil sie meine Mutter war. Ich mußte doch ein guter Sohn sein, um Lidija Gorbowskaja zu gefallen, wenn wir uns irgendwann einmal begegnen würden …«

O Gott, was redet er? Seine Wörter blendeten mich mehr

als die Scheinwerfer, mir war schlecht vor Angst, im Vergleich zu Kellys Wahnsinn schien mir Lenotschka Gankjewitschs liebestolle Raserei geradezu harmlos ...

»Ich kehrte jedesmal zurück, um hinter ihr her zu räumen, um ihre spärlichen, stumpfen Haare zu kämmen, ihre Hemden zu waschen ... Wissen Sie, wie die Hemden von Menschen riechen, die sich nicht bewegen können? Manchmal träumte ich, seltsame weiße Schmetterlinge hätten sich in den Haaren meiner Mutter Nester gebaut ... Meine Mutter war sehr alt, sie war schon vierzig, als ich zur Welt kam. Meinen Vater habe ich nie kennengelernt, und ich wußte fast nichts über meine Mutter. Bevor sie gelähmt war, arbeitete sie als Kartenverkäuferin im Kino, und ich habe die Vermutung, sie trank. Ja, sie trank. Erst später, nach dem Unglück, da wurde sie dann eine respektable ältere Dame, die immer so eine Strickjacke mit langen Ärmeln trug ... eine rote. Meine Mutter hieß auch Lidija, das schockierte mich am meisten ... Und dann ... dann passierte das Schrecklichste ... das Schrecklichste, was man sich vorstellen konnte. Eines Tages öffnete ich die Schublade, in der ihre alten Briefe lagen. Sie war bis obenhin vollgestopft. Und wissen Sie, was ich dort fand?«

Ich war kurz davor, das Bewußtsein zu verlieren, aber ich kämpfte mit aller Kraft dagegen an. Ich mußte mir diese wahnsinnige Beichte bis zu Ende hören, vielleicht würde ich dann verstehen ...

»Wissen Sie, was ich dort fand? Lauter Briefe und Zettelchen und Kärtchen – und alle waren an Lidija Gorbowskaja adressiert! Gepreßte Blumen für Lidija Gorbowskaja ... Plakate, Photos, Standphotos, alles mit ihrem Namen ... Es war sie selbst, verstehen Sie!« Kellys Stimme versagte, ein Stöhnen rang sich tief aus seiner Brust. *»Lidija Gorbowskaja war meine Mutter!«*

Ich schwieg. Aber er erwartete gar nicht, daß ich etwas sagte.

»Später ... Erst später erzählte sie mir alles. 1956 kam ihr letzter Film in die Kinos: ›Deine Augen‹ ... Man vergaß sie.

Man vergaß sie schneller als alle anderen. Sie wurde nicht damit fertig und fing an zu trinken. Dann wurde ich geboren – ich weiß nicht einmal, welcher Kollege mich produziert hat. Verstehen Sie, Eva ... Ihr richtiger Familienname war Wesjolkina, ich konnte ja nicht ahnen ... Sie hatte sich geschworen, alles zu vergessen, den Film, was sie einmal war ... Als ich es dann erfuhr ... Ich habe es ihr nie verziehen. Ich konnte ihr nicht verzeihen ... Verstehen Sie? Es war mir unmöglich, mir vorzustellen, daß jene wunderbare, strahlende junge Frau und dieses alte Wrack, diese ehemalige Alkoholikerin, die mich mit wer weiß wem gezeugt hatte, ein und dieselbe sein sollten. Sie war eine Beleidigung für Lidija, für die junge Lidija, die einzige, die ich geliebt hatte ... Sie beleidigte sie allein durch ihre Existenz. Lidija war 1956 gestorben. Und diese alte Frau, was hatte die mit Lidija Gorbowskaja zu tun? Verstehen Sie, Eva? Und dann habe ich es getan. Ich habe sie umgebracht. Es war das Beste, was ich für meine Mutter tun konnte. Nur so konnte sie jung bleiben. Ich habe sie sich selbst zurückgegeben, so wie sie früher einmal war ... Ich habe sie sich selbst zurückgegeben ... Eine Schauspielerin darf ihr Bild nicht überleben. Nur so kann man die Zeit besiegen.«

»Und deshalb haben Sie die Alexandrowa umgebracht. Und die Bergman? Und Margo?«

»Auch deshalb. Ich hatte Photos von ihnen. Niemand erinnert sich an eine alte Frau, niemand schaut sie an ... Aber für ein junges Gesicht kann sich ein ganzes Leben ausdenken, wenn man will. Als ich sie tötete, habe ich sie wieder jung gemacht ... Verstehen Sie, Eva?«

Anscheinend war seine Krankheit zum Ausbruch gekommen, als er seine Mutter umbrachte, als sei in jenem Augenblick ein Damm gebrochen und der Dämon des Wahnsinns hervorgeprescht.

»Ich kann kein Blut sehen. Deshalb habe ich mir dieses Werkzeug besorgt, ich habe es im Studio gestohlen. Später habe ich mehrere davon angefertigt. Ein sehr bequemes Ding.«

»Sie haben eine junge Frau damit erstochen.«

»Das wissen Sie auch?« Kellys Stimme wurde dumpf.

»Ja, deshalb bin ich hier. Das waren meine Freunde.«

»Ihre Freunde? Das tut mir leid ... Es war reiner Zufall. Aber meine Mutter ... Sie hatte angefangen, Verdacht zu schöpfen ... Sie hatte Angst, sie haßte meine Hunde ... Und dann fand sie in der Zeitung so eine Telephonnummer; ich habe ihr manchmal ein paar Zeitungen mitgebracht. Sie hat irgendwo angerufen ... Sie konnte das Schränkchen, in dem das Telephon stand, mit einer Haarnadel aufschließen. Als ich dahinterkam, habe ich diese verdammte Haarnadel vor Wut fast zerbissen. Dann hat sie nicht mehr angerufen. Sie hat zu mir gesagt, sie habe einen Freund, der sie beschützen könne, er wisse, wo sie wohne und würde alles erzählen. Sie hatte mich damals schon im Verdacht.«

»Ja.«

»Es ... es durfte keine Zeugen geben.«

»Aber Sie brauchen doch Zeugen. Sie sprechen doch mit mir.«

»Sie sind keine Zeugin, Eva. Schon deshalb nicht, weil Sie niemals eine Aussage machen werden.« Kelly senkte die Stimme. »Verstehen Sie? Jedenfalls ... Ich habe die Adresse herausgefunden und bin dorthin gefahren. Dieser Kerl, den meine Mutter um Hilfe gebeten hatte, war genauso wie sie. Er hat nicht einmal gesehen, wer ihn getötet hat. Ich habe bis zum Schluß mit ihm gesprochen, habe ihm sogar einen Gruß von ihr bestellt. Ich habe gesagt, daß mit ihr alles in Ordnung sei. Es war mir unangenehm, ihn zu töten, er war so hilflos ... Er rief die ganze Zeit nach seiner Frau, sie solle den Hund beruhigen. Aber es konnte ihn niemand mehr beruhigen. Schade, daß sie nicht gerade mit dem Pudel Gassi gegangen war ... Sie wäre noch am Leben, ich schwöre es. Ich hatte nur eine Ahle mitgenommen, sehen Sie, ich hatte nicht mit zwei Personen gerechnet. Ich mußte ihn auf diese Art umbringen. Weil ich doch Angst vor Blut habe. Ich wollte nichts Böses tun, ich wollte nur mich selbst schützen. Ich will jetzt auch nichts Böses tun ... Wir könnten doch Neujahr zusammen feiern, 1955 zum Beispiel oder 1954. Lidija hat damals gelebt ... Wir werden eine gute Zeit miteinander haben, Eva. Wir werden miteinander reden. Ich bin natürlich viel unterwegs, ich muß arbeiten. Als Beleuchter, Sie wissen ja. Aber Sie werden auf mich warten. Wir könnten Freunde sein. Sie haben mir von Anfang an gefallen.«

Noch drei Tage bis Neujahr, ich lag an der Kette wie ein Hund, wie die ältere Schwester seiner Dobermänner, die im verschlossenen Hof herumstöberten, wenn ihr Herrchen abwesend war ... Wenn er zu Mosfilm fuhr. Er arbeitete jetzt an einem Werbe-Clip. Abends erzählte er mir davon. Ich wußte inzwischen, warum er Kelly hieß – er hatte sich diesen Namen selbst ausgesucht. Zu Ehren des Regisseurs und Schauspielers Gene Kelly, zu Ehren von »Singin' in the Rain«. Jeden Abend sahen wir uns zwei Videos mit Lidija Gorbowskaja an, immer dieselben: »Solange wir glauben« und »Deine Augen«. Ich wußte jetzt ganz genau, wie sie sich bewegte, wie sie das Kinn hob und lustig die Nase rümpfte, sie war ein niedlicher Käfer mit hübschen Löckchen, sie hatte diesen Wahnsinn nicht verdient ... Kelly und ich redeten viel miteinander, manchmal wirkte er vollkommen normal. Er brachte mir Zigaretten mit, meine Gitanes, aber seine Hunde bewachten mich, wenn ich allein war. Zuerst hatte ich geschrieben, aber davon war ich nur heiser geworden. Das Haus schien sehr gut isoliert zu sein. Ganz hinten im Zimmer stand ein kleines Schränkchen: Ich wußte, daß darin das Telephon eingeschlossen war. Aber ich würde es nie erreichen.

Niemals.

Den größten Teil der Zeit, wenn er nicht da war, saß ich auf dem Fußboden, die Beine unter mich gezogen – so hatte ich wenigstens die Illusion von Freiheit, und mein von einem Metallband umschlossener Knöchel schmerzte nicht so. Wir hatten Neujahr 1954 gefeiert, Kelly wollte es so. In diesem Jahr kam Lidijas Film »Paradiesvögel« in die Kinos.

Wenn ich aß, achtet er sorgfältig darauf, daß ich weder Gabel noch Löffel, noch sonst einen Gegenstand bei mir behielt. Mehrere Male hatte er mich dabei erwischt und brutal verprügelt. Danach lächelte er immer entschuldigend und bot mir Erdnüsse an. Tagüber konnte ich nicht rauchen, er hatte Angst, mir Streichhölzer und Feuerzeug zu lassen ... Er dachte an fast alles, außer an eines – ich konnte mich nicht waschen. Als ich versuchte, mit ihm darüber zu sprechen, überhörte er all mein Jammern und Klagen ... Ich wischte mir Gesicht und Hände mit den feuchten Servietten ab, die er mir zum Abendessen gab, aber ich wußte, daß ich das nicht mehr lange aushalten würde.

Von morgens bis abends untersuchte ich die dünne Stahlstange, an der meine Kette befestigt war, ich suchte nach beschädigten Stellen – aber sie war leider makellos. So makellos und perfekt wie die gesamte Einrichtung des Zimmers – frühe fünfziger Jahre. Immerhin war er noch vernünftig genug, bei der Arbeit Jeans und Pullover zu tragen. Ein netter und ruhiger Mann von dreißig Jahren, man könnte sich wahrscheinlich ohne weiteres in ihn verlieben.

Oder versuchen, ihn zu verführen.

Ich hatte es versucht ... Als ich ihn berührte, bekam er einen solchen Wutanfall, daß er wild auf mich einprügelte. Lidija Gorbowskaja war die einzige Frau, die er wollte. Manchmal dachte ich vage an Selbstmord. Aber ich wußte nicht, wie ich das anstellen sollte.

Ich wurde langsam verrückt. Wenn ich dann verrückt bin, dachte ich, können wir wirklich Freunde werden ...

Ich entdeckte sie ganz zufällig; sie lag in einer Ritze im Fußboden – die Haarnadel. Die spärliche Januarsonne schien auf den Fußboden und kroch tief in diese Ritze, und da sah ich sie.

Eine verbogene Haarnadel, wahrscheinlich dieselbe, mit der Kellys Mutter immer das Telephonschränkchen geöffnet hatte. Aber sie lag viel zu tief, ich konnte sie mit meinem Finger nicht erreichen. Sollte es mir wirklich nicht gelingen? Ich biß die Zähne zusammen, barg mein Gesicht in den Ärmeln meines Pullover und weinte – zum ersten Mal, seit ich hier war, weinte ich bitterlich … Diese vergessene Haarnadel, stummer Zeuge der Tragödie, die sich hier abgespielt hatte, war meine einzige Chance. Ich heulte Rotz und Wasser in meine schäbigen Pulloverärmel, aus denen schon die Fäden hingen.

Die Fäden.

Dieser Gedanke durchfuhr mich wie ein Blitz. Die Fäden. Eine Schlinge. Hektisch riß ich ein paar lange Wollfäden aus dem Ärmel, zwirbelte sie zusammen und knotete eine Schlinge daraus. Erst beim dritten Versuch – ich zählte sorgsam mit – gelang es mir, die Haarnadel zu erwischen. Als ich sie schließlich in der Hand hielt, wußte ich, daß ich gerettet war. Mein Herz schlug wie wild, als ich sie in das winzige Schlüsselloch steckte … Eine Viertelstunde später war mir klar, daß es nicht funktionierte. Meine Verzweiflung wuchs ins Unerträgliche, und um nicht vollkommen durchzudrehen, um meinen Kopf, der explodieren wollte, zu befreien, fing ich an zu schreien. Ich schrie, so laut ich konnte und so lange, bis mir die Stimme versagte. Mit der Verzweiflung einer zum Tode Verurteilten steckte ich die verdammte Haarnadel wieder und wieder in das Schlüsselloch.

Die Stahlstange führte zu einer Tür, die immer verschlossen blieb. Jedenfalls hatte Kelly sie kein einziges mal geöffnet, solange ich wach war. Ich hatte sie tausendmal untersucht, hatte mit den Fingern ihre ganze Oberfläche zerkratzt – gebeizte Eiche, hervorragendes Holz. Kellys altes Haus war sehr stabil gebaut. »Geh nicht in ein altes Haus«. Ich sagte diese Worte so oft vor mich hin, daß ich sie fast glaubte …

Die Stange verschwand hinter der Tür. Ich konnte ja auch versuchen, das Schloß dieser Tür zu öffnen. Vielleicht hatte ich damit mehr Glück.

Wenige Minuten später, nachdem ich immer wieder eifrig an der Nadel herumgebogen hatte, bekam ich die Tür tatsächlich auf. Es war ein zweifelhafter Erfolg, ich drang nur weiter in das Territorium des Feindes ein, damit gewann ich nichts. Aber immerhin sah ich mal was Neues, zur Abwechslung von der gewohnten Umgebung.

Ich begriff sofort, daß dieses Zimmer Lidija Gorbowskaja gehört hatte. Nicht Kellys Mutter, sondern der Schauspielerin. Ein schwacher Duft von Parfüm hing in dem Raum. Ich öffnete einen Kleiderschrank und fand darin Kleider und Kostüme, alle nach der Mode der fünfziger Jahre. Wahrscheinlich hatten sie einmal Lidija Gorbowskaja gehört. Und in dem Moment, als ich diese Kleider sah, kam mir die rettende Idee: *Jetzt wußte ich, was ich tun mußte*.

Ich suchte mir ein Kleid mit Glockenrock aus, das gleiche, in dem ich Lidija zum ersten Mal auf der Leinwand gesehen hatte. Schnell zog ich meinen Pullover aus. Die Jeans bereiteten mir einige Mühe – ich bekam das enge Hosenbein nicht über den Stahlring. Ich mußte den festen Stoff zerreißen, was sehr anstrengend war. Dann war ich nackt: nur mein schmutziger Körper – und das Kleid. Wie schlecht du riechst, Eva. Aber egal, wenn alles gutgehen würde – und ich mußte hoffen, ich mußte daran glauben, daß alles gutgehen würde – dann würde ich mich in die Wanne legen und den ganzen Tag drinliegen bleiben, nur um den ganzen Wahnsinn dieses finsteren Hauses von mir abzuwaschen ...

Als ich mir das Kleid überstreifte, stellte ich befriedigt fest, daß es mir wie angegossen paßte – ein gutes Zeichen. Das mußte mich einfach retten. In einem Karton entdeckte ich ein Paar fast neue Pumps und zog sie an. Sie drückten ein wenig. Ich humpelte zu der alten Kommode. Hoffentlich fand ich dort, was ich brauchte, hoffentlich!

In der untersten Schublade lag genau das, was ich suchte – halbversteinerte Kosmetik, Reste von Puder, der nach Verwesung roch, und ein Nageletui.

Ich verlor das Gefühl für die Zeit, ich wußte nicht, wie lange ich dort vor dem kleinen Spiegel hockte, den ich zwischen den Kosmetikutensilien gefunden hatte. Ich versuchte, mein Gesicht dem Lidijas ähnlich zu machen: die zu einer feinen Linie ausgezupften Augenbrauen, herzförmige Lippen, die verwegene, aber zarte Kontur der Augen.

Wahrscheinlich war ich Lidija nicht wirklich ähnlich, aber ihre allgemeine Erscheinung hatte ich eingefangen. Wir hatten die gleiche Figur und in etwa die gleiche Gesichtsform, ich korrigierte nur die Wangenknochen ein ganz klein wenig, machte sie etwas weicher. Zorn hatte meine Apathie verscheucht und trieb mich an.

Ich war bereit, ihn zu empfangen. Ich mußte nur noch meine grauen Haare verbergen, sie konnten mich verraten. Ich kramte wieder in der Kommode und fand, was ich brauchte – einen leichten Hut mit breiter Krempe. Vergißmeinnicht und Rosen aus Papier – die unschuldigsten Blumen.

An den Hunden würde ich merken, daß er kam. Sie würden freudig bellen. Das war jetzt das Wichtigste – ich mußte auf das Bellen achten.

Ich hörte, wie sich der Schlüssel im Schloß drehte und Kelly das Haus betrat. Normalerweise machte er kein Licht an; er mochte kein Deckenlicht, eine Berufskrankheit. Auch jetzt schaltete er das Oberlicht nicht an, er würde das Zimmer betreten und statt dieser halbverrückten Eva die Frau seiner Träume sehen, unter einer breiten Hutkrempe verborgen. Ich mußte nur ganz ruhig sein. Absolut ruhig.

»Eva!« rief Kelly mit gewöhnlicher Stimme. »Eva, ich habe dir deine Lieblingszigaretten mitgebracht.«

»Zigaretten?« sagte ich herablassend und ahmte Lidijas Stimme nach, ich versuchte, genau ihren Ton zu treffen. So etwas hatte ich einmal ganz gut gekonnt. Ich hatte meine Stimme schon einmal bis zur Unkenntlichkeit verändert. »Was für Zigaretten? Du weiß doch, daß ich nicht rauche. Ich habe nie geraucht.«

Kelly gab keine Antwort. Jetzt entschied sich alles. Sieht er Lidija in mir, habe ich eine Chance. Sieht er Eva, verrecke ich hier, begraben unter den Scherben meines eigenen Wahnsinns … Das Schweigen dauerte so lange, daß ich mehrere Tode starb …

»Lidija?« sagte Kelly endlich mit einem Seufzen. »Lidija, bist du das?«

»Ich habe den ganzen Tag auf dich gewartet«, fuhr ich in demselben herablassenden Ton fort. »Du hast mich hier wie einen Hund an der Leine gehalten. Was soll das denn?«

Er sank vor mir auf die Knie. In dem schwachen Licht, das von dem Wandleuchter im Flur herüberfiel, sah ich seine Haut, sie schimmerte bläulich blaß durch seine Haare und wirkte seltsam beruhigend auf mich. Ja, du bist tot, Kelly, du bist schon lange tot … Du bist an dem Tag gestorben, als du deine Mutter umgebracht hast …

»Nimm mir sofort die Kette ab.«

»Ja, natürlich, o Gott, verzeih mir … Was ist das? Blut?« Seine Stimme fiel in sich zusammen.

»Ich habe nicht gedacht, daß du Angst vor Blut hast.«

»Ich habe keine Angst … Ich habe keine Angst.«

»Nimm mir die Kette ab!« sagte ich gebieterisch.

»Ja …« Er suchte krampfhaft in seiner hinteren Jeanstasche. Also dort lag meine Freiheit verborgen …

Endlich zog er einen kleinen glänzenden Schlüssel heraus und stecke ihn ins Schloß – eine leichte Drehung, und ich war frei. Das Stahlband fiel von meinem Fuß, und dann tat ich das, was ich mir in Gedanken die ganze Zeit vorgestellt hatte, während ich auf meinem Gesicht das fremde Make-up spürte, das fremde, so früh beendete Leben.

»Ich will dich anschauen«, sagte ich. »Ich wollte dich schon so lange anschauen …«

Kelly lehnte sich zurück, um in stiller Anbetung in mein Gesicht zu blicken. Ich schlug ihm mit einem spitzen, metallbeschlagenen Schuhabsatz direkt auf den hilflos zappelnden großen Adamsapfel. Ich schlug so heftig zu, wie ich nur konnte, legte meinen ganzen Haß und mein ganzes Mitleid in diesen Schlag. Das Hindernis erwies sich als unerwartet schwach, der Absatz durchdrang die Haut wie Wachspapier. Kelly fiel vornüber, aus seinem Hals schoß das Blut wie eine Fontäne.

Das Blut, das er so verabscheute.

Ich warf keinen Blick auf den sich in Krämpfen windenden Körper. Ich stand auf und schleppte mich zum Telephon. Das Schränkchen war offen, es gab kein Schloß daran. Wie durch einen Nebel sah ich die Wählscheibe vor mir. Ich wählte die Nummer von Kostja Lapizki.

Lange Rufzeichen. Eine Minute, zwei, drei – lange Rufzeichen.

Ich ließ den Hörer fallen. Er war nicht zu Hause. Aber das war jetzt nicht mehr wichtig. Ich hatte viel Zeit.

Ich würde warten …

Fred Vargas: »Es gibt eine Magie Vargas.« Le Monde

Die schöne Diva von Saint-Jacques
Im Garten der Sängerin Sophia im Pariser Faubourg St. Jacques steht eines Morgens ein Baum, der am Tage zuvor noch nicht da stand. Niemand hat ihn gepflanzt. Zwei Tage später ist Sophia spurlos verschwunden. Ihr Nachbar Marc, ein junger Historiker, beginnt den Boden unter der kleinen Buche aufzugraben und stößt auf einen uralten Haß, der beinahe auch ihn das Leben kosten wird.
»Eine vielversprechende neue Stimme des europäischen Kriminalromans.« Der Tagesspiegel
Kriminalroman. Aus dem Französischen von Tobias Scheffel. 288 Seiten. AtV 1510

Der untröstliche Witwer von Montparnasse
Mathias, Marc und Lucien, die drei »Evangelisten« aus der »Schönen Diva von Saint-Jacques«, haben einige Monate später ihren nächsten Fall am Hals. Ihr Freund Louis Kehlweiler, Ex-Inspektor des Pariser Innenministeriums, versteckt einen mutmaßlichen Frauenmörder in ihrem Haus, von dessen Schuld er nicht überzeugt ist. Doch schon am nächsten Morgen steht das Phantombild des Mörders in allen Zeitungen.
»Es ist unmöglich, von Vargas nicht gefesselt zu sein.« Die Zeit
Kriminalroman. Aus dem Französischen von Tobias Scheffel. 278 Seiten. AtV 1511

Es geht noch ein Zug von der Gare du Nord
Auf Pariser Bürgersteigen erscheinen über Nacht mysteriöse blaue Kreidekreise, darin liegt stets ein verlorener oder weggeworfener Gegenstand. Keiner hat den Zeichner je gesehen, die Presse amüsiert sich, niemand nimmt die Sache ernst. Aber eines Nachts geschieht, was Kommissar Adamsberg als einziger befürchtet hat: es liegt ein toter Mensch im Kreis.
»Wer Donna Leon liebt, wird Fred Vargas vergöttern.« P.S., Zürich
Kriminalroman. Aus dem Franz. von Tobias Scheffel. 212 Seiten. AtV 1512

Bei Einbruch der Nacht
Ein Wolfsmensch, so sagen die Leute, zieht nach Einbruch der Dunkelheit mordend durch die Dörfer der provenzalischen Alpen. Der halbwüchsige Sohn eines Opfers und ein wortkarger Schäfer nehmen die aussichtslose Verfolgung auf. Ein urkomisches Roadmovie und eine zarte Liebesgeschichte um die schöne Camille und Kommissar Adamsberg aus Paris.
»Prädikat: hin und weg.« WDR
Kriminalroman. Aus dem Franz. von Tobias Scheffel. 336 Seiten. AtV 1513

Mehr Informationen über Fred Vargas erhalten Sie unter www.aufbau-verlag.de oder bei Ihrem Buchhändler

AtV

Immer wieder lesen: Lieblingsbücher bei AtV

MARC LEVY
Solange du da bist
Was tut man, wenn man in seinem Badezimmerschrank eine junge hübsche Frau findet, die behauptet, der Geist einer Koma-Patientin zu sein? Arthur hält die Geschichte für einen Scherz seines Kompagnons, er ist erst schrecklich genervt, dann erschüttert und schließlich hoffnungslos verliebt. Und als er eines Tages begreift, daß Lauren nur ihn hat, um vielleicht ins Leben zurückzukehren, faßt er einen tollkühnen Entschluß.
»Zwei Stunden Lektüre sind wie zwei Stunden Kino: Man kommt raus und fühlt sich einfach gut, beschwingt und glücklich und ein bisschen nachdenklich.« FOCUS
Roman. Aus dem Französischen von Amelie Thoma. 277 Seiten. AtV 1836

LISA APPIGNANESI
Die andere Frau
Maria d'Este ist eine klassische Femme fatale. Die Männer umschwärmen sie, sobald sie nur einen Raum betritt – und den anderen Frauen erscheint sie unweigerlich als Rivalin. Als Maria aus New York nach Paris zurückkehrt, beschließt sie, daß die Zeit ihrer Affären vorbei ist. Doch dann begegnet sie dem Mann, bei dem sie all ihre guten Vorsätze vergißt. Zum ersten Mal lernt Maria die wahren Abgründe der Liebe kennen.
Roman. Aus dem Englischen von Wolfgang Thon. 444 Seiten. AtV 1664

KAREL VAN LOON
Passionsfrucht
Der Vater des 13jährigen Bo erfährt zehn Jahre nach dem Tod seiner Frau, daß er nie Kinder zeugen konnte. Diese Entdeckung stellt sein gesamtes Leben in Frage. Die Suche nach dem »Täter« wird eine Reise an den Beginn seiner großen Liebe.
Roman. Aus dem Niederländischen von Arne Braun. 240 Seiten. AtV 1850

NEIL BLACKMORE
Soho Blues
Melancholisch und geheimnisvoll wie ein Solo von John Coltrane, unverwechselbar wie die Stimme von Billie Holiday: »Soho Blues« ist die bewegende Geschichte einer leidenschaftlichen, lebenslänglichen Liebe zweier Menschen, die sich in einem Netz von Abhängigkeit und Verrat, Hoffnung und Desillusion, Liebe und Haß befinden.
»Eine herzzerreißende Lektüre, die große Gefühle weckt.« OSNABRÜCKER ZEITUNG
Roman. Aus dem Englischen von Kathrin Razum. 286 Seiten. AtV 1733

Mehr Informationen erhalten Sie unter www.aufbau-verlag.de oder bei Ihrem Buchhändler

AtV